Umwelthinweis:
Dieses Buch wurde auf chlor- und säurefreiem Papier gedruckt.

Anouska Knight

Am Horizont ein Morgen

Roman

Aus dem Englischen von
Ivonne Senn

mtb

MIRA® TASCHENBUCH
Band 25852
2. Auflage: Januar 2016

MIRA® TASCHENBÜCHER
erscheinen in der HarperCollins Germany GmbH,
Valentinskamp 24, 20354 Hamburg
Geschäftsführer: Thomas Beckmann

Deutsche Erstveröffentlichung

Titel der englischen Originalausgabe:
Since You've Been Gone

erschienen bei: HQN Books, Toronto

Published by arrangement with
Harlequin Enterprises II B.V./S.àr.l

Konzeption/Reihengestaltung: fredebold&partner GmbH, Köln
Umschlaggestaltung: pecher und soiron, Köln
Redaktion: Mareike Müller
Titelabbildung: Shutterstock; Mills & Boon, London
Autorenfoto: © Harlequin Enterprises S.A., Schweiz; Michael Michaels
Satz: GGP Media GmbH, Pößneck
Druck und Bindearbeiten: CPI books GmbH, Leck – Germany
Printed in Germany
Dieses Buch wurde auf FSC®-zertifiziertem Papier gedruckt.
ISBN 978-3-95649-200-6

www.mira-taschenbuch.de

Für meine Jungs,
die ich mehr liebe als den Schnee.

1. KAPITEL

Es sollte ein freier Tag sein. Er hatte mir versprochen, nicht lange wegzubleiben. Er wollte nur mal kurz nach den Männern sehen, damit sie nicht wieder irgendwelchen Blödsinn anstellten, der mit dem Schreiben von Krankenberichten endete. Ich hatte ihm versprochen, sein Lieblingsessen zu kochen: Zitronen-Basilikum-Linguine. Und er hatte versprochen, rechtzeitig zu Hause zu sein, bevor es verkocht war.

Jetzt starrte ich auf die kalte, erstarrte Pastamasse vor mir und versuchte, mich nicht versetzt zu fühlen. Automatisch legte ich Messer und Gabel ordentlich auf den Teller, die Griffe parallel zueinander auf vier Uhr. Wieder einmal fragte ich mich, warum ich mir überhaupt noch die Mühe machte.

Tischmanieren gehörten zu den Dingen im Leben, die ich schon immer etwas seltsam gefunden hatte. Wozu sollten die gut sein, wenn man sowieso meistens in der Gesellschaft von Menschen aß, denen es vollkommen egal war, ob man sich mit dem Ellbogen auf dem Tisch aufstützte oder nicht?

Doch Pattie, meine Mutter, hatte uns Kindern gutes Benehmen eingetrichtert. Keinesfalls durfte man am Küchentresen herumlungern, statt sich auf einen der zwölf unbenutzten Esszimmerstühle zu setzen. Und an der Spüle im Stehen zu essen kam schon gar nicht infrage. Falls Mum jemals erfahren würde, wie oft ich das tat, würde garantiert wieder ihre Unterlippe zu zucken beginnen.

Dieser kleine Tick, der ihr Missfallen verriet – ich hatte ihn schon einige Male zu Gesicht bekommen.

Bekanntlich war meine Mutter eine Frau, die ein Leben voller Entbehrungen ertragen musste, da sie wegen des durchschnittlichen Gehalts meines Vaters nicht *ganz* in der Lage war, mit ihren Freundinnen mitzuhalten. Sie liebte Dad, natürlich liebte sie ihn, aber dennoch hatte sie nicht widerstehen können, den gefühlten Mangel zu kompensieren, indem sie Martha und mich erzog, als wären wir auf einem Eliteinternat. Mum hatte ihr Bestes gegeben, damit wir uns später mal einen Anwalt oder Arzt angeln konnten – oder sonst irgendjemanden mit Geld. Denn dann würden wir ihrer Meinung nach glücklich und zufrieden bis ans Ende unserer Tage leben.

Aber Eheglück war eben nicht käuflich.

Bei meiner Schwester ging der Plan meiner Mutter ziemlich gut auf. Martha fand einen Anwalt, allerdings einen mit großem Herzen. Nur bei mir lief das etwas anders. Denn als ich Charlie das erste Mal erblickte, wie er Holzstämme auf den Truck seines Chefs lud, mit diesen sonnengeküssten muskulösen Armen und ohne jedes Bewusstsein, wie attraktiv er war, wusste ich sofort, für wen ich meine Tischmanieren gelernt hatte.

Mum hat mich damals gewarnt, dass Charlie ein wenig unkultiviert wäre. *Ungeschliffen*, hat sie es genannt. Mit mehr Charme, als ihm guttäte. Und dass fünfundzwanzig viel zu jung zum Heiraten wäre – noch dazu einen Forstwirt – und dass das alles nur in Tränen enden würde.

Sie sollte recht behalten. Es gab viel, was Charlie dieser Tage bereute.

Ich sah zu, wie kleine Basilikumstücke sich auf dem Teller festsetzten.

Ich musste meine Eltern anrufen.

Seit beinahe drei Wochen hatte ich nicht mehr mit ihnen gesprochen, dabei sollte ich sie über die Größe von Marthas Knöcheln auf dem Laufenden halten. Siebenundzwanzig zu sein schützte mich nicht vor den Ansprüchen meiner Mutter. Doch seit meine Eltern ihren Altersruhesitz von England nach Menorca verlegt hatten, musste ich mich wenigstens nur noch per Telefon rechtfertigen.

Der Barhocker wackelte unter mir, als ich von ihm heruntergl itt und den Tresen umrundete, um mein Geschirr in das linke der beiden Keramikspülbecken zu stellen. Wir hatten uns für zwei entschieden. Einerseits weil ich es hasste, wenn Charlie mit einem Armvoll dreckigem Gemüse die Küche betrat. Andererseits weil es etwas Charmantes an sich hatte, einträchtig nebeneinander an diesen Spülbecken zu stehen und dabei den besten Blick des ganzen Hauses zu genießen. Das waren die Entscheidungen, die man traf, wenn man trunken vor Liebe war. Diese glückselige Zeit, bevor die Tränen kamen.

Während das Wasser auf das Geschirr trommelte, das ich in die Spüle gestellt hatte, schaute ich mich um, ob auf der Arbeitsplatte noch mehr zum Abwaschen stand. Es war Viertel vor sieben.

Wo ist er? fragte ich mich und gab eine großzügige Menge Spülmittel in die dampfende Schüssel. Ich hatte ihn schon vor einer Weile zum Essen gerufen.

Es gab immer noch kein Zeichen von ihm, als ich meine Hände in die heiße Seifenlauge steckte. Die Haut zwischen meinen Fingern war ein wenig wund. Ich sollte mir mal ein Paar Gummihandschuhe kaufen, aber in der Bäckerei wusch ich meine Hände so oft, dass es sinnlos war, mich zu Hause mit Handschuhen herumzuschlagen.

Laut Martha war ich der einzige Mensch auf der Welt, der das Abwaschen von Hand einer Spülmaschine vorzog. Aber Martha gehörte ja auch zu den Frauen, die selbst im achten Schwangerschaftsmonat noch in High Heels herumliefen, obwohl ihre Knöchel inzwischen fast so dick wie ihre Knie waren. Martha versuchte immer wieder, mich von den Vorzügen hoher Absätze zu überzeugen – längere Beine, bessere Haltung, ein feminineres Auftreten. Und ich versuchte immer wieder, ihr zu erklären, dass ich ohne Besuch mindestens eine Woche brauchen würde, um die Geschirrspülmaschine zu füllen. Außerdem war der Blick über das Tal die rauen Hände mehr als wert.

Als wir damals Mrs Hedley unsere Hälfte des Farmhauses abkauften, bauten wir genau aus diesem Grund größere Fenster ein. Und auch heute noch konnte ich von dem Ausblick einfach nicht genug bekommen. Er reichte von unserer sanft abfallenden Wiese bis ganz hinüber zu den schwarzblauen Wassern des Stausees.

Durch dieses Fenster war wirklich jede Farbe zu sehen, die die Natur so zu bieten hatte, was unter anderem an Charlies

Schwäche für Blumen lag. Er hatte den Vorgarten mit sämtlichen Sträuchern, Büschen und Bäumen bepflanzt, derer er habhaft werden konnte. Als wir anfingen, das Haus zu renovieren, konzentrierte er sich sofort auf das Anlegen der Beete, sodass der Garten, während wir uns über Wandfarben stritten, schon einmal wachsen konnte.

Irgendwann begann ich damit, während der Öffnungszeiten des Gartencenters seine Brieftasche zu verstecken. Sie lebte inzwischen in einer Schublade meiner Kommode mit anderen wichtigen, nutzlosen Dingen.

Jetzt tat es mir leid, dass ich ihn damals so sehr gegängelt hatte.

Ich riss meine Hand zurück, da das Wasser, das heißer war, als ich es erwartet hatte, meinen Handrücken verbrannte. Danach setzte ich meine Überwachung durch das Fenster fort. Der Rasen musste mal wieder gemäht werden. Das lange Gras wuchs hoch an den Beinen der vor sich hin rostenden Gartenmöbel empor.

Wo ist er? fragte ich mich erneut.

Ich hatte einen direkten Blick über den halben Stausee; der Rest wurde von kleinen Bäumen und Büschen verdeckt, die Charlie nach unserem letzten Streit gekappt hatte. Kettensägen waren ein ungewöhnliches Werkzeug zum Stressabbau, aber jeder Mensch hatte so seine Methoden, und inzwischen waren die Bäume auch fast wieder so groß wie zuvor. Höchstwahrscheinlich befand sich mein launischer Gefährte irgendwo da drüben.

Er konnte nicht weit sein, aber offensichtlich hatte er etwas wesentlich Interessanteres als meine Hühnchenpasta gefunden. Vielleicht war er sauer auf mich; ich hatte ihn heute Morgen angeschrien. Es war das zweite Mal, dass er mich diese Woche alleine essen ließ, doch ich würde mein Essen nicht kalt werden lassen, während ich auf der Türschwelle stand und wie ein Fischweib nach ihm rief. Wenn er später essen wollte, gut. Aber wenn er so weitermachte, würde er sich bald von Fertigessen ernähren müssen.

Ich stand seit weniger als drei Minuten an der Spüle, und der Abwasch war fertig. Martha würde ich nie überzeugen, aber wir waren schon immer unterschiedlich gewesen. Das Bild, das dies bewies, stand auf der Fensterbank.

Zu dem Zeitpunkt, als das Bild aufgenommen worden war, waren meine Haare länger gewesen, aber die Panikattacken waren einfacher zu handhaben, seit ich meine wuchernden Locken abgeschnitten hatte. Langes Haar war ein vermeidbares Hindernis, wenn man nachts im Bett nach Luft rang.

Etwas weiter vorne in der Küche war die Luft wärmer. Dort, wo früher am Tag das Licht in den Raum geströmt war. Charlie hatte hier ein sonniges Plätzchen geschaffen, indem er neben dem Fenstersitz zwei cremefarbene Bücherregale eingebaut hatte. Hier aß er jeden Morgen sein Frühstück, mit der Sonne im Rücken und dem Hund irgendwo zu seinen Füßen.

Charlies Mum hatte gesagt, der Hundertachtzig-Grad-Ausblick aus der Küche würde sich auszahlen, sobald die ersten Enkelkinder kämen. Vor allem wenn sie auch nur halb so ungebändigt wären wie ihr Vater. Aber ungebändigte Kinder waren hier nicht das Problem.

Die Seitentür öffnete sich mit einem leisen Klicken, als ich in den Garten trat. „Dave? *Dave!* Letzter Aufruf, Großer." Eine Handvoll Vögel flog von den Baumwipfeln auf, die Charlie attackiert hatte. Er kam. Ich sah ihn, wie er den Berg hinauftrottete.

Er war allerdings auch eine hässliche Kreatur. Ein tölpelhaftes Spektakel aus blassem Fell, das den Hügel hinauf auf mich zulief. Sein gesamtes Gesicht verzog sich, als sein schwarzer Halslappen für einen Moment der Schwerkraft trotzte.

Er erreichte mich und setzte sich zu meinen Füßen auf die Hinterläufe. Sein Schwanz klopfte enthusiastisch auf den Boden.

„Hi, Dave." Er schnaufte. „Du kommst zu spät zum Essen", schimpfte ich.

Sonderlich reumütig wirkte er nicht, als ich ihm ins Haus folgte.

Im Flur zog ich meine Schuhe aus, während er das Hühnchen inhalierte, das ich ihm hingestellt hatte. Ich war schon halb die

Treppe ins obere Stockwerk hinaufgegangen, da klingelte unten das Telefon.

Ich wusste, es war Martha, die anrief, um mich zu fragen, welchen Braten sie am Sonntag machen sollte. Ich wollte nicht zum Mittagessen bleiben, aber bislang hatte ich mich noch nicht entschieden, welche Ausrede ich ihr auftischen sollte.

Das Telefon klingelte immer weiter, bohrte sich in mein Bewusstsein. Vielleicht ging es auch nicht ums Mittagessen. Es könnte was mit dem Baby zu tun haben. Meine Hand griff nach dem Headset, als der Anrufbeantworter sich einschaltete.

„Hi, hier ist das Groschengrab der Jeffersons. Wir können gerade nicht ans Telefon gehen – ich hänge irgendwo auf einer Leiter, und Holly klappert unsere Freunde ab, um sie anzubetteln. Hinterlassen Sie doch bitte eine Nachricht.“

„Hol? Ich bin's. Ich habe mich gefragt, was du von Lamm am Sonntag hältst? Oder Hühnchen? Was wäre dir lieber? Warum bist du noch nicht zu Hause? Ruf mich an, sobald du da bist. Okay, hab dich lieb. Bye.“

Dave gesellte sich am Fuße der Treppe zu mir. „Jetzt willst du mir auf einmal Gesellschaft leisten? Mit dem Abendessen lässt du mich hängen, aber du hast kein Problem damit, mir beim Duschen zuzuschauen?“ Dave antwortete nicht.

Die blanken Holzstufen fühlten sich hart unter meinen Füßen an, als ich weiterging. Doch es hatte auch seine Vorteile, weder Teppiche noch Tapeten zu haben, wenn ein zweihundert Pfund schwerer Mastiff einem durchs ganze Haus folgte.

Dave machte es sich auf den Badezimmerfliesen gemütlich, während ich unter die heiße Dusche hüpfte. Wie üblich hatten sich Wolken von Puderzuckerstaub auf mir festgesetzt. Zucker schien an der Haut genauso zu kleben wie an den Zähnen.

Ach was.

Ich hatte vergessen, heute eine neue Zahnbürste zu kaufen. Meine war auf dem Waschbecken immer ausgefranster geworden neben ihrer Nachbarin, von der ich meiner Schwester erzählt hatte, es wäre eine Ersatzzahnbürste. Egal. Ich würde einfach morgen vor der Arbeit eine kaufen oder am Wochenende meine von Martha mitbringen, falls ich daran dachte. Ich war in letzter Zeit so müde. Spätestens im November würde ich wieder schlafwandeln.

Dave schlief friedlich vor sich hin, als ich aus der Dusche trat. Auf dem Weg zum Schlafzimmer fühlte sich die Luft an meinen feuchten Schultern kühl an. Ich trocknete mich schnell ab und schlüpfte in mein Lieblingsbaseballshirt und eine Jogginghose. Es war noch zu früh, um ins Bett zu gehen. Ein Blick auf die Decke und das zerknüllte Laken erinnerte mich an die Probleme, die ich in diesem Bereich hatte – wenn *Probleme* dafür das richtige Wort war. Inzwischen wusste ich, dass es in Wellen kam, und obwohl ich dringend mal wieder richtig schlafen musste, sehnte ich mich verzweifelt nach einem weiteren Besuch von ihm heute Nacht. Ich wollte nichts beschwören, also würde ich mich an das Rezept halten, das in letzter Zeit gewirkt hatte, und gegen zehn ins Bett gehen.

Zeit totzuschlagen war zu einem Zwang geworden. Minuten, Wochen … inzwischen Jahre. Ich überlegte, mir etwas zu suchen, das mich für ein paar Stunden beschäftigte. Zum Beispiel den spärlichen Haufen Bügelwäsche, der auf meiner Kommode lag. Ich holte ein paar Bügel aus dem Schrank und fing an, weitere Kleidung hineinzuquetschen. Irgendwie waren wir nie dazu gekommen, einen zweiten Schrank zu kaufen. Ich strich die Kleidung glatt, die ich zusammengedrückt hatte, und musterte die perfekte Ordnung auf Charlies Seite der Kleiderstange. Wie gelangte überhaupt Staub in einen Kleiderschrank? War das irgendein häusliches Phänomen? Ich zog ein paar Sachen für eine nähere Inspektion hervor. Charlies Sommerjackett. Charlies Wintermantel. Charlies Hemd, Charlies Hemd, Charlies Hemd. Ich blies den Staub von den ungeliebten Kleidungsstücken in meinen Armen und versuchte, den Ärger zu unterdrücken, der so kurz vor meiner Insbettgehzeit in mir aufsteigen wollte. Aber er war immer da, lauerte direkt unter der Oberfläche, wartete auf seine Chance zur Flucht.

Ja, Charlie Jefferson. Du hast vieles zu bereuen.

2. KAPITEL

Ich wollte nicht, dass es aufhört.

Es war perfekt. Das perfekte Zusammenspiel zwischen meiner Lust und seiner, die sich pulsierend an meinem hungernden Körper rieb. Ich hatte das so vermisst. Ich hatte es so sehr vermisst. Irgendwo ganz weit weg wusste ich, dass wir gegen die Uhr ankämpften, aber ich schob die Warnung beiseite. Wir waren jetzt hier, und das war alles, was zählte.

Er war gekommen.

Alles in mir, jedes durstige Nervenende sehnte sich verzweifelt nach seiner Berührung. Ich spürte ihn, schmeckte ihn, aber das reichte nicht. Ich brauchte mehr von dieser köstlichen Euphorie. Gänsehaut überlief meinen Körper jedes Mal, wenn sein Atem den dünnen Schweißfilm auf meiner Haut abkühlte, wenn sein erdiger Geruch mir mit jedem köstlichen Stoß entgegenwehte, die Salzigkeit an seinem Hals mich einlud, erneut von ihm zu kosten. Ich wollte das alles in mich aufnehmen, in mich hineinschlingen, was ich kriegen konnte.

Charlie fand seinen Rhythmus, und ich ließ ihn. Die leichte Schweißschicht, die wir einander verursacht hatten, war die einzige Erleichterung in diesem ansonsten verzweifelten Rausch der Ekstase. Es war mir egal. Ich wollte mich von dem Gefühl beherrschen lassen wie von einer unersättlichen Kreatur, die mich verschlang, uns beide auffraß und uns härter ineinanderzwang, bis es keine Grenze mehr zwischen unseren zuckenden Leibern gab.

Ich stemmte mich gegen die Wand hinter mir, um ihm etwas entgegenzusetzen, um der Wucht, mit der er wieder und wieder in mich hineinstieß, standzuhalten. Ich schaffte es, meinen Kopf von ihm wegzudrehen, von der Belohnung, nach der meine Sinne so lechzten, um das Gesicht besser sehen zu können, das meine Welt verändert hatte.

Lange würde ich das nicht mehr durchhalten. Meine Hände griffen bereits nach oben, um verzweifelte Finger durch sein kurzes Haar zu schieben, zu packen, was ich konnte, und diese dunkle Pracht festzuhalten, bevor ich seinen Kopf nach hinten zog, um in diese fesselnden blauen Augen zu sehen.

Er war so wunderschön, die perfekte Mischung aus hell und dunkel. Von seinem Charakter bis zu seinem Aussehen vereinte er das Beste der beiden Extreme. Seine hellen Augen waren atemberaubend unter dem beinahe schwarzen Kastanienbraun seiner Haare. Je nachdem, wie seine Stimmung war, sah ich in ihnen die Wärme einer Lagune auf den Bahamas oder die Unheil verkündende Eisigkeit eines gefrorenen Sees.

Er drehte den Kopf in meine Richtung. Unwillkürlich stockte mir der Atem bei seinem Blick – Charlie schaute mich nicht an, sondern in mich hinein, direkt in das Versprechen der Belohnung, die ich ihm geben würde. Seine Augen hatten die Farbe von Eiswasser, und ich wusste, dass er im Moment von dunklen Gedanken beherrscht wurde, was ich unglaublich aufregend fand.

Die erste Welle der Wärme baute sich tief in mir auf. Ich schob das Gefühl der Zusammengehörigkeit beiseite, brach den Augenkontakt und konzentrierte mich ganz auf den Moment, in dem meine Lust mich erneut finden würde. Er reagierte sofort auf die Veränderung in meiner Atemlosigkeit. Es war, als könne er den Wandel riechen, der sich durch mich hindurchschlängelte.

Eine weitere Welle baute sich auf … warm zwischen meinen Beinen breitete sie sich langsam nach außen und oben aus, zu meinen Brüsten, meinem Hals, wo Charlies Hände sie jagten. Es war gekommen, um mich für sich zu beanspruchen. Dieser Gedanke überwältigte mich, trug mich auf einem Strudel der Lust davon, reichte, um mich in seine Umklammerung zu stürzen. Jetzt kämpfte ich, um in seinem Rhythmus zu bleiben. Der Gleichklang verschwand, als wir uns dem letzten Akt näherten, dem bittersüßen Crescendo. Ich wollte es mit ihm teilen, wollte, dass er in meinen Augen sah, was er mit mir anstellte, aber Charlie Jefferson kämpfte seinen eigenen Kampf. Seine breiten Schultern spannten sich an, als er erbittert immer härter und fester in mich hineinstieß …

Meine Finger lösten sich aus seinem Haar, und ich spürte, wie mein Körper ihm entrissen wurde und ich in meinem eigenen Ozean der Lust versank. Ich wollte in dem Gefühl ertrinken, wieder und wieder und wieder, aber nicht ohne ihn. *Er muss auch kommen!* Verzweifelt strich ich mit meinen Fingern über seinen Rücken, über die gebräunten Muskeln, die er über die Jahre bei seiner Arbeit im Wald aufgebaut hatte, und endlich ergab ich mich alldem, was er mir anbot.

Das Letzte, das Einzige, was ich neben dem keuchenden Atem hörte, war mein Name auf seinen Lippen.

Holly ...

Kalte Erkenntnis.

Der Morgen ist die grausamste Zeit des Tages. Zwischen fünf und acht Uhr erwachen Trauer und Erinnerung zum Leben.

Doch die Grausamkeit ist nicht auf diese Stunden beschränkt. Es wäre schön, wenn das so wäre. Denn dann könnte ich meinen Schlafrhythmus so umstellen, dass ich die tägliche Tortur auslasse. Aber Tatsache ist, dass jeder Teil des Tages genauso schlimm sein kann wie jener erste Moment, wenn man aufwacht und feststellt, dass man im Kampf zwischen Traum und Realität immer auf der falschen Seite endet.

Ich schloss meine Augen fest, bevor sie versuchten, die Uhr auf der Kommode zu finden. Ich vergrub mich tief unter meiner Decke, um die letzten Nachwirkungen meines Traumes zu genießen ... *Schlaf, Holly ... hol ihn zurück.* Aber selbst meine Gedanken zogen ihn von mir fort.

Charlie ist zwei Tage nach seinem siebenundzwanzigsten Geburtstag gestorben. Es ist zweiundzwanzig Monate her, dass ich das letzte Mal seine Berührung gespürt habe, und fünf Minuten, dass ich das letzte Mal seine Stimme hörte.

3. KAPITEL

Die Torte, die unten steht, ist nichts, was sich eine achtzigjährige Lady anschauen sollte. Ich musste sie aus dem Haus und in den Van schaffen, bevor Mrs Hedley, unsere Nachbarin, ihren Kopf aus der Tür stecken konnte.

Ich brauchte nur ein paar Minuten, um mich anzuziehen und mir mit der Bürste durch die Haare zu fahren, bevor ich sie zu einem lockeren Knoten zusammensteckte. Ich mochte unordentliche Dutts. Ich mochte alles, was mit *unordentlich* begann. Leichter, schneller, fertig. Dave beobachtete mich, als ich vor dem Spiegel auf meiner Kommode ein wenig Puder auftrug, um die Schatten unter meinen Augen zu verstecken. Ich hatte die letzte Nacht genossen, jede einzelne Sekunde, die mir mit Charlie vergönnt war, aber ich sah trotzdem fertig aus.

Ich schlüpfte in ein Paar blaue Ballerinas, sperrte Dave in der Küche ein, schnappte mir die Torte und ging über den Kiesweg zum Auto. Ich sollte keine Jeans tragen, um die Torte bei dem stattlichen Anwesen auszuliefern, aber während ich mich umgezogen hatte, war es draußen bereits dunkel geworden. Mit etwas Glück würde ich nur schnell hinein- und wieder heraushuschen, und meine Kleidung würde keine Rolle spielen. Außerdem lieferte ich außerhalb der Ladenöffnungszeiten aus, und um acht Uhr abends an einem Freitag konnten sie froh sein, dass ich nicht im Schlafanzug erschien.

Die Dunkelheit im Garten machte es etwas leichter, Mrs Hedley aus dem Weg zu gehen, aber auch etwas gefährlicher, die Torte sicher im Laderaum des Vans zu verstauen. Gefahr war überhaupt das Stichwort, wenn es darum ging, Torten auszuliefern. Und ein Van, der ungefähr das Alter meines Vaters hatte, war da keine große Hilfe.

Ich hatte mich gerade angeschnallt, da öffnete Mrs Hedley ihre Haustür und winkte mir über den Hof hinweg zu.

Sobald ich das Fenster auf meiner Seite heruntergelassen hatte, bereute ich es sofort. Man konnte es zwar problemlos herunterkurbeln – aber es wieder zu schließen war der große Trick.

„Ich muss nur kurz noch mal los, Mrs Hedley. Ich bin in einer Stunde oder so wieder zurück, also machen Sie sich keine Sorgen, wenn Sie die Lichter später die Auffahrt wieder hinaufkommen sehen", rief ich. Als ob sie sich Sorgen machen würde. Wir wohnten sehr abgelegen, aber Mrs Hedley war hier weit und breit das furchteinflößendste Element.

Sie winkte weiter, also fuhr ich los, ganz vorsichtig über den Schotterweg in Richtung Hauptstraße, wobei ich die ganze Zeit mit der klemmenden Fensterkurbel kämpfte.

Sie hat noch nie richtig funktioniert. Normalerweise hatten wir für unsere Fahrten Charlies Truck benutzt, aber irgendwann war klar geworden, dass ich für meine Lieferungen einen extra Wagen benötigte. Eigentlich hatte ich ein Auge auf einen sauberen kleinen Lieferwagen geworfen, aber Charlie meinte, ich bräuchte etwas, das mir hilft, aus der Masse hervorzustechen. Seine unschuldigen blauen Augen hatten mich nur allzu leicht davon überzeugt, dass ein Morris Minor die beste Lösung für mich wäre. Der Morris sah aus wie ein Auto in einem Comic, dunkelrot mit dem Schriftzug *CAKE!* in goldenen Lettern auf beiden Seiten. Ich muss kurzfristig nicht zurechnungsfähig gewesen sein. Torten brauchen Federung. Eine entscheidende Kleinigkeit, die dieser Wagen nicht besaß.

Nachdem ich mich fünf Minuten lang über Steine und Schlaglöcher manövriert hatte, erreichte ich endlich die glatte Hauptstraße. Nach Hawkeswood Manor Hall ging es immer nur der Straße nach, es war ungefähr eine halbe Stunde Fahrt von meinem Haus, etwas weniger, wenn ich nicht den Umweg um den Wald herum nahm. Was ich tun würde. Ich benutzte diese Straße nicht mehr; nicht, seitdem dort an Bäume gebundene Blumen aufgetaucht waren.

Sobald ich auf der Hauptstraße war, entspannte ich mich, denn hier war es wesentlich leichter, zu fahren. Wenn auch nicht unbedingt schneller. Charlie hatte behauptet, die Tatsache, dass der Van kaum mehr als fünfzig Meilen pro Stunde schaffte, sei eine charmante Eigenart. Aber Charlie hatte ja eine ganze Reihe von albernen Ideen gehabt: zum Beispiel der Wagen hier. Oder einen Hund aufzunehmen, der mehr aß als wir. Oder an seinem freien Tag zur Arbeit zu fahren, obwohl er mit seiner Frau hätte frühstücken sollen.

Ein Auto kam mir entgegen und ermöglichte es mir, kurz nach der Torte zu sehen, als das Licht seiner Scheinwerfer über meinen Wagen glitt. Hier, wo der Wald anfing, immer dichter zu werden, gab es keine Straßenlaternen.

So weit war alles gut. Hawkeswood war noch gute fünfzehn Minuten weg.

Am Anfang der Woche, Jesse und ich hatten gerade mit unserem Montagmorgenritual angefangen, die Jobs für den Tag untereinander aufzuteilen, hatte eine Mrs Ludlow-Burns das *Cake* betreten.

„Hoden", verkündete sie knapp von der anderen Seite des Tresens. „Auf einem Teller. Können Sie das?" Dann hatte sie den Blick aus ihren kühlen grauen Augen erst über die Auslage gleiten lassen, bevor sie Jesses gute eins neunzig einmal von oben bis unten betrachtet hatte. Jesse, breit und athletisch gebaut, überragte die Frau deutlich. Aber trotz der Perlen und des Tweeds war es Mrs Ludlow-Burns gelungen, ziemlich einschüchternd zu wirken. Draußen hatte ein Chauffeur pflichtbewusst neben einem Bentley gestanden, der heller strahlte als die Sonne. „Und sie sollen bitte groß sein", fügte sie hinzu und hob zwei behandschuhte Hände, um ihre Worte zu unterstreichen.

„Menschliche Hoden?", war alles, was mir dazu einfiel.

Sie nickte einmal kurz und holte dann einen makellosen Schuhkarton hervor, in dessen Deckel das Wort *Dior* in Goldbuchstaben eingeprägt war. Darin befand sich ein Paar brandneuer schwarzer Lackleder-Peeptoes, so glänzend und strahlend wie der Bentley.

Jesses Schwester war genauso verrückt nach Schuhen wie meine, und da er wusste, was diese Schuhe vermutlich gekostet hatten, beging er den Fehler, die Kundin zu ihrem Kauf zu beglückwünschen.

„Die gehören nicht mir", gab sie kurz angebunden zurück. „Ich habe *niemals* vorne offene Schuhe getragen. Offene Schuhe sind was für Schlampen."

Eine Torte in Form einer delikaten Region des männlichen Körpers war nicht die verrückteste Anfrage, die wir je bekommen hatten, aber normalerweise waren unsere Kunden nicht so … aggressiv.

Wir wurden angewiesen, einen der Pumps, vor allem den Absatz, direkt in die Hoden zu stecken. Sie sagte, die Torte solle schmerzvoll aussehen. *Wie eine Ehe.*

Mrs Ludlow-Burns war eine Frau, die gewohnt war, dass Dinge auf bestimmte Weise abliefen, daran bestand kein Zweifel. Selbst für die Lieferung hatte sie genaue Anweisungen gegeben. Die Torte musste um Punkt acht Uhr dreißig in Hawkeswood Hall sein, wo ein Mr Fergal Argyll ihren Empfang persönlich quittieren würde. *Nicht* ein Mitglied des Personals, sondern Mr Argyll höchstpersönlich. Ich hatte das dumpfe Gefühl, dass Mr Argyll kein sonderlich beliebter Mann war; seine Torte wirkte nicht wirklich feierlich.

Mit einer Hand tastete ich in meiner Tasche nach dem Lieferzettel. Keine Unterschrift von Fergal Argyll würde bedeuten, dass ich die Hälfte des Geldes vergessen konnte – eine Vereinbarung von der Jess meinte, ich hätte mich nicht darauf einlassen sollen. Ich hatte ihn daran erinnert, dass der Sommer vorbei war und damit auch die Hochzeitssaison. Momentan konnten wir jede zusätzliche Einnahme gut gebrauchen.

„Machen Sie sich keine Sorgen, Fergal wird Sie mögen", hatte Mrs Ludlow-Burns zum Abschied noch verkündet. „Aber ich würde nicht Ihren Freund hier schicken. Den würden sie bei lebendigem Leib auffressen."

Ich schaute Jess an und fragte mich, was sie meinte. Von den Rastazöpfen bis zu den Turnschuhen in Größe achtundvierzig wirkte er durchaus wie jemand, der auf sich aufpassen konnte.

Aber andererseits würde er in Hawkeswood definitiv fehl am Platz aussehen – genau wie ich.

„Madam … Ihre Schuhe!“, rief ich ihr hinterher, als sie hinausstolzierte.

„Behalten Sie sie“, erwiderte sie kühl. „Die Schlampe wird sich ein Paar neue besorgen müssen.“

Der Van grummelte, als ich erneut versuchte, vom dritten in den vierten Gang zu schalten. Manchmal hakte die Schaltung, und man musste die Kupplung zweimal durchtreten. In meinem Leben gab es keinen Platz für hochhackige Schuhe. Ich hatte in meinen alten Gummistiefeln heiraten wollen, doch Martha hatte mir vehement erklärt, dass ich an diesem einen Tag in meinem Leben traditionell dazu *verpflichtet* sei, mir mit meinen Schuhen etwas mehr Mühe zu geben. Also tat ich es und kaufte mir ein nagelneues Paar Hunters, die zu Charlies passten. Auf mindestens zwei der Hochzeitsfotos konnte man es um Mums Mundwinkel zucken sehen.

Vor mir erblickte ich nun die Auffahrt nach Hawkeswood Manor. Laternen erleuchteten das große Tor. Normalerweise war das nicht der Fall, heute musste offenbar irgendeine Feier stattfinden. Was passte. Wenn es eine Torte auszuliefern gab, fand meistens eine Feier statt. Ich fuhr langsam um die Kurve, um die empfindliche Sendung hinten im Kofferraum nicht durchzuschütteln. Ich hatte den Dior-Schuh nachgebaut, eine beinahe perfekte Kopie der Peeptoes, die Mrs Ludlow-Burns bei uns im Laden zurückgelassen hatte. Jesse hatte den Hauptteil der Torte gemacht, da er sich mit diesem Körperbereich besser auskannte.

Der Van fing auf einmal an, stark zu vibrieren, und mich packte die Panik. Aber es waren nur Viehgitter auf dem Weg.

Endlich erreichte ich durch zwei einander gegenüberstehende Steinsäulen den Innenhof von Hawkeswood. Die elegante Fassade des gotischen Klosters wurde von den im Rasen eingelassenen Strahlern eindrucksvoll hervorgehoben. Hawkeswood hatte etwas ganz Besonderes an sich, etwas, das mehr war als nur seine Schönheit. Es war nicht das prachtvollste Anwesen, das ich je gesehen hatte, aber es unterschied sich definitiv von anderen imposanten Häusern, in denen ich schon gewesen war. Hier wurde gelebt, und dieses warme Gefühl war etwas, das anderen Veranstaltungsorten fehlte.

Ich parkte am Ende einer Reihe von Autos und holte mein Handy aus der Tasche. Ich hatte noch ein wenig Zeit – es war erst Viertel nach acht –, also versuchte ich, das Fenster wieder hochzukurbeln.

Unter dem überdachten Weg zum Haupteingang war keine Bewegung zu sehen. Nur ein junger Mann, der lässig an der Wand lehnte. Er schaute zu mir hinüber, was reichte, damit ich das Fenster in Ruhe ließ, bis er den Blick wieder abwandte. Ich beobachtete auf meinem Handy, wie die Zeit verging, bis ein roter Fleck im Augenwinkel mich wieder aufschauen ließ.

Die Frau sah aus, als wäre sie direkt der Leinwand entstiegen. Eine nordische Göttin, strahlend vor Eleganz und in einem blutroten Abendkleid, für das Martha töten würde. Sie war umwerfend. Wenn Frauen wie sie hier waren, würde niemand auf meine Kleidung achten; ich hätte genauso gut im Schlafanzug kommen können.

Ihr beinahe weißblondes Haar war im Nacken zu einem Knoten gebunden, der überhaupt nichts Unordentliches an sich hatte. Im Gegenteil, er war perfekt. *Sie* war perfekt. Sie war sogar so umwerfend, dass es mir schwerfiel, den Blick von ihr zu lösen. Falls es dem Mann am Eingang genauso ging, verbarg er das sehr gut. Die Blonde zündete sich eine Zigarette an und beugte sich zu ihm. Ich beobachtete, wie er leicht zurückwich. Eine kleine Kabbelei unter Liebenden vielleicht? Tja, die gab es überall, selbst bei den Schönen und Reichen, so wie es aussah. Hoffentlich gingen sie wieder rein, bevor ich die Torte an ihnen beiden vorbeischleppen musste.

Acht Uhr zwanzig. Ich würde einfach noch ein paar Minuten hier sitzen und mich um meine Sachen kümmern.

Acht Uhr dreiundzwanzig – und sie waren immer noch da; sie immer noch zu ihm hingezogen, er immer noch widerstrebend.

Ein absurd lautes und rigoroses Klingeln durchriss die Stille im Innenhof. Ich zuckte zusammen, und die Köpfe des Traumpaares wirbelten herum, um zu der Quelle des Lärms zu schauen … der aus meinem offenen Fenster plärrte. „Verdammt, Martha", zischte ich und versuchte hektisch, den richtigen Knopf oder überhaupt irgendeinen Knopf zu drücken, um den Lärm auszuschalten.

„Hallo?"

„Hol, wo bist du? Ich rufe dich schon die ganze Zeit an", sagte sie mit Erleichterung in der Stimme.

„Ich arbeite, Martha. Was ist los?" Ich schaute zu dem Pärchen vor dem Eingang. Die Göttin warf ihre Zigarette auf den Boden und stöckelte ins Haus zurück. Der Freund blieb noch draußen.

„Nichts. Ich habe mir nur Sorgen gemacht, weil du nicht zu Hause warst."

„Ich bin nicht immer zu Hause, Martha. Ich habe auch noch andere Dinge, die meinen Tag ausfüllen, weißt du?" Wir wussten beide, dass das nicht so ganz stimmte. „Hör mal, ich rufe dich zurück, wenn ich wieder zu Hause bin. So in ungefähr einer Stunde? Und flipp nicht vor zehn Uhr aus, okay?"

„Okay", sagte sie, und ich fühlte mich bereits schuldig.

„Okay. Hab dich lieb."

„Ich dich auch. Bye."

Sie legte auf, und glücklicherweise war der Mann jetzt auch verschwunden.

Die Flügeltüren zur Eingangshalle standen offen und hießen einen in dem großen Gebäude mit den vertäfelten Wänden und der geschwungenen Treppe, die sich mindestens über zwei Etagen erstreckte, willkommen. Eine attraktive Brünette um die fünfzig kam lächelnd auf mich zu. Ihre makellose weiße Bluse und der schwarze Bleistiftrock ließen mich vermuten, dass sie zum Personal gehörte.

„Hallo. Kann ich Ihnen helfen?“, fragte sie.

„Hi. Ja. Ich habe eine Lieferung für Mr Argyll.“

Ich stieg aus und ging zum Kofferraum. Die Torte war zu hoch, um den Deckel des Kartons zu schließen, und das Lächeln der Frau schwand, als sie die Torte sah.

„Oh!“, rief sie aus. „Und für welchen Mr Argyll soll diese Sendung sein?“

„Ich wurde angewiesen, sie genau um zwanzig Uhr dreißig an Mr Fergal Argyll auszuliefern“, sagte ich lächelnd.

Die Brünette nickte. „Nun, Mr Argyll ist im Spielzimmer, einfach durch die Flügeltür am Ende des Flurs. Lassen Sie mich Ihnen Ihre Tasche abnehmen, meine Liebe, Sie haben genug zu tragen.“

Ich war nicht sicher, warum ich die Tasche überhaupt mitgenommen hatte. Es war sehr unwahrscheinlich, dass irgendjemand hier ihretwegen in meinen Van einbrechen würde.

„Danke. Ich muss nur kurz den Lieferzettel herausholen.“ Ich wühlte in der Handtasche.

„Oh, den kann ich für Sie unterzeichnen“, bot sie an.

„Danke, nett von Ihnen, aber Mr Argyll muss den Empfang persönlich quittieren.“

Der Flur war lang, was mir genügend Zeit gab, darüber nachzudenken, wie ich die schwere Flügeltür öffnen sollte, sobald ich dort angekommen war. Ein nervös aussehender Gentleman in einem langweiligen Anzug kam durch eine der Türen und trat schnell auf den Flur hinaus.

„Könnten Sie mir bitte die Tür aufhalten?“, fragte ich, bevor er verschwinden konnte. Der Gentleman gehorchte und ermöglichte es mir so, mit meiner Torte in den Armen ungehindert den Raum voller Stimmen auf der anderen Seite zu betreten.

„Viel Glück“, erklärte er in bestem Oxford-Englisch, als die Tür sich zwischen uns schloss.

Ich schaute mich um. Der Raum war so ziemlich das Beeindruckendste, was ich je gesehen hatte. Reich verzierte Seidentapeten und Wandteppiche, die sich effektvoll von dem dunklen Holz der Wandpaneele abhoben. Am anderen Ende des Raums nahm ein großer Kamin beinahe die ganze Wand ein, ihm gegenüber befand sich eine Reihe von gut gefüllten Bücherregalen. Es war eine Kombination aus Bibliothek und Spielzimmer, und es roch genauso, wie es aussah: gemütlich und alt und lebendig. Charlie wäre in so einem Zimmer ausgeflippt.

Keiner der zwanzig oder dreißig Männer – die meisten von ihnen formell gekleidet – schaute von seinem Kartenspiel auf, als ich die Torte auf die nächste freie Oberfläche stellte. Gelächter umfing mich zusammen mit Zigarrenrauch und genereller Fröhlichkeit. Das hier war definitiv ein Männerclub; kein Platz für Mädchen.

Wer von ihnen ist Fergal Argyll? fragte ich mich und ließ meinen Blick über den Raum gleiten, um ein Gesicht zu finden, das zu der Torte passte. Hinten am Kamin weckte ein signalroter Farbfleck inmitten von all diesem Schwarz und Weiß erneut meine Aufmerksamkeit. Die Anwesenheit der Göttin ließ mich sofort ruhiger werden. Ich schaute sie durch den Rauch und das Lachen hindurch an, und sie lächelte das verschwörerische Lächeln, das Frauen füreinander reserviert haben. Dann hob sie ihr Kinn und wandte den Blick ab, und einfach so war ich auf mich allein gestellt. Ich sah zu, wie sie an ihren Bewunderern entlangschritt und auf den lautesten Mann im Raum zuging.

Er rief seinen Mitspielern mit rauer Stimme etwas zu und erhob sich, als die Göttin sich seinem Tisch näherte.

„Obacht, Männer, hier kommt mein Glücksbringer“, erklärte er mit schottischem Akzent. Seine Hände ruhten auf ihrem Rücken. Er sah gut aus mit seinem Jackett und dem Kilt, und er passte zu seiner Umgebung. Ich schätzte ihn auf fünfzig, obwohl etwas an ihm ihn sowohl jünger als auch älter wirken ließ.

Die Eiskönigin bedachte ihn mit einem Lächeln und schaute dann zu mir. Er folgte ihrem Blick.

„Was haben wir denn da?", fragte er. „Ein weiteres Geschenk vom Drachen womöglich?"

Das war er. Das musste er einfach sein. „Mr Argyll?", fragte ich.

„Zu Ihren Diensten, meine Süße. Was kann ich für Sie tun?" Sein grau werdender, akkurat gestutzter Bart verlieh ihm das Aussehen eines Gutsherren, während sein dunkleres Haar, das ihm über die Augen fiel, ihn ein wenig wie einen Hinterhofboxer aussehen ließ.

„Ich habe eine Lieferung für Sie. Würden Sie hier bitte unterschreiben?"

Argyll kam zu mir herüber und schaute die Torte an. Sein dröhnendes Lachen ließ mich zum zweiten Mal an diesem Abend zusammenzucken.

„Ich schätze, das ist zur Feier meiner unterschriebenen Scheidungspapiere?", fragte er, und seine dunklen Augen leuchteten zufrieden auf. „Das muss ich ihr lassen", sagte er, „erfinderisch ist sie, die gute Frau. Seht euch das mal an, Männer", meinte er und nahm die Torte aus dem Karton, um sie seinen Freunden zu zeigen. „Sie hat mir immer gesagt, dass ich nicht wegen der Größe meines Gehirns, sondern wegen der Größe meiner Eier so weit gekommen bin."

Er wandte sich von seinen Gästen ab und ließ seinen Blick auf mir ruhen. Er war ein attraktiver, beinahe extravaganter Mann und roch nach einer schwindelig machenden Mischung aus Zigarrenrauch und Brandy.

„Sie, kleine Miss, haben die Größe ziemlich genau getroffen." Er grinste und betrachtete die Hoden in seiner Hand.

„Freut mich, dass sie Ihnen gefallen, Mr Argyll. Würden Sie den Empfang bitte hier quittieren?"

Er stellte die Torte auf den Tisch neben uns zurück, und ich hielt ihm meinen Stift hin. Er hatte mich immer noch nicht aus den Augen gelassen.

„Sie sehen nicht überzeugt aus, Darling. Hier … lassen Sie es mich beweisen." Ich sah, wie er seinen Kopf zur Seite neigte, und lächelte, bevor ich erfasste, was als Nächstes kommen würde. Die

Eiskönigin verschwand aus meinem Blickfeld, als Argylls Kilt zwischen uns hochgehoben wurde. Sein Bart war nicht das Einzige, das grau wurde. Meine Augen schossen nach oben, konzentrierten sich auf seine riesigen Hände. Er hatte Arbeiterhände, Jahre harter Schufterei hatten sich in seine Knöchel eingegraben, genau wie bei Charlie und meinem Dad.

Es war an der Zeit, zu gehen.

Ich ließ den Lieferschein neben der Torte liegen und drehte mich ganz ruhig zur Tür um. So dringend brauchte ich Mrs Ludlow-Hodenbohrers Geld nun auch nicht. Jesse würde sich damit abfinden müssen.

Der Freund der Eiskönigin stand neben der Tür und sah zu. Sein Blick folgte mir, als ich den Raum in seine Richtung durchquerte. Ich war nicht peinlich genug berührt, um zu erröten, bis ich bemerkte, dass er mich eindringlich musterte. Es war kein Wunder, dass Fergal Argyll so selbstsicher war – seinem Sohn nach zu urteilen hatten sich die Frauen in seiner Jugend garantiert um ihn gerissen.

Ein schottischer Akzent folgte mir durch die Tür, schlüpfte aus dem Mund voller Kuchen, den Argyll in sich hineinstopfte. „Kein Wunder, dass die Ladys mich lieben, Männer. Ich wusste ja gar nicht, dass ich so gut schmecke!“ Ich lächelte verkrampft. Gleich war ich draußen.

Charlie hätte sich darüber totgelacht. Er hatte Männer wie Argyll gemocht, Haudegen mit großer Persönlichkeit.

Die Eingangshalle war verlassen, als ich dort ankam. Ich hätte meine Tasche einfach im Auto lassen sollen. Ich schaute um die Treppe herum, lauschte auf ein Anzeichen von Leben. Nichts. Hinter mir wurden die Türen des Spielzimmers geöffnet und geschlossen. Ich schaute nicht auf, nicht einmal als schwere, sichere Schritte immer näher kamen.

Die zarteren Schritte von Frauenfüßen näherten sich von der anderen Seite.

„Haben Sie ihn gefunden?“, fragte sie. Man musste diese Art von Angestellten einfach lieben – sie waren so effizient.

„Hallo. Ja, danke. Könnte ich dann bitte meine Tasche wiederhaben?“

„Ah, natürlich. Nur eine Minute, meine Liebe.“ Damit verschwand die freundliche Frau wieder.

Argyll junior war lässig durch die Eingangshalle geschlendert und lehnte jetzt an einer der dekorativen Säulen am Fuß der Treppe. Er trug einen gut geschnittenen grauen Anzug, sein eisweißes Hemd stand am Kragen offen. Er sah gut aus, nicht so förmlich wie sein Vater, jedoch genauso von sich überzeugt.

Ich versuchte, nicht herumzuzappeln, während ich auf meine Tasche wartete.

„So spät noch bei der Arbeit?“ Er war höflich. Das hätte ich nicht erwartet.

„Ja.“ Ich lächelte, wohl wissend, dass mein Lächeln meine Augen nicht ganz erreichte. Ich senkte den Blick auf die reich verzierten Bodenfliesen.

„Es tut mir leid, wenn Fergal Sie verlegen gemacht hat“, sagte er mit einer weichen, sicheren Stimme, in der nur ein Hauch des keltischen Akzents mitschwang. Ich lächelte erneut. Früher hatte mich anhaltendes Schweigen unsicher gemacht, aber inzwischen hatte ich es so oft erlebt, dass ich nicht mehr den Drang verspürte, es zu füllen, wie so viele andere.

„Er würde alles für einen guten Kuchen tun“, spottete er, und seine Augen verengten sich ein wenig.

„Er hat es nicht böse gemeint“, erwiderte ich und schaute zu der Tür, hinter der die Frau verschwunden war.

„Da haben Sie recht – das hat er nicht“, sagte er und zog damit meinen Blick wieder auf sich. Sein Haar war oben etwas länger als das seines Vaters, fiel ihm aber auf fast genau die gleiche Weise in die Stirn.

Hier draußen, ohne den Zigarrenqualm, gab es nichts, was mit dem Holzduft der Wandpaneele, der Zubereitung schmackhafter Speisen irgendwo im Haus und dem subtilen Aftershave des höflicheren der beiden Argyll-Männer konkurrieren konnte. Dieses Aftershave roch nicht wie die Flasche, die ich an Heiligabend immer unter Charlies Kopfkissen geschoben hatte. Nein, es hatte etwas Herb-Süßes an sich, der feine Unterschied zwischen Blumen und Beeren.

„Übrigens eine nette Torte", bemühte er sich erneut um eine höfliche Unterhaltung. „So eine habe ich noch nie vorher gesehen." Jetzt lächelte er – es war ein gutes Lächeln, erreichte seine Augen aber auch nicht.

„Ciaran, dein Vater ist so weit", schnurrte die Eiskönigin und glitt durch den Flur auf uns zu. Dieses Mal hatte ich das Öffnen und Schließen der Tür nicht gehört. Aus der Nähe sah ich, dass die Augen der Eiskönigin durch den rauchgrauen Lidschatten noch kühler wirkten.

„Hier ist Ihre Tasche, meine Liebe." Die freundliche Frau kehrte zurück.

„Danke … Und einen schönen Abend noch." Ich lächelte und nahm ihr meine Handtasche ab.

„Ihnen auch", rief Ciaran Argyll mir hinterher, als ich in die kühle Nachtluft hinaustrat.

Ich warf einen Blick über meine Schulter zurück zu dem perfekten Paar und schenkte ihm ein bestätigendes Lächeln.

Die Eiskönigin reagierte, indem sie demonstrativ näher zu ihm trat, um ihr Territorium zu markieren.

4. KAPITEL

Ich spürte das beißend kalte Wasser um mich herum nicht, nur den Drang, immer weiter hinauszuschwimmen. Er war da – das wusste ich – und wartete darauf, dass ich ihn fand. Ihn nach Hause brachte.

Hinter mir auf dem Steg hing der Rettungsring untätig an einem Holzpfosten. Warum hatte ich ihn nicht mitgenommen? Ein leichtes Unbehagen tief in meiner Brust versuchte, sich an mir festzuklammern.

„Komm schon, Hol! Komm rüber, hier ist es wärmer!" Charlie lachte, Wasser spritzte in sein Gesicht. Das Unbehagen verschwand.

„Ich komme! Halte durch!" Ich lachte auch und versuchte, nicht zu prusten. Es war nicht leicht, gleichzeitig zu schwimmen und zu lachen, aber Charlie schaffte es.

Über das Wasser hinweg, das in meine Ohren und wieder herausrann, fand eine andere Stimme ihren Weg zu mir.

„Holly! Holly, komm zurück!" Martha stand mit Dave auf dem Steg. Sie hatte den Rettungsring in den Stausee geworfen, doch er tanzte nur nutzlos auf den Wellen. Ich hob meine Hände über den Kopf und winkte ihr.

„Ist schon okay, Martha! Wir schwimmen nur! Sieh doch, ich habe ihn gefunden! Ich habe Charlie gefunden!" Ich drehte mich um, um zu sehen, ob Charlie noch auf mich wartete, aber er war jetzt doppelt so weit von mir entfernt. Und lachte immer noch.

„Charlie! Warte!", rief ich. Das Unbehagen nistete sich wieder ein.

„Holly!" Martha klang beunruhigt. *Sieht sie es denn nicht? Ich bin bei Charlie.*

„Charlie? *Charlie?*" Das Unbehagen wurde schwerer, es lag wie Blei auf meiner Brust. *„Ich kann dich nicht mehr sehen. Ich sehe dich nicht mehr, Charlie!"*

„Holly?", rief Martha, aber ich schwamm immer weiter von ihr fort.

„Komm schon, Hol", forderte Charlie mich heraus. „Hol mich ein!"

Ich hatte ihn wiedergefunden, aber er war noch weiter weg.

„Warte auf mich, Charlie. Du bist zu schnell!", rief ich ihm zu, aber er schwamm trotzdem weiter. *Warum lässt er mir keine Chance?*

Marthas Stimme kam näher.

„Holly? Holly?"

Streng dich an, Holly. Du kannst es schaffen.

„Holly? Holly, Liebes, wach auf."

Martha schüttelte mich sanft. Sorge hatte sich in ihren Blick gegraben. Mein Herz hämmerte immer noch, es hatte den Schwindel noch nicht erkannt.

„Ich bin wach", flüsterte ich. *Bitte geh jetzt.* Ich könnte ihn immer noch einholen. Er war noch da, in Reichweite. Ich war noch nicht bereit, ihn aufzugeben. Noch nicht bereit, den Tag zu beginnen.

„Geht es dir gut, Liebes?"

Ich spürte bereits, wie er mir entglitt. Jetzt würde ich ihn nie zurückbekommen.

Dass ich träumte, wunderte mich nicht. Es wurde langsam wieder Zeit. Aber warum ausgerechnet solche Dinge? Warum wieder diese schrecklichen Bilder, die mich im letzten Jahr gequält hatten?

Damals hatte ich aufgehört, mit den Mädels zu trinken. Damit ich meine Wochenenden nicht damit verbrachte, mittags tränenüberströmt aufzuwachen und dann gleich weiter zu weinen. Es ist schwer genug, ein schmerzendes Herz zu pflegen; ein schmerzender Kopf ist da nicht hilfreich.

Du musst lächeln. Sonst machst du Martha traurig. Sei dankbar.

„Hol? Hattest du einen Albtraum?"

Ich gab die Hoffnung auf, dass sie jetzt gehen würde. Wahrscheinlich würde sie für immer auf dem Steg stehen bleiben.

Anstelle meiner selbst auferlegten Abstinenz von den Mädelsabenden hatte Martha auf einer abgemilderten Version bestanden. In den zwei Jahren seit dem Unfall widmete sie ihre Samstagabende ganz dem emotionalen Wohl ihrer jüngeren Schwester. Sie erkannte nicht, dass hier zu sein, mit ihr und Rob zu essen, in ihrem Gästezimmer zu schlafen meine Einsamkeit nicht milderte. Nein, es machte sie nur noch greifbarer.

„Hey. Nein, mir geht es gut." Ich verpackte die Lüge in ein Lächeln. Es funktionierte, und sie lächelte zurück. Mir gefiel Martha mit ihrem zerzausten Morgenlook. Bevor sie sich für den Tag schminkte und ihr Haar tadellos frisierte, sah sie wunderschön aus. Aber es war sinnlos, ihr das zu sagen. Ich hatte gehört, wie Dad es versuchte, wenn Mum nicht in Hörweite war. *Überflüssige Mühe* hatte er es genannt.

Wirklich, Martha musste sich mit ihrem Aussehen keine Mühe geben. Sie hatte all die guten Sachen abbekommen. Auch ohne ihre hohen Schuhe war sie ein ganzes Stück größer als ich mit meinen eins siebenundsechzig. Ihre Augen waren von einem klaren Braun, und sie hatte das schimmernde blonde Haar von unserer Mutter geerbt. Ich hingegen kam mehr nach unserem zauberhaften Dad – weniger schimmernd, weniger blond, mit Augen, die sich nie ganz für eine Farbnuance entscheiden konnten.

Aber trotz unserer Unterschiede und der Dinge, die ich vor ihr verheimlichte, standen wir uns sehr nahe.

Martha war eine gute Schwester, die beste sogar. Aber jeden Samstag hier zu bleiben sorgte ehrlich gesagt mehr für ihr emotionales Wohlbefinden als für meines. Sie brauchte das Gefühl, mir etwas Gutes zu tun, und ich liebte sie genug, um jede Woche brav mitzuspielen. Es war das Mindeste, was ich für sie tun konnte, denn immerhin hatte sie Charlie auch verloren.

„Rob macht gerade Frühstück", zwitscherte sie. „Er holt die ganzen großen Geschosse raus. Ein English Breakfast mit allem Drum und Dran." Ich war kein großer Frühstücker, aber Martha war fest entschlossen, sich um mich zu kümmern. Es waren nur noch wenige Wochen, bis sie ihr erstes Kind zur Welt bringen würde, und sosehr ich mich für sie freute, kam ich doch nicht umhin, zu denken, dass meine zukünftige Nichte oder mein Neffe eine willkommene Ablenkung darstellen würde. Vielleicht könnte ich dann wieder frühstücklose Sonntagmorgen in meinem eigenen Haus verbringen.

„Klar, gerne."

Unten am Frühstückstisch hatte Rob in seinen Anstrengungen, mich aufzupäppeln, keine Mühen gescheut. Er häufte gerade einen enormen Haufen Rühreier auf einen Teller, als ich an ihm vorbei zur Kaffeemaschine ging.

„Guten Morgen, Schönheit", sagte er und kümmerte sich schnell um die nächste brodelnde Pfanne. „Bohnen oder Tomaten? Oder beides? Ich nehme beides."

„Nimmst du nicht. Du hast bereits genug auf deinem Teller", warnte Martha ihn.

Rob beugte sich zu mir vor und flüsterte: „Da hat sie recht."

Ich unterdrückte ein Lächeln, während Martha ihn finster anschaute.

„Was? Ich bin ein Mann im Wachstum. Ich brauche meine Energie", protestierte er.

„Rob, wir passen bald nicht mehr gemeinsam ins Bett, wenn du so weitermachst."

Rob schaute seine wunderschöne, rundliche Frau an und warf mir dann einen verschwörerischen Blick zu.

„Sorry, mein Schatz. Ich sag dir was: Nächsten Sonntag esse ich dafür nur eine Grapefruit. Hol wird mich daran erinnern, nicht wahr, Hol?"

„Auf jeden Fall." Ich grinste in meine Tasse. Martha machte guten Kaffee. „Hat noch irgendjemand heute Kopfschmerzen?", fragte ich und setzte mich, um die turmhohe Portion anzuschauen, die an meinem Platz auf mich wartete. Es roch ehrlich gesagt köstlich.

„Nur von Robs Schnarchen. Ihr zwei seid die Einzigen, die gestern Abend getrunken haben."

„Ach, das war dein Schnarchen, Rob?“, sagte ich und biss in eine Scheibe Toast. „Ich dachte, jemand hätte draußen seine Harley gestartet.“

Martha lächelte über den Rand ihres *Sunday Journal*.

„Willst du eine Kopfschmerztablette?“, fragte sie und legte bereits die Zeitung nieder. Es war sinnlos, sie aufhalten zu wollen; sie würde erst Ruhe geben, wenn ich ein paar Schmerztabletten genommen hatte. „Hast du letzte Nacht nicht gut geschlafen?“

„Nein, ich habe prima geschlafen.“ Erinnerungen an meinen Traum schossen mir durch den Kopf. Unwillkürlich fragte ich mich, was Martha wohl in der Nacht gehört hatte, während Rob neben ihr schnarchte. *Thema wechseln.* „Im Laden war diese Woche die Hölle los. Ich bin vermutlich einfach nur ein wenig angespannt. Du weißt ja, wie das ist – sobald man innehält, bricht alles über einem zusammen.“ Das war einer der Gründe, warum ich mich stets beschäftigt hielt.

„Ja, Martha ist beinahe durchgedreht, als sie dich Freitagabend nicht erreichen konnte. Wie kommt’s, dass du so spät noch arbeiten musstest?“, fragte Rob, während er sich ein Würstchen in den Mund steckte. Es war schwer, Rob anzusehen und nicht zu lächeln. Er erinnerte mich auf gewisse Weise an Dave; ein wenig zu mollig vielleicht, aber zutiefst loyal und unglaublich verlässlich. Sie waren die sanften Riesen in meinem Leben, aber während Martha ihrem Gatten gegenüber tolerant war, erstreckte sich dieses Gefühl nicht auf Dave. Ich schätze, Rob sabberte nicht so viel wie der Hund.

„Ich musste eine Torte für den *Gentlemen’s Evening* auf Hawkeswood liefern.“

„Ach echt?“, murmelte Rob, und eine Gabel voll Rösti wurde ihrem Untergang zugeführt.

„Ich benutze den Begriff Gentleman sehr locker. Dave hat bessere Manieren.“

„Hawkeswood gehört doch jetzt diesem Immobilientycoon, oder, Martha?“

Martha hatte es sich wieder hinter ihrer Zeitung gemütlich gemacht. „Hm?"

„Hawkeswood. Warst du da vor ein paar Jahren mit Parry & Fitch nicht auch mal zugange?"

Martha liebte es, über ihre Arbeit zu sprechen. Es war eine Schande, dass Parry & Fitch Interiors, der Inneneinrichter, für den sie gearbeitet hatte, Personal entlassen musste. Doch der Wohnungsmarkt in England war über die letzten Jahre immer mehr eingebrochen, was die meisten Menschen, die wir kannten, auf die eine oder andere Art getroffen hatte.

„Oh wirklich, Martha? Was hast du da gemacht? Ich bin nur bis zum Spielzimmer vorgedrungen, und das war ziemlich beeindruckend."

Martha hatte ihren Job freiwillig aufgegeben und war mit Leichtigkeit in ihre Rolle als gute Hausfrau geschlüpft. Aber dass ihr seitdem so viel Freizeit zur Verfügung stand, bedeutete auch, dass sie ihre Anstrengungen, mein Haus zu dekorieren, verdoppelt hatte.

„Das Spielzimmer war noch im Originalzustand, als wir dort waren. Hast du die Orangerie hinter dem Haupthaus gesehen? Der Blick über die Landschaft ist wirklich einmalig. Wem gehört das Anwesen jetzt?"

„Sag ich doch. Diesem Immobilientycoon", erklärte Rob. „Wie heißt er noch? Andrews oder …"

„Argyll", half ich ihm aus, während ich gleichzeitig versuchte, den Berg an Pilzen etwas zu verkleinern.

„Genau, das ist er – Argyll. Er ist in den letzten Jahren ein wenig mit dem Gesetz in Konflikt geraten. Ich arbeite mit einem Typen zusammen, der bei Scargills war. Die vertreten seine Firma … Argyll Inc. Er verschafft Scargills ein stetes Einkommen." Rob schüttelte den Kopf und widmete sich wieder seinem Frühstück.

Warum überraschte mich das nur nicht? „Ist Fergal Argyll der Kopf des Unternehmens?", fragte ich und schenkte mir Kaffee nach.

„Stimmt, das ist er. Fergal Argyll. Er ist der große Macher. Hat das ganze Unternehmen aus dem Nichts aufgebaut und es dann beinahe verloren. Erinnerst du dich noch, Martha?"

„Es scheint ihm wieder ganz gut zu gehen", sagte ich. „Und was genau macht er?" Ich hatte Mühe, mir vorzustellen, was ein Mann wie Fergal Argyll aufbauen konnte – außer einem zweifelhaften Ruf.

Rob atmete zwischen zwei Bissen kurz durch. „Sie sind eine Immobiliengesellschaft. Ich glaube, sie haben als Baufirma angefangen. Ganz klein, Ausbauten und solche Sachen. Und dann hatte er Glück und hat ein wenig Land gekauft, als die Preise noch gut waren. Wenn ich mich richtig erinnere, konzentriert sich Argyll Inc. heutzutage auf große Immobilieninvestitionen, Bauentwicklung und so. Aber wie die meisten in diesem Geschäftszweig hatten sie in den letzten Jahren mit Schwierigkeiten zu kämpfen. Hat er nicht als Zugabe noch in den Adel eingeheiratet, Martha?"

Martha nahm die Nase aus der Zeitung und schaute Rob nachdenklich an.

„Der attraktive Playboy!", rief sie. „Du meinst, das ist er?" Sie blätterte in ihrer Zeitung und zeigte schließlich ein Foto von Ciaran Argyll und der Eiskönigin.

„Ja, das ist er", sagte ich, nachdem ich das Bild angeschaut hatte. Er war ein attraktiver Mann, aber ihn umwehte auch eine gewisse Melancholie – ein Zustand, den ich nur allzu gut kannte. Mein Blick fiel auf die gegenüberliegende Zeitungsseite. Schockiert starrte ich die computergenerierten Bilder der vielen Einfamilienhäuser an, die demnächst auf dem Waldgebiet gebaut werden sollten. Plötzlich drehte sich mir der Magen um.

„Hallo-o, Ciaran Argyll. Er ist *unglaublich* attraktiv, Hol, findest du nicht? Ein Aufreißer, aber umwerfend."

Charlie hatte unermüdlich dafür gekämpft, dass die Wälder nicht verkauft wurden.

„Behalte das Höschen an, meine Liebe. Deine Hormone spielen verrückt."

Martha schlug Rob mit ihrer Zeitung auf den Arm.

„Rob? Ich kann nicht mehr. Darf ich bitte aufstehen?“, fragte ich ironisch.

„Sicher“, sagte er. „Du bist mit dem Abwaschen dran.“

„Ähm, du bist mit dem Abwaschen dran, Rob. Du hast dieses Chaos veranstaltet, du räumst es auch wieder auf. Hol und ich gucken uns derweil Farbmuster an.“ Martha wuchtete eine Handvoll Musterbücher auf den Tisch. „Also, ich habe gedacht – und sag ruhig Nein, wenn du nicht willst, aber ...“

„Nein.“

„Du weißt doch gar nicht, was ich sagen wollte“, erwiderte sie.

„Weiß ich doch. Du wolltest sagen: ‚Holly, es ist schon beinahe Oktober, und dann ist bald Weihnachten, und bevor du dichs versiehst, ist schon wieder ein Jahr vorbei, und die Wände im Flur sind immer noch unverputzt und ...‘“ Marthas Miene ließ mich mitten im Satz abbrechen. *Verdammt, warum kannst du das Thema nicht ruhen lassen?*

Sechs Monate nach dem Unfall hatte sie mich überredet, mein Schlafzimmer fertig einzurichten. Sie hat das ganz toll gemacht, alles weiche Grau- und Blautöne zu unseren dunklen antiken Möbeln. Das Schlafzimmer sah danach aus wie in einem Boutique-Hotel. Das Problem war nur, dass Charlie und ich nie auch nur eine einzige Nacht in einem Boutique-Hotel verbracht hatten. Deshalb konnte ich ihn mir in diesem Zimmer nicht vorstellen. Plötzlich war es nicht mehr unser Schlafzimmer; es war nur noch meins. Und ich wollte um alles in der Welt vermeiden, dass das auch mit den anderen Räumen passierte. Also blockte ich Marthas Vorschläge allesamt ab, ohne ihr den wahren Grund zu nennen. Sie war so stolz auf das Schlafzimmer, und ich wollte nicht, dass sie verletzt wurde.

„Sieh mal, Martha, ich würde mir gerne von dir helfen lassen, aber ich habe mich diese Woche im Laden totgearbeitet und ...“

„Na, genau das wollte ich doch sagen.“ Das Lächeln kehrte in ihre Augen zurück. „Rob hat ein paar Tage frei, bevor das Baby kommt, aber ich habe bereits alles organisiert. Ich habe das

Kinderzimmer eingerichtet, die Wiege zusammengebaut, meine Krankenhaustasche gepackt, meinen Geburtsplan geschrieben – in zwei Varianten sogar, um ehrlich zu sein. Ich habe sogar schon die beiden Kindergärten eingehend untersucht, die für uns infrage kommen."

„Du denkst schon an den Kindergarten?", fragte ich. „Ab wenn gehen Babys denn dahin?"

„Wenn sie drei sind."

„Drei Monate? Willst du wieder arbeiten?"

„Nein, Jahre. Ich bin eben gerne gut vorbereitet, Hol."

Ich wusste es. Ich hatte es schon immer gewusst. Meine Schwester war ein Haushaltsroboter. „Also kann Rob zu dir kommen und dir ein wenig zur Hand gehen." Ich schaute Rob an, der ungefähr genauso enthusiastisch wirkte, wie ich mich fühlte.

Lügen, lügen, lügen.

„Weißt du, Martha, das fände ich echt toll. Aber ich habe im Moment ein ziemlich dringendes Problem. Vielleicht könntet ihr mir erst mal dabei helfen?" Ich wusste, wie man Martha wieder einfing. Das hatte ich in meiner Kindheit oft genug geübt. „Anfang nächsten Jahres ist mal wieder eine Inspektion des Ladens fällig, und ich könnte wirklich ein wenig Unterstützung gebrauchen." Robs Miene verfinsterte sich. Er hatte gedacht, wir wären ein Team. „Nichts Schlimmes, nur ein paar Instandhaltungsarbeiten, vielleicht ein wenig streichen. Für mich allein ist das nur leider etwas zu viel. Wenn du ein paar Tage bei mir im Laden verbringen könntest, wäre ich dir sehr dankbar, Rob."

Martha wirkte nicht überzeugt, aber zum Glück war ihr einziger Wunsch, mir zu helfen, und ich kam ihr wenigstens einen winzigen Schritt entgegen.

„Äh, okay. Aber was ist mit dem Haus? Ich habe ein paar Ideen, die dir bestimmt gefallen, Hol."

Schuldgefühle quetschten meinen Magen zusammen.

„Na, dann immer her damit! Wenn Rob seinen Hintern schnell genug bewegt, können wir mit dem hinteren Schlafzimmer anfangen, bevor Junior auf die Welt kommt." Ich musste

Rob einfach möglichst lange in meinem Laden beschäftigen. Dadurch wäre dann auch Martha zufriedengestellt. Und nach der Geburt hatte sie hoffentlich sowieso nicht mehr die nötige Energie oder Lust, sich um mein Haus zu kümmern. Das war zumindest mein Plan.

Als sie hörte, dass ich Interesse an ihren Ideen hatte, wurde Martha von neuer Aufregung gepackt und verließ die Küche, um weitere Zeitschriften zu holen. Rob richtete einen Blick aus wissenden Knopfaugen auf mich.

„Mach dir keine Sorgen, Großer. Du kannst den ganzen Tag Kuchen essen, und abends spritzen wir dir einfach ein wenig Farbe ins Gesicht, bevor wir dich nach Hause schicken."

5. KAPITEL

Es war Montag, ich war müde und dank Daves Fressgewohnheiten auch zu spät. Zum Glück war um diese Jahreszeit im Laden nicht viel los.

Jesse hatte bereits geöffnet und mit der Zubereitung der frisch gebackenen Cupcakes und Kekse angefangen, die wir neben unseren individuellen Torten anboten. Es brachte kein großes, aber dafür stetiges Geld ein, und wenn der Strom der Bräute dünner wurde, bezahlten die Cupcakes Jesses Lohn und hielten den Laden am Laufen. Wir öffneten erst um zehn für unsere Kunden, was hauptsächlich daran lag, dass nur wenige Leute schon vor dem Mittagessen Cupcakes essen wollten. Aber es gab uns auch drei Stunden Zeit, um unser Gebäck zu verzieren und es rechtzeitig für den Mittagsandrang auszustellen.

Es war nur eine Handvoll Leute auf der Kopfsteinpflasterstraße unterwegs, als ich meinen Wagen parkte und die gut hundert Meter zum *Cake* lief. Ich parkte nicht gerne direkt davor, außer ich musste etwas einladen, denn ich wollte, dass die Passanten die fantastischen Kuchen und Torten sahen, die Jesse und ich in den beiden großen Schaufenstern ausgestellt hatten. Heute Morgen parkte sowieso schon ein anderes Auto dort.

Hunterstone war ein netter Ort. Zu teuer, um ein Haus zu bauen, aber dank seiner Lage zwischen der großen Stadt und dem Nationalpark hatte man hier alles, was man brauchte, in Reichweite. Das Schloss lockte eine beträchtliche Menge an Touristen an, und die sauberen, von Bäumen überschatteten Straßen boten eine große Auswahl an Restaurants, Galerien und Läden, um die Touristen ein wenig länger verweilen zu lassen.

Der Laden hatte zwar einiger Renovierungen bedurft, war aber dank seiner Architektur der perfekte Ort für Bräute. Hier konnten sie zwischen der Anprobe von champagnerfarbenen Brautkleidern und der Auswahl des Blumenschmucks einen Moment durchatmen. Charlie hatte gewissenhaft alle kniffligen Ecken und Winkel der georgianischen Fassade in einem Cremeton gestrichen, nachdem mich diese Arbeit fast in den Wahnsinn getrieben hätte. Er hatte außerdem einen kleinen Buchsbaum vor dem Eingang aufgestellt, was unsere Ladenfront genauso verlockend machte wie unsere Torten im Inneren. Ein frei schwingendes antikes Schild war das Einzige, was die Symmetrie der Fassade unterbrach. In goldener Schrift auf burgunderfarbenem Grund verkündete es den Namen unseres Geschäfts: *Cake*.

Ich sprang die beiden Stufen hinauf und öffnete unter lautem Glockengeklingel die Tür. Es war beinahe elf, und Jesse war bestimmt bereit für ein zweites Frühstück. Er aß noch mehr als Rob, nahm aber nie auch nur ein Gramm zu.

„Hey! Ich habe Bagels und schicken Kaffee mitgebracht", rief ich, während ich ein paar neue Brautmagazine neben das Sofa legte. Dann trat ich an den Tresen und hörte bereits das Dröhnen der Mischmaschine in der Backstube im hinteren Teil des Gebäudes. Jesse hörte mich vermutlich nicht.

Ich nahm sein Frühstück mit nach hinten, wo er damit beschäftigt war, mehrere Bleche voller Cupcakes mit lilafarbener Buttercreme zu garnieren, bevor er auf jeden davon eine überzuckerte Veilchenblüte setzte.

„Die sehen toll aus", rief ich und winkte mit der warmen Papiertüte in meiner Hand. Jess trat von der Arbeitsfläche zurück und ging hinüber zum Mixer, um ihn auszuschalten.

„Hey, Hol, wie geht es Dave?" Er griff nach dem Beutel, und ich stellte die Kaffeebecher ab und hängte meine Sachen hinten in der Ecke auf.

„Ganz gut – er hat allerdings einen faulen Zahn. Ich habe ihn Trübsal blasend im Garten zurückgelassen. Mrs Hedley wird ihm vermutlich wieder den ganzen Tag Leckerchen über den Zaun werfen." Ich fragte mich, ob das Teil des Problems war. Mit Charlie hatte sie das genauso gemacht und ihm immer ein zweites Mittagessen vorgesetzt, wenn sie dachte, ich würde es nicht merken.

Jesse stürzte sich auf die Bagels, während ich mir eine Schürze umband und mir das erste von mindestens hundert Malen die

Hände wusch. Ich trocknete sie ab und wollte mir ebenfalls einen Bagel schnappen, aber er zog mir die Tüte weg.

„Du kannst leider nicht. Du hast einen Kunden“, sagte er und grinste mich an.

„Was für einen Kunden? Heute ist doch gar keiner gebucht, oder?“ Ich ließ meinen Blick auf der Suche nach dem Auftragsbuch über die Arbeitsfläche gleiten. Ab und zu hatten wir morgendliche Beratungsgespräche, aber die meisten fanden an den Wochenenden statt, wenn die Mutter der Braut in der Stadt war und der Verlobte keine Entschuldigung hatte, nicht teilzunehmen.

„Jetzt schon. Er ist hier, seitdem ich das Schild umgedreht habe.“

„Oh nein, Jesse, habe ich etwa einen Termin vergessen?“ Leichte Panik überkam mich.

„Nein. Er hatte keinen Termin“, sagte Jesse immer noch grinsend.

„Warum benimmst du dich so seltsam?“, fragte ich ihn und versuchte, nicht über seinen albernen Gesichtsausdruck zu lachen. „Und wo ist er überhaupt?“

Ich folgte Jesse aus der Backstube über den kurzen Flur und in den Laden hinaus.

„Er ist da drüben und wartete darauf, dass du zur Arbeit kommst“, sagte Jesse und schaute nach draußen.

Ich sah durch das Schaufenster zu dem Café auf der anderen Straßenseite hinüber, ließ meinen Blick über die Bistrotische wandern auf der Suche nach einem bekannten Gesicht. Ein paar Frauen in Mänteln und Sonnenbrillen genossen den Morgen, aber ansonsten war da niemand. Ich schaute immer noch hin, als zwei Geschäftsleute, ein Mann und eine Frau, das Café gemeinsam verließen, gefolgt von einem weiteren Mann in einem makellosen Anzug und ebenfalls mit Sonnenbrille. Als er den Kopf drehte, um zu sehen, ob die Straße frei war, erkannte ich die markante Linie seines Kiefers, die von einer Generation an die nächste vererbt worden war.

„Und wie war dein Wochenende, Holly?“, fragte Jesse, als mir dämmerte, wer da auf uns zukam.

Ich beobachtete, wie Ciaran Argyll sich näherte, und versuchte dabei, mir vorzustellen, was er hier wollte.

„Es muss wohl ein Problem mit der Torte gegeben haben“, murmelte ich und wappnete mich für das, was kommen würde. „Ich wette, der alte Knacker will sich beschweren, weil ich seine Ausrüstung nicht ausreichend gewürdigt habe.“

„Seine Ausrüstung? Was bitte hast du am Wochenende gemacht, Hol?“

„Nichts“, erwiderte ich immer noch nachdenklich.

Die Glöckchen über der Tür bimmelten, und Ciaran Argyll betrat selbstbewusst den Laden. Jesse hörte auf, seinen Bagel zu essen.

„Guten Morgen noch einmal“, sagte Argyll und nickte Jesse zu, der hinter mir stand. Ich nickte ebenfalls. „Hallo.“

„Alles klar, Kumpel? Haben Sie die Wartezeit mit den Golden Girls genossen?“, fragte Jesse.

„Ehrlich gesagt war der Kaffee überraschend gut.“ Mr Argyll nahm seine Sonnenbrille ab. Heute sah er nicht ganz so melancholisch aus, und sein Lächeln war entspannter, als ich es in Erinnerung hatte. „Aber Sie hatten recht, sie haben sich gut um mich gekümmert.“ Er lachte und ließ dabei perfekte weiße Zähne aufblitzen. Ich wettete, er war es gewohnt, dass man sich um ihn kümmerte.

„Ah, da drüben lieben sie einen wahren Gentleman, nicht wahr, Hol? Holly hat aufgehört, dort ihr Mittagessen zu kaufen, nachdem sie bemerkt hat, dass die alten Mädchen die Männer zuvorkommender bedienen als die Frauen. Das ist sexistisch, oder nicht, Hol?“ So, wie er es sagte, klang es albern – aber ja, ich boykottierte das Café.

Ich bedachte Jesse mit einem breiten Lächeln.

„Ich werde dann mal zu Ende frühstücken. Wir sehen uns, Kumpel“, sagte er und ging wieder nach hinten. „Netter Wagen.“

Argyll drehte sich zu dem Auto um, das vor dem Laden stand, und nickte.

„Was kann ich für Sie tun, Mr Argyll?“ Ich atmete tief durch, und mir fiel erneut sein Aftershave auf. Während er auf den Tresen zukam, griff seine Hand in die Innentasche seines Jacketts.

„Sie sind am Freitag verständlicherweise etwas übereilt gegangen. Dabei haben Sie das hier vergessen. Ich dachte, wir sind es Ihnen wenigstens schuldig, es zurückzubringen“, sagte er sanft und entfaltete ein Stück Papier, das er mir dann reichte. Ich erkannte es sofort.

Zwei Vanille-Hoden, Durchmesser je fünfundzwanzig Zentimeter, durchbohrt von einem Stiletto, zu liefern an Fergal Argyll, Hawkeswood Manor, Freitag, 20. September, EXAKT um 20.30 Uhr.

„Kann ich das jetzt für Sie quittieren? Mein Vater war am Wochenende ein wenig mitgenommen, sonst hätte ich ihn darum gebeten.“

Er hatte den weiten Weg auf sich genommen, nur um mir den Lieferzettel zu bringen?

„Nein, schon okay. Ist ehrlich gesagt nicht so wichtig“, sagte ich, weil mir erst zu spät einfiel, dass der Lieferschein gute dreißig Meilen mit dem Mann zu meinem Laden gereist war. „Aber danke, dass Sie ihn zurückgebracht haben.“

Seine Augen waren von einem intensiven Braun. Jetzt verengten sie sich ein wenig, als er den Kopf neigte, um mich zu mustern. Er war ein sehr attraktiver Mann. Meine Aufmerksamkeit wurde von dem Lichtstrahl angezogen, der in den Laden fiel und sich in seinen Haaren verfing, um einige braune Strähnen blond zu färben. Ich entdeckte einen Hauch von fein gestutzten Stoppeln auf seinem Kinn, die mir am Freitag nicht aufgefallen waren.

Ich konnte es nicht erklären, aber ich spürte deutlich, wie mir die Wärme am Hals entlang aufstieg. War ich so außer Übung, dass schon eine harmlose Unterhaltung mit einem Mann genügte, um mich wie ein Schulmädchen erröten zu lassen? Wie unglaublich peinlich war das denn?

„Sind Sie sicher?“, hakte er nach. Diese Augen, die nicht zu den Farben in seinem Haar passen wollten, musterten mich immer noch. „Meine Stiefmutter kann sehr pedantisch sein, wenn es um Papiere geht. Und um die Anatomie meines Vaters.“

Oh je, wir waren wieder bei Fergals Hoden angelangt. Jupp. Mein Hals war definitiv rot angelaufen.

„Äh, nein, nein, alles gut. Sie war auch gar nicht so lange hier“, sagte ich, um eine Unterhaltung über seinen Vater schnellstmöglich im Keim zu ersticken.

„Ich glaube, dass Elsa Ihnen eine zusätzliche Zahlung in Aussicht gestellt hat für den Beweis, dass Sie die Torte persönlich an Fergal ausgeliefert haben.“

„Ja, das hat sie. Aber das war nicht zwingend Teil des Auftrags“, erwiderte ich.

„Dann legen Sie bei dieser Sache also drauf?“, fragte er, und seine Augen verengten sich erneut. „Lassen Sie mich das bitte erledigen. Es ist nicht Ihr Fehler, dass mein Vater sich so danebenbenommen hat. Sie sollten das nicht ausbaden müssen.“ Er holte ein Scheckbuch aus der gleichen Innentasche und legte es neben seine Sonnenbrille auf den Tresen.

„Wären fünfhundert genug?“, fragte er und schraubte seinen Füller auf. „Ich gehe davon aus, dass Ihnen das Doppelte angeboten worden ist, wenn Sie die Unterschrift beschaffen? Die Torte hat zweihundertfünfzig gekostet, richtig? Nehmen Sie die Differenz bitte als eine Form der Entschuldigung an. Fergal kann manchmal … etwas enthusiastisch werden“, sagte er, während sein Stift schon über das Scheckbuch kratzte.

„Woher wissen Sie …“

„Toby ist ein alter Freund von mir. Er hat mir geholfen, Sie zu finden. Wissen Sie, dass auf Ihrem Lieferschein keine Adresse steht?“ Er hob den Kopf und schaute mich an.

„Die Lieferscheine sind nur für unsere Unterlagen …“ Ich zuckte mit den Schultern. „Wer ist Toby?“

„Elsas Fahrer. Er hat Sie für die Torte bezahlt. Also sagen wir fünfhundert?“, fragte Ciaran, der darauf wartete, eine Summe eintragen zu können. Diese Leute ... Es war obszön, wie sie mit dem Geld um sich warfen.

„Wirklich, das müssen Sie nicht tun. Es ist alles bezahlt worden."

Er lehnte sich an den Eichenholztresen, den Charlie fünfmal gewachst hatte, um den von mir gewünschten Farbton zu erreichen, und sah mich an. Seine linke Hand lag flach auf dem Holz, sein Körper war leicht über das Scheckbuch geneigt. Er hatte keine Arbeiterhände wie sein Vater. Sie sahen weicher aus als meine, mit unglaublich sauberen Fingernägeln. Er trug keinen Ehering, aber ich hatte meinen auch nicht getragen. Der Tortenguss blieb immer darunter kleben, deshalb trug ich ihn gemeinsam mit dem von Charlie an einer Kette um meinen Hals.

„Das ist sehr großzügig von Ihnen", sagte er, „aber sollten Sie deswegen nicht erst mit Ihrem Chef sprechen? Geld ist immerhin Geld." Ich wusste, dass ich als Unternehmerin wesentlich jünger als der Durchschnitt war, aber es hatte mich immer gestört, wenn jemand mich für das Laufmädchen hielt. Okay, ich lief immer noch viel herum, aber nicht für jemand anderen. Das hatte ich während meiner Collegezeit und an der Universität zur Genüge getan. Ich mochte vielleicht kein Imperium aufgebaut haben, aber trotzdem hatte ich mir meinen Titel redlich verdient.

„Ist Ihr Chef im Haus?", hakte er nach.

Martha hatte mir ausführlich erzählt, was über die Argylls berichtet wurde. Von Ciarans lockerem Leben, das er sich von seinem Vater finanzieren ließ.

„Ja", erwiderte ich. „Und es ist sehr großzügig von *Ihnen*, aber sollten Sie deswegen nicht zuerst mit *Ihrem* Chef reden?"

Etwas in seiner Miene veränderte sich, und ich spürte, dass ich einen Nerv getroffen hatte. Das Scheckbuch wanderte zurück in seine Tasche. Für ihn, den Sohn eines stinkreichen Mannes, musste es sich anfühlen, wie die Waffe wieder ins Holster zu stecken.

Das Lächeln kehrte zurück, aber ich hatte bereits die echte Version davon gesehen. Dieses hier war nur zur Show.

„Dann gehört dieses Geschäft also Ihnen?“, fragte er und trat an die Glasvitrine, die dem Tresen am nächsten stand.

„Das tut es“, erwiderte ich, wohl wissend, dass ich ihn beleidigt hatte.

Ich beobachtete, wie er sich unsere Sammlung von sommerlichen Tortenentwürfen anschaute. „Und die sind alle echt?“, fragte er und schlenderte weiter durch den Raum.

„Nein, es sind Attrappen.“ Ich fand, er sah aus, als wandele er durch eine Kunstausstellung. „Wir nennen sie Blindmuster. Sie haben einen Kern aus Styropor, den wir für diesen Zweck glasieren und verzieren.“

„Dann sind sie nur zum Angucken?“ Er blieb stehen und schaute zu mir.

„Nur zum Angucken“, bestätigte ich.

Er setzte seinen Weg fort zum ersten Fenster und beugte sich hinunter, um die Straßen des Lebkuchendorfs zu betrachten.

„Haben Sie das gemacht?“, fragte er, ohne den Blick von der Miniaturszene zu nehmen. Die fein gearbeitete Turmuhr, die Eisenbahn komplett mit Zügen und einem Bahnhofshäuschen weckten das Interesse von jedem männlichen Wesen, ob jung oder alt, das von seiner Mutter, Tochter oder Frau mit hierhergeschleppt wurde. Ciaran schien da keine Ausnahme zu sein.

„Das haben Jesse und ich gemeinsam gemacht. Es ist ein Job für zwei Leute – einer klebt, während der andere die Teile festhält.“

Er richtete sich wieder auf und blieb einen Moment an der Tür stehen, als wäre er nicht sicher, ob er gehen wollte oder nicht. „Sie sind sehr talentiert.“ Er legte eine Hand auf die Messingklinke. Selbst von hier aus betrachtet waren seine Augen faszinierend dunkel.

„Danke“, sagte ich, und die Hitze stieg wieder in mir auf. Ich wünschte, ich hätte ihn nicht beleidigt. „Und danke für den Lieferschein. Ich weiß es sehr zu schätzen, dass Sie ihn mir vorbeigebracht haben.“ Ich lächelte, als er die Tür aufzog. Die Glöckchen bimmelten erneut.

„Auf Wiedersehen", sagte er leise.

„Auf Wiedersehen", antwortete ich und drehte mich um.

Auf dem Weg in die Bäckerei hörte ich die Glöckchen noch einmal klingeln, bevor die Tür ins Schloss fiel. Jesse lungerte neben einer Ladung von weiteren sechsundneunzig Cupcakes herum, die darauf warteten, verziert zu werden. „Wenn du fertig bist, mit attraktiven Männern zu spielen, hast du hier so einiges aufzuholen", zog er mich auf.

„Ich habe mit niemandem gespielt", murmelte ich.

„Aber du musst zugeben, dass er ein äußerst scharfer Stecher."

„Scharfer Stecher. So heißt das heutzutage also?"

„Nenne es, wie du willst. Hast du sein Auto gesehen?"

„Nein, Jess, ich habe sein Auto nicht gesehen. Was ist das nur mit dir und glänzenden Objekten? Du bist wie eine Elster", neckte ich ihn und füllte einen Spritzbeutel mit Buttercreme.

„Es ist nichts Falsches daran, die schöneren Dinge im Leben zu schätzen, Hol, und der Kerl hat ein paar sehr feine Dinge. Sein Anzug war ebenfalls ziemlich stilvoll. Schöner Schnitt." Mir war der Anzug auch aufgefallen. „Also … wer ist er?"

„Sind das hier die mit Ingwer oder mit Melasse?", fragte ich und drückte die Zitronencreme bis zur Spitze der Spritztüte, bevor ich sie oben schloss.

„Ingwer und Whisky. Und? Wer ist unser James Bond nun?"

Ich fing an, einen herben Zitronenwirbel auf einen Cupcake zu setzen.

„Letzten Montag, die Torte mit dem Stiletto … Er ist der Sohn des Mannes, für den sie bestimmt war."

„Ach ja? Tja, er wirkte ein wenig entspannter als die alte Schachtel."

„Ich denke nicht, dass die Torte ihn darstellen sollte, Jess. Sein Dad war nicht ganz so entspannt."

„Also war sie, was … James Bonds Mutter?"

„ Seine Stiefmutter. Sie war natürlich nicht da, als ich seinen Dad, Fergal Argyll, getroffen habe", sagte ich und nahm die nächste Reihe Cupcakes in Angriff.

„Und wie ist sein Dad so? Stinkreich würde ich wetten. Frauen wie sie heiraten nicht außerhalb ihrer Klasse."

Ich unterbrach meine Arbeit und überlegte, wie ich Fergal Argyll beschreiben sollte. Ein Mann, der ganz eindeutig in einer eigenen Klasse spielte.

„Er war ... lebhaft. Aber harmlos, glaube ich."

„Was wollte der Junior dann hier? Gab es ein Problem mit den Eiern seines alten Herrn?"

Ein kleines Lächeln stahl sich auf mein Gesicht, als ich mich daran erinnerte, wie nah dran ich gewesen war, die echten Eier zu sehen. Igitt.

„Ich bin mir nicht sicher. Ich denke, er ist gekommen, um die Wogen ein wenig zu glätten."

„Was für Wogen?"

„Die Art Wogen, die Menschen mit Geld gerne mit ihrem Scheckbuch vertreiben." Ich war mit der letzten Reihe der Ingwer-Cupcakes fertig und legte die Spritztüte auf die Arbeitsplatte. „Mir geht der Platz aus. Ich fürchte, ich werde langsam anfangen müssen, auch die Fläche unter der Arbeitsplatte als Abstellfläche zu nutzen."

„Ich sage dir schon die ganze Zeit, dass wir noch mindestens zwei Edelstahltische brauchen."

„Nach dem Ofen, Jess. Der neue Ofen ist wichtiger als neue Arbeitstische."

„Und wann kriegen wir den neuen Ofen?", rief er mir hinterher.

„Bald! Wenn wir uns leisten können, ihn zu bestellen."

Ich nahm das Blech mit den fertigen Cupcakes, die ich gerade verziert hatte, und trug es in den Laden. Bevor ich die Tür erreicht hatte, rief ich Jesse zu: „Aber du hast recht, Jess ... Er ist ein verdammt scharfer Stecher." Das war nicht ganz ernst gemeint. Aber Jesse sollte sich ruhig klarmachen, dass sogar ich die feineren Dinge des Lebens zu schätzen wusste. Nur weil ich nicht hungrig war, hieß das ja noch lange nicht, dass ich vergessen hatte, wie gut Essen schmeckte.

Die breiten Bleche durch den engen Durchgang in den Laden zu manövrieren konnte trickreich sein, aber das war nicht der Grund, warum ich die ganze Ladung beinahe hätte fallen lassen.

„Ich habe meine Sonnenbrille vergessen“, sagte Ciaran Argyll, der im Laden stand und mich anschaute. Die Röte schoss mir mit voller Wucht den Hals hinauf und machte es sich auf meinen Wangen gemütlich.

Wieso steht er da? Die Glocken haben nicht gebimmelt.

„Äh …“, stammelte ich und erkannte zu meinem Entsetzen, dass ich ihn gar nicht hatte gehen sehen. Panik stieg in mir auf, als ich im Kopf noch einmal die Unterhaltung durchging, die er vermutlich mit angehört hatte. Doch je mehr ich mich bemühte, desto weniger wollte mir etwas einfallen, was ich hätte sagen können, also versuchte ich, meinen Schock unter etwas zu verstecken, das hoffentlich Ähnlichkeit mit einem Lächeln hatte. Ich dachte, die Peinlichkeit, in Ciaran Argylls Gegenwart zu erröten, hätte ich schon hinter mir, aber das hier war ein neues Level.

Er vermied es sorgfältig, mich anzusehen. Ich war mir sicher, dass er versuchte, ein Lächeln zu unterdrücken. „Um ehrlich zu sein, ich habe demnächst eine Veranstaltung und wollte Sie fragen, ob Sie mir dafür eine Torte liefern würden.“

Bitte mach, dass er uns nicht gehört hat, bitte, bitte, bitte.

„Äh, ja, das können wir gerne machen.“ Ich schluckte. „Für wann?“ Ich versuchte, einen letzten Rest Haltung zusammenzukratzen.

„Am sechsundzwanzigsten Oktober“, erwiderte er. „Das ist ein Samstag.“

Ich schob das Blech mit den Cupcakes unter den Tresen und spürte dabei, wie sich ein Schweißfilm auf meinem Nacken bildete. Ich *schwitzte* nicht. Doch meine klammen Hände sagten etwas anderes.

Das Auftragsbuch, nach dem ich gesucht hatte, lag beim Telefon neben der Kasse. Also ausnahmsweise mal an seinem Platz.

Ich blätterte durch die folgenden Seiten und hoffte, auf eine Woche zu stoßen, die zu voll war, um einen weiteren Auftrag für die Argylls anzunehmen.

„Ich weiß, es ist etwas kurzfristig", sagte er und schaute ebenfalls in den offenen Terminkalender, während ich die Buchungen für die entsprechende Woche überprüfte. Sie waren dünn gesät. Am Freitag, den fünfundzwanzigsten, stand leuchtend grün eingekreist *Marthas Stichtag*. Ansonsten war es eine Woche, in der wir uns hauptsächlich auf Laufkundschaft verlassen mussten. Er betrachtete die leeren Tage auf der Seite und sah mich dann aufmerksam an.

„Gerne. Was schwebt Ihnen denn vor?", gab ich meine Niederlage zu.

„Tja, die Veranstaltung hat ein Motto, das wäre vielleicht ein guter Anfang?" Er neigte seinen Kopf ein wenig und wirkte ziemlich entspannt. Doch so weit war ich noch lange nicht. Ich spürte immer noch die Hitze in meinen Wangen brennen.

„Klar. Was für ein Motto ist es denn?" Ich richtete meine ganze Konzentration auf den Stift und meinen Skizzenblock, die ich zu mir herangezogen hatte.

„Hollywood: Helden und Schurken", erwiderte er grinsend. Natürlich war das das Motto. „Es ist der dreißigste Geburtstag eines Freundes, also sollte die Torte lustig und einzigartig sein. Und natürlich unglaublich lecker."

Ich bemühte mich, ihn nicht anzusehen, denn das schien mein Erröten jedes Mal zu verstärken.

„Helden und Schurken? So wie der weiße Hai und Martin Brody?" Ich riskierte einen Blick; sein Lächeln war breiter geworden.

„Wenn Ihnen das gefällt. Vielleicht könnten wir noch etwas anderes hineinmischen. Ich glaube nicht, dass viele dort als weißer Hai verkleidet kommen." Er warf einen Blick auf seine Uhr. „Hören Sie, ich muss zur Arbeit. Ich bin nicht sicher, wie das jetzt weitergeht?"

Zum Glück. Er würde in wenigen Minuten weg sein. Er hatte

uns nicht herumalbern hören – alles war gut. Ich musste das hier nur noch zu Ende bringen.

„Tja, ein Thema, mit dem wir arbeiten können, hätten wir dann ja. Jetzt bräuchte ich noch eine Vorstellung davon, in welche Geschmacksrichtung wir gehen sollen und für wie viele Gäste die Torte gedacht ist. Und natürlich ein Budget, wenn Sie eines haben. Wir würden Ihnen ein paar entsprechende Entwürfe anfertigen und dann weitersehen." Diesen Auftrag würde auf alle Fälle Jesse erledigen, so viel war mal sicher.

„Okay." Er tippte mit dem Bügel seiner Sonnenbrille gegen seine Unterlippe. „Die Torte soll für dreihundert Leute reichen. Das Budget … was immer Sie für ausreichend halten. Und machen Sie sich keine Mühe mit einer Zeichnung. Ich weiß, bei Ihnen bin ich in guten Händen." Er lächelte, was die Ernsthaftigkeit in seinen Augen ein wenig milderte – der gleiche Effekt wie bei seinem Vater.

„Okay. Und soll sie geliefert werden?"

„Ja, auf jeden Fall", sagte er. „Ich sorge dafür, dass jemand Sie wegen der Einzelheiten anruft. Adresse, Bezahlung und so weiter. Oder kann ich jetzt gleich bezahlen?"

„Nein, nein, ich muss das erst kalkulieren. Also … Ich bräuchte noch eine Geschmacksrichtung."

Er tippte noch einmal mit dem Bügel gegen seine Lippe, bevor er mir mit seinen dunkelbraunen Augen direkt in meine Augen schaute.

„Ingwer und Whisky klang doch perfekt."

6. KAPITEL

Ein dichter Nebel hing über dem Stausee, als ich am nächsten Morgen zur Arbeit fuhr. Der Motor stotterte, und in meinem kleinen Blechauto war es eiskalt, aber ich wusste, dass so ein Morgen einen wunderschönen Tag ankündigte. Es war erst sechs Uhr dreißig, also noch Zeit genug, um sich aufzuwärmen und das Tragen meiner blauen Ballerinas zu rechtfertigen, die sich im Moment noch als erbärmlich unzureichend für die Kälte im Fußraum erwiesen.

Das hier waren die letzten Atemzüge des sterbenden Sommers. Ein tapferes Aufbäumen gegen den unaufhaltsamen Herbst, der erneut heranschritt, um ein weiteres Jahr ohne Charlie zu vollenden.

Aber heute würde es wenigstens sonnig werden, und sonnige Tage waren gut fürs Geschäft. Die Golden Girls im Café auf der anderen Straßenseite würden sich über einen Strom an Kunden freuen, die an den Tischen draußen sitzen wollten und von dort sehnsüchtig zu den Köstlichkeiten schauten, die wir für sie bereithielten, sobald sie mit dem Mittagessen fertig waren. Großmütter würden hereinschauen, um ein paar Kekse für ihre Enkelkinder mitzunehmen, Geschäftsfrauen würden die Gelegenheit ergreifen, ein letztes Mal an etwas sommerlich Hübschem zu knabbern, und der eine oder andere eifrige männliche Kollege würde ihnen in den Laden folgen.

Die *Pick'n'Mix-Truppe*, wie Jesse sie nannte, weil sie immer mehrere Schachteln kauften, damit alle von allem probieren konnten.

Dank meines wundervoll traumlosen Schlafs fühlte ich mich auf meinem Weg nach Hunterstone ungewohnt erfrischt. Erst als ich den Laden erblickte, ertappte ich mich dabei, wieder an Ciaran Argyll zu denken.

Es war immer noch kalt, als ich aufschloss und eintrat. Ich hob die wenige Post auf und ging dann schnurstracks nach hinten durch zum Wasserkocher. Charlie hatte Werbesendungen nicht ausstehen können und immer die Adresse des Ladens angegeben anstelle der von zu Hause. Er meinte, hier hätten wir größere Altpapiertonnen als daheim, was gar kein so dummes Argument war.

Ich sah die Post durch, während der Wasserkocher zum Leben erwachte. Ein Brief von unserem Stromversorger, zwei Flyer für örtliche Lieferdienste und – ah, eine Dankeskarte. *Das ist nett.* Ich zog die Karte aus dem Umschlag und ging ans andere Ende der Backstube, wo in einem kleinen Alkoven ein zerschlissenes Sofa stand. Hier hielt ich an den verrückten Tagen in der Hauptsaison zwischendurch oft ein kleines Nickerchen. Jetzt ließ ich mich daraufsinken und las die Karte.

Liebe Holly, lieber Jesse,

vielen Dank für die wundervolle Torte! Sie war absolut umwerfend und genau so, wie wir sie uns vorgestellt hatten. Selbst Bens Mum hat nichts zu meckern gefunden (was echt was heißen will).

Wir kommen für die Torte zu unserem ersten Hochzeitstag definitiv auf Euch zurück, genau wie für den zehnten und die goldene Hochzeit! Hoffentlich auch bald für einen Kuchen zur Taufe.

Jetzt muss ich aufhören. Ich schreibe das hier auf dem Weg zum Flughafen. Thailand, wir kommen!

Danke noch mal, ihr wart fabelhaft.

Mit den besten Wünschen
Mr und Mrs Benjamin Day xx

Ich steckte die Karte zu den anderen an unserer Pinnwand und betrachtete den letzten Briefumschlag in meiner Hand. Er hatte ein ungewöhnliches Format in Form eines Zelts mit der Aufschrift *Glamping in Wales*. Auf der Rückseite hing an einer Reihe fröhlicher Wimpel das Adressfeld mit Charlies Namen. Charlie Jefferson. Er hatte uns immer für Glamping-Typen gehalten und vorgeschlagen, wir sollten es zu unserem ersten Hochzeitstag mal ausprobieren. Wir haben es nie geschafft.

Tee, Öfen anschalten, Recyclingtonne leeren, arbeiten.

Innerhalb von zwanzig Minuten war die Backstube in vollem Gange, erfüllt von den fröhlichen Klängen aus dem Radio und den warmen Duftschwaden von Vanille und Schokolade. Ich hatte vier Bleche im Ofen, bevor ich meinen Becher nachfüllte und den Laptop anschaltete.

Wir hatten den richtigen Namen für den Laden gewählt. Online waren wir leicht zu finden, und die E-Mail-Adresse war einfach zu merken. Was natürlich auch einen Haufen an Junkmail mit sich brachte. Ich scrollte mich durch den Posteingang. Löschen. Löschen. Löschen. Penny Richardson, Re: Argyll Hollywood-Torte.

Ich klickte die E-Mail an und verspürte einen Anflug von Unbehagen. Und noch etwas anderes.

Miss Jefferson,

hiermit beauftragen wir Sie, eine Geburtstagstorte für eine anstehende Veranstaltung herzustellen.

Lt. Mr Argyll wurde die Geschmacksrichtung bereits besprochen; Sie empfahlen ihm die Ingwer-und-Whisky-Option.

Minimum für die Torte sind 300 Portionen, die Lieferung erfolgt zwischen 20 Uhr und 20.30 Uhr am Samstag, dem 26. Oktober. Adresse anbei. Bitte geben Sie uns die Kosten durch, damit wir die Bezahlung arrangieren können.

Penny Richardson

Super. Noch eine abendliche Lieferung. Und um diese Uhrzeit vermutlich unter den Blicken der bereits anwesenden Gäste. Wie ich das hasste; Menschen, die anderen beim Schleppen zusahen und darauf warteten, dass irgendetwas schiefging, damit sie sich darüber lustig machen konnten.

Ich öffnete den Anhang. Die Veranstaltung fand im *Gold Rooms* statt.

Diesen Club kannte ich nicht. Ich hatte aber durch die Gespräche meiner Kunden mitbekommen, dass es eine der exklusivsten Adressen der Stadt war. Dort gingen die Leute ein und aus, über die später in den Klatschmagazinen berichtet wurde, wenn sie mal wieder mit dem falschen Supermodel herumgeknutscht hatten. In einer derartigen Location wurden normalerweise keine Torten gereicht – nicht, wenn der Moët und der Glenlivet so üppig flossen. Jedenfalls vermutete ich das. Denn ganz ehrlich, wer konnte sich schon einen Eintrittspreis von dreitausend Pfund pro Tisch leisten? Jesse würde sich vor Freude vermutlich in die Hose machen, wenn er davon erfuhr.

Ich schloss das Dokument. Abgesehen von der Lieferung war es jetzt Jesses Baby und hatte mit mir nichts mehr zu tun.

Als er den Laden betrat, waren die Cupcakes bereits in der Auslage. Ich hatte die leeren Regale in der Backstube mit Tortenplatten und Tortenscheiben aufgefüllt und die Lieferung der neuen, größeren Eimer mit Lebensmittelfarbe, auf die wir schon gewartet hatten, entgegengenommen.

Alles, was ich jetzt noch zu tun hatte, war, einen Platz für die fünfzehn Eimer zu finden. Auf keinen Fall irgendwo oben auf den Regalen. Ich hatte einmal einen der kleineren Eimer umgestoßen, ohne es zu bemerken. Dank der Konsistenz der Paste lief sie nicht direkt aus, sondern tröpfelte ganz langsam, aber stetig vor sich hin. Am nächsten Morgen hatte die Bäckerei ausgesehen wie ein Tatort mit blutroten, zähen Tropfen überall. Ich erwartete fast, dass im nächsten Moment ein Psychopath aus dem Lagerraum springen würde. Das war Jahre her, aber der Fleck auf der Arbeitsplatte war immer noch so aggressiv rot wie damals.

„Der King hat das Gebäude betreten“, rief Jesse von vorne und stürmte durch die Eingangstür.

„Ich hoffe, du hast etwas zu essen dabei!“, rief ich zurück.

„Ich habe dir ein Mandelcroissant mitgebracht. Es ist allerdings von den Golden Girls, wenn du es also lieber nicht essen möchtest …"

Ich nahm Jesse die Tüte ab und inhalierte den köstlichen Duft des Gebäcks. „Verdammt, die machen aber auch gute Croissants."

Jess beobachtete lächelnd, wie ich den Leckerbissen annahm, genau, wie er es geahnt hatte. „Wie geht es dir heute Morgen? Nach dem etwas holprigen Start in die Woche?"

Ich hatte gewusst, dass es nicht lange dauern würde, bis er anfing, mich mit den Ereignissen von gestern aufzuziehen.

„Halt den Mund, Jess, und mach dich an die Arbeit. Wo wir gerade davon sprechen: Du hast einen Auftrag. Eine E-Mail von Penny Richardson."

„Worum geht's?", fragte er.

„Um zukünftige Kopfschmerzen. Und sie gehören ganz dir, Kumpel."

Jess nahm den Rucksack ab und zog sein Sweatshirt aus, bevor er sich eine Schürze schnappte und zum Sofa ging.

Er setzte sich mit dem Laptop hin und fing an, sich durch die Mails zu klicken. Ich beschäftigte mich damit, Platz für die neue Lieferung zu schaffen. *Drei, zwei, eins …*

„Das megageile *Gold Rooms!*"

Ich grinste, als Jess jede Einzelheit der Mail vorlas. Vermutlich würde er sie noch viele Male lesen, um jede Einzelheit in sich aufzunehmen. Diese Torte würde alle anderen in den Schatten stellen.

„Wie ich schon sagte, Kopfschmerzen."

„Kopfschmerzen! Du machst wohl Witze. Warte, bis ich den Jungs erzähle, dass ich im *Gold Rooms* gewesen bin! Oh, Mann. Sie werden durchdrehen. Ich sagte doch, er ist ein cooler Hund … Weißt du, ich glaube, er könnte tatsächlich James Bond sein."

Eigentlich hatte Jess ihn nicht einen coolen Hund genannt, aber ich verkniff es mir, ihn darauf hinzuweisen. Diese Worte würden meinen Mund nicht noch einmal verlassen.

„Tja … wir werden die Torte nur liefern, Jess. Tut mir leid. Ich weiß, es ist viel verlangt an einem Samstagabend, aber ich kann das nicht alleine.“

„Hol, wir gehen ins *Gold Rooms*! Ist doch egal, an was für einem Wochentag. Sobald wir einmal drin sind, sind wir drin, Mädchen.“

Ich warf ihm einen Blick zu.

„Hol, komm schon. Du wirst mich doch nicht zwingen, sofort wieder zu verschwinden, sobald die Torte ausgeliefert ist, oder? Das wäre, wie ein Kind mit nach Disneyland zu nehmen, es einen Blick auf Mickey Maus werfen zu lassen und gleich wieder zu gehen.“

„Jess, wir werden nicht auf diese Party gehen. Wir kennen diese Leute nicht. Wir sind nicht eingeladen. Und um ehrlich zu sein, das ist auch nicht ganz mein Publikum. Menschen mit mehr Geld als Verstand, die alle Designerklamotten tragen und ständig nur über Daddys Jacht reden“, attackierte ich Jesses Hoffnungen, die schwer in der Luft hingen.

„Das mag auf dich zutreffen – aber nicht auf mich! Ich ziehe mich blendend an, und ich *liebe* Jachten.“ Jess gab sein Bestes, mich von meiner Meinung abzubringen, obwohl er wusste, dass er keine Chance hatte.

„Sieh mich nicht so an. Wenn wir eingeladen wären, wäre es etwas anderes. Aber ich werde mich auf keinen Fall auf diese Party schmuggeln“, sagte ich. „Wir wissen ja noch nicht mal, wer sie ausrichtet.“ So. Nicht meine Schuld. Mir waren die Hände gebunden.

„Okay. Aber ich muss dir sagen, Hol, sei nicht überrascht, wenn ich da mal kurz für kleine Jungs verschwinde, um mich umzuziehen. Denn wenn ich jemand Berühmtes entdecke, werde ich die Party crashen, ob mit dir oder ohne dich.“

„Tu, was du willst, Aschenputtel. Aber der Kürbis und ich werden um zwanzig Uhr fünfunddreißig abfahren, mit dir oder ohne dich. Das garantiere ich dir.“

Der Rest des Tages verlief so geschäftig, wie ich es vorausgesehen hatte. Jess war ungewöhnlich still. Allerdings war ich nicht sicher, ob es daran lag, dass er sauer auf mich war, oder daran, dass er im Geiste bereist plante, was er anziehen würde. Vermutlich beides. Als es gegen Nachmittag ruhiger wurde, ließ ich ihn eine grobe Skizze für die Argyll-Torte zeichnen. Eines musste ich Jesse lassen – wenn es um Kreativität ging, gab es nichts, was seine Hände nicht konnten.

Vermutlich hatte er recht. Er würde sich dort wohlfühlen – er fühlte sich überall wohl. So unangestrengt gut aussehend und lustig, wie er war, gab es kaum jemand, der ihn nicht mochte. Sowohl er als auch seine Torte würden sich auf der Feier nicht verstecken müssen. Okay, er würde mit ein paar schönen Menschen konkurrieren müssen, aber Jesse konnte Schönes aus dem Nichts *erschaffen*, und das war ein Talent, das man nicht kaufen konnte.

Bevor der Tag zu Ende war, hatte Jesse die Zeichnung der Torte fertig und an den Kunden gemailt. Ich stellte sicher, dass er mit seinem Namen unterschrieb, damit sie sich zukünftig direkt an ihn wenden würden. Martha hatte angerufen und mich gewarnt, dass Mum sich gemeldet hatte, wir hatten ein paar telefonische Aufträge angenommen, die uns bis zum Wochenende gut beschäftigt halten würden, und da für Samstag und Sonntag keine Hochzeit anstand, würde einer von uns ein ganzes Wochenende freinehmen können.

„Hey, Hol, für die nächsten beiden Samstage steht nichts im Kalender. Das wusstest du, oder?“ Sehr schön, er war nicht länger sauer auf mich.

„Äh, ja. Denkst du, was ich denke?“

„Du machst diesen Samstag frei und ich nächsten? Wäre das okay?“

„Kein Problem, Jess. Wie es dir am besten passt. Hast du was Schönes vor?“

„Weiß ich noch nicht. Mein Kumpel macht mit seinem Mädchen einen kleinen Ausflug. Wenn sie ihre Freundin überreden kann, mitzukommen, hätte ich nichts dagegen, mir die Rückbank mit ihr zu teilen.“ Er ließ seine perlweißen Zähne aufblitzen und wackelte mit den Augenbrauen, bis ich anfing zu lachen.

„Gibt es irgendetwas, das Sie für einen Rock nicht tun würden, Mr Ray?" Jesse war immer verliebt, aber jede Woche in ein anderes Mädchen. Ich wusste genau, was diese Mädchen in ihm sahen. Ich liebte ihn auch. Er hatte den großen Bruder gespielt, als ich ihn mehr gebraucht hatte, als mir klar gewesen war. Und den Rest der Zeit war er für mich wie ein kleiner Bruder. Es gab viel, wofür ich ihm danken musste. Für Dinge, die ich nicht ausdrücken konnte.

„Vermutlich." Er zuckte mit den Schultern und schaute unschuldig drein. „Aber noch habe ich es nicht gefunden."

Als meine Achtstundenschicht zu Ende war, war ich bereit, Feierabend zu machen, und überließ es Jess, den Laden später abzuschließen. Der Tag war so dahingeflossen, und mit dem konstanten Strom an Kunden hatte ich gar nicht mehr an Zelte gedacht, bis ich jetzt im Auto saß.

Es war noch warm, als ich über den Weg zum Cottage rumpelte, und als ich den Wagen abstellte, kam Dave in den Garten hinaus und begrüßte mich.

„Hey, Großer", rief ich und schloss die Autotür mit einem Knall. Auf dem Weg zu Dave suchte ich in meiner Einkaufstasche nach dem Stück Fleisch, das ich auf dem Weg für ihn im Deli gekauft hatte.

Ich schob den Schlüssel ins Schloss und drückte gegen die abblätternde blutrote Farbe. Dave folgte mir und hätte mich vor Aufregung beinahe umgestoßen, so wild war er auf das, was ich in meiner Einkaufstasche hatte. Im Flur blinkte der Anrufbeantworter. Ich drückte auf den Knopf und ging weiter in die Küche.

„*Sie haben drei neue Nachrichten.*" Ich fing an, die Einkäufe auszupacken, während ich gleichzeitig meine Handtasche von der Schulter nahm und mich aus meiner Strickjacke schälte.

„*Erste neue Nachricht. Empfangen heute um acht Uhr sechzehn. – ‚Holly, meine Liebe, würdest du bitte Mum anrufen? Sie ist ein wenig gereizt, weil du dich schon länger nicht mehr gemeldet hast. Ich habe ihr gesagt, dass du viel zu tun hast, aber …*

Ruf sie einfach an. Sie würde sicher gerne hören, was bei dir so los ist. Bis dann, Kleine.'"

„'Holly, hier ist noch mal Dad. Sag aber deiner Mutter nicht, dass ich angerufen habe. Du weißt, wie es ist … Sie möchte gerne glauben, dass du dich aus eigenem Antrieb meldest. Okay, meine Süße, bis dann.' Empfangen um acht Uhr neunzehn."

Beim Anblick der vielen kleinen Schüsseln auf meinem Küchentresen knurrte mir der Magen.

„'Holly, ich weiß, du bist beschäftigt. Aber ist ein Anruf in der Woche zu viel verlangt? Martha hat mir erzählt, dass alles gut ist und der Ultraschall okay war. Ganz sicher bin ich mir da aber nicht. Ich glaube, sie will einfach nur nicht, dass wir uns Sorgen machen. Ich hänge hier unten fest und weiß nicht, was los ist! Wie auch immer, ich hoffe, du gibst gut auf dich acht. Martha sagte, du hättest ein wenig abgenommen? Ruf mich an. Bye.' Empfangen um zwölf Uhr zweiundfünfzig."

„Tja, das passiert eben, wenn man in ein anderes Land zieht, Ma", sagte ich, griff in eine der Schüsseln und nahm mir eine Olive. Ich hatte nicht abgenommen. Martha war nur kurzfristig über mich hinausgewachsen, sozusagen.

Ich steckte mir noch ein paar salzige Delikatessen in den Mund und warf meine Sachen über den Pfosten am Fuß der Treppe. Ich musste mir mit Dad ein besseres Vorwarnsystem ausdenken.

Ich löschte die Nachrichten und überlegte, Mum zurückzurufen, während ich im Flur nach meinem fehlenden Hausschuh suchte. Vielleicht nach dem Essen. Vom Flur aus konnte ich in das graue Vorderzimmer schauen, wo mein Hausschuh darauf wartete, von mir entdeckt zu werden.

In diesem Raum war es immer kalt. Seit den ersten Wochen mit chinesischem Essen und großen Plänen hatten wir hier kein Feuer mehr angemacht, und dann hatte ich die Heizung heruntergedreht, um Energie zu sparen. Bevor wir die Wand zur Küche durchbrachen, war das hier der größte offene Raum im Haus gewesen, und wir hatten ihn als Stauraum für all die Möbel genutzt, die wir nach und nach im Rest des Hauses wieder aufstellen wollten. Inzwischen sah es hier ein wenig aus wie ein Elefantenfriedhof. Bilderrahmen, die nicht aufgehängt wurden, Lampen, die lange nicht gebrannt hatten. Dazu noch ganz schön viele Möbel, inklusive eines alten Chesterfield-Sofas, das Mrs Hedley uns aufgedrängt hatte.

Während ich Schwierigkeiten gehabt hatte, zu entscheiden, welches mein Lieblingszimmer im Haus war, hatte Charlie sofort den kleinen Raum direkt neben der Hintertür für sich beansprucht und zu seiner Männerhöhle erklärt. Darin hätte er alles, was er bräuchte, sagte er: eine Schlafcouch für den Fall, dass ich mal gemein zu ihm war, und einen Flachbildfernseher, wenn die Jungs zum Fußballgucken rüberkamen. Jetzt war es einfach nur eine Höhle.

Ich schnappte mir den abtrünnigen Hausschuh und setzte mich auf einen der Esstischstühle. Das Holz fühlte sich hart unter meinem Hintern an, als ich die Schuhe wechselte.

Das Innenfutter war so verdreht, dass es unter meiner Fußsohle drückte, als ich versuchte, den Schuh anzuziehen. „Dave! Du hast wieder darauf herumgekaut. Du böser Hund." Ich musste dringend an meiner Chefstimme arbeiten. Ich schob meinen Fuß energisch noch etwas tiefer in den Hausschuh …

Etwas Kaltes, Feuchtes breitete sich über meinen Zehen aus. *Igitt.* „Das ist das dritte Paar seit April, Dave! Bist du ein Fußfetischist oder was?" Er gab ein leises Wimmern von sich.

Aus meiner Tasche holte ich ein Tempo, um Daves Sabber abzuwischen. Das Letzte, was ich dort hineingepackt hatte, war Charlies Post. Ich ließ das Taschentuch fallen und zog die Glamping-Broschüre heraus, um mir noch einmal anzusehen, was ihm so daran gefallen hatte. Das perfekte Pärchen, das in der Abenddämmerung auf seine skurrile Unterkunft anstieß. Wie hätten wir wissen können, wie zerbrechlich alles war? Die Unendlichkeit der Welt um uns herum, das Versprechen unserer Jugend, der Schutz unserer Liebe. Innerhalb von Sekunden alles weg und nichts mehr übrig, woran man glauben konnte.

7. KAPITEL

„Mrs Jefferson!“, dröhnte eine Stimme, die ich schon eine ganze Weile nicht mehr gehört hatte. „Wie geht es dir, Darling?“

Die Waldluft war kühl und frisch – genau der Wachmacher, den ich benötigte. Ich hatte so lange keinen Nachmittag mehr im Wald verbracht, und es war mehrere Monate her, dass ich zuletzt jemanden von Charlies Crew getroffen hatte. Dave lief vor zu dem Baum, von dem Frank Stanleys vertraute Stimme herüberscholl, und wedelte sich dumm und dämlich, bis Big Frank endlich heruntergeklettert war.

„Ah, geh weg, du verrückter Hund!“, rief Frank, als ich durch den Mulch zu ihm stapfte. Frank war der größte Mensch, den ich je gesehen hatte, aber trotzdem wirkte Dave wie ein Monster, als er so spielerisch auf ihn zurannte.

„Dave! Lass ihn in Ruhe … Er ist noch jung.“ Ich grinste, als Frank den Hund zur Seite schob, um mich zu begrüßen.

Frank zog mich in eine Umarmung. „Hallo, Darling!“, grummelte er, und sein Bart kratzte unbehaglich an meinem Gesicht. Er roch wie Charlie nach einem langen Tag. Nach Kettenfett und Tannennadeln.

„Hey, Frank, wie geht es dir?“ Ich unterdrückte den Drang, über die raue Stelle zu wischen, die er an meiner Wange hinterlassen hat. Obwohl ich immer gedacht hatte, dass Charlies breite Schultern perfekt für die Arbeit im Wald gemacht waren, hatte er neben Frank stets wie jemand gewirkt, der sich nicht zu weit vom Rockzipfel seiner Mutter entfernen sollte. Ich vermisste die Abende nicht, an denen Frank uns die Haare vom Kopf gefressen hatte, aber als ich ihn jetzt sah, erkannte ich, dass ich ihn doch sehr vermisst hatte.

„Wie immer.“ Er lächelte unter dem roten Schnauzbart, der seine Oberlippe verdeckte. „Wo hast du dich denn versteckt?“

„Nirgendwo.“ Ich zuckte mit den Schultern. „Ich hatte nur viel um die Ohren, der Laden und so.“

„Das Gefühl kenne ich. Ich versuche im Moment, am Wochenende ein paar Taler extra zu verdienen."

„Ich hatte nicht damit gerechnet, an einem Samstag hier auf jemanden zu treffen", sagte ich, während wir zwischen den Bäumen entlangwanderten.

„Hier ist im Moment einiges los." Ein ernster Ausdruck legte sich auf sein Gesicht. „Ein paar von den Jungs sind heute draußen. Jimmy und Deckard sind irgendwo da drüben und markieren die neuen Grundstücksgrenzen. Du hast von dem Tal auf der Westseite gehört?"

„Ich habe gehört, dass darüber gesprochen wurde. Aber dann herrschte auf einmal Schweigen. Wenn uns nicht jemand auf dem Laufenden hält, bekommen wir bei uns kaum etwas mit." Ich zuckte mit den Schultern.

„Drei Jahre Kampf, und jetzt verkaufen sie es doch."

Die Protestler hatten fleißig gekämpft, aber wir wussten, sobald der Verkauf angefangen hatte, würde es einen Dominoeffekt geben. Über kurz oder lang würde dieser Wald nicht mehr für die Öffentlichkeit zugänglich sein. Schlimmer noch, er würde *erschlossen* werden, wie das so schön hieß.

„Es tut mir leid, Frank." Ich war krank. Krank vor Trauer. Dass Charlies ganze Bemühungen umsonst gewesen waren, war unerträglich. Das hier war das, was einem Vermächtnis von Charlie noch am nächsten kam.

Er hatte so viel Zeit darauf verwendet, sich neue Wege auszudenken, um den Wald als integralen Teil der Gemeinde zu erhalten. Dann, eines Nachts bei Bier und Erinnerungen, hatte Charlie die Erleuchtung gehabt. Er hatte Martha und Rob von seiner unsäglichen Schulzeit erzählt, als er von der einen Highschool verwiesen und von der nächsten im Stich gelassen worden war. Er war aggressiv und zerstörerisch gewesen – alles, was man von einem Teenagerjungen nicht wollte.

Aber es war eine Ablenkung gewesen. Ein Mechanismus, um zu überleben. Denn niemand hatte Charlies Legasthenie je diagnostiziert.

Martha hatte geweint, als Charlie ihr erzählte, was er alles angestellt hatte, um in der Klasse nicht aufgerufen zu werden. Er hatte sich darüber lustig gemacht, aber ich wusste, wie sehr ihn das beeinflusst hatte, welche Sorgen er sich darüber machte, dass andere Kinder genauso leiden könnten. Für ihn war die Schule eine höchst demoralisierende Erfahrung gewesen, und eine einsame noch dazu. Aber selbst wir waren erstaunt, als Rob uns erzählte, wie viele Straftäter er vertrat, die ähnliche Lernschwierigkeiten hatten wie Charlie. Jugendliche, die aus genau dem gleichen Grund angefangen hatten, sich unvorhersehbar zu benehmen; Kinder, die von ihrem Schamgefühl wie gelähmt waren. Es hatte eine ganze Weile gedauert, bis Charlie akzeptieren konnte, dass er nicht einfach nur dumm war.

An jenem Abend hatte Rob das Thema Waldschule aufgebracht. Wir hatten noch nie davon gehört, nicht einmal durch Charlies Arbeit. Je mehr Rob erklärte, was Waldschulen seiner Meinung nach waren, desto mehr hatte Charlie an seinen Lippen gehangen. Er hatte geglaubt, dass eine Waldschule die Lösung zum Erhalt des Waldes und für die Kinder der Gegend war, die von dem profitieren würden, was er anzubieten hatte.

„Im Moment wird auch nicht darüber gesprochen", sagte Big Frank und griff nach dem Stock, den Dave ihm gegen die Hand stieß. „Das Tal ist weg. Verkauft. Alles eingezäunt vom neuen Besitzer. Als Nächstes kommt der Wald dran."

Ich schaute mich in den grünen Tiefen um. Es war so schön hier. Ich könnte es nicht ertragen, auch noch den Wald zu verlieren. Frank trat im Gehen gegen ein paar Tannenzapfen, die durch die Luft geschleudert wurden und mit einem dumpfen Plopp wieder auf die reiche, feuchte Erde fielen.

„Ich lass dich dann besser mal weitermachen, Frank", sagte ich und hob die Arme, um ihn zum Abschied zu umarmen. „Grüß Annie schön von mir."

„Das mache ich. Und du pass auf deinen verrückten Hund auf."

Eine weitere Berührung der kratzigen Wange, dann drehte sich Big Frank um und kehrte dorthin zurück, wo Dave ihn vorhin aufgespürt hatte.

Als wir uns den belebteren Waldwegen näherten, kam Dave an die Leine. Der Pfad führte uns an dem Park vorbei, in dem Familien picknickten, bevor er zu dem Tal am Fuße des Berges verlief. Das ganze Gebiet war mit rot-weißem Band abgesperrt, das an in die Erde gerammten Metallstangen hing und nutzlos in der Brise flatterte. Obwohl es ganz eindeutig als etwas markiert worden war, das wir nicht mehr betreten durften, fiel es mir schwer, zu akzeptieren, dass so viel Platz auf einmal verbotenes Territorium war.

Das Handy in meiner Jackentasche fing an zu vibrieren. Auf dem Display sah ich Jesses Gesicht.

„Hey. Was ist los?"

„Okay, Hol, tut mir leid, dass ich dich an deinem freien Tag stören muss."

„Nein, ist schon gut. Ist alles okay?", fragte ich.

„Ja, ja, alles ist gut. Es ist nur … Hier steht eine Lady im Laden und fragt, ob wir bis Montag zweihundert Cupcakes für sie machen können."

„Bis Montag? Diesen Montag?" Es war ungewöhnlich, dass jemand am Montag eine Veranstaltung hatte und dann so spät mit seiner Bestellung war.

„Ja. Ich wollte nicht zusagen, ohne vorher mit dir gesprochen zu haben."

„Danke, Jess. Hat sie gesagt, wofür es ist?" Dave versuchte, mich in Richtung Tal zu ziehen. Normalerweise hatte ihn das nie interessiert, aber jetzt, wo er nicht mehr hindurfte, wollte er es unbedingt. Ich hörte Jesse meine Frage weitergeben.

„Nein, keine Veranstaltung."

„Lieferung oder Abholung?", fragte ich.

„Abholung."

Ich wurde misstrauisch. Inzwischen hatte ich ein ganz gutes Gefühl für unsere Kunden entwickelt, und das hier klang für mich nicht koscher.

„Okay", sagte ich. „Aber sie muss alles im Vorhinein bezahlen. Heute noch. Ansonsten könnten wir Montagfrüh nicht loslegen. Und wir akzeptieren auch keinen Scheck, Jesse."

„Okay, verstanden. Ich melde mich wieder", sagte er.

„Bye."

Jess legte auf. Es war unwahrscheinlich, dass ich diese Cupcakes am Montagfrüh würde backen müssen, das spürte ich.

Dave und ich waren wieder zurück bei dem alten Land Rover, den Mrs Hedley mir überließ, um Dave herumzukutschieren. Auf dem Weg nach Hause klingelte mein Handy erneut. Jesse, Martha und meine Eltern hatten alle den gleichen Klingelton, also war das jemand Unbekanntes. Ich ignorierte das Klingeln und fuhr weiter. Der Himmel hatte bereits das tiefe Blau der herannahenden Dämmerung angenommen, als ich Mrs Hedley die Wagenschlüssel zurückbrachte. Ich brauchte dringend eine Entschuldigung, um nicht mit Martha ins Kino zu gehen.

Sobald ich die Haustür aufgeschlossen hatte, marschierte Dave schnurstracks zu seinem Platz hinten in der Küche. Ich ließ mich in die Fensternische auf halber Strecke zwischen Daves Körbchen und der angebrochenen Flasche Wein sinken, die auf dem Küchentresen stand. Ich lehnte mich zurück und schaute zu den Reihen von Büchern auf den Regalen über mir hinauf. Dann nahm ich mein Handy und blätterte durchs Menü, um Martha eine SMS zu schicken. Das war feige, aber es ist definitiv einfacher, etwas zu sagen, wenn man dazu nicht seine Stimme benutzen muss.

Der Anruf, den ich verpasst hatte, kam von einer Nummer, die ich nicht kannte. Es war keine Nachricht hinterlassen worden.

Martha antwortete innerhalb von Sekunden auf meine SMS. Sie fragte, ob es mir gut ginge und ich nicht den Zusammenbruch hätte, der nach Meinung meiner Mutter jederzeit eintreffen könnte. Alles in allem wirkte Martha jedoch erstaunlich entspannt. Ich konnte mir vorstellen, dass es für sie und Rob auch nett war, mal einen Abend für sich allein zu haben, ohne mich als fünftes Rad am Wagen. Ich fürchtete nur, dass Rob aus der Grapefruit-Nummer für das morgige Frühstück nicht mehr rauskommen würde.

Mein Arm wurde lahm vom Hochhalten des Handys, also drehte ich mich auf die Seite. Martha hatte für die cremefarbene Holzbank ein schmales graues Kissen genäht und darauf bestanden, mindestens sechs kleine Kissen in hellem Grünton dazuzupacken, um „den Look" zu vervollständigen. Mir war es egal, wie es aussah, aber es war unglaublich bequem. So bequem sogar, dass ich keine Probleme gehabt hätte, ein wenig wegzudösen. Ich schob mir ein Kissen unter den Kopf. Zwischen den Beinen des Tisches hindurch konnte ich auf der anderen Seite Dave sehen, der schon selig in seinem Körbchen schnarchte. Er hatte ein einfaches Leben. Widerstrebend richtete ich mich auf.

Ein Glas Rotwein und ein heißes Bad waren das Einzige, was mich wieder in Schwung bringen würde.

Dave schlief schon zu tief, um mich ins Badezimmer zu begleiten. Ich schenkte mir ein Glas Wein ein, schnappte mir aus dem Kühlschrank einen der kleinen Becher aus dem Deli und ging nach oben. Während ich Jeans und T-Shirt auszog, naschte ich von dem Fetakäse und wünschte mir, ich hätte mehr gekauft. Dann ließ ich meinen müden Körper in das heiße Wasser sinken. Es gab für mich kaum etwas Angenehmeres, als ein Schaumbad zu nehmen. Okay, ein paar Sachen gab es schon, obwohl ich mich kaum noch daran erinnern konnte, wie sie sich anfühlten. Ich nahm mir halbherzig vor, öfter zu baden und seltener zu duschen.

Der Temperaturwechsel verursachte mir eine wohlige Gänsehaut. Ich legte mich in der Badewanne zurück, schloss die Augen und genoss das *tropf, tropf, tropf* des Wasserhahns zu meinen Füßen. Langsam löste sich die Verspannung in meinen Schultern von Daves Ziehen an der Leine. Ich öffnete die Augen einen Spaltbreit und hielt den tropfenden Kaltwasserhahn mit meinem Zeh zu. Dabei bemerkte ich schockiert, wie lange es her war, dass ich meine Beine rasiert hatte.

Verdammt, Holly. Wenn du das noch weiterwachsen lässt, musst du im Winter nicht mal mehr eine Hose anziehen.

Mein Rasierer lag auf der Ablage in der Dusche. „Ach, auch egal, dann mache ich das eben morgen", sagte ich und lehnte mich wieder in der wohligen Wärme des Wassers zurück.

Ich entspannte mich. Das Schwappen des Wassers um mich herum erstarb. Unten hörte ich Dave im Tiefschlaf schnaufend einatmen. Dann das dumpfe Surren meines Handys, das auf dem Bett im Schlafzimmer lag.

Wäre auch zu schön gewesen, wenn Martha so leicht aufgegeben hätte.

Ignorier es einfach.

Aber dann macht sie sich Sorgen.

Geh endlich ran.

„Verdammt, Martha!"

Das Handtuch, das ich mir schnappte, hatte gerade lange genug auf der Heizung gelegen, um warm zu sein. Ich löste mich widerstrebend aus der warmen Umarmung des Wassers und wickelte mir das Handtuch um. Dann lief ich mit nassen Füßen in mein Zimmer im hinteren Teil des Hauses. Dank meiner Schwester war es der einzige Raum mit Teppich, worüber ich jetzt froh war, als ich auf mein Bett zutapste. Natürlich hörte das Handy auf zu klingeln, kurz bevor ich es erreicht hatte. Ich ließ mich auf die weiche elfenbeinfarbene Tagesdecke fallen, von der Martha behauptet hatte, sie wäre „zum Sterben schön", und schaute auf das Display. Die gleiche unbekannte Handynummer stand ganz oben auf der Liste. Marthas und Jesses Nummern darunter.

Ich fing an, die Spitzen meiner tropfenden Haare mit dem Handtuch zu trocknen, und überlegte, wer mich wohl aus der Badewanne geholt hatte, bevor ich die Gelegenheit gehabt hatte, meine Haare zu waschen. Vielleicht war es Annie, die Frau von Big Frank. Sie hatte schon mehrmals versucht, mich zu einem Besuch zu überreden. Vielleicht hatte das heutige Treffen von Frank und mir sie zu dem Anruf veranlasst.

Aber es war wieder keine Nachricht hinterlassen worden. Ich würde jetzt jedoch nicht zurückrufen. Das konnte ich morgen irgendwann machen, direkt nachdem ich Mum angerufen hätte. *Mist.* Ich würde mir ganz schön was anhören müssen.

Ich dachte immer noch an die drohende Verärgerung meiner Mutter, da fing das Handy in meiner Hand erneut an zu vibrieren. Annie war in ihren Bemühungen, nett zu sein, schon immer sehr hartnäckig gewesen, und ich hasste mich dafür, ihr das vorzuwerfen. Ich hatte nur einfach kein Interesse an der Therapie, die sie mir anbot. Mein Daumen schwebte schon über dem Ablehnen-Knopf, aber irgendwie kam mir das ein wenig zu unhöflich vor – ja, sogar undankbar. Und ich hatte mich wirklich gefreut, Frank heute wiederzusehen. Vielleicht wurde ich langsam weich. *Geh einfach ran.*

„Hallo?", sagte ich und wartete auf Annies fröhliche Stimme.

„Hallo?", erwiderte ein Mann.

„Frank?"

„Nein. Nicht Frank. Ist das der Anschluss von Ms Jefferson?"

Ich wusste nicht, warum ich gedacht hatte, es wäre Frank. Ich war mir nur sicher gewesen, dass es weder Jess noch Rob war, und war im Geist meine sehr kurze Liste an Männern durchgegangen, die ich sonst noch kannte.

„Wer ist da?" Ich schaute auf die Uhr auf dem Nachttisch. Es war ein wenig spät für Handyprovider oder irgendwelche Callcenter, um jetzt noch anzurufen. Und außerdem kam mir die Stimme vage bekannt vor.

„Hier ist Ciaran Argyll."

Ein winziges, ungewolltes Aufkeuchen kam über meine Lippen, als der Puls in meinem Hals mit einem Mal heftiger schlug und das Blut heiß in meinen Wangen kribbelte. Mein Körper fing bereits an, auf eine stressige Situation zu reagieren, die in meinem Gehirn noch gar nicht angekommen war.

„Oder … ab und zu nenne ich mich auch Bond. James Bond."

Ich wusste es. Sobald der Name von seiner schwermütigen

schottischen Zunge rollte, wusste ich, was kommen würde. Ich fühlte mich, als wäre ich erneut von ihm ertappt worden.

Schnell, sag etwas. Irgendwas.

„Und manchmal auch *stattliches Manns…*"

„Ah, Mr Argyll, was kann ich für Sie tun?", fragte ich und überlegte verzweifelt, wie seine Antwort darauf wohl lauten könnte. *Poch, poch,* klopfte es in meinem Hals. Ich versuchte, leise und gleichmäßig zu atmen, um mich nicht zu verraten.

„Es tut mir leid, dass ich Sie außerhalb der Geschäftszeiten anrufe, Ms Jefferson." Ich konnte das Lächeln in seiner Stimme immer noch hören. „Aber ich fürchte, ich habe ein paar Fragen bezüglich meines Auftrags."

Im Spiegel über der Kommode sah ich die Verwirrung in meinem rot angelaufenen Gesicht, aber bei der Erwähnung von Arbeit fand ein Teil meines Gehirns wenigstens etwas, woran es sich festhalten konnte.

„Woher haben Sie diese Nummer?", fragte ich und erlaubte mir, einen Anflug von Genervtheit zuzulassen, der all die anderen Gefühlsregungen hoffentlich sofort verscheuchen würde.

„Heutzutage ist nichts mehr heilig, Ms Jefferson. Und ein wenig Recherche spart einem viel Zeit. Ich hoffe, es macht Ihnen nichts aus?" Das war eine dieser Fragen, auf die es nur wenige Antworten gab, die nicht auf die eine oder andere Art interpretiert werden konnten. Ich war nicht sicher, was „ein wenig Recherche" bedeutete oder ob es mir gefiel, das Objekt derselben zu sein, aber was auch immer er wollte, es musste wichtig genug sein, mich außerhalb der Geschäftszeiten anzurufen und sich vorher auf die Suche nach meiner Handynummer zu machen.

„Gibt es ein Problem, Mr Argyll?" Ja, meine Genervtheit kam langsam in Schwung. „Denn falls ja, wird Jesse sich gleich Montagfrüh darum kümmern."

„Jesse?", fragte er. „Wird etwa Jesse meinen Auftrag ausführen?"

„Genau. Wenn es also etwas gibt, das sie wegen ihrer Torte besprechen möchten, hilft er Ihnen dabei gerne. Am Montag. Während der Öffnungszeiten."

Am anderen Ende der Leitung herrschte für ein paar Sekunden Schweigen.

„Ich habe mich nur gefragt – und es tut mir leid, Sie damit zu belästigen, aber Sie sind der Chef, und deshalb dachte ich, ich sollte das erst einmal mit Ihnen besprechen." Seine Stimme klang so entspannt und weich, dass mich die Anspielung auf meine schnippische Art im Laden nicht störte. „Es werden viele Gäste auf der Veranstaltung sein, für die wir Sie gebucht haben. Wir wollen eigentlich nicht, dass jeder sich selbstständig an Ihrem Meisterstück bedient. Das könnte schnell unansehnlich werden." *Jesses Meisterstück.* „Deshalb habe ich mich gefragt, in welchem Umfang Ihr Service wohl gebucht werden kann?"

„Es tut mir leid, Mr Argyll, aber ich fürchte, ich verstehe Ihre Frage nicht."

„Ich hatte überlegt, dass es vielleicht eine gute Idee wäre, wenn Sie die Torte anschneiden und servieren würden. Nachdem ich Ihre Arbeit im Detail gesehen habe, glaube ich nicht, dass die Mitarbeiter des Clubs wissen würden, was sie zu tun hätten."

„Es tut mir leid, aber fragen Sie mich gerade, ob Sie uns als Babysitter für die Torte engagieren können?"

Er lachte, ein müheloser Atemstoß gegen den Telefonhörer. „Ja, ich schätze, das tue ich. Natürlich würden Sie dann auch den Abend im *Gold Rooms* verbringen. Ich denke, das würde Ihnen gefallen."

Im Spiegel sah ich, dass die Röte meine Wangen verlassen hatte, aber dafür sah ich jetzt nur noch verwirrter aus. *Warum sollte mir das gefallen? Und warum glaubt er das von mir?*

„Äh, es tut mir leid, aber diese Art von Service bieten wir nicht an, Mr Argyll."

„Nennen Sie mich doch bitte Ciaran."

Ein leichtes Kribbeln überlief meinen Hals. Ich rieb mit der Hand darüber, um es zu vertreiben.

Es war schwer zu sagen, ob der leichte Akzent in seiner Stimme aus seiner Kindheit stammte oder ob die Aussprache seines Vaters ihn über die Jahre beeinflusst hatte.

„Wir sind keine Tortensitter, Ciaran. Aber das Bankett-Team des Clubs wird Ihnen hierbei sicher gerne zur Seite stehen."

„Sie haben recht. Die sollten etwas für das Geld tun, das wir ihnen zahlen. Sind Sie jemals dort gewesen?" *Waren wir jetzt beim Small Talk angekommen?*

„Nein", sagte ich amüsiert. „Aber Jesse hat mir alles darüber erzählt", sagte ich in einem Ton, der eigentlich deutlich machen sollte, wie wenig mich das *Gold Rooms* interessierte.

Ein dicker kalter Tropfen fiel von meinen Haaren auf meinen Oberschenkel.

„Dann hat er Ihnen vermutlich auch erzählt, wie exklusiv dieser Club ist?" Worauf wollte er hinaus?

„Ja, das hat er erwähnt."

„Und dass es unglaublich schwer ist, hineinzukommen?" Es wurde immer verrückter. Der Club war total angesagt, ich hatte es verstanden.

Ich würde ihn jetzt enttäuschen. „Nachdem, was Jesse mir erzählt hat, ist das gar nicht so schwer. Man muss einfach nur den Eintritt zahlen."

„Der einem das Wasser in die Augen treibt."

„Das habe ich auch gehört."

„Und Sie hätten keine Lust, sich dort einen Abend lang zu amüsieren? Ohne besagten Eintritt zahlen zu müssen?"

„Es ist nicht die Höhe des Eintritts, die mich abschreckt, Mr Argyll. Nun, zum Teil auch, aber Clubs wie dieser sind einfach nicht …" Ich ermahnte mich, meine Worte sorgfältig zu wählen. Ich mochte zwar auf meinem Bett sitzen und mich bizarrerweise über frivole Nachtclubs unterhalten, aber dennoch sprach ich immer noch mit einem Kunden.

„Nicht Ihr Ding?", ergänzte er. *Ganz genau.*

„Richtig", bestätigte ich und fragte mich, wie ich dieses Gespräch zu einem Ende bringen könnte, ohne ihn vor den Kopf zu stoßen.

„Und ist es Jesses Ding?"

Ich lachte kurz auf und fing mich dann wieder. Diese Frage überraschte mich. „Alles mit Gold, Musik und vielen Menschen ist Jesses Ding."

„Dann steht das *Gold Rooms* sicher ganz oben auf seiner Liste von Orten, die er mal besuchen möchte?"

Jesse hatte bereits mehr als deutlich gemacht, wie gerne er mal in den Club gehen wollte. Es wäre gemein, ihm diese Chance zu verbauen.

„Sie dürfen ihn gerne fragen, ob er Interesse hätte, auf die Torte aufzupassen. Am besten erreichen Sie ihn am Montag … wenn der Laden geöffnet hat."

Wieder herrschte ein paar Minuten Stille. Vielleicht war ich zu hart gewesen.

„Tut mir leid, dass ich Sie aufgehalten habe. Dann werde ich mich ab jetzt an Jesse wenden?"

„Ja, Jesse ist Ihr Mann."

„Danke für Ihre Hilfe, Ms Jefferson. Entschuldigen Sie bitte noch einmal die Störung und genießen Sie den restlichen Abend." Er legte auf, bevor ich noch „Bye" sagen konnte.

8. KAPITEL

Jesse grinste, als hätte er gerade den Jackpot geknackt. Ich beachtete ihn nicht. Die ganze Sache war nicht meine Idee gewesen. Und in seinem Smoking sah er aus wie ein Entertainer aus Las Vegas.

Über uns befand sich eine Art Zirkuszelt. Schwaden von glitzernden Tüchern waren an der Decke aufgehängt und führten schließlich zu einem riesigen goldenen Kronleuchter in der Mitte des Raums. Mir wurde schwindelig, wenn ich nach oben sah, aber hier unten war noch mehr los.

Jesse hatte meine Hand gepackt und zog mich tiefer in die ausgelassen tanzende Menge hinein. Ich wollte nicht tanzen, aber das ignorierte er einfach. Ich schwankte auf meinen Schuhen, als er mich noch weiter in die Massen hineinzog. Na ja. Sollte ich stolpern und fallen, würde ich inmitten all dieser Körper wenigstens weich landen.

Es waren wirklich hübsche Menschen. Die Männer sahen genauso gepflegt und poliert aus wie ihre Begleiterinnen. Die Frauen waren alle gleich gekleidet, in goldene Abendroben, glitzernde Cocktailkleider und – *im Ernst?* – das ein oder andere historische Kostüm. Speziell griechische Göttinnen schienen sich großer Beliebtheit zu erfreuen.

Ungefähr fünf oder sechs Menschen vor uns machte ein Mann seltsame Verrenkungen zu der Musik. Die Leute direkt neben ihm waren alle ein Stück zur Seite gerückt, um ihm Platz zu machen. Kluger Schachzug – irgendjemand hatte hier tatsächlich seinen Spaß. Plötzlich hatte ich nicht mehr ganz so große Angst davor, mit meinen hochhackigen Schuhen umzufallen oder mit meinen mangelnden Tanzkünsten die Aufmerksamkeit der Leute auf mich zu ziehen.

Ich tanzte sowieso nicht richtig, ich wogte mehr mit der Menge hin und her. Jess waren meine mangelnden Anstrengungen noch nicht aufgefallen, sodass ich für den Moment gerettet war. Außerdem war ich zu sehr damit beschäftigt, die Leute zu beobachten. Es war schwer, den Ausdruckstänzer nicht anzustarren. Er war einfach zu interessant. Ich sah ihn nur von hinten, seine Arme schwangen wild im Takt der Musik, und sein Kopf mit den perfekt frisierten tiefroten Haaren wippte und nickte im Rhythmus, der unter meinen Füßen vibrierte.

Doch wie so oft, wenn man jemanden anstarrte, schien er es zu spüren. Beim nächsten Move drehte Mr Leichtfuß seinen Kopf in meine Richtung. *Big Frank? Was zum Teufel machte Frank im* Gold Rooms? *Und was hatte er mit seinen Haaren angestellt?* Er ging vollkommen in der Musik auf und drehte sich wieder um, bevor ich mich bemerkbar machen konnte.

„Jess?“, rief ich und fing seinen Blick für eine Sekunde auf. „Ist das da drüben Frank? Du weißt schon, Charlies Kumpel?“

Jess runzelte die Stirn, als könne er mich nicht verstehen. Ich suchte nach einem Weg durch die Menge, um mir den vermeintlichen Frank näher anzusehen. Die Menschenmasse gab jedoch kein Stück nach – ich saß fest. Also drehte ich mich um und ließ meinen Blick über die restlichen Partygäste in verschiedenen Gold- und Cremetönen schweifen.

Auf dem Podium hatte jemand dem vorherrschenden Farbschema getrotzt und blickte in seinem grauen Maßanzug mit dem weißen Hemd auf die Menge unter sich herab. Ich beobachtete neugierig, wie seine Augen sich schließlich auf Jesse und mich richteten.

Ciaran Argyll sah uns an und nickte. Jess war viel zu sehr damit beschäftigt, verrückte Formen zu tanzen, als dass ihm Mr Argylls Begrüßung aufgefallen wäre. Ich schaute erneut zum Podium und sah, dass die Eiskönigin sich zu ihrem Begleiter gesellt hatte. Ihr unglaublich blondes Haar trug sie heute offen. Es war ein wenig kürzer als meines und reichte ihr bis auf die Schultern. Sie trug ein halterloses weißes Bustierkleid, das bis zu ihrer schmalen Taille eng zusammenlief und darunter in einem weißen, nach allen Seiten strebenden Tüllrock endete. Sie sah aus wie Ms Universum, und alle Anwesenden wussten es. Es war egal, wie irgendeiner von uns gekleidet war, wir waren nichts als Bürgerliche, die staunend zu dem königlichen Paar auf seinem Thron aufschauten.

Normalerweise machte mir so etwas nichts aus, aber heute ertappte ich mich dabei, wie ich an mir herabschaute und meine Kleidung mit ihrer verglich.

Ich trug auch etwas Halterloses – eine ungewöhnliche Wahl für mich. Allerdings war mein Kleid sehr einfach und ziemlich zwanglos. Nichts, was mehr Schnickschnack brauchte als ein Paar Flip-Flops.

Ich erlaubte meiner Hand, den Stoff, der mich umhüllte, zu erkunden. Er war cremefarben, was immerhin besser war als Gold, aber rau und zugleich weich … Ich rieb ihn zwischen meinen Fingern.

„Schön, dass Sie es einrichten konnten", rief eine samtweiche Stimme über die Musik hinweg. Ciaran Argyll hatte seinen Thron verlassen und stand nun direkt hinter mir. Ein seltsames Gefühl überkam mich, aber ich beschloss, mich davon nicht aus der Fassung bringen zu lassen. Heute Abend war alles irgendwie ein wenig seltsam und ganz anders als sonst.

Ich drehte mich um und sah ihn mit mehr Zuversicht an, als es mir im Laden gelungen war. Ich hatte mich geirrt. Er trug doch ein wenig Gold, aber es war das Gold, das die Sonne in seine Haarspitzen geküsst hatte. In einem Raum voller aufgedonnerter Menschen machten ihn sein schlichter grauer Anzug und der leichte Bartschatten noch attraktiver, als ich ihn in Erinnerung hatte. Unwillkürlich verzogen sich meine Lippen zu einem Lächeln, und es gefiel mir, wie sich das anfühlte. *Lang lebe der König.*

„Holly, bist du das? Was zum Teufel hast du denn da an? Das ist doch …" Ein sehr verschwitzter, aber akkurat frisierter Frank war an meiner Seite aufgetaucht, während ich darüber nachgedacht hatte, was ich zu Mr Argyll sagen könnte.

„Frank, halt den Mund. Du siehst wunderschön aus, Hol, ignorier ihn einfach", verkündete Jesse, der nun ebenfalls aufgehört hatte zu tanzen.

Ciaran Argyll hatte sich nicht von der Stelle gerührt. Er stand einfach nur da und sah mich anerkennend an. Seine Augen waren beinahe so braun wie die von Jesse. Ich schaute an mir hinunter, um mein Kleid genauer zu betrachten, und spürte, wie das Lächeln von meinen Lippen fiel. Mein Magen zog sich zusammen. Wie hatte das nur passieren können? Ich trug gar kein Kleid. Stattdessen war ich noch immer in mein Badehandtuch gehüllt.

Wie auf Kommando nahm die Eiskönigin ihren Platz an Ciarans rechtem Arm ein, genau in dem Moment, als ich anfing, zu hyperventilieren. „Soll ich Sie mal ins Waxingstudio mitnehmen?“ Sie lächelte süßlich.

Ein scharfer Atemzug und ich erwachte mit einem Ruck in meinem Bett. Dave sah mich vom Rand der Matratze an und hauchte seinen warmen Hundeatem in meine Richtung. Auf dem Nachttisch neben ihm stand ein leerer Becher, der ursprünglich mal Fetawürfel enthalten hatte. *Kein Käse mehr vor dem Schlafengehen.*

Ich schlug die Decke beiseite. Okay. Darum würde ich mich heute kümmern. Vernünftige Ernährung statt Snacks vor dem Einschlafen. Das eben war der seltsamste Traum, den ich seit Langem gehabt hatte. Aber wenigstens war es kein echter Albtraum gewesen. Von denen hatte es in letzter Zeit einige gegeben, und zum Glück war ich nicht wieder im Stausee geschwommen.

Ich ließ mich in die Kissen zurücksinken. Franks Haare waren wirklich ziemlich verstörend gewesen.

Die Uhr auf der Kommode verriet mir, dass es kurz nach halb acht war. Ich hatte mehr als zehn Stunden geschlafen. Kein Wunder, dass der arme Dave schon begierig auf sein Frühstück wartete. Nachdem der Tierarzt ihm vor Kurzem ein Stück Baumrinde aus dem Gaumen hatte entfernen müssen, war sein Appetit schnell wiedergekehrt.

Ich stand auf und tapste ans Fenster. Auf dem Weg dahin tätschelte ich Daves großen Kopf. Mein Gehirn versuchte noch immer, mit der Panik klarzukommen, die ich bei der Erkenntnis empfunden hatte, in Badehandtuch und High Heels in einen Club gegangen zu sein.

Schluss jetzt! Ich würde nicht den ganzen Tag damit verbringen, diesen Traum zu sezieren. Ich schob die Vorhänge beiseite und schaute aus dem Fenster in den Tag hinaus, der schon auf mich wartete. Es war ein wenig grauer als gestern, aber wenigstens trocken. Dave würde also nicht den ganzen Tag im Matsch herumlaufen.

Mrs Hedley war gerade zum Eiersammeln in ihrem Hühnerstall.

„Hättest du Lust auf ein gekochtes Ei, Dave?“ Er antwortete nicht.

Ich ließ den Vorhang los, und er fiel wieder in seine vorherbestimmte Position. Er war nutzlos. Martha hatte gemeint, er wäre perfekt für das Fenster, aber er hielt kein Licht ab, was meiner Meinung nach die Hauptaufgabe eines Vorhangs war.

„Komm, mein Großer, ich mache dir Frühstück.“ *Und während du frisst, rasiere ich mir die Beine.*

9. KAPITEL

Wie befürchtet, brachten die folgenden Oktoberwochen einen Temperatursturz mit sich und damit auch ein Abebben der Laufkundschaft.

Normalerweise genossen Jesse und ich diese etwas ruhigere Phase. Wir arbeiteten dann gemeinsam an den Entwürfen für die kommende Saison und die Hochzeitsmessen im neuen Jahr. Jesse hatte ein gutes Auge für Modetrends. Er recherchierte bei den großen Designern, was gerade so angesagt war. Die Magie dieser Entwürfe versuchten wir dann in unsere eigenen Kreationen einzubinden. Spätestens Ende Oktober mussten die Ausstellungsstücke fertig sein, denn in der Vorweihnachtszeit hatten wir jedes Jahr mehr als genug zu tun.

Die letzten paar Wochen waren jedoch ein wenig anders als sonst verlaufen. Jesses Auftrag für die zweihundert Cupcakes hatte sich als echt herausgestellt und resultierte in einem Schwall weiterer sporadischer Aufträge in letzter Minute. Das war ungewöhnlich. Natürlich gab es über das Jahr verteilt immer mal wieder spontane Bestellungen. Aber die meisten unserer Aufträge wurden uns von Frauen erteilt, fast immer Mütter, die ihre Partys mit derselben Präzision und Weitsicht organisierten wie ein Feldmarschall seine Truppen. Außerdem verlangten diese Kundinnen in den seltensten Fällen nach mehrstöckigen Torten in Gold. Doch in letzter Zeit hatte sich alles nur um Gold gedreht.

Heute war der erste ruhige Moment in den letzten vierzehn Tagen. Jess hatte es sich auf dem Sofa im Alkoven gemütlich gemacht und blätterte in einem der Magazine, die er aus der Beratungsecke im Laden mitgenommen hatte. Ich saß derweil am Schreibtisch und ging unsere Konten durch. Der Oktober war auch eine gute Zeit, um die Papiere für die kommende Deadline im Januar zu ordnen. Ich wartete mit unserer Steuererklärung immer bis zum letzten Moment.

„Ich glaub's ja nicht. Aleta Delgado war in der Stadt! Aleta, ich liebe dich. Ich muss endlich anfangen, mich regelmäßig auf den neuesten Stand über diese Dinge zu bringen."

Ich schaute von meiner Tabelle auf und sah Jess an. „Wer war in der Stadt?"

„Aleta. Manchmal glaube ich, du hörst mir gar nicht zu, Hol. Oder willst du mir jetzt allen Ernstes erklären, du kennst sie nicht?"

„Na, dann schieß los, kläre mich auf."

Jess warf mir einen Blick zu, der deutlich zeigte, wie wenig er meinem plötzlich entflammten Interesse traute. „Steuern sind echt langweilig, oder?"

„Ehrlich gesagt", erwiderte ich und drehte mich wieder zum Laptop um, „lesen sich die Zahlen zum ersten Mal in einem Oktober ganz nett."

„Ja, wir haben einen guten Lauf", gab Jess träge zurück, während er weiter in der Zeitschrift blätterte.

Ich betrachtete die Zahlen, die ich zu den Lieferdaten der verschiedenen Torten eingegeben hatte. Wir waren in der dritten Woche des Monats und hatten ungewöhnlich viele hochpreisige Aufträge erhalten. Im Schnitt vier pro Woche, die alle sehr kurzfristig bestellt worden waren.

„Jess? Diese Spezialanfertigungen, die wir in letzter Zeit gemacht haben ..."

„Hm?"

„Was sind das für Kunden gewesen?"

„Wie meinst du das?" Er blätterte ungerührt weiter.

„Ein paar der Aufträge habe ich per Telefon angenommen, aber von ..." Ich fuhr mit dem Finger über die Einträge in meiner Tabelle. „... von elf Torten habe ich nur zwei Abholungen am Freitag mitbekommen. Die anderen sind entweder von dir geliefert oder unter der Woche am späten Nachmittag abgeholt worden."

„Ja, und ...?"

„Also, wie sind sie so?"

„Was meinst du mit ‚wie sind sie so'? Sie sind wie Menschen, Hol, hungrige Menschen." Jess vertiefte sich wieder in sein Magazin. „Einige von ihnen waren sogar sehr hungrig. Alle Torten sind ziemlich groß gewesen."

Ich überflog die Auftragswerte vor mir. Fünfhundert Pfund, fünfhundertfünfzig, sechshundert, sechshundert, fünfhundertfünfzig. „Jess. Haben *wir* die Preise für diese Torten festgelegt?" Die Zahlen wirkten merkwürdig rund. „Ich habe drei der Aufträge per Telefon angenommen, und wo ich jetzt so darüber nachdenke, waren die Kunden sehr entspannt, was den Preis anging. Sie haben mir alle ein Budget genannt, mit dem ich arbeiten konnte", sagte ich.

„Und dir mehr oder weniger vermittelt, es auch auszuschöpfen?", fragte Jess.

„Ja. Seltsam, oder?"

„Schätze schon." Jess dachte einen Moment darüber nach. „Aber andererseits auch nicht. Sie haben alle in letzter Minute bestellt. Menschen, die es eilig haben, warten nicht auf Kostenvoranschläge; sie wollen einfach, dass du loslegst."

„Aber alle, Jess? Bei allen elf Torten hatten wir völlig freie Hand und riesige Budgets? Wir sind lange genug im Geschäft, um zu wissen, dass Menschen so was nicht einfach machen, Jess. Es ist schon seltsam genug, dass all diese Aufträge so kurzfristig reinkamen."

„Was willst du damit sagen?" Seine Augenbrauen schossen zu dem roten Rand seiner Mütze hoch.

Ich wusste nicht, was ich damit sagen wollte, also zuckte ich mit den Schultern. „Ich meine nur, dass das schon komisch ist."

„So läuft das Geschäft nun mal", erwiderte Jess und warf die ausgelesene Zeitschrift auf den Couchtisch vor dem Sofa. „Ich muss mich mal an Nummer elf machen, wenn ich sie am Freitag ausliefern soll", sagte er und ging zum Spülbecken.

„Wohin geht die denn?", rief ich ihm um die Wand herum zu, immer noch verwirrt von unserer unerwartet guten Auftragslage.

Jess trat an den Arbeitsplatz, wo die Auftragszettel für die Woche säuberlich aufgereiht an der Wand hingen.

„An jemanden in der Stadt. St. Harry's Square, äh … Nummer neunzehn."

Mit *Stadt* meinte Jesse *seine* Stadt, die große Stadt, nicht die, in der wir unseren Laden hatten.

„Was ist das, eine Bar?", fragte ich, weil ich mit der Stadt lange nicht so vertraut war wie er.

„Nein, ein Haus. St. Harry's ist ein nettes kleines Viertel, in dem die Yuppies leben und sich zu Kanapees und einer Line Kokain treffen."

„Ein Haus? Warum liefern wir denn dahin?" Ich ging zu ihm und schaute mir den Entwurf an, der vor ihm lag. „So eine große Torte wird an ein Privathaus geliefert? Warum lassen sie sie nicht zum Veranstaltungsort bringen?"

„Alle Lieferungen in den letzten vierzehn Tagen waren für Privathaushalte. Nie dieselben, aber alle ziemlich schick." Jess beobachtete, wie ich auf meiner Unterlippe kaute. „Was?"

„Ich weiß es nicht", sagte ich. „Irgendetwas fühlt sich seltsam an. Wo sind die restlichen Auftragszettel?"

„Im Ordner. Warum machst du dir so einen Kopf, Hol? Geld ist Geld."

Das war natürlich richtig. Aber trotzdem … In mir keimte ein Verdacht auf, der aus irgendeinem Grund mit dem Namen Ciaran Argyll zu tun hatte. Jess schüttelte den Kopf und überließ mich meinen Grübeleien.

Im Alkoven zog ich den orangefarbenen Ordner mit den erledigten Aufträgen aus dem Regal und holte alle Aufträge für die Spezialanfertigungen der letzten drei Wochen heraus. Als ich sie so durchblätterte, wirkten sie alle vollkommen unauffällig. Die Namen der Auftraggeberinnen waren unterschiedlich, genau wie die Telefonnummern und die Adressen, zu denen die Torten geliefert werden sollten. Die Gestaltungswünsche reichten von Tiefseethemen über Schmetterlinge und Perlen bis zu Engeln aus Schokolade. Das Einzige, was die Aufträge gemeinsam hatten, war, dass nur wenige Spezifikationen auf dem Auftragszettel notiert worden waren.

Wenn ein Mensch so viel Geld ausgab, wusste er normalerweise sehr genau, was er von uns haben wollte. Aber bei all diesen Torten waren die Angaben gleich vage. Kontaktdetails, ein schönes rundes Budget, ein Thema und eine bevorzugte Geschmacksrichtung. Ich blätterte sie noch einmal durch.

Die ersten Cupcakes am Montag waren mit Holunderblütengeschmack gewesen, zwei Tage später hatte es eine dreistöckige Torte mit Honig und Walnuss sein sollen, am Tag danach Toffee und Apfel, die nächste Torte … Kaffee und Walnuss, dann Banane-Toffee, dann Schokolade und Ahornsirup. Die Bestellungen lasen sich wie die Übersicht über unsere Geschmacksrichtungen; als wenn eine Gruppe von Kunden die Köpfe zusammengesteckt und aufgeteilt hätte, wer was bestellt, damit alle von allem probieren konnten.

Pick'n'Mix.

Das Telefon auf dem Tresen im Laden klingelte, und Jess ging, um den Anruf entgegenzunehmen. Er sprach immer noch, als die Glocken über der Tür bimmelten und einen Kunden ankündigten.

Nachdem ich die Aufträge wieder eingeheftet und den Ordner zurückgestellt hatte, ging ich nach vorne.

Martha bot einen etwas erhitzten Anblick, wie sie da auf dem Ledersofa lehnte, das für zukünftige Bräute reserviert war. Ihre Wangen waren gerötet, was einen scharfen Kontrast zu ihrem zitronengelben Kleid und dem blonden Haar bildete, das ihr an der Wange klebte.

Das Weiß ihrer Augen verriet mir, dass sie es übertrieben hatte, und das wusste sie auch.

Ich nahm gerade den seltenen Anblick meiner zerzausten Schwester in mich auf, als Jess hinter mir den Hörer auflegte. „Alles okay, Martha?" Er lachte leise.

„Wasser", erwiderte Martha schwach. Der Stapel an Einkaufstüten neben ihr auf der Couch erklärte alles. Die Hälfte davon war zu Boden gefallen. Neben ihnen verschwanden zwei sehr geschwollene Knöchel in nudefarbenen Satinpumps mit schwindelerregend hohen Absätzen.

„Martha, wenn deine Knöchel so dick sind wie der Hals deines Mannes, ist es an der Zeit, die High Heels zu Hause zu lassen", sagte ich und trat um die Tüten herum, um mich neben sie zu setzen. Jess war losgegangen, um ein Glas Wasser zu holen, und ich strich ihr die Haare aus dem Gesicht und band sie mit dem Gummiband zusammen, das ich um mein Handgelenk trug. „Geht es dir gut, Süße?", fragte ich und hielt in ihrem Gesicht Ausschau nach der Wahrheit.

„Ich kann das nicht", keuchte sie. „Ich dachte, ich könnte, aber ich kann es nicht." Jesse kehrte mit dem Wasser zurück, und Martha nahm einen großen Schluck.

„Was kannst du nicht, Martha?", fragte ich. „Powershopping in der Stadt in diesen Schuhen?" Ich nickte in Richtung ihrer Füße.

„Nette Schuhe, Marth", fügte Jesse an, bevor er das Glas wieder mit in die Bäckerei nahm.

„Ich kann keine glamouröse Mum sein." Als sie das sagte, wurden ihre Augen ganz feucht.

„Martha, du Irre. Es hat nichts Glamouröses, sich auf Zehenspitzen durch die Stadt zu schwitzen. Sei nicht albern. Du siehst fabelhaft aus."

„Wirklich?", fragte sie wie ein kleines Mädchen.

„Immer, Marth. Aber tu dir selbst einen Gefallen und entspanne dich. Das kann nicht gut für das Baby sein, oder?"

„Nein. Du hast recht. Ich brauche neue Schuhe. Ich hätte nie gedacht, das mal zu sagen, Holly, aber ich brauche Schuhe … wie deine."

Ich fasste das nicht als Beleidigung auf, weil es nicht als eine gemeint war. Aber ob ich Martha meine bequemen Ersatzballerinas anbieten würde, musste ich mir noch mal überlegen.

„Wo hast du geparkt, Martha? Oder hat Rob dich in die Stadt gefahren?"

„Nein, er ist zu Hause und fuchst sich in den Sterilisator ein. Der Wagen steht im Parkhaus, aber mit den Tüten war das einfach zu weit." Ihr Atem normalisierte sich langsam, und auch ihr Gesicht hatte wieder einen deutlich gesünderen Farbton angenommen.

„Okay. Jetzt entspann dich erst mal einen Moment. Ich bin hier fast fertig, also werde ich dir einen Tee machen und dich dann zu seinem Auto fahren, okay?"

Martha nickte und sah genauso aus wie früher, wenn sie sich verletzt hatte und Dad sie auf seinen Knien hatte sitzen lassen, bis sie aufhörte zu weinen. Ich gab ihr einen Kuss auf den Kopf und machte mich auf in die Bäckerei.

„Hol?"

„Ja?"

„Würde es dir was ausmachen, wenn ich in deinem Laden meine Schuhe ausziehe?"

Ich grinste darüber, wie wohlerzogen sie war. „Nein, gar nicht. Ich habe sogar ein Paar Ballerinas, die du anziehen kannst."

„Hol?"

„Ja?"

„Kannst du sie bitte für mich ausziehen? Ich komme da nicht ran."

Martha schleppte sich schließlich mit nach hinten und genoss es ohne Ende, an den Keksen zu knabbern, die dort zum Abkühlen standen. Ich beendete meine Arbeit am Laptop, während Jesse letzte Hand an die Torte für morgen legte und sich mit meiner Schwester über die neuesten Farbtrends unterhielt.

Jesse zeigte ihr sein neuestes Lieblingsstück in einer der Zeitschriften, und Martha zeigte ihm im Gegenzug ihre Lieblingsschuhe in einem Magazin, das sie mitgebracht hatte.

„Da habe ich was viel Besseres", sagte Jess und zog sie mit sich in den Alkoven, wo er nach der Papiertüte griff, die sicher auf dem obersten Regal stand und die ich ganz vergessen hatte.

Marthas Augen weiteten sich, als sie den Schuhkarton erblickte.

„Oh hallo, meine kleinen Diorlings", schnurrte sie die schwarzen Pumps an. „Los, Jesse, zieh mir einen davon an", sagte sie und ließ sich rücklings auf das Sofa fallen.

„Nein", schritt ich energisch ein. „Die sind mindestens zwei Zentimeter höher als die, mit denen du hier hereingestolpert bist. Es tut mir leid, aber es ist nur noch eine Woche bis zu deinem Stichtag, da muss ich leider ein Machtwort sprechen."

Martha verzog das Gesicht und begnügte sich widerstrebend damit, die Schuhe einfach nur anzugucken. „Die sind nagelneu! Oh, was für eine Verschwendung, Hol. Ich kann nicht glauben, dass du sie nicht jeden Tag anziehst."

„Ha, ich weiß mein Leben eben sehr zu schätzen", erwiderte ich.

„Aber sie sind so schön! Woher habt ihr sie?"

„Jemand hat sie Hol gegeben. Was für eine Verschwendung, oder?" Jesse zog uns beide auf.

„Martha, diese Schuhe gehören nicht mir, ansonsten könntest du sie gerne haben. Wir bewahren sie nur auf, bis jemand kommt und sie wieder abholt."

„Sie wird sie nicht abholen, Hol, das weißt du genau."

Ich musste zugeben, dass das sehr unwahrscheinlich war.

Und sie hatten beide recht – es war wirklich eine Verschwendung.

10. KAPITEL

Am folgenden Freitag war der Herbst wirklich mit aller Macht über Hunterstone hereingebrochen. Zu diesem Zeitpunkt hatte ich Jesse bereits darüber informiert, dass ich die geheimnisvolle elfte Torte selber an ihren Bestimmungsort bringen würde. Es handelte sich um einen Mottokuchen zum Thema Skateboard für irgendeinen glücklichen Teenagerjungen. Wer auch immer er war, seine Eltern hatten keine Kosten und Mühen für ihn gescheut. Ich hatte noch nie eine so detailgetreue Torte gesehen. Wie immer hatte Jesse sich selbst übertroffen mit den handgemalten, von Graffiti übersäten Wänden einer Halfpipe und anderem verrückten Kram, den Jugendliche dieser Tage cool fanden. Ich war ein wenig besorgt, dass ich das Kunstwerk auf der Fahrt kaputt machen könnte. Beinahe wünschte ich mir, ich hätte nicht angeboten, die Torte auszuliefern, aber mir gingen die vielen Zufälle der letzten Woche einfach nicht aus dem Kopf.

Jess hatte recht – wir hatten einen guten Lauf, und ich wusste selber nicht, warum ich so hartnäckig nachbohrte.

Sehr lange war der Laden kaum mehr als eine Ablenkung gewesen, aber die letzten Wochen hatten mich daran erinnert, wie es sich früher angefühlt hatte, tatsächlich zur Arbeit zu gehen. Dank der losen Angaben für das Aussehen der Torten hatten wir die tollsten Ideen entwickeln und Techniken ausprobieren können, die bisher viel zu selten zum Einsatz gekommen waren. Und wir hatten dabei so viel Geld verdient, dass ich sogar den Katalog des Backgeräteherstellers wieder hervorgeholt hatte. Wir brauchten unbedingt einen neuen Ofen. Außerdem überlegte ich, die Federung des Vans überprüfen zu lassen.

„Dann wird Rob also den Lagerraum ausräumen und neu streichen?“, fragte Jess, als ich gerade mit der Torte losfahren wollte.

„Nein. Rob wird sich hier nur vor seiner Frau verstecken. Wir müssen lediglich eine vorgetäuschte Liste mit Aufgaben erstellen, um sie von der Spur abzubringen. Die letzte Woche vor ihrem D-Day wird sie sowieso Häagen-Dazs-Eis essend vor dem Fernseher verbringen, aber falls sie anruft, muss unsere Geschichte wasserdicht sein." Ich lächelte und drehte den Schlüssel im Schloss. Der Van erwachte keuchend zum Leben.

„Bist du sicher, dass ich die Lieferung nicht doch übernehmen soll?", fragte Jess mit einem skeptischen Blick auf meinen Wagen.

„Ach, der läuft sich schon noch warm. Ich fahre von da aus direkt nach Hause, wir sprechen uns dann später.

„Ja, okay. Fahr vorsichtig."

„Bis dann."

Nach zwei unglücklichen Missverständnissen mit dem Einbahnstraßensystem in der Stadt kam endlich St. Henry's Square in Sicht.

Der Platz selber lag ein wenig zurückgesetzt von der Straße und wurde durch eine alte Steinmauer abgeschirmt, die von großen Eisenzacken gekrönt war. Auf der anderen Seite der Anlage standen gleichmäßig gepflanzte Ahornbäume und reckten ihre in wütenden Orange- und Rottönen belaubten Äste in den Himmel – die Brandstifter der Natur. Der Kontrast zu dem satten Grün des kühlen Rasens war atemberaubend. Es wirkte fast, als hätten sich die sorgsam renovierten Häuser mit ihrem blassen Stuck und den schimmernden Türschildern versammelt, um dem Spektakel der brennenden Bäume zuzusehen.

Der Van hatte sich inzwischen warmgelaufen, und ich bog geschmeidig auf den durch ein Tor gesicherten Platz ein. Alles war hier so ordentlich, dass es leicht war, die richtige Adresse für den glücklichen Skater zu finden. Etwas schwerer war es, einen Parkplatz in der Nähe aufzutreiben. Nachdem ich den Platz noch einmal umrundet hatte, entschied ich mich für die einzige Stelle, die ausreichend Raum bot, um die Heckklappe des Wagens zu öffnen.

Ich überquerte den Platz und drückte auf den Klingelknopf von 19 Richardson. Ein Klacken ertönte, bevor die Tür geöffnet wurde und ein junger Hipster in blau kariertem Hemd und schwarzer Hornbrille mich unter seinen dichten blonden Haaren anschaute.

„Sie kommen zu spät", sagte er und verzog geringschätzig das Gesicht. Er hatte recht, ich war zu spät. Das musste mir der kleine Schnösel nicht erst sagen.

„Sorry. War viel los auf den Straßen. Ich hole eben deine Torte." Ich lächelte.

„Ja, tun Sie das", hörte ich ihn sagen, als ich schon wieder auf dem Weg vor seinem Haus war. Der Kunde hat immer recht, dachte ich, dicht gefolgt von: Und nächstes Mal darf Jesse seine Aufträge wieder selber ausliefern. Ich wette, bei einem Mann, der ihn um ein paar Köpfe überragte, wäre der kleine Scheißer nicht so frech gewesen.

Nachdem ich Jesses Kunstwerk geholt hatte, brachte ich die Auslieferung so schnell und höflich wie möglich über die Bühne und kehrte zu meinem Van zurück. Nach ein wenig Fummeln rastete der Gurt endlich ein, und ich drehte den Schlüssel um. Ein kurzes Stottern, dann nichts mehr. Ich versuchte es erneut. Nichts.

„Ach, komm schon! Du bist inzwischen warm gefahren!", rief ich und war dankbar, dass ich auf einem Parkplatz stand, auf dem mich der Junge von seinem Elfenbeinturm aus nicht sehen konnte. Ein weiterer fruchtloser Versuch, und ich wusste, dass dieser Wagen dringend in die Werkstatt musste. Ich ließ den Kopf gegen die Nackenstütze sinken und atmete tief durch. Das passierte nicht zum ersten Mal. Der Van brauchte nur ein paar Minuten, um über seine Zukunft auf der Schrotthalde nachzudenken, dann würde ich es erneut versuchen, und wir würden endlich nach Hause fahren.

Ich brauchte einen neuen Lieferwagen. Dank der ganzen Bestellungen der letzten Zeit hatte ich ein wenig Geld auf der Bank, und nachdem ich die Torte an den kleinen Widerling in Nummer neunzehn ausgeliefert und absolut nichts entdeckt hatte, was meine paranoiden Vorahnungen bestätigen konnte, gab ich nach. Es war wirklich egal, woher die Arbeit kam, solange ich

Jesse bezahlen und das *Cake* am Laufen halten konnte. Vielleicht war es an der Zeit, ein wenig in die Zukunft zu investieren. Ich könnte eine Anzahlung auf einen neuen Lieferwagen leisten, der mich nach einer Auslieferung sicher nach Hause bringen würde. Charlie hatte recht: Dieser Wagen war etwas Besonderes. Aber es wäre trotzdem schön, wenn sich die Lieferungen etwas einfacher gestalten würden.

Was ich brauchte, war ein Auto, auf das ich mich verlassen konnte. Etwas, in dem ich es warm und bequem hatte. So wie der schicke schwarze Range Rover, der jetzt durch das Tor auf den Platz fuhr; mit großen silberfarbenen Felgen und dunkel getönten Scheiben, damit niemand sah, wenn ich wie ein Donut am Steuer saß, weil der Wagen sich weigerte, anzuspringen.

Ja, klar.

Autos interessierten mich nicht wirklich, aber der hier war nett und … *Oh, sieh dir die Größe der Kofferraumklappe an; verschiedene Torten gleichzeitig ausliefern, der Traum eines jeden Mädchens!* Ich beobachtete, wie er rechts von mir um den Platz fuhr und dann mitten auf der Straße stehen blieb und direkt vor Nummer neunzehn wartete.

Aus dem oberen Fenster des Hauses schaute der kleine Schnösel herab. Die Fahrertür ging auf, und die unverkennbare Gestalt von Fergal Argyll stieg aus. Ich hätte mich beinahe auf die Hupe gelehnt, als ich versuchte, mich auf meinem Sitz umzudrehen, um die Szene besser sehen zu können. *Fergal Argyll?* Was machte der denn hier? Ohne seinen Kilt sah er ganz normal aus, aber nicht normal genug, um sich hier herumzutreiben. Er trug irgendeine legere Sporthose, Golf, vermutete ich, und ging um den Wagen herum, um die Beifahrertür zu öffnen. Aufgrund der offen stehenden Tür konnte ich nicht erkennen, wessen Hände sich um seinen Rücken schlangen – eindeutig die einer Frau, aber ich bezweifelte, dass sie zu seiner Frau gehörten, zumal die beiden ja offensichtlich geschieden waren.

Fergal schloss die Tür, während die Eiskönigin, genauso golfverrückt gekleidet wie ihr Chef, bereits vom Auto zum Haus ging. Als ich sie das letzte Mal gesehen hatte, waren die beiden vertraut miteinander umgegangen, aber … ich hatte gedacht, sie wäre mit Ciaran zusammen. Die Miene des Jungen sagte alles. Sie hatten was miteinander, und das gefiel ihm gar nicht. Vom Aussehen her tippte ich darauf, dass er ihr jüngerer Bruder war. Kein Wunder, dass er sich so schnöselig benahm.

19 Richardson.

Penny Richardson? Persönliche Assistentin des Vorstandsvorsitzenden und Geschäftsführers von Argylls Imperium? Vermutlich ja. *Persönliche Assistentin.* So hieß das heute also. Tja, viel Glück. Wenn sie weiter an den Armen reicher Männer hing, würde sie vielleicht irgendwann auch einen finden, der sie – und ihren Bruder – zum Lächeln brachte.

Wie eine unserer Torten jedoch bei ihr gelandet war, blieb mir ein Rätsel. Wenn sie eine Torte für den Jungen wollte, warum hatte sie die Bestellung dann nicht einfach per E-Mail aufgegeben, so wie die Bestellung für Ciaran? Die meisten Menschen hätten versucht, einen Rabatt herauszuschlagen. Vielleicht hatte sie das auch, und Jesse hatte vergessen, es zu erwähnen.

Der Rover fuhr langsam in meine Richtung los. Ein unerwarteter Panikanfall sorgte dafür, dass ich mich ganz klein auf meinem Sitz zusammenkauerte. Als ob das helfen würde. Mein Wagen war nicht dafür gemacht, unsichtbar zu bleiben. Die Tatsache, dass es sich um das einzige Auto in der Straße handelte, das älter als ein Jahr war, verblasste gegen die anderen Vergleiche, bei denen es nicht mithalten konnte. Farbe, Form, *Cake!* in armgroßen Buchstaben auf der Seite. Ich zuckte zusammen, als Fergal an mir vorbei auf die Hauptstraße rollte.

In letzter Zeit wirkte es so, als wären diese verflixten Argylls überall. Ganz besonders, wenn irgendetwas Ungewöhnliches passierte.

Ich streckte die Hand aus, um noch einmal zu versuchen, den Motor zu starten. Für den Notfall hatte ich meine Mitgliedskarte für den Automobilclub im Handschuhfach. Aber der Van schien seine Meinung noch einmal geändert zu haben, denn der

Motor sprang beim ersten Versuch an und schnurrte zufrieden vor sich hin.

Nachdem ich die beleuchteten Straßen der Stadt hinter mir gelassen hatte und in nördlicher Richtung an Hunterstone vorbeifuhr, dachte ich über die Ansammlung von Charakteren nach, die wie aus heiterem Himmel in meinem Leben aufgetaucht waren. Es war einen Monat her, dass ich den Auftrag für die Stiletto-Torte entgegengenommen hatte, und seitdem waren die beteiligten Personen nie wirklich von meinem Radar verschwunden.

Hunterstone lag bereits hinter mir, als meine Hände beschlossen, den Wagen zum Laden zurückzulenken. Ich war dumm und besessen, und es gab überhaupt keinen Grund dafür, aber die Argyll-Verbindung – wie dürftig sie auch war – würde mich heute Nacht wach halten, das wusste ich. Und das störte mich mehr als alles andere.

Ich schloss die Tür zum Laden auf. Die Backstube wurde nach und nach in Licht getaucht, als die Oberlichter aufflammten. Jetzt brauchte ich nur noch die Auftragszettel. Ich hätte Jesse telefonisch nach den Informationen fragen können, die ich suchte, aber dann würde er wissen, was er bislang nur vermutete: dass ich leider völlig verrückt war.

Innerhalb weniger Minuten war ich zurück auf der Straße nach Hause und fühlte mich, wenn ich ehrlich war, ein wenig wie eine Irre. Aber zum Glück wusste nur ich das, dann war es nicht so schlimm.

Den Ärger über meine späte Heimkehr verbarg Dave ungefähr so gut wie der Skater-Junge. Der Hund war jedoch noch einen Schritt weitergegangen und hatte seine Gefühle an meinen Hausschuhen ausgelassen. Die waren jetzt offiziell tot.

„Okay, ich hab's verstanden, ich bin zu spät."

Dave war jedoch nicht auf eine Entschuldigung aus. Stattdessen trottete er zu seinem leeren Futternapf hinüber. Sobald ich ihm etwas zu fressen gegeben hatte, verkroch ich mich mit meinem Laptop in Charlies Höhle. Ich brauchte nur wenige Minuten, um mir das Profil von Penny Richardson auf der Seite von Argyll Inc. anzuschauen. Auf ihrem Porträtfoto sah sie nicht ganz so hübsch aus. Das Lächeln stand ihr nicht so gut, wie ich gedacht hatte. Vielleicht benutzte sie es außerhalb von Marketingfotos nicht. In echt hatte ich es zumindest bisher noch nicht gesehen. Ich zog zehn Auftragszettel aus meiner Hosentasche und fing an, mir die Namen darauf anzuschauen.

Ms Beirne, Mrs Copeland, Mrs Peterson, Mrs Stephenson, Mrs Krohl, Mrs Randall … Ich schloss das Profil der Eiskönigin und ließ meinen Blick über den Bildschirm gleiten. Das Team von Argyll Inc. bestand aus mehr als dreißig Angestellten, alle mit künstlerisch wertvollen Profilfotos in Fünferreihen angeordnet. Jesse hatte gesagt, dass die Lieferungen stets zu sehr schicken Häusern gegangen waren, also fand ich, dass die obere Führungsriege ein guter Anfang wäre.

Als Erstes kam Fergal selbst. Er sah auf dem Bild gut aus, attraktiv. Die Grautöne des Schwarz-Weiß-Fotos standen ihm, und ich konnte mir vorstellen, was die Eiskönigin in ihm sah – abgesehen von seinem Reichtum natürlich. Neben Fergal standen einige Namen, die mir nichts sagten. Dann kamen jedoch ein paar, die das durchaus taten.

Donald Stephenson, Leiter Siedlungsprojekte; Carl Copeland, Entwicklungsdirektor; Jamie Peterson, Baudirektor. Weiter unten auf der Seite Heidi Beirne, Leiterin Kundenservice; Andrzej Krohl, Direktor der Vermögensverwaltung; Bert Randall, Neukundenakquise.

Wir hatten Torten für die ganze verdammte Firma hergestellt! Verärgerung flutete mein Hirn. *Aber warum?* Warum diese Heimlichtuerei? Welcher Argyll steckte dahinter, und was zum Teufel hatte er vor? Ich addierte, was sie in den letzten drei Wochen bei uns ausgegeben hatten. Mal abgesehen von der Hollywood-Torte waren es fünftausendsechshundert Pfund. Was zum Teufel wurde hier gespielt? Versuchten sie, uns zu übernehmen?

Mein Blick folgte der Seite bis ganz nach unten, wo mir ein Foto ins Auge fiel. Ciaran Argyll, Leiter Markenführung. Er war genauso fotogen wie sein Vater. Schwarz-Weiß stand ihm auch gut und ließ seine dunklen Augen noch tiefgründiger erscheinen. Ich starrte ihn an, und mein Ärger verschwand wie eine Schneeflocke in einer Lawine, als ich versuchte, eine Erklärung dafür zu finden, warum mich diese Geschichte überhaupt so sehr interessierte.

11. KAPITEL

Ein wenig recherchieren war ja ganz gut, aber gestern Abend war ich zu weit gegangen. Ciarans Name war mir so leicht von den Fingerspitzen geflossen wie mein eigener.

Ich hatte gedacht, wenn ich etwas Licht in die Tortensituation brächte, würde ich danach gut schlafen. Irrtum! Den Großteil der letzten Nacht hatte ich mich mit Schlaflosigkeit und den Bildern von Ciaran Argylls Partyleben herumgeschlagen, die durch meinen Kopf gewirbelt waren. Genau wie Feta zu naschen war im Internet herumzuschnüffeln ab sofort von meiner Liste abendlicher Aktivitäten gestrichen.

Anfangs hatte es so ausgesehen, als gäbe es im Netz gar nicht so viele Informationen außer ein paar Artikel über *Fergal Argylls einziges Kind* und *Erbe des Argyll-Vermögens*. Die Bilder von Ciaran jedoch waren reich gesät. Feiernd mit einer Brünetten, feiernd mit einer Blonden, feiernd mit zwei Blonden, dieses Jahr, letztes Jahr, vor drei Jahren. Schnappschuss nach Schnappschuss von einem Mann, der das Geld seines Vaters und den luxuriösen Lebensstil der Familie in vollen Zügen genoss. Fergal war oft im Hintergrund zu sehen, aber die Kameras hatten die Eskapaden des jüngeren Argyll vorgezogen, der sich über die Aufmerksamkeit zu freuen schien.

Heute würde einer *dieser* Tage, das spürte ich bereits. Ich fühlte mich so angespannt, so … frustriert. Einfach irgendwie doof.

Dave hatte meine Stimmung aufgeschnappt und ging mir aus dem Weg. Zum Glück zeigte auch der Van sich von seiner besten Seite und sprang gleich beim ersten Versuch an. Ich hatte noch zwei Stunden, bevor ich den Laden um zehn Uhr aufmachen musste, was gerade ausreichte, um nach Hawkeswood Manor zu fahren, meinen Spruch aufzusagen und nach Hunterstone zurückzukehren. Ich musste nur noch überlegen, was genau mein Spruch war.

Die Fahrt dorthin brachte mir auch keine Klarheit. Dichter Nebel hing über dem Boden und ließ Hawkeswood Manor noch mehr wie ein Gothik-Schloss aussehen als bei meinem letzten Besuch. Ohne den Trubel wirkte es auch wesentlich formeller. Beim Anblick von Fergals Range Rover neben dem Sportwagen von Ciaran, den ich von seinem Besuch bei uns im Laden wiedererkannte, verlor ich beinahe die Nerven. Aber jetzt war ich schon mal hier, und wenn ich einfach wieder fahren würde, wäre ich ... ein Feigling.

Über den Vorplatz zu gehen fachte meinen Verdruss an, sodass ich schön missmutig war, als ich endlich an die Tür klopfte. Aber ich war nicht auf die fröhliche Begrüßung durch die brünette Frau vorbereitet – und auch nicht auf den Einfluss, den diese sofort auf meine Stimmung hatte.

„Hallo, meine Liebe", sagte sie strahlend. „Kommen Sie rein. Es ist heute Morgen doch noch recht frisch." Ich spürte, wie meine finstere Miene mir entglitt, und wusste, dass ich bereits versagt hatte. Ich brauchte meine schlechte Laune dringend zurück, bevor ich auf einen der Argylls traf.

„Hallo noch mal." Ich erwiderte ihr Lächeln und betrat die große Eingangshalle. Die Frau lächelte immer noch und wartete darauf, dass ich ihr sagte, was ich hier wollte. Wie sollte ich das formulieren ...?

„Heute Morgen ist es etwas ruhiger."

„Oh ja", sagte sie. „Es schlafen noch alle."

„Oh." Damit hatte ich bei der losen Planung meiner Entrüstungskampagne nicht gerechnet. „Ich hatte gehofft, kurz mit Mr Argyll sprechen zu können." Guter Anfang. Nett und doch vage.

„Und welchen Mr Argyll würden Sie gerne sprechen, meine Liebe?", fragte die Frau immer noch ganz freundlich. „Fergal ist näher, obwohl ..." Sie senkte die Stimme zu einem Flüstern. „Er ist vermutlich auch schwerer zu wecken. Oder", jetzt sprach sie wieder in normaler Lautstärke, „ich könnte Ciaran für Sie wecken. Wie Sie wollen."

„Für wen soll Ciaran geweckt werden?“, ertönte eine Stimme vom Treppenabsatz über uns. Ich drehte mich um und sah zwei nackte Füße, gefolgt von zwei Beinen in einer weiten grauen Jogginghose, zu uns herunterkommen. Wenn die Stimme mir nicht bereits verraten hätte, welcher Argyll da auf dem Weg zu uns war, der Anblick der athletischen Form seiner Schenkel und anderer Körperteile unter seiner Jogginghose taten es. Ich versuchte, wieder meine finstere Miene aufzusetzen, aber als ich die Frau neben mir anschaute, sah sie mich verblüfft an. Ich konnte das nicht! Ich konnte nicht freundlich und gleichzeitig genervt sein!

Die ganze Situation lief total schief und war mir jetzt schon peinlich.

Je weiter die Stufen ihn nach unten führten, desto mehr von ihm kam in Sicht. Über dem Bund der Jogginghose zeigte sich jetzt ein nackter, wohlausgebildeter Oberkörper. Ich hörte, wie ich schluckte.

Auf keinem der vielen Partyfotos, die ich letzte Nacht von Ciaran Argyll gefunden hatte, war er ohne Hemd zu sehen gewesen. Ansonsten hätte ich mich vielleicht ein wenig auf diesen Anblick vorbereiten können – aber so war es, als hätte ich mich ohne eine Fliegenklatsche im Gepäck in den Dschungel begeben.

Die Hitze kroch bereits über meine Brust nach oben. *Cool bleiben, Hol. Das sind nur Bauchmuskeln … sehr gut trainierte Bauchmuskeln.*

„Hallo“, sagte er höflich lächelnd. „So sieht man sich wieder. Guten Morgen, Mary.“

„Guten Morgen, Ciaran. Ich hätte nicht gedacht, dass du nach der letzten Nacht so früh schon auf den Beinen bist.“ In ihren Worten klang ein kleiner mütterlicher Tadel mit. „Bist du bereit fürs Frühstück?“

Ciaran durchquerte die Eingangshalle und gab Mary einen Kuss auf den Kopf. „Ja, bitte. In der Orangerie?“ Mary schenkte ihm ein mütterliches Lächeln und schaute mich dann an. Ciaran tat es ihr gleich – beide wollten einen Grund für meinen Besuch wissen, aber ich konnte mich nicht mehr daran erinnern.

„Sind Sie meinetwegen hier?", fragte er und strich sich mit der Hand über den Kopf, um seine zerzausten Haare zu glätten. Als er den Arm hob, fiel mein Blick auf diese Linie, die parallel zu seiner Hüfte verlief und unter dem Bund der Jogginghose verschwand. „Ich meine nur … Ich dachte, ich sollte alles mit Ihrem Freund Jesse klären. Ausschließlich. Und zwar Montagmorgen."

Er servierte seinen Sarkasmus mit einem Lächeln, das Granit geschmolzen hätte, und sofort setzte die Hitze in meinem Körper ihren Weg nach oben fort.

„Ich gehe dann mal und mache dir Frühstück. Bleiben Sie auch, Miss …?"

Wenigstens etwas, das ich hinkriege. „Holly", brachte ich heraus, ohne dass mein stockender Atem mich verraten hätte. Mary strahlte mich weiter an, und wieder fehlten mir die Worte.

„Bleiben Sie zum Frühstück, Holly?", wiederholte sie.

„Oh!", stammelte ich. „Oh, nein … danke. Nein."

„Dann lasse ich Sie beide jetzt allein."

Ciarans Blick folgte Mary, als sie an ihm vorbeiging, und ich sah, dass sie ihn auch beobachtete. Dann wandte er sich wieder mir zu.

„Würde es Ihnen etwas ausmachen, wenn wir nicht hier stehen bleiben?", fragte er und zog die passende graue Kapuzenjacke zu seiner Jogginghose über. „Der Fußboden ist ein wenig kalt."

Ich kam mir schon dumm genug vor, überhaupt hier zu sein, und Ciaran durch den schmalen Gang hinter der Treppe zu folgen änderte daran überhaupt nichts. Aber wenigstens musste ich jetzt nicht mehr seinen nackten Oberkörper anstarren.

„Also, welchem Umstand verdanke ich das Vergnügen, Holly? Oder ist es etwas Geschäftliches?"

„Ich, äh, ich wollte etwas mit Ihnen besprechen. Nun, ich denke, Sie sollten wissen, dass, äh …" Ciaran hatte mich durch einen riesigen Empfangssalon geführt, in dem Fergal in Boxershorts und dem Hemd von letzter Nacht zusammengesackt auf einem der Sofas lag. Er sah aus wie eine Mischung aus einem schlafenden Baby und einem Schwein, wobei sein tiefes Schnarchen eher zu Letzterem passte.

„Ignorieren Sie Fergie einfach", sagte Ciaran, ohne sich umzudrehen. „Er hält nur seinen Schönheitsschlaf."

Wir ließen das Surren von Fergals Schnarchen hinter uns und durchquerten zwei oder drei kleinere Räume, die, wie ich annahm, uns in den hinteren Teil des Hauses führten.

Ich wartete darauf, dass Ciaran mich bitten würde, meinen angefangenen Satz zu beenden, doch das tat er nicht.

Ich wusste nicht, wo im Haus wir uns jetzt befanden, und konnte ihm nur wie ein kleines verlorenes Schaf folgen. Ciaran bog links in einen helleren Raum ab. Er war nicht sonderlich groß, kaum größer als die Küche in meinem Haus, aber ich fühlte mich, als wäre ich direkt in den Garten hinausgetreten.

Vor den Glaswänden erstreckte sich endloser Rasen in eine Landschaft, die von kleinen Baumgruppen und Gartenskulpturen unterbrochen wurde. Hinter dem Pavillon wand sich der Fluss unter einem ungetrübten Himmel in die Ferne.

Ciaran ließ mir Zeit, das alles auf mich wirken zu lassen, und setzte sich auf eines von zwei Sofas. Er nahm eine der beiden Kaffeetassen in die Hand, die er vorher eingeschenkt hatte.

„Nehmen Sie Zucker oder Milch?", fragte er und wartete darauf, dass ich meinen Blick von der parkähnlichen Landschaft losriss.

„Nur Milch, bitte. Oder Sahne. Was auch immer Sie dahaben." *Was machst du hier? Du wolltest doch nicht bleiben.* Ich trat neben das Sofa, auf dem er nicht saß. Wenn ich gedacht hatte, sein Hoody würde mich davor bewahren, weiter zu erröten, hatte ich mich geirrt.

Ciaran lehnte sich auf dem Sofa vor und gab Sahne in meine Tasse. Die graue Kapuzenjacke stand offen und enthüllte seine leicht gebräunte Brust, über der die beiden weißen Kordeln vom Kragen hingen. Darunter spannten sich seine Bauchmuskeln an, als er sich noch ein Stück vorbeugte. Plötzlich wurde auch der Bauchnabel sichtbar, der den Anfang einer dünnen Linie aus

Haaren markierte, die nach unten zu einem Ort verlief, an den ich besser nicht dachte.

Verflixt, warum konnte ich den Blick nicht von ihm lösen? Ich war bereits mehrere Minuten hier, und alles, was ich bisher getan hatte, war, ihn anzustarren.

„Möchten Sie sich nicht setzen?" Er zeigte auf das Sofa, neben dem ich stand.

„Nein, danke. Ich bleibe nicht." Meine Stimme klang ein wenig schnippisch, was eigentlich gut war, aber irgendwie unpassend wirkte.

„Nun, aber Sie bleiben doch auf einen Kaffee, oder nicht?"

Ich griff nach der Tasse auf dem Tisch und fing an zu trinken. *Wow, ist das heiß! Ich glaube, ich habe mir gerade Verbrennungen dritten Grades an der Zunge zugezogen.*

Ich machte das, was alle Idioten machten, wenn sie sich selbst wehgetan hatten – ich tat so, als wäre nichts gewesen.

„Ich bin nur hier, weil ich denke, dass Sie etwas über Ihre Firma wissen sollten. Ich glaube, sie hat in letzter Zeit sehr viele Aufträge an uns vergeben, und vielleicht sollte Ihr Vater darüber Bescheid wissen?" *Hmpf.* Es hätte schlimmer sein können, klang aber trotzdem vollkommen albern.

„Ich verstehe. Und wie kommen Sie darauf?" Er nippte an seiner Tasse. Seine Brust versuchte, erneut meine Blicke einzufangen. Ich ignorierte sie. Mary betrat das Zimmer. Sie lächelte immer noch und schlängelte sich mit einem Teller mit Toast und Obst darauf zwischen den Sofas hindurch zum Tisch. Ich war gerade so schön in Fahrt. Wenn ich jetzt aufhörte, würde ich nie wieder den Mut finden, etwas zu sagen.

„Weil wir in weniger als drei Wochen elf Bestellungen ausgeführt haben, die alle an Ehefrauen von Männern geliefert wurden, die auf Ihrer Firmenwebsite aufgeführt sind."

In meinem Kopf hatte sich das weit weniger vernünftig angehört.

Mary versteifte sich und schaute mich besorgt an, bevor sie sich zu Ciaran umdrehte. Er lächelte sie an und schüttelte leicht den Kopf – um sie zu beruhigen? Diese kleine Geste machte mich ein wenig mutiger.

„Es ist nicht so, dass ich diese Aufträge nicht zu schätzen wüsste. Ich verstehe nur den Mangel an Transparenz nicht."

„Es tut mir leid, Ciaran. Ich dachte nur, als du gesagt hast, dass es für die Frauen doch ganz nett wäre ... Ich nahm an, sie würden die Geste zu schätzen wissen." Mary wirkte zutiefst gedemütigt, und was auch immer ich gesagt hatte, um ihr dieses Gefühl zu vermitteln, jetzt bedauerte ich es.

„Ist schon gut, Mary. Ich fand, es war eine großartige Idee, und ich bin sicher, Hollys Kunstfertigkeit ist bei allen gut angekommen."

Ich wand mich ein wenig unter Marys entschuldigendem Blick.

„Ich bringe den Teller in die Küche, wenn ich fertig bin, Mary", sagte Ciaran.

Mary verließ den Raum und ließ mich wieder mit ihm allein.

Zum ersten Mal an diesem Tag schaute ich, ohne mit der Wimper zu zucken, in diese dunkelbraunen Augen. „Habe ich Sie gerade verärgert?", fragte ich.

Ciaran erwiderte meinen Blick genauso ruhig. „Mein Vater wollte seinen Mitarbeitern für ihre engagierte Arbeit in den letzten Monaten ein kleines Zeichen seiner Anerkennung zukommen lassen. Ich habe vorgeschlagen, mal etwas anderes zu machen. Da kamen wir auf Ihre Torten."

Das ergab irgendwie Sinn.

„Warum haben Sie dann nicht einfach die Eis... Ich meine Ms Richardson gebeten, uns eine E-Mail zu schicken? Bei so vielen Bestellungen hätten Sie einen Rabatt bekommen."

„Nach Fergies Auftritt war ich nicht sicher, ob Sie überhaupt für ihn arbeiten würden. Also habe ich Mary gebeten, alles zu organisieren." Ciarans Erklärung nahm mir den Wind aus den Segeln. „Es tut mir leid, wenn wir mit unseren Bestellungen unangemessenen Druck auf Ihr Team ausgeübt haben", schloss er.

„Ich will ja nicht sagen, dass wir uns über die Extraarbeit nicht gefreut haben. Es ist nur so …“ *Ja, wie ist es denn?* Was war mein Problem? Ich hatte das Gefühl, ich müsste mich für irgendetwas entschuldigen.

Fergal Argyll kam, immer noch in Boxershorts und Hemd, in den Wintergarten. Er strich sie die Haare auf die gleiche Art glatt, wie sein Sohn es zuvor getan hatte. Wenn sich die beiden Männer vom Hals abwärts ebenfalls ähnelten, dann wurde das bei Fergal von Jahren der Völlerei gut versteckt. Er sah mich an und ließ ein nervenaufreibendes Grinsen auf seinem noch schläfrigen Gesicht aufblitzen.

„Sie sind hoffentlich nicht hier, um mir noch mehr Körperteile zum Fraß vorzuwerfen, oder? Sorry, damit wäre mein Magen heute Morgen überfordert.“

„Nein, heute nicht, Mr Argyll“, sagte ich und suchte hektisch nach etwas im Raum, worauf ich meinen Blick richten konnte.

„Der Kuchen war wirklich gut, wissen Sie? Normalerweise esse ich so ein Zeug nämlich nicht. Ich bin mehr der Typ für Fleisch und Titten.“ Sein Blick glitt über den Teller mit Ciarans Frühstück.

„Okay, ich muss dann mal wieder los“, sagte ich zu Ciaran, bevor ich mich an seinen Vater wendete. „Danke für die zusätzlichen Aufträge, Mr Argyll. Ich weiß das sehr zu schätzen.“

„Zusätzliche Aufträge? Ich glaube nicht, dass sie noch eine bestellt!“ Er lachte. „Das war vermutlich eine einmalige Sache zur Begleitung der Scheidungspapiere.“

Ich verstand nicht, was er meinte.

„Und meinetwegen müssen Sie nicht gehen, Darling“, fuhr er fort. Dass er nicht passend gekleidet war, schien ihn nicht zu stören. „Ich gehe mal gucken, was die Küche außer Kaninchenfutter noch so anzubieten hat.“

„Etwas Obst zu essen würde dich nicht umbringen, Dad. Halt dich bei den Würstchen ein bisschen zurück, okay?“, erwiderte Ciaran.

„Warum nimmst du Holly hier nicht mal mit in die Küche? Du könntest ihr den Ofen zeigen, von dem deine Mutter immer gesagt hat, er wäre der beste, den sie je benutzt hat. Sie heißen doch Holly, oder?"

„Ja", sagte ich verwirrt. „Aber wirklich, ich brauche keine Führung durch die Küche, Mr Argyll. Ich verbringe genügend Zeit in meiner."

„Oh? Es ist nur, weil Mary gesagt hat, Ciaran würde Ihnen helfen, Ihren Ofen zu ersetzen. Stimmt das nicht?"

„Meinen Ofen ersetzen?", fragte ich. „Wie kommen Sie darauf?" Ich lächelte.

Fergal schaute seinen Sohn an. Keiner von beiden sagte etwas.

„Warum glaubt Ihr Vater, Sie würden mir helfen, meinen Ofen zu ersetzen?", fragte ich Ciaran.

„Okay, ich glaube, meine Würstchen rufen", sagte Fergal und verschwand ohne ein weiteres Wort durch die gleiche Tür, durch die Mary verschwunden war.

„Was hat das zu bedeuten?", hakte ich nach.

„Hören Sie, ich habe zufällig mitbekommen, dass Sie einen neuen Ofen brauchen. Da dachte ich, Sie würden vielleicht gerne genügend verdienen, um sich diesen Traum zu erfüllen."

„Aber … *was*? Deshalb haben wir die ganzen Aufträge bekommen? Das war der einzige Grund?"

„Nein, aber dadurch ließen sich quasi zwei Fliegen mit einer Klappe schlagen. Ohne funktionierende Geräte können Sie nicht effizient arbeiten."

„Warum tun Sie das? Der Laden gehört Ihnen doch gar nicht!" Meine Stimme wurde immer höher.

„Ich sehe ehrlich gesagt das Problem nicht. Sie haben Ihren Umsatz erhöht. Ich habe die Indiskretion meines Vaters wiedergutgemacht. Und nebenbei sind Ihre Torten in aller Munde gewesen – im wörtlichen und im übertragenen Sinne."

„Also haben Sie eine Torte nach der anderen bestellt, weil Sie glaubten, ich bräuchte das Geld? Sie haben ein Vermögen für Torten ausgegeben, die niemand haben wollte?“, fragte ich ungläubig.

„Natürlich wollten die Leute sie haben. Sie wussten es nur nicht, bis sie den ersten Bissen probiert hatten. Wie gesagt, ich sehe das Problem nicht. Sie sollten dank…“ Er unterbrach sich.

„Dankbar sein?“, beendete ich den Satz. „Weil Sie aus meinem Geschäft einen Witz gemacht haben? Ich habe Sie nie um Hilfe gebeten. Und ich hätte es auch nie getan, selbst wenn ich sie benötigt hätte.“

„Also missfällt Ihnen das zusätzliche Geld, das Sie verdient haben? Kommen Sie, ich habe doch gehört, wie Sie sagten, dass Sie einen neuen Ofen brauchen.“

„Ja! Und ich hätte ihn mit meinem eigenen Geld gekauft. Und ja, wenn Sie schon so fragen, ich war froh über die zusätzlichen Aufträge. Aber nicht, weil sie mir mehr Geld in die Kasse gespült haben. Es dreht sich nicht alles nur ums Geld, wissen Sie?“

Ciaran erhob sich und schenkte mir ein ironisches Lächeln.

„Doch, es geht immer ums Geld.“

„Nein“, erwiderte ich entschieden. „Geht es nicht. Aber es muss nett sein, genügend davon zu haben, um sich das einreden zu können.“

Er war lange nicht so attraktiv, wenn er so einen Unsinn von sich gab. Ich wandte mich zum Gehen und hoffte, ich würde den Weg aus dem Labyrinth an Räumen zurückfinden.

„Holly, warten Sie. Ich dachte, Sie hätten ein Problem. Ich wollte es einfach nur für Sie lösen.“

Ich beobachtete, wie er barfuß über den Teppich auf mich zukam.

„Tja, es muss angenehm sein, wenn man seine Probleme einfach mit Geld lösen kann“, sagte ich, darum bemüht, meinen Blick von seinem Oberkörper fernzuhalten.

Er lachte, was mich irritierte. „Meiner Erfahrung nach kann man mit Geld beinahe alles kaufen.“

Ich war mutig genug, ihn anzuschauen, direkt in seine Augen, die jetzt ganz hart und kalt blickten. „Tja, das hängt wohl davon ab, wer der Verkäufer ist."

Ich würde es mit dem Rückweg einfach drauf ankommen lassen. Aus dem Zimmer zu stürmen schien meinem Orientierungssinn zu helfen.

Irgendwo hinter mir knackte eine Bodendiele.

„Sie sind also eine Traditionalistin?"

Ich blieb neben einem schmalen Tischchen stehen, auf dem sich allerhand Familienbilder in schweren silbernen Rahmen befanden. „Wie bitte?"

„Ich wette, Sie warten darauf, dass Prinz Charming kommt, um Sie vor Ihrem kaputten Ofen zu erretten, oder? Bevor Sie mit ihm ins Happy End reiten?"

„Happy End? Ich warte nicht auf mein Happy End, Ciaran."

„Natürlich tun Sie das. Sie sind eine Frau. Ich wette, Sie haben schon alles ganz genau geplant."

Er war genervt? Ausgerechnet er? Er kannte mich nicht. Er wusste nichts von mir. Ich hatte früher mal an meinen Märchenprinzen geglaubt. Ich hatte ihn sogar getroffen. Aber ich glaubte nicht an Happy Ends. Die existierten nämlich nicht. Und wenn doch, konnte man sie trotzdem nicht haben.

12. KAPITEL

„Nein, Pattie, ich würde mein Telefon nicht einfach irgendwo liegen lassen. Nein, nein, das mach ich auch nicht … *Was* für eine Pumpe?“

Jess und ich kicherten, als wir Rob lauschten, wie er am zweiten Morgen in Folge von meiner Mutter die Leviten gelesen bekam. Normalerweise hätte er mir leidgetan, aber nachdem er gestern unseren Mehleimer umgeworfen und zweimal den Haselnuss-Latte getrunken hatte, den Jesse extra zur Hebung meiner Laune gekauft hatte, war es schwierig, Robs missliche Lage nicht amüsant zu finden. Er war so etwas wie mein Bruder, also durfte ich mich an seinem Elend weiden. Außerdem war er quasi Mums Sohn – also durfte sie ihn auch so behandeln.

Wir zählten die Tage bis zur Geburt, und obwohl Rob uns eigentlich im Weg war, fand ich, dass er ein wenig Normalität verdient hatte, bevor er sich Marthas farblich abgestimmten Baby-Outfits, dem unausweichlichen Besuch meiner Mutter und den schlaflosen Nächten ergeben musste.

Wenigstens war ich jetzt nicht mehr die Einzige, die nachts wach liegen würde. Kein sehr netter Gedanke. Vielleicht hatte ich mir irgendetwas eingefangen, vielleicht hatte Marthas hormonelles Ungleichgewicht auf mich übergegriffen, aber was auch immer es war, ich brauchte einen stetigen Zufluss von Haselnuss-Lattes.

Der Streit mit Ciaran Argyll hatte meiner Laune auch nicht gerade geholfen. Obwohl es irgendwie ganz erfrischend war, mal wieder mit jemandem zu streiten. Wenn man Witwe ist, streitet sich niemand mit einem. Ich atmete tief ein und ganz langsam wieder aus. Nächsten Samstag würde seine Hollywood-Torte ausgeliefert werden. Sein Name würde aus dem Auftragsbuch gestrichen, sein Bestellzettel in dem Ordner für erledigte Aufträge abgeheftet. Und Ciaran Argyll würde endlich keine Rolle mehr in meinem Leben spielen.

Rob erschien in der Tür zur Bäckerei. Er wirkte erschöpft. „Deine Mutter will mit dir sprechen."

Ich korrigierte mich stumm. *Doch, es gab auch Menschen, die mit Witwen stritten. Zum Beispiel meine Mutter.*

„Hi, Mum."

„Holly, wie ich höre, ist Rob heute wieder bei dir", flötete sie.

„Ja, er ist mir echt eine große Hilfe." Auf dem Tresen lag ein verräterischer Haufen Krümel von einem Cupcake, den Rob hier heimlich verspeist hatte.

„Aber dafür bezahlst du doch Jesse. Meinst du nicht, dass Rob zu Hause bei seiner Frau sein sollte?" Selbst von Menorca aus musste sie sich einmischen.

„Oh, ich weiß nicht, Ma. Ich bin sicher, Martha freut sich über ein wenig Ruhe und Frieden." *Vermutlich staubsaugt sie jetzt auch weniger.*

„Sie soll in drei Tagen ein Kind zur Welt bringen, Holly. Ich erwarte nicht, dass du das verstehst, aber deine Schwester steht derzeit stark unter Druck."

Nein. Was verstand ich schon davon, unter Druck zu stehen? Aber es stimmte natürlich – ich war nie schwanger gewesen.

„Martha geht es gut, Mum. Wenn sie etwas braucht, dann sagt sie uns Bescheid. Wir sind keine zehn Minuten von ihrem Haus entfernt", erwiderte ich.

„Nun, Rob soll sich eben einfach beeilen. Sag ihm das. Der Platz eines Mannes ist an der Seite seiner Frau. Sie braucht ihn."

Ich stand da und wartete auf ihren Abschlusssatz, darauf, dass sie mir all die Arten erklärte, hinsichtlich derer eine Frau ihren Ehemann brauchte. Inzwischen war vermutlich alle Farbe aus meinem Gesicht gewichen, und ich sah genauso grau aus wie Rob, als er mir den Hörer gereicht hatte. Es war so schön, den ganzen Sonnenschein von Menorca durch die Telefonleitung hindurch zu fühlen.

Mum sagte irgendetwas davon, dem Baby nicht zu viel Aufmerksamkeit zu schenken, als meine Erlösung durch die Tür trat.

„Ich muss los, Ma, da sind gerade Kunden gekommen. Bye." Ich legte auf, bevor sie widersprechen konnte.

Die Tür war gerade breit genug, dass das Pärchen gemeinsam hindurchtreten konnte. „Hi", sagten wir alle drei gleichzeitig. Sehr schön, freundliche Kunden. Sie strahlten die Kraft von mindestens fünf Latte macchiatos aus, und verlobte Pärchen, die ohne pingelige Mütter kamen, waren meistens die besten.

Sie waren beide gekleidet wie Models aus einer Ralph-Lauren-Kampagne. Er war etwas dunkler als Jesse und sie eine sehr süße, sommersprossige Rothaarige. Ich war sofort fasziniert davon, wie perfekt die beiden zusammenpassten.

Die süße Rothaarige sprach zuerst.

„Hi. Wir würden gerne mit dem oder der Verantwortlichen für den Auftrag von Mr Argyll sprechen."

Wenn es einen Moment in dieser Woche gab, der sich anfühlte, als würde eine Nadel über eine Schallplatte kratzen, dann war es dieser.

Ihr Lächeln blieb gleichbleibend freundlich, also behielt ich meines auch bei.

„Jesse!", rief ich laut. Sie zuckte ein wenig zusammen. Ich schenkte ihr als Wiedergutmachung ein noch breiteres Lächeln.

Jesse steckte seinen Kopf durch die Tür. „Ja?"

„Hier ist jemand, der mit dir über die Hollywood-Torte sprechen möchte."

„Ehrlich gesagt geht es gar nicht so sehr um die Torte an sich … Na ja, schon. Also, ich bin Nat, und das hier ist Ryan." Sie streckte ihre Hand aus, und Ryan tat es ihr gleich. „Wir arbeiten für eine Firma namens Cinder Events und sind dieses Wochenende für den Service im *Gold Rooms* zuständig. Mr Argyll ist einer unserer besten Kunden, und als er erwähnte, dass *Cake* die Torte liefern würde, dachten wir, es wäre besser, kurz vorbeizuschauen und zu gucken, was Sie da so vorhaben."

Mein Magen zog sich zusammen. Ich musste mir definitiv etwas eingefangen haben.

„Er hat wirklich nicht übertrieben. Ihre Kunstwerke sind sehr beeindruckend. Wie kommt es, dass wir noch nie von Ihnen gehört haben?“, fragte Ryan und wanderte an den Vitrinen entlang.

Jesse sah mich an; er wollte, dass ich die Führung des Gesprächs übernahm.

„Wir werben eigentlich nicht außerhalb von Hochzeitsmessen“, sagte ich.

„Hochzeitsmessen? Sie sollten sich im Eventbereich tummeln. Unsere Kunden würden durchdrehen.“

Ryan war nur eine Nasenlänge von der größten Torte in der Ausstellung entfernt, ein eins achtzig hohes Meisterstück aus Schokolade, das Jess und ich für die Messen im nächsten Jahr hergestellt hatten. Handgemachte Wassernymphen, Insekten und Pilze aus feinster dunkler Schokolade zierten die verschiedenen Lagen.

„Und das ist auch der Grund für unseren Besuch“, fügte Nat enthusiastisch hinzu. „Die Veranstaltung am Samstag wird etwas ganz Besonderes. Es sind viele Gäste aus den verschiedensten Gesellschaftsbereichen eingeladen. Wir können es kaum erwarten, Ihre fertige Kreation für Mr Argyll zu sehen! Aber auch ein anderer unserer Kunden wird dort sein, und wir wissen, dass da demnächst eine Verlobung ansteht.“

„Sorry, aber … was genau hat das mit uns zu tun?“, fragte ich.

„Nun, wenn Ms Delgado und Mr Benini ihre Verlobung offiziell bekannt geben, werden wir die darauffolgenden Partys organisieren. Die beiden werden natürlich ihre Familien in Italien und Spanien besuchen. Aber da Modesto in der nächsten Saison für ein englisches Team spielt und Aletas neuer Film seine Premiere in London hat, werden sie ihre Verlobung auch hier feiern. Wir sind noch auf der Suche nach einem Lieferanten für die Torte. Jemandem, der etwas kreieren kann, das sich vom Mittelmaß abhebt. Und ich denke, den haben wir gefunden“, sagte Nat und gesellte sich zu Ryan an die Vitrinen.

Jesse drehte sich mit vor Aufregung gehobenen Augenbrauen zu mir um.

„Wow“, sagte ich. „Das klingt fabelhaft. Danke. Vielen Dank.“

Wow, wow, wow. Das war wirklich großartig. Das könnte *der* Auftrag sein! Die eine Torte, die uns in eine ganz neue Liga katapultieren könnte. Auf diesen Gedanken folgte gleich ein zweiter.

Mist.

Irgendwie würde ich Ciaran Argyll dafür danken müssen.

„Es ist noch nicht ganz in trockenen Tüchern“, ergänzte Ryan. „Aleta ist ziemlich anspruchsvoll in der Wahl der Firmen, mit denen sie arbeitet. Sie wird Sie erst einmal kennenlernen wollen. Wie Nat schon sagte, sie kommt am Samstag auch zu der Veranstaltung, und wenn Sie beide dort sind, wäre es eine gute Gelegenheit, Sie miteinander bekannt zu machen. Wären Sie daran interessiert?“

Ryan legte zwei sehr schlicht aussehende schwarze Karten auf den Tresen und schob sie zu mir herüber. *Gast* stand darauf, nicht mehr.

„Ob wir daran interessiert wären?“ Jesses Augen wurden immer größer. Ms Delgado und eine Einladung ins *Gold Rooms*. Besser konnte der Tag für ihn nicht werden. „Wir sind interessiert, oder, Hol? Bitte sag, dass wir interessiert sind.“

„Ich muss allerdings darauf hinweisen, dass an dem Abend ein strikter Dresscode herrscht. Entweder formelle Abendgarderobe oder Held oder Schurke … Wenn Sie auf der Veranstaltung bleiben möchten, nachdem Sie die Torte für Mr Argyll ausgeliefert haben, müssten Sie sich daran halten.“

„Hol? Wir sind doch interessiert, richtig?“, hakte Jesse ungeduldig nach.

Ein zitternder Seufzer, so einer, wie er einem nach dem Weinen entschlüpft, huschte über meine Lippen. Wenn wir Glück hatten, würde Ciaran vielleicht den ganzen Abend mit irgendeiner langbeinigen Grazie herummachen und wäre zu sehr beschäftigt, um meinen Dank anzunehmen. Wie gesagt, wenn wir Glück hatten.

Ich schaute auf die schlichte Einladung in meiner Hand.

„Ja, Jesse. Wir sind interessiert.“

13. KAPITEL

Jesse wollte den Delgado-Auftrag unbedingt, auch wenn es für ihn eine bittersüße Erfahrung sein würde, endlich das Mädchen seiner Träume kennenzulernen – und gleichzeitig ihren Verlobten, den internationalen Fußballstar. Ich hoffte nur, dass das nicht zu irgendwelchen Konflikten führen würde.

Die Torte war unglaublich. Jesse hatte die ganze Woche daran gearbeitet. Er hätte sich einfach für bunte Superhelden und düstere Schurken entscheiden können. Doch stattdessen hatte er bekannte Bilder von Travis Bickle und seinem Taxi bis zu Audrey Hepburn, die elegant auf einer Chaiselongue ruhte, gewählt. An der Spitze der Torte funkelte ein großer Hollywood-Stern mit einer goldenen Dreißig darauf.

Cinder Events hatte uns einen Parkplatz am Hintereingang des Gebäudes frei gehalten und dafür gesorgt, dass wir problemlos durch die Sicherheitskontrolle kamen.

Aufgrund der illustren Gästeliste wurde der Zutritt zu den Fahrstühlen und dem *Gold Rooms* im fünfundzwanzigsten Stockwerk streng kontrolliert.

Jesse und ich wussten genau, welchen Service wir Ms Delgado anbieten würden: grundsätzlich alles, was sie sich wünschte. Wobei Jesse natürlich bereit war, weit über das normale Maß hinauszugehen.

Alles war vorbereitet, unsere Eintrittskarten lagen sicher im Handschuhfach. Wir würden die Torte auf dem Weg in die Stadt im Laden abholen.

Jetzt gab es nur noch ein Problem. Ich hatte nichts anzuziehen.

Jesse war nach Hause gefahren, um sich von seiner Mum die Haare machen zu lassen. Sie würde ihn später zu mir bringen, damit er das Outfit beurteilen konnte, das ich ausgesucht hatte. Wie verabredet war ich geduscht und bereit, meine Argumente für das Tragen einer Hose vorzubringen, als Jess erschien.

„Jess, du siehst umwerfend aus. Warte eine Sekunde." Ich machte ihm die Tür vor der Nase zu und beeilte mich, Dave wegzusperren.

Dann ließ ich Jesse rein und nahm jeden Zentimeter von ihm in mich auf. Er sah wirklich aus wie ein Filmstar.

„Deine Haare!", flötete ich. „Jesse, du siehst unglaublich aus!"

Die eng am Kopf geflochtenen Rastazöpfe, die er den ganzen Sommer über getragen hatte, waren verschwunden. Stattdessen kamen nun seine wunderschönen Locken voll zur Geltung.

„Und dein Anzug … ich glaube, ich habe dich noch nie in Schwarz gesehen." Außer an diesem einen Tag.

„Genauer gesagt nennt man diese Farbe Lakritz – sie passt besser zu Einstecktuch und Krawatte."

Unter seinem *lakritzfarbenen* Jackett trug Jesse eine *lakritzfarbene* Weste, dazu eine breite, kupferfarbene Krawatte und das passende Einstecktuch.

„Lakritz steht dir", sagte ich grinsend.

„Das ist mein Neo-Soul-Look, Mädchen. Ich bin heute Abend auf der Jagd. Also glaubst du, dass ich das Motto getroffen habe?"

Ich konnte nicht aufhören, ihn anzustarren.

„Ich denke, du hast uns gerade den Delgado-Auftrag vermasselt." Das Mädchen musste schon sehr schwer verliebt sein, um Jesse heute Abend keinen zweiten Blick zu gönnen.

„Und, was hast du dir ausgedacht?"

In Wahrheit hatte ich noch gar nicht ernsthaft geguckt. Ich hatte angenommen, dass schwarze Stoffhosen mit schwarzen flachen Schuhen reichen würden. Jetzt war ich mir da nicht mehr so sicher.

„Komm mit rauf. Dann kannst du mir sagen, was du davon hältst", sagte ich.

Jess hängte sein Jackett sehr sorgfältig auf und setzte sich auf den Stuhl vor meinem Schminktisch. Ich ging zum Umziehen nach nebenan, damit Jesse es beim Warten bequem hatte und mich ganz entspannt mit seiner Expertenmeinung beglücken konnte. Zu der Hose zog ich eine weiße Chiffonbluse an und darüber eine schwarze, taillierte Jacke. Ich fand, das sah ganz gut aus, aber Jesses Gesicht sagte etwas anderes.

„Nicht gut?"

„Nein, es ist okay. Du siehst nett aus, aber ... wir müssen deine Beine sehen, Hol. Sonst werden die Leute dich für eine Mitarbeiterin halten und den ganzen Abend ihre Drinks bei dir bestellen."

„Aber ich habe nichts anderes, Jess. Ich ... ich gehe nie aus."

„Hast du geguckt?"

„Ja", log ich. „Okay, nein. Habe ich nicht. Aber ich weiß, dass ich nichts Passendes in meinem Kleiderschrank habe."

„Tja, wir müssen in einer Stunde los. Also werfe ich einfach mal einen Blick hinein, wenn das für dich okay ist?"

Ich fühlte mich wie eine Schülerin vor einer Prüfung, als Jesse den Inhalt meines Schranks einer genauen Inspektion unterzog.

„Nein, nein, nein, nein", murmelte er. Tja, ich hatte es ihm ja gesagt.

„Wow. Es gibt tatsächlich noch Menschen, die so was haben?" Er drehte den Kopf zu mir herum, um zu sehen, ob ich darauf ansprang. „Wann hast du deinen Schrank das letzte Mal ausgemistet, Hol? Nein, nein, auf keinen Fall, nein ... Aha! Ich wusste doch, dass du *irgendetwas* haben musst. Was ist hiermit?" Ich schaute in den Schminkspiegel und sah, dass Jesse das kleine Schwarze in seinen Händen genauer betrachtete. „Es ist ein bisschen staubig."

„Ich habe es auch seit zwei Jahren nicht mehr angehabt, Jess."

„Tja, es ist ein wenig zu lang und der Ausschnitt ein wenig zu flach."

„Ich mag U-Boot-Ausschnitte", wand ich ein. *Siehst du, ich kenne mich auch ein wenig aus.*

„Aber es ist ärmellos. Du hast schöne Arme, Hol, einer der Vorteile, wenn man den ganzen Tag Fondant ausrollt. Bis wohin geht dir der Rock?“ Er lehnte sich zurück, um mich anzuschauen.

„Bis kurz über die Knie.“

„Das ist eine Schande. Du hast nämlich auch schöne Beine, das ist mir wohl aufgefallen.“ Er zwinkerte mir zu. „Also, zu welchem Anlass hast du es gekauft?“ Er wischte den Staub von dem Kleid. „Und warum war ich nicht eingeladen?“

Ich schaute ihn durch den Spiegel an. „Doch, das warst du.“

Jesse atmete tief durch. Ich lächelte, als der Groschen bei ihm fiel.

„Wow, das tut mir leid.“ Er zuckte zusammen und drapierte das Kleid vorsichtig über seinen Arm. Es war noch nicht ganz zwei Jahre her. „Hol, sorry. Du hättest etwas sagen sollen, als ich es herausgenommen habe.“

Jesse tat mir leid, aber ehrlich gesagt mochte ich das Kleid. Nach allem, was ich von dieser Party erwartete, würde es wenigstens nicht allzu viel Aufmerksamkeit erregen. Und ich hielt es auch nicht unter Verschluss; ich hatte bislang nur noch keine andere Gelegenheit gehabt, es zu tragen.

„Ich mag das Kleid, Jess, aber ich habe nur flache Schuhe. Meinst du nicht, dass eine Hose besser wäre?“

Jess drehte den Kleiderbügel in seiner Hand, um das Kleid von allen Seiten zu betrachten. „Sind Schuhe dein einziges Problem mit diesem Kleid, Hol? Sei ehrlich.“

„Ja, Jesse, ganz ehrlich, ich finde, es ist ein schönes Kleid.“ Ich wollte nicht, dass er sich schlecht fühlte.

„Bist du sicher?“

„Ja, aber …“

„Cool. Dann habe ich eine Überraschung für dich. Du ziehst jetzt deine Kellnerinnen-Uniform aus und schlüpfst hier rein. Ich bin gleich wieder da.“

Jess ließ mich allein. Ich würde eine Strumpfhose brauchen. Meine Beine waren zwar seidig glatt, hatten aber schon lange keine Sonne mehr gesehen. Ich wühlte in meiner Schublade und lauschte gleichzeitig Jesse, der die Treppe wieder hinaufkam.

„Wann willst du eigentlich die restlichen Arbeiten am Haus durchführen?“, rief er aus dem Nebenzimmer. „Du weißt, ich kann im Laden für dich übernehmen, wenn du hier ein wenig mehr Zeit brauchst.“

„Bald. Wenn ich dazu komme“, rief ich zurück. „Es steht auf meiner Liste.“

Abgesehen von dem Reißverschluss am Rücken, den ich nicht alleine zubekam, war ich bereit für Jesses kritischen Blick.

„Komm rüber und lass dir die Augen übergehen.“

Jesse betrat das Schlafzimmer und zog als Erstes den Reißverschluss des Kleides hoch. Einer Frau *ins* Kleid zu helfen musste eine ganz neue Erfahrung für ihn sein.

Gemeinsam betrachteten wir mein Bild im Spiegel. Jess wurde abgelenkt und fing an, seine Haare zu betasten. Ich konnte es ihm nicht vorwerfen; ich würde auch lieber ihn betrachten. Obwohl ich nicht schlecht aussah. Gar nicht schlecht. Das Kleid passte noch – ja, es passte sogar besser als zuvor. Ich war damals wesentlich dünner gewesen.

„Also, was sagt der Experte?“, fragte ich.

„Du siehst heiß aus, Hol. Aber mach dein Haar auf.“

Ich folgte seinem Rat und schüttelte meine Haare aus. Sie waren noch nicht ganz trocken gewesen, als ich sie beim Anprobieren der Hose zusammengebunden hatte, sodass sie mir jetzt in Wellen bis über die Schultern fielen.

„Ja, sehr schön“, sagte Jesse und musterte mich von Kopf bis Fuß.

„Checkst du mich etwa aus, Jesse Ray?“, neckte ich ihn.

„Na ja, wir könnten es jederzeit miteinander probieren, wenn du willst.“

Ich lachte. „Dieses Schlafzimmer ist eine sexfreie Zone.“ Was auch der Wahrheit entsprach. Zumindest wenn ich wach war.

Jesse wühlte in der Tasche, die er mitgebracht hatte.

„Okay, du siehst heiß aus, Hol, aber ich habe etwas, das dich von heiß zu sehr heiß katapultieren wird.“

Er zog einen Karton hervor und öffnete ihn.

„Oh nein, auf keinen Fall, Jess."

„Komm schon, Hol. Sie sind perfekt. Du scheust davor schon viel zu lange zurück. Jetzt ist es an der Zeit." Er lachte.

„Was ist an der Zeit? Mit einer sehr teuren Torte im Schlepptau flach aufs Gesicht zu fallen?"

„Der Torte wird nichts passieren. Das Restaurant stellt uns einen Rolltisch zur Verfügung. Daran kannst du dich dann festhalten – wie an einem Gehwagen."

Jesse hielt mir einen der Schuhe hin. „Na, wer fühlt sich wie Aschenputtel?" Er grinste breit.

„Jesse, ich kann in diesen Schuhen nicht laufen. Ich habe keine Ahnung, wie man das macht."

„Holly, meine Schwester hat einen dickeren Hintern als Martha und könnte in diesen Schuhen dem Eiswagen hinterherlaufen. Jetzt zieh sie einfach an. Du wirst damit bombig aussehen, und wir können endlich auf die Party … außer du willst noch mal über mein vorheriges Angebot nachdenken?"

Ein paar unsichere Minuten später trat ich meine erste ungestützte Reise nach unten an und klammerte mich bei jedem Schritt ans Treppengeländer. Ich versuchte, meine Kollektion aus sechs oder sieben Paar flachen Schuhen zu ignorieren, die auf den Stufen standen. Auf halber Strecke hatte ich es an meinen Turnschuhen, zwei Paar Flip-Flops und meinen Ballerinas vorbeigeschafft. Am Fuß der Treppe fühlte ich mich sicher genug, um das Geländer loszulassen und durch den Flur zu gehen.

Eine Stunde später hatte ich meine Unsicherheit immer noch nicht verloren. Aber nachdem ich nur einmal gestolpert war und Jess mir versprochen hatte, mich aufzufangen, humpelte ich jetzt über den Hof zum Van.

Als wir beim Laden angekommen waren, überließ ich es Jesse, sich um die Torte zu kümmern, und wartete zitternd im eiskalten Inneren des Vans. Ein wenig Keuchen und Stöhnen, dann waren die Torte, ein Reparaturset sowie Jesse und ich auf dem Weg in die Großstadt.

„Kannst du die für mich halten, Jess?“, fragte ich und griff in den Fußraum nach meinen ausgezogenen Schuhen.

„Fährst du etwa barfuß?“, fragte er und nahm die Pumps.

„Ja … Ich habe vergessen, flache Schuhe mitzunehmen.“

„Warum hast du denn nichts gesagt? Ich wäre noch mal reingegangen, um sie dir zu holen.“

„Ich habe die Küchentür offen gelassen. Dave hätte deinen Anzug ruiniert.“ Ich wünschte, Jess würde näher bei mir wohnen. Dann könnten wir mehr Zeit miteinander verbringen. Es war nett, einen Mann um mich zu haben.

Ich strich mit der Hand über mein Kleid und erinnerte mich an den Tag, an dem ich frierend auf dem Friedhof gestanden hatte.

Das Leben war jetzt beinahe zwei Jahren weitergegangen, und ich hatte absolut nichts vorzuweisen.

14. KAPITEL

Mir tat der Nacken weh vom Hinaufschauen zu den glänzenden Lichtern des *Gold Rooms*, fünfundzwanzig Stockwerke über mir. Ein Schauer überlief mich, während ich den offen stehenden Van bewachte. Vor was? Hier draußen war niemand sonst. Die Tür des Notausgangs, den wir benutzen sollten, war verschlossen, sodass Jess um das Gebäude herum nach vorne laufen musste, um herauszufinden, was hier los war. *Komm schon, Jess, es ist kalt.*

Mit einem Mal durchriss das Scheppern von Metall die Stille des Innenhofs, und die Tür schwang auf. Ein schmaler Lichtstreifen fiel nach draußen, der einzige Farbklecks auf dem Asphalt. Dann schob der attraktivste Oberkellner diesseits von Las Vegas einen chromfarbenen Servierwagen auf mich zu.

„Du hast dir ganz schön Zeit gelassen“, sagte ich und rieb meine kalten Arme.

„Ich habe mich verlaufen und bin in der Parkgarage unterhalb des Gebäudes gelandet anstatt auf der Straße davor. Man würde doch meinen, dass das hier vernünftig ausgeschildert wäre.“ Wohl kaum. Menschen, die Schilder benötigten, würden niemals nach hier hinten kommen. Warum waren die Rückseiten von Häusern immer so trostlos?

Geschickt lud Jesse die Torte auf den Wagen, und ich folgte ihm ins Gebäude. Noch brauchte ich den Wagen nicht als Gehhilfe. Vielleicht würde ich den Abend ja doch überleben.

Ein Berg von einem Mann mit abweisender Miene und einem Knopf im Ohr folgte uns in den Fahrstuhl. Ich konzentrierte mich auf die aufleuchtenden Knöpfe und versuchte, meine Klaustrophobie zu ignorieren.

Der Servierwagen rumpelte vorwärts, und ich folgte ihm in einen Flur, der über die ganze Länge des Daches zu verlaufen schien. Und was für ein Dach! Selbst hier, in der fünfundzwanzigsten Etage, bekam ich Nackenschmerzen, wenn ich zu der sich über uns wölbenden Decke hinaufschaute. Sie musste mindestens doppelt so hoch sein wie in den anderen Stockwerken, durch die wir gekommen waren. Vielleicht sogar dreimal so hoch. Als Nächstes wurden meine Augen von der quadratischen Bar in der Mitte des Raumes angezogen. Um sie herum hatten sich die Partygäste versammelt wie Schmetterlinge um eine Blume – wunderschöne Kreaturen, die sich an dem köstlichen Nektar ergötzten. Über der Bar schwebte, von einem unsichtbaren Mechanismus gehalten, eine Art Skulptur. Irgendwie erinnerte sie mich an den großen Haselnusszweig, den sie jedes Jahr über den Eingang zum Wald hängten … nur vornehmer.

„Hol?"

„Hm?"

„Schlag uns mal eine Schneise." Jesse nickte in Richtung der Menge.

Nats rotes Haar leuchtete wie ein Signalfeuer über den gedeckten Farben ihres Kleides. Lächelnd winkte sie uns aus einer Entfernung, die mir in meinen Stilettos ziemlich weit vorkam, zu sich heran. Das kühle Metall des Servierwagens fühlte sich unter meinen Händen tröstend an, während ich einen Menschen nach dem anderen bat, uns durchzulassen. Ausrufe wie *Oh* und *Ah* ertönten, als Jesses Kunstwerk in der Bewunderung badete, die es so sehr verdiente. Mit seinem Entwurf hatte er den Geschmack der Leute getroffen, denn die meisten Gäste waren als veredelte Versionen von Hollywood-Ikonen verkleidet, nicht als grelle Comic-Helden. Ein Ghostbuster hatte unseren Weg gekreuzt, und der Terminator stand an der Bar, aber ansonsten befanden wir uns in einem Raum voller Godfathers und Dirty Harrys.

Nats Haar half mir, ihre zierliche Gestalt in der Menge nicht zu verlieren. Ungeschickt führte ich Jesse an sanft erleuchteten Sitzecken und der riesigen Glasfront vorbei, die die Lounge von der Terrasse draußen trennte.

Nat stand vor einer Wand mit einem Mosaik aus gigantischen Metallplatten in allen möglichen Goldtönen. Lichtreflexe tanzten über diesen glitzernden Anblick, und ich drehte mich im gleichen Moment um, in dem auch Jess es gesehen hatte.

„Heilige Scheiße!“, rief er aus und schaute hinaus zur Terrasse.

„Beeindruckend, oder?“, fragte Nat, die den Pool ebenfalls bewunderte. „Wir werden die Torte dort drüben aufbauen, wo wir nicht Gefahr laufen, dass sie umgestoßen wird.“

Ich schaute sie gerade lange genug an, um der Höflichkeit Genüge zu tun, bevor ich mich wieder der Terrasse zuwandte.

„Wenn Sie später hineinspringen wollen, im Spa-Bereich dort hinten gibt es Badebekleidung.“ Nat zeigte auf das andere Ende des Pools, wo er unter einem von Säulen getragenen Baldachin verschwand. Menschen in Abendkleidung und Bikinis standen auf dem Holzboden um den Pool herum oder saßen lässig auf mit schlichten Stoffen bezogenen Sesseln.

Ich hatte nicht geahnt, dass es in der Stadt so einen Ort überhaupt gab.

„Schwimmen Sie gerne?“, fragte Nat freundlich.

Jemand in einer Badehose trat gerade unter dem Baldachin hervor und ließ sich dann langsam ins Wasser gleiten.

„Verdammt, ja“, verkündete Jess. Ich konnte nur hoffen, dass er seine Kleidung anbehielt, bis wir Aleta getroffen hatten.

„Gehen Sie voran, Nat“, sagte ich und versuchte, mein Staunen zu zügeln.

Am Ende des metallenen Ganges führte ein schwarzer Teppich zu einem guten Dutzend Paneele, die den Raum unterteilten und damit einen eigenen kleinen Bereich hinter sich schufen. Die Paneele überragten uns wie sechs Meter hohe Monolithe aus glatt poliertem Stein in Gold- und Bronzetönen. Sie erinnerten mich an mein Armband aus Tigerauge.

Nat schlüpfte vor uns zwischen den Paneelen hindurch und führte uns in den Buffetbereich. Das große Podest in der Mitte wartete nur auf Jesses Triumph.

„Sobald sie alles arrangiert haben, wird das Küchenpersonal das restliche Buffet um die Torte herum aufbauen“, erklärte Nat und schaute auf ihre Uhr.

„Es kommt noch mehr zu essen?“ Ich versuchte, die Fülle an Köstlichkeiten zu erfassen, die bereits jetzt rund zwei Drittel der Wandfläche des Raumes einnahmen.

„Das Geburtstagskind ist ein sehr beliebter Mann.“ Sie lächelte, ohne den Blick von ihrer Uhr zu nehmen. Das wusste ich bereits. Argyll hatte für die Torte seines Freundes ein kleines Vermögen ausgegeben. „Und Sie bleiben also danach hier, oder?“, fragte sie.

Jesse grinste. „Oh ja. Wir bleiben hier und tanzen und haben Spaß, nicht wahr, Hol?“

„Nun, Aleta ist normalerweise nie pünktlich, aber das Geburtstagsständchen kommt sowieso erst später, sodass die Torte noch ganz ist, wenn sie kommt. Das hoffe ich zumindest.“

Vorsichtig hob Jess die Torte von dem Servierwagen und stellte sie mitten auf das Podest. Selbst durch das Jackett hindurch fühlte sich sein Rücken unter meiner Hand warm an. Die Torte war schwer, auch für ihn. „Guter Job, Jess“, flüsterte ich.

Wir ließen Nat im Buffetbereich zurück, um die Bar zu erkunden, die von lauter wunderschönen Menschen belagert wurde. „Einen Orangensaft und ein … Jess?“ Jesses Augen sammelten Informationen. Ich wusste, wonach er Ausschau hielt.

„Sieht so aus, als wäre Schampus hier die bevorzugte Wahl. Ich nehme zwei“, sagte er, wobei er seinen Blick weiter schweifen ließ.

Der Barkeeper beugte sich vor, um mir über die Musik und die Gespräche hinweg zu erklären, dass heute Abend alle Getränke aufs Haus gingen. Das war eine Erleichterung, wo Jesse gleich zwei auf einmal bestellte. Ich hielt ihm die beiden Gläser hin. Er nahm sie und reichte mir eines zurück.

„Die sind nicht beide für mich“, sagte er und nippte.

„Jess, ich muss fahren.“ Ich hielt ihm das Glas wieder hin.

„*Einen* wirst du ja wohl trinken dürfen, Hol. Es dauert noch mindestens eine Stunde, bis du dich wieder hinters Lenkrad setzen musst.“

Ich schätze, er hatte recht.

Über den Rand meines Glases hinweg sah ich die einzige Marilyn Monroe bisher. Sie beobachtete eine Gruppe Männer, die einander begrüßten und sich dabei auf die Schultern klopften. Es schien, als wäre die Eiskönigin nie weit, wenn einer der Argylls auftauchte. Allerdings hatte ich Fergal bisher weder gehört noch gesehen. Vielleicht war sie auch persönlich mit dem Geburtstagskind bekannt? Wobei, irgendetwas an der Art, wie sie Ciaran beobachtete, als er mit den anderen lachte, verriet mir, warum sie wirklich hier war.

„Ich hätte auch nicht gedacht, dass er sich verkleidet", sagte Jess.

„Was meinst du?", fragte ich.

„Du weißt genau, was ich meine. Der Geldsack. Er trägt einfach einen Anzug."

Ich wandte meinen Blick zu den Gruppen von Leuten, die sich in den Schatten der Nischen hinter der Tanzfläche versteckten.

„Willst du tanzen?", fragte Jess.

„Nein, danke! Aber nur zu, wenn du magst. Ich sehe mal nach der Torte."

„Der Torte geht es gut, Hol. Entspann dich ein wenig."

„Technisch gesehen sind wir zum Arbeiten hier, Jess. Und da drüben gefällt es mir sowieso besser, weil es mehr Sitzgelegenheiten gibt, wo ich mich vom Stehen auf diesen Schuhen erholen kann."

Ich nahm Jesse sein Glas ab und sah ihm zu, wie er sich seinen Weg durch die Menschen bahnte, die am Rande der Tanzfläche standen und noch nicht angetrunken genug waren, um sich unter die wenigen Mutigen zu mischen. Der Bass veränderte sich, und Jess fand seinen Rhythmus. Die Frauen freuten sich, ihn bei sich zu haben, die Männer eher weniger. Er bewegte sich elegant wie ein Hai und war genauso gefährlich. Kein Wunder, dass er bei den Frauen so beliebt war. Ich hätte ihn auch angehimmelt, wenn sich das nicht irgendwie seltsam anfühlen würde. Ich war allerdings nicht die Einzige, die ihren Blick nicht von ihm lösen konnte. Er hatte bereits eine kleine Menge Bewunderer um sich versammelt.

Bevor er etwas Dummes tun konnte – wie zum Beispiel, mich zu sich auf die Tanzfläche zu ziehen –, drehte ich mich weg, um noch einmal zum Buffetbereich zurückzukehren.

Jemand versperrte mir den Weg.

„Nette Schuhe“, sagte er, die Hände in den Hosentaschen.

Der Champagner stieg mir in die Wangen – vielleicht war es auch die Peinlichkeit, dabei ertappt worden zu sein, die Schuhe einer anderen Frau zu tragen.

„Netter Kummerbund“, erwiderte ich in dem schwachen Versuch, irgendetwas Geistreiches zu erwidern.

„Danke.“ Das jungenhafte Lächeln erreichte seine Augen, die alles andere als jungenhaft waren. „Ich hatte keinen rechten Einfall, bis Sie mich auf die Idee gebracht haben.“ Ich konnte ihm nicht folgen. Er öffnete sein Jackett, sodass der Kummerbund in all seiner Pracht zu sehen war – und die blaue Wasserpistole, die darinsteckte. Trotzdem wusste ich nicht, was er mir damit sagen wollte.

„Wie, steht etwa nur Jesse auf James Bond? Sehr schade.“ Er lächelte.

Verflixt, würde das denn nie aufhören? Jess hatte mit dieser Bond-Nummer angefangen, und ich durfte sie nun ausbaden. Ich schaute mich in der Hoffnung um, dass mein ausgetanzter Freund das für mich übernehmen würde.

„Er ist ein Mann vieler Talente“, sagte Ciaran, der ihn ebenfalls beobachtete.

Ich nahm das Champagnerglas, das er mir anbot, und kämpfte mit der Unbeholfenheit, die mich in seiner Nähe immer überfiel.

„Wegen letztem Wochenende …“, fing ich an, wusste aber nicht, wie ich ihm am effizientesten für seine Unterstützung danken konnte.

„Haben Sie sich geschnitten?“, unterbrach er mich und ließ seine Finger zwischen das Glas und meine Hand gleiten. Die

Bewegung war sanft und absolut unerwartet. Ganz leicht strich sein Daumen über meine Knöchel. Seine Hände waren weich, ganz anders als Charlies. Unwillkürlich versteifte ich mich.

Vorsichtig hob er meine Hand an, um die klatschmohnroten Fingerkuppen zu betrachten, die sich um das Glas mit dem perligen Getränk klammerten.

„Oh nein, das ist nur Lebensmittelfarbe“, stammelte ich.

Seine Augen verengten sich. „Das hier auch?“, fragte er und strich sanft mit dem Daumen über meinen Hals. Ein Schwall Adrenalin rauschte durch meinen Körper und entfachte Flammen unter meiner Haut. Er lächelte schief. „Wo ich so darüber nachdenke, ich glaube, ich habe Sie schon einmal so erröten sehen.“

Ciaran beobachtete mich, während er an seinem Glas nippte. Ich tat es ihm gleich, nur leerte ich den Champagner mit einem Zug. *Sprich über die Arbeit, sprich über die Arbeit.*

„Sind Sie mit der Torte für Ihren Freund zufrieden?“ Der Champagner prickelte mir in der Nase.

„Ehrlich gesagt hatte ich gehofft, Sie würden mir die Details erläutern.“

„Das ist Jesses Werk. Sie sollten lieber ihn fragen.“ Ah, schon viel besser.

Ciaran warf einen Blick über meine Schulter zur Tanzfläche. „Ich möchte ihn ungern stören. Würden Sie mir deshalb das Prachtstück vielleicht zeigen? Ich habe es noch gar nicht gesehen.“

Sein Arm wartete auf meine Hand.

Zögernd hakte ich mich unter und sah etwas in seinen Augen wärmer werden.

Es war zugleich leichter und schwerer, an Ciarans Arm durch die Menge zu gehen. Ich hasste diesen Ausdruck, aber genau da, an seinem Arm, befand ich mich nun mal.

„Herzlichen Glückwunsch zum Geburtstag, Darling“, gurrte eine Frau über die Schulter ihres Partners.

„Herzlichen Glückwunsch zum Dreißigsten, Kumpel", sagte ein bereits beschwipster Mann in blauem Smoking mit Perücke.

„Nette Party, Argyll." Eine kühle Männerstimme, die wesentlich entspannter klang als Mr Blauer Smoking. „Aber du brauchst mehr Frauen."

Ciaran blieb stehen, als ein Mann mit dunkelbraunen Locken seine Hand schüttelte. Automatisch begann meine Hand aus seiner Armbeuge zu gleiten, um ihm den Raum zu geben, den er benötigte.

Ciaran suchte und fand sie an meiner Seite und hielt sie für einen kurzen Moment ganz fest, bevor er sie wieder losließ.

„Ludlow. Wie läuft's?", fragte er den Mann mit der kühlen Stimme.

„Besser als bei dir", antwortete Ludlow lachend. „Ich habe gehört, Fergal verliert ein weiteres Stück an Sawyer?"

„Wir verlieren gar nichts an niemanden", erwiderte Ciaran eisig.

„Dann benimmt sich Fergal also? Es ist eine Schande, dass er sich nicht mit James Sawyer vertragen hat", beharrte Ludlow.

„Da gibt es nichts zu vertragen." Die Kälte in Ciarans Stimme war von einer betonten Lässigkeit ersetzt worden.

„Ah, keine Sorge, Kumpel. Du kommst darüber hinweg. Irgendwann." Ludlow brach in ein tiefes, kehliges Lachen aus. „So wie es aussieht, gibst du ja wie üblich dein Bestes." Er kicherte und richtete seine grauen Augen auf mich. Ludlow war ein gut aussehender Mann, aber irgendetwas an seiner Lache machte ihn wenig attraktiv. „Und, wer ist deine Begleitung heute?"

Ich ignorierte die Frage, aber Ciaran tat ihm den Gefallen, zu antworten.

„Holly, darf ich Ihnen Freddy Ludlow vorstellen. Sie haben seine Mutter bereits bei einem der Aufträge kennengelernt, glaube ich."

„Wirklich?" Ludlow grinste. „Armes Ding. Sie arbeiten also für Argyll, hm? Ich wette, er verlangt eine ganze Menge von Ihnen." Er warf mir einen lüsternen Blick zu.

Meine Hand wurde wieder attackiert, und ich sah regungslos zu, wie Ludlow sie an seine Lippen hob und küsste. Ein Schwall Zigarettenrauch und Alkohol kam mit ihr zusammen zurück.

Ciaran trat einen Schritt näher an mich heran.

„Ich habe für ihn gearbeitet", stellte ich richtig. „Vergangenheit, in der abgeschlossenen Form."

Ludlows Augen weiteten sich kurz, dann schaute er wieder Ciaran an. „Ein bisschen kratzbürstiger als deine üblichen Anhängsel, Argyll. Auf die hier musst du gut aufpassen."

Anhängsel? Ich war kein Anhängsel, und nur für den Fall, dass einer von beiden das glaubte, trat ich einen Schritt zur Seite.

„Die Torte befindet sich in der Buffetlounge ganz am Ende. Wenn Sie dann so weit sind …" Ich ging voraus.

„Genieß den Abend, Ludlow", sagte Ciaran. „Aber nicht zu sehr, okay?"

Ich spürte ihn direkt hinter mir, als ich mir entschlossen einen Weg durch die Gäste bahnte. Mit halbem Ohr bekam ich seine Antworten auf die Glückwünsche der vielen Gratulanten mit, war aber nicht darauf erpicht, noch einen von ihnen kennenzulernen. Für eine kurze, dumme Weile hatte der Platz an seiner Seite sich warm und sonnig angefühlt. Ich schüttelte den Gedanken ab.

Wir hatten den großen Raum fast durchquert, als die Aufregung unter den Sicherheitsmännern uns innehalten ließ.

Eine Schar Frauen mit Beinen bis zu den Augäpfeln trat aus dem Fahrstuhl. Sie alle hatten eine Haut, die es gewohnt war, von tropischer Sonne geküsst zu werden, und eine Haltung, die zeigte, dass sie Bewunderung ganz normal fanden. Ich spürte Ciarans Zögern hinter mir, als er die versammelte Schönheit in sich aufnahm. Es war eine perfekte Vorführung von Designermode und mörderischen High Heels. Verdammt, selbst ich war von ihnen geblendet. Aber heute Abend waren außer Aleta noch andere Prominente hier.

Ich hatte in der Menge ein paar Gesichter erkannt, die berühmt genug waren, um sich von Ms Delgados Auftritt nicht aus der Ruhe bringen zu lassen. Gelassene, zurückhaltende Menschen, die so gar nicht wie Jesse waren, der sich gerade energisch einen Weg zum Fahrstuhl bahnte.

Es wäre interessant, zu sehen, wie es weitergehen würde. Ciaran schob die Torte vermutlich gerade gedanklich beiseite, um seine Gäste zu begrüßen. Immerhin war das hier seine Party. Was bedeutete, dass ich mich ungehindert Jesse in den Weg schmeißen konnte, sollte das nötig werden.

„Ciaran? Aleta ist da."

Ciarans und mein Kopf schnellten zur Eiskönigin herum. Natürlich muss er jetzt gehen, sagte ich mir.

„Aleta kommt ganz gut allein zurecht. Sie hat ausreichend Leute, die sich um sie kümmern. Holly will mir gerade die Torte zeigen."

Die Eiskönigin schenkte mir einen verächtlichen Blick. „Du magst Kuchen noch nicht mal, Ciaran. Ich denke wirklich, du solltest …"

„Penny, hol dir einen Drink. Ich bin später wieder zurück."

„Fein." Für eine Angestellte war ihr Ton ziemlich scharf und vertraulich. Aber sie ließ uns allein, und wir gingen weiter zum Buffetbereich.

Die goldenen Paneele waren verschoben worden und bildeten jetzt eine durchgehende Wand. Ciaran drückte auf einen Knopf, und mit einem leisen Surren fingen die Elemente an, zur Seite zu gleiten.

„Unglaublich", sagte er leise, als er sich der Torte näherte.

Ich folgte ihm. „Jesse ist wirklich talentiert. Ich kann mich glücklich schätzen, ihn als Mitarbeiter zu haben."

Ciaran richtete seine Aufmerksamkeit auf mich. Sein Blick glitt zu meinem Kleid. Sofort fand ich eine kleine scharfe Ecke an einem Fingernagel, mit der ich mich intensiv beschäftigen musste.

„Er ist auch ein netter Kerl", sagte er.

Hör auf, herumzuzappeln.

Ich atmete ruhig durch und lächelte. „Das ist er. Der Beste."

„Sie müssen viel von ihm halten, wenn Sie ihn heute mitgebracht haben. Sie hatten zwei Eintrittskarten, oder? Ich dachte, Sie würden Ihren Partner mitbringen."

Ich fand einen weiteren nicht ganz glatten Fingernagel. *Hör auf damit. Das ist peinlich. Sprich übers Geschäft.*

„Wir treffen uns heute Abend mit Ms Delgado. Sie hat vielleicht einen Auftrag für uns. Dafür wollte ich Ihnen noch danken. Also dass Sie dem Cinder-Team von uns erzählt haben. Das weiß ich sehr zu schätzen."

Ciaran schaute mich nachdenklich an. „Dann mache ich Ihr Geschäft doch nicht zum Gespött?", sagte er trocken.

Ein kurzer Schmerz am Rand meines Fingernagels.

„Nein", gab ich zu und verdrehte die Augen. „Aber wenn ich Jesse noch länger alleine lasse, tut er es vermutlich."

Ciaran schaute mich an, und um uns herum wurde es ganz still.

Mann, ist das warm hier.

„Dreißig also, hm?" Ich versuchte, cool zu bleiben.

Ciaran ging um die aufgebauten Nachtische herum.

Wie kommt es, dass die Schokolade nicht schmilzt?

Meine Brust hob und senkte sich stärker, als sie sollte. Ich hielt den Atem an, um mich zu beruhigen. Ciaran sagte nichts; ein Wolf, der auf ein Reh zuschleicht.

Mein Blick fiel zu Boden. „Warum haben Sie nicht gesagt, dass es um Ihre Party geht?", fragte ich leise und beobachtete, wie seine glänzenden, altmodischen Abendschuhe auf mich zukamen. Sie blieben ein paar Zentimeter vor meinen Zehen stehen, die durch die offene Spitze der Dior-Schuhe schauten. Unsere glänzenden Schuhe standen voreinander, als warteten sie darauf, für eine Tanzanleitung fotografiert zu werden. Es war irgendwie lustig.

„Weil ich nicht sicher war, ob Sie dann kommen würden", murmelte er und kam näher, viel zu nahe.

„Ciaran, wir haben ein Problem an der Bar." Die Schroffheit der Eiskönigin riss mich zurück in die Gegenwart, die Schmetterlinge in meiner Brust lösten sich auf. Sie funkelte mich an, während Ciaran auf sie zuging. Ich versuchte, das mentale Bild von Jesse zu verdrängen, der Aleta Delgado antanzte, und zuckte innerlich vor dem zusammen, was als Nächstes kommen würde.

„Was für ein Problem?“, fragte Ciaran.

Und los geht's …

„Das Freddy-Problem, Ciaran. Du musst ihn hier rausschaffen. Er hat bereits Dickies Frau beleidigt, und die Sicherheitsleute wissen nicht, was sie tun sollen.“

Ciaran richtete seine ernsten Augen wieder auf mich, die Stirn nachdenklich gekraust. Wenn er sich konzentrierte, sah er bedrohlich aus, und ich fühlte mich wieder wie das Reh.

„Ich komme später wieder zu Ihnen, wenn das okay ist?“, fragte er. Sein Blick wurde sichtbar weicher. Ich wagte es nicht, etwas zu erwidern, sondern nickte nur.

Ich sah, wie seine glänzenden Schuhe hinter der Abtrennung verschwanden und mich alleine ließen – mit der Eiskönigin. Sie schlenderte zu mir herüber und fuhr mit einem Fingernagel in der Farbe von frischem Blut die Konturen von Jesses Torte nach. Ich hätte es mit Small Talk versuchen können, aber ich ging nicht davon aus, dass sie meine diesbezüglichen Anstrengungen schätzen würde.

„Ich liebe Ihre Schuhe“, schnurrte sie. „Aber sie sind weniger gut geschnitten, als ich gedacht hatte.“

Erst da dämmerte mir, für wen die Dior-Schuhe gemacht worden waren. Für den Bruchteil einer Sekunde hätte ich mich beinahe von ihr einschüchtern lassen, aber Frauen wie sie waren mir schon früher begegnet, und ich war nicht meine Mutter. Diese Sexbombe hatte nichts, was ich haben wollte.

„Und sie passen besser zu Platin.“

„Entschuldigung?“, fragte ich höflich.

„Oh, macht nichts.“ Sie lächelte süßlich. „Aschblond *kann* auch gut aussehen. Manchmal. Am besten jedoch zu Strandlatschen, nicht zu Dior.“ Sie lachte.

Aschblond. Das war eine weitere Beleidigung, und sie hätte *beinahe* gereicht.

„Tja, verzeihen Sie, Marilyn. Aber Ihre Schuhe fangen an zu drücken." Ich drehte mich um und ging. Während ich in Richtung der Paneele stolzierte, betete ich, dass jetzt nicht der Moment kam, in dem ich stolperte. Jederzeit, nur nicht jetzt.

„Sie werden ihn nicht halten können, wissen Sie?", rief sie mir hinterher. Ihr spöttischer Ton ließ mich innehalten.

Ich atmete tief durch. „Warum interessiert Sie das, Penny? Sie bevorzugen doch seinen Vater." Ich versuchte zu erkennen, ob meine Worte sie so getroffen hatten wie ihre mich.

„Nicht immer." Sie lächelte affektiert. „Es hängt mehr als nur ein Apfel an diesem Stammbaum."

Ich brauchte mindestens noch einen tiefen Atemzug. Ich ertrug Frauen wie sie nicht, Frauen, die ihre Männer wegen Schuhen und großer Häuser auswählten.

„Nun, Penny, ich bin nicht auf der Suche – weder nach Äpfeln noch nach sonst etwas." Ich lächelte.

„Ich versuche nur, nett zu sein." Sie schüttelte den Kopf. „Ich habe das mit Ciaran schon öfter gesehen. Frauen wie Sie, die es nicht gewohnt sind, umworben zu werden, verfallen seinen verführerischen braunen Augen." Ich behielt mein Lächeln bei, aber die Gefühle dahinter waren alle verschwunden. „Sie müssen sich nicht schlecht fühlen, Holly. Sie sind nicht die Erste, und Sie werden nicht die Letzte sein. Frauen sind für Ciaran eine Art Sport. Er probiert sie eine Weile aus, und wenn er sich langweilt, widmet er sich etwas Interessanterem."

„Ist das so?", fragte ich leise.

„Ciaran hatte schon jeden Frauentyp, den es gibt, Holly", sagte sie und griff sich ein mikroskopisch kleines Häppchen vom Buffet. „Bei einigen hat es länger gedauert, bei anderen kürzer, und manchmal gab es mehr als eine Frau. Aber ich glaube, ich habe ihn noch nie mit einer unscheinbaren kleinen Verkäuferin gesehen."

Autsch. Das saß. Mein Lächeln hatte mich bereits verlassen.

„Aber Sie sollten ihn definitiv ausprobieren." Sie grinste. „Er ist es wert – das kann ich höchstpersönlich garantieren."

15. KAPITEL

Wenigstens hatte niemand die Paneele geschlossen, sonst wäre mein großer Abgang zum großen Reinfall geworden.

Penny wollte etwas von Ciaran, und ich *wusste*, dass zwischen ihnen etwas lief. Tja, da würde er sich wohl eine andere *unscheinbare* Verkäuferin suchen müssen. Diese hier ging nämlich jetzt nach Hause.

Noch mehr Leute hatten sich draußen um den Pool versammelt, als ich zurück zur Bar ging auf der Suche nach meinem einzigen Verbündeten an diesem Ort. Pennys giftige Worte klangen mir immer noch in den Ohren.

Sport.

Vielleicht hatte sie gelogen. Oder vielleicht belog ich mich auch selbst.

Ich versuchte, nicht darüber nachzudenken, warum ich mich so fühlte, als hätte mir gerade jemand in den Magen getreten. Wichtig war nur, dass ich jetzt schnell verschwand. Ich konnte diese Party eines Fremden in den Schuhen einer Fremden nicht viel länger ertragen.

Jesse hingegen war der Inbegriff von Coolheit. Er stand auf der Terrasse, die Hose bis zu den Knien hochgekrempelt. Aleta und ihre gazellenartigen Freundinnen hatten ebenfalls die Schuhe ausgezogen und lachten mit zurückgelegten Köpfen über seine Witze.

Warum können nicht alle so sein wie du, Jesse? dachte ich und schob den Gedanken gleich wieder beiseite.

„Holly?" Nats vertraute rote Mähne schlängelte sich durch die Menge auf mich zu. „Das Buffet wird gleich eröffnet, danach möchte ich Sie beide Aleta vorstellen."

Ich warf einen Blick zurück auf die Dachterrasse. „Ich denke, das hat Jesse schon erledigt."

Nat stellte sich neben mich und beobachtete die Szene schweigend. „Gut, dass Modesto heute nicht hier ist. Er kann ziemlich eifersüchtig sein. Wenn die Sicherheitsleute schon Probleme mit Freddy Ludlow hatten, wären sie mit Modesto garantiert nicht fertiggeworden."

„Sie haben Freddy Ludlow rausgeworfen?", fragte ich überrascht.

„Nicht wirklich rausgeworfen. Es ist immer das Gleiche mit ihm – er kommt auf eine Party, trinkt zu viel, macht sich wichtig und beleidigt unweigerlich jemanden. Ich weiß nicht, warum Ciaran ihn überhaupt noch einlädt. Er ist einfach zu nett."

Ich erkannte die Gelegenheit, ein wenig mehr über ihn zu erfahren. „Er wirkt jedenfalls sehr nett", sagte ich und wollte es sofort zurücknehmen.

„Oh, das ist er auch. Finden Sie nicht? Und zudem so heiß. Mal ganz unter uns, ich werfe schon seit einer ganzen Weile meine Pheromone in seine Richtung."

Sofort hatte ich wieder die Bilder aus dem Internet vor Augen. War da eins von Ciaran mit einer Rothaarigen dabei gewesen?

„Aber bislang hat er noch nicht angebissen ..."

Nat war hübsch, wenn sie lächelte, und wirkte weniger unschuldig. Jetzt nicht weiter nachzuhaken erschien mir wie eine Verschwendung. Zumal es sich wesentlich akzeptabler anfühlte, wenn die Befragte so bereit war, zu reden.

„Ich habe gehört, er ist ein Spieler", sagte ich.

„Ein Spieler? Das war er mal. Früher hat Ciaran jede Party mit einer Frau verlassen. Manchmal waren es auch zwei oder drei. Die Presse stellt ihn immer noch so dar, aber in Wahrheit hat inzwischen Fergal diesen Part übernommen."

Jesse hatte inzwischen die Gazellenherde dazu gebracht, seine weichen Locken zu betasten.

„Was ist mit Penny?", fragte ich.

„Was mit Penny ist? Penny ist eine Zicke."

„Ja, das habe ich auch schon bemerkt."

„Sie hasst es, wenn Frauen Ciaran zu nah kommen. Sie versucht schon seit Jahren, ihn einzufangen. Aber Fergie ist derjenige mit dem Geld. Er ist der Kopf der Firma, also bleibt Penny da, wo es für sie am bequemsten ist. Ich persönlich würde ja lieber mit Ciaran Cowboy und Indianer spielen."

„*Helden und Schurken!*", hallte es über die Lautsprecher. „*Wenn ihr euch alle einen Drink von einem der Kellner nehmt, können wir uns am Buffet versammeln, um eine mitreißende Interpretation von ‚Happy Birthday' zum Besten zu geben.*"

Ein paar Männer johlten und klatschten. Die eine Hälfte der Gäste machte sich auf den Weg zum Essen. Der Rest blieb, wo er war, und trank weiter. Ich wusste, zu welcher Hälfte ich tendierte, aber ich musste noch fahren. Das Glas Champagner war beinahe eine Stunde her, ich wäre also wieder in der Lage, mich hinters Steuer zu setzen. Ciaran schaute über den Kopf der Brünetten hinweg, die ihn zum Buffet begleitete. Ich versuchte, die beiden auf ihrem Weg nicht zu beobachten.

„Kommen Sie mit?", fragte Nat, und bevor ich etwas erwidern konnte, sagte sie: „Kommen Sie, das ist Ihr großer Auftritt", und zog mich am Arm mit sich.

Ich folgte der Gruppe mit etwas Abstand. Die Brünette fügte sich in eine Gruppe von mindestens einem Dutzend anderer schöner Frauen ein, die alle Ciaran beobachteten, wie er sich bereit machte, eine kleine Ansprache zu halten. Nat hatte sich auch näher herangeschoben. Marilyn Monroe stand natürlich ganz vorne.

Wenn sie „Happy Birthday" singt, werfe ich mit ihren Schuhen nach ihr.

Von da, wo ich stand, konnte ich Ciaran kaum hören. Ich dachte gerade daran, mich davonzuschleichen, als sich ein Arm um meine Taille legte.

„Hey. Hast du Spaß?" Jesses Grinsen sagte alles.

„Haben wir immer noch einen Auftrag, eine Verlobungstorte herzustellen?", fragte ich und verzog das Gesicht, als er mir einen pinkfarbenen Drink hinhielt.

„Bislang schon." Er grinste und stieß sein Glas gegen meins. „Aber ich arbeite daran. Komm, lass uns zugucken, wie sie unsere Torte in Stücke hacken, danach stelle ich dich Aleta vor."

Es war wesentlich leichter, sich durch diese Menschengruppe zu schlängeln – Frauenkörper nehmen im Durchschnitt weniger Platz ein, und hier im Buffetbereich tummelten sich hauptsächlich Frauen. Das „Happy Birthday" klang aus ihren Kehlen auch gleich viel melodischer.

Schlanke Hände klatschten immer noch, als Ciaran von Penny ein großes Stück Ingwer-Whisky-Torte gereicht bekam. Er hielt es in die Höhe und nickte über die Menge hinweg Jesse zu, der neben mir stand. Jesse hob als Antwort sein Glas.

Die Menge jubelte, als Ciaran einen großen Bissen von der Torte nahm. An seiner Nase blieb ein wenig Zitronenbuttercreme kleben. Eine der Frauen nutzte ihre Chance und streckte die Hand aus, um sie wegzuwischen.

Ciaran nahm ihr die Serviette ab und ließ sich von der Frau auf die Wange küssen, bevor er sich selber den Spritzer abwischte. Ein winziges Stück blieb hängen, direkt über seinem Mund. Ein weiterer Geburtstagskuss und noch einer auf die andere Wange. Ich wartete darauf, dass der Krümel auf die Wange einer der Frauen wanderte, doch er blieb, wo er war, direkt über seiner Oberlippe.

„Du beobachtest die Glasur in seinem Gesicht, richtig?", fragte Jesse, dem sie ebenfalls aufgefallen war.

„Oh ja." Ich lächelte. „Bei einem der nächsten Küsse wird es passieren."

Einer der nächsten Küsse.

Wir beide beobachteten, wie sie sich zu ihm beugte, ihre Hände um seinen Nacken legte. Ein seltsamer Stich in meinem Magen. Penny begnügte sich nicht mit einem Kuss auf die Wange. Sie markierte erneut ihr Territorium.

Vielleicht traf es Ciaran unvorbereitet, aber anmerken ließ er sich das nicht. Ihr Mund verharrte so lange auf seinem, dass keine Buttercreme der Welt das überlebt hätte. Als sie den Kuss schließlich beendeten, war ich schon weg.

„Hol, wo willst du hin?" Jess hüpfte neben mir her.

„Nach Hause. Ich bin müde."

„Müde? Es ist erst halb elf.“

Was zum Teufel sollte ich hier? All das, die Location, die Leute und dieser Mann, waren einfach nicht meine Welt.

„Tja, ist nun mal so.“

„Hol! Mal langsam. Das kam ein wenig plötzlich, findest du nicht?“ Jesse schaute mich so ernst an, dass ich meinen Blick abwandte. „Du hast ja noch nicht mal Aleta kennengelernt.“

„Das muss ich auch nicht, Jesse. Du hast Aleta bereits voll im Griff. Das war deutlich zu erkennen.“

„Was ist denn mit dir los? Werde mal ein wenig locker. Hab Spaß.“

„Wir wollten sowieso getrennt nach Hause fahren, Jess. Ich wusste, dass ich nie so lange aushalten würde wie du. Bleib du hier und genieß den Abend. Ich fühle mich mit diesen Leuten einfach nicht wohl.“

„Aber mit mir fühlst du dich wohl“, sagte er. Er wollte, dass ich blieb. Und vielleicht ging es ihm dabei mehr um mich als um sich. Unter seinem Blick wurde ich ein wenig weich.

„Jesse Ray. Innerhalb einer Stunde ist dieser Afro in den Pool getaucht und jagt vermutlich irgendeine bekannte Schauspielerin im Bikini. Du brauchst mich hier nicht. Aber danke trotzdem, dass du gefragt hast.“ Ich reichte ihm den Drink, den ich nicht angerührt hatte. „Kann ich dann bitte die Wagenschlüssel haben?“

Jesse wühlte in seiner Hosentasche.

„Du hattest nicht mehr als einen Drink, oder, Holly?“

„Natürlich nicht. Ich hatte nur die Blubberbrause, die du mir gegeben hast.“

Jess umfing mich mit seinen starken Armen und drückte mir einen keuschen Kuss auf die Wange.

Er blieb regungslos stehen und schaute mir auf meinem Weg zum Fahrstuhl hinterher. Erst als sich die Türen vor mir schlossen, drehte er sich um. Vermutlich, um sich eilig auf den Weg zu den ausleihbaren Badehosen zu machen.

16. KAPITEL

Auf dem Weg nach unten waren die Sicherheitsleute deutlich entspannter als auf dem Weg nach oben. Draußen war es kalt, aber der Van stand direkt am Ausgang und würde irgendwann schon warm werden. Vertraute Kunstwerke an vertrauten Wänden brachten mich schnell zurück zu der Garderobentür, die als Notausgang gekennzeichnet war.

Bitte, lass nicht den Alarm losgehen …

Verdammt!

Sollte ich den Alarm ausgelöst haben, konnte ich ihn über das laute Klappern meiner Zähne hinweg jedenfalls nicht hören. Automatisch umfasste ich meine Arme und vergab die Chance, meine Meinung zu ändern, als die Tür krachend hinter mir ins Schloss fiel.

Innerhalb weniger Sekunden war ich im Wagen und versuchte, meine unkontrolliert zitternden Hände wenigstens lange genug stillzuhalten, um den Schlüssel ins Schloss zu stecken. *Endlich.*

Unerwartet – und überraschend – sprang der Motor sofort an. Ich ließ ihn eine Weile laufen und wartete darauf, dass die Scheibe freigepustet wurde, während jeder Muskel in meinem Körper vor Kälte zuckte. Es war nicht kalt, es war eisig.

Durch die Feuchtigkeit auf der Scheibe funkelten noch immer die Lichter des *Gold Rooms*. Es war schwer zu glauben, dass Jesse vermutlich in diesem Moment dort oben schwamm und Aleta Delgado ebenso vermutlich das Handtuch für ihn bereithielt.

Ein Tropfen schnitt eine schmale Spur durch das Kondenswasser auf der Scheibe. Er erinnerte mich an das Glas Champagner, das Jesse mir gegeben hatte.

Mist. Wie hatte ich das vergessen können? Ich hatte zwei Gläser gehabt … damit war ich über dem Limit. *Holly … du Trottel.* Ich hatte nicht vorgehabt, heute Abend zu trinken. Na, das hatte ja fantastisch geklappt. Ich trommelte mit den Fingern aufs Lenkrad. *Denk nach. Denk nach …*

Der Inhalt des Handschuhfachs fühlte sich an meiner kalten Haut scharfkantig an, also versuchte ich, etwas vorsichtiger darin herumzuwühlen. Wenn man einen Wagen fährt, der älter als man selber ist, ist es immer gut, vorauszuplanen. Die Zwanzigpfundnote, die ich für den Notfall im Handschuhfach aufbewahrte, war meine Version dieser Vorausplanung. Mit einem Taxi würde ich damit knapp zu Martha kommen, was ungefähr der halbe Weg nach Hause war. Sie würde sich darüber freuen, dass ich mal ausgegangen war. Noch dazu in High Heels.

Oder ich könnte Rob anrufen und das Taxi vergessen.

Das Handy, das ich vorhin ins Handschuhfach gelegt hatte, war eingefroren und reagierte auf keinen Tastendruck. Okay, dann also doch ein Taxi.

Ich konnte nur hoffen, dass Martha und Rob nicht gerade im Krankenhaus waren, wenn ich bei ihnen ankam.

Der Innenhof war jetzt noch trostloser, als ich über den glatten Beton klapperte. Es war noch nicht so spät. Vorne auf der Straße liefen bestimmt noch Menschen herum. Wenn ich kein Taxi bekäme, könnte ich wenigstens zurück ins Gebäude gehen.

Das Klappern meiner Absätze auf dem Boden hallte von den hohen Wänden wider und schien mich von allen Seiten zu umfangen. Ich lief schnell zu der letzten Stelle, an der ich Jesse vorhin gesehen hatte, bevor die Schatten des Gebäudes ihn verschluckten. Es sah aus, als müsste man erst nach unten gehen, bevor man wieder hinaufkam. Wie bei diesen fürchterlichen Wassergrabenübungen, die die Soldaten immer machen mussten.

Die Nacht fühlte sich hier erstickend an, aber vor mir sah ich erste Lichter, echte Lichter, hell und sicher.

Ein grunzendes Geräusch aus der Dunkelheit ließ mich erstarren.

Ich blieb stehen, wartete auf eine Wiederholung des Geräuschs, das von rechts gekommen war. Doch alles, was ich jetzt von dort hörte, war ein leises Tropfen – wie von einer undichten

Leitung. Mein Herz war trotzdem auf der Hut, pochte schnell und schickte Adrenalin durch meinen gesamten Körper.

Das Tropfen wurde zu seinem Tröpfeln, dann folgte wieder dieses Grunzen. Ich zog meine Schuhe aus, um barfuß weiterzugehen. In Richtung Licht oder in Richtung Parkplatz? Oder gar in die sicheren Arme des Vans?

Das waren meine Alternativen.

Das glühende Ende einer Zigarette tanzte durch die Dunkelheit. Der Grunzer hatte sich eine Zigarette angezündet.

Poch. Poch. Poch.

Ich war wieder das Reh. Erstarrt im Licht der Scheinwerfer wie die Tiere auf der Straße durch den Wald – die Rehe, die Charlie immer aufgespürt hatte, um ihnen einen langsamen, qualvollen Tod nach einem Zusammenprall zu ersparen.

Ich wünschte, Charlie wäre hier.

Ein Reißverschluss wurde hochgezogen, und ein Mann kam stolpernd in Sicht.

„Beeil dich, Fred, da warten ein paar leckere Schnittchen auf ein Taxi. Vielleicht lassen Sie sich von uns nach Hause bringen", sagte ein zweiter Mann, der vom Parkplatz aus über die Rampe kam.

Aha. Die Taxen waren also dort entlang.

Eilig setzte ich meinen Weg fort in die Richtung, aus der der zweite Mann gekommen war. Ich war hier nicht wichtig, was mich ein wenig entspannte.

„Hallo, Schönheit", murmelte eine Stimme hinter mir. „Was machst du denn hier hinten?"

An der auf und ab hüpfenden Zigarette vorbei sah ich, dass der Van nicht so nah war, wie ich gedacht hatte. Ich marschierte einfach weiter, als hätte ich nichts gehört. Die Taxen konnten nicht mehr weit sein. Die Straße war schon zu hören.

„Sei doch nicht so schüchtern. Wir lernen uns doch gerade erst kennen", rief die Stimme mir mit harmlosem Unterton hinterher.

Ich blieb ruhig. Er war der Überfreundliche von beiden, und ich war beinahe an seinem Kumpan vorbei. Es gab eine unausgesprochene Regel für Frauen, die sich alleine in unbekannter Umgebung wiederfanden: Geh dahin, wo die Leute sind, geh zum Licht, und egal, wo du bist, tu so, als wüsstest du genau, wo du hinwillst.

Um etwas entspannter zu wirken, löste ich meine Arme, die ich zum Schutz vor der Kälte vor meinem Oberkörper verschränkt hatte, und ging die Rampe zum Parkplatz hinunter. *Noch* war die Situation nicht bedrohlich, sagte ich mir.

Ohne Vorwarnung stellte der zweite Mann sich mir in den Weg.

„Du siehst aus, als ob du frierst, Süße. Soll ich dich ein wenig aufwärmen?“

Der Puls in meinem Hals fing wieder an zu pochen. Der Mann hatte mich erschreckt, aber ich ging einfach um ihn herum.

Er machte ebenfalls einen Schritt zur Seite und grinste träge. Da wusste ich es. Ich steckte in Schwierigkeiten.

„Ich könnte dich sogar richtig heiß machen, Süße.“ Er musterte mich gierig; der Geruch von Zigarettenqualm wurde stärker.

Ich konnte bereits den hell erleuchteten Fahrstuhlschacht am anderen Ende des Parkplatzes sehen, der mir den Weg in die Sicherheit leuchtete. Schon in einem Raum voller Menschen hatte ich nicht in Freddy Ludlows Nähe sein wollen. Und hier draußen wollte ich es erst recht nicht.

„Er hat dich doch nicht auch gebeten, die Party zu verlassen, oder, Süße?“

„Ich wollte gerade sagen, dass sie aussieht, als könnte sie ein wenig Wärme gebrauchen, was meinst du, Fred?“

Freddy schob sich die Haare aus den Augen. In diesem Moment hatte er überhaupt nichts Attraktives mehr an sich.

„Sie hat schon angefangen, sich auszuziehen.“ Freddy riss mir feixend die Schuhe aus der Hand. Ich fühlte, wie die Zwanzigpfundnote mit ihnen zu Boden fiel, und sah zu, als er die Schuhe wegschleuderte und sie ein paarmal vom Boden abprallten. Das Blut rauschte so schnell durch meinen Körper, dass mir ein wenig schwindelig wurde.

„Tja, und was das Kleid angeht …“ Das war das Letzte, was ich hörte, bevor er sich auf mich stürzte.

Er bewegte sich so schnell, dass ich nur reflexartig die Arme heben konnte, bevor ich überhaupt realisierte, was passierte.

Ich hörte die Schritte des anderen Mannes über Beton laufen, bevor ich so laut ich konnte in Ludlows Ohr schrie. Ich dachte, ich hätte ihm irgendwie wehgetan, denn er fasste sich zögernd mit einer Hand an den Hinterkopf und zog sich zurück. Jemand holte aus und versenkte seine Faust in Ludlows linker Seite, bevor er seine bullige Gestalt von mir wegzerrte. Stöhnend versuchte Ludlow, den Aufprall abzufedern, bevor er strauchelnd zu Boden fiel.

Der Freund war nicht weggelaufen, wie ich gedacht hatte. Er kämpfte jetzt mit dem dritten Mann, den ich nicht hatte kommen sehen. Sie rauften wie Hunde, und ich hörte das dumpfe Klatschen von Fäusten gegen Gesichter.

„Ich habe doch nur mit ihr gespielt, Argyll!“, kreischte Freddy vom Boden. Sobald seine Worte raus waren, wurde der Kampf unterbrochen, und sein Partner hielt den Tritt zurück, den er gerade hatte austeilen wollen.

Ciaran war wütend, seine Augen weit, und er keuchte wie ein tollwütiges Tier, als er Freddys Kumpel am Hals packte. „Das hier ist noch nicht vorbei“, zischte er nur wenige Zentimeter vom Gesicht des Mannes entfernt.

Ciaran ließ ihn so abrupt los, dass er über den Boden hüpfte wie meine Schuhe. Sofort nahm der Mann eine vollkommen andere Persönlichkeit an. Vor der ich mich nicht weniger fürchtete. „Argyll, es … es tut mir leid. Ich …“

„Hau ab“, stieß Ciaran hervor und ging mit steifen Beinen zu Freddy zurück, der gerade versuchte, sich wieder aufzurappeln. Ich war automatisch ein paar Schritte zurückgetreten. Ciaran schaute mich grimmig an. Der Kragen seines Hemdes hing schief. Einer der Ärmel war abgerissen und hatte den halben Stoff mitgenommen, dessen Reste jetzt nur noch von dem Kummerbund zusammengehalten wurden.

Er hob die Schuhe auf und führte mich ohne ein Wort von den Männern weg.

Seine Hand, die meine umfasste, zitterte.

Wir hatten den gesamten Parkplatz überquert, bevor er etwas sagte. Seiner Stimme war die Wut anzuhören.

„Geht es Ihnen gut?“, fragte er und blieb neben der Tür zu den Fahrstühlen stehen. Er stellte die Schuhe ab. „Wollen Sie die wieder anziehen? Wir können uns auch eine Minute hinsetzen.“

Er stellte mir zu viele Fragen auf einmal. Ich schüttelte den Kopf, während er versuchte, das, was von seinem Hemd übrig war, zu ordnen. Das Blut, das aus seiner Augenbraue strömte, erreichte bereits den Kiefer. Ich hatte genügend von Charlies Blut gesehen, um zu wissen, wann eine Wunde genäht werden musste.

„Sind Sie verletzt?“, fragte er mich zum zweiten Mal an diesem Abend. Seine Nase war auch ganz blutig.

„Nein“, brachte ich heraus. Ein wenig zittrig vielleicht, aber mehr aus Erstaunen darüber, wie schnell eine Situation außer Kontrolle geraten konnte.

Ciaran führte uns die Stufen hinauf, wo wir vom Duft der Straße – süßlich-herbes italienisches Essen und Autoabgase – empfangen wurden.

„Müssen Sie sich im Krankenhaus untersuchen lassen? Wollen Sie die Polizei einschalten?“, fragte er.

Ich schüttelte den Kopf. Ciaran hatte eindeutig das schlechtere Ende dieser Auseinandersetzung erwischt. Vermutlich würde er nicht so gerne blutverschmiert mit mir in einem Polizeirevier auftauchen. Außerdem glaubte ich ihm, dass er sich später um die beiden kümmern würde – und die beiden hatten es auch geglaubt.

„Kann ich Sie dann irgendwohin bringen, Holly?“, fragte er.

Ich konnte nicht zu Martha und sie mit meinem Anblick derart erschrecken. „Ich muss nach Hause“, sagte ich.

„Ich bringe Sie. In dieser Verfassung kann ich da sowieso nicht reingehen.“

„Aber es ist Ihre Party“, protestierte ich.

Er lächelte schief. „Nur sehr wenige der Leute sind meinetwegen hier."

Er schaute zu der Reihe wartender Wagen. „Wollen wir zusammen fahren? Ich kann Sie auf dem Weg bei Ihnen zu Hause absetzen."

„Ich wohne nicht in Hunterstone."

„Ich weiß", sagte er und nahm mich erneut bei der Hand.

Zwischen zwei schwarzen Taxen sah der Bentley aus, als versuche er, unter seinen ärmeren Cousins nicht aufzufallen. Ciaran tippte gegen die Scheibe, die daraufhin herunterglitt. Der gleiche Mann, der für Fergals Torte bezahlt hatte, schaute heraus.

„Freddy leiht mir den Wagen", sagte Ciaran.

Der Fahrer sprang heraus, um uns die Tür aufzuhalten. Ich kletterte auf den Rücksitz, während Ciaran um das Auto herumging und auf der anderen Seite einstieg.

„Was ist passiert?", fragte der Fahrer.

Ciaran beugte sich vor, das Blut tropfte über sein Auge. „Wird es nicht langsam Zeit, dass du für mich arbeitest, Toby?", fragte er, als wir uns in den Verkehr einfädelten.

17. KAPITEL

Unter den letzten Lichtern von Hunterstone glänzte ein roter Fleck aggressiv auf den Überresten von Ciarans Hemd. Der Fleck war nicht viel größer geworden, seitdem wir die Stadt verlassen hatten, aber er war auch so auffällig genug. Beinahe so auffällig wie das Schweigen im Fond des Wagens.

„Ich glaube, das sollte sich jemand ansehen. Bevor wir die Stadt verlassen", versuchte ich es. Das Krankenhaus war nur zehn Minuten entfernt, und sein Auge brauchte definitiv eine Behandlung.

„Ich kümmere mich darum, sobald ich zu Hause bin", versicherte Ciaran mir.

Ich glaubte ihm nicht. Toby gab meine Adresse in das Navi ein, die Ciaran ihm diktierte, dann herrschte wieder Schweigen.

Das Licht auf meiner Veranda, das tapfer gegen die Dunkelheit ankämpfte, war Tobys einziger Bezugspunkt, als mein Haus endlich in Sicht kam.

Ich öffnete die Wagentür, bevor jemand den Drang verspürte, es für mich zu tun, und stellte meine Füße vorsichtig auf den kühlen Boden draußen. Tobys Telefon unterbrach meinen Versuch, mich bei ihm zu bedanken, und Ciaran ließ ihn den Anruf entgegennehmen, während das Licht uns anzog wie Motten.

„Ist Mary bei Ihnen zu Hause?", fragte ich.

Ciaran schwankte leicht.

„Nein, sie ist um fünf Uhr gegangen." Seine Schritte wurden wieder sicherer. Ich hörte ein Schnüffeln hinter der Tür.

„Geht es Ihnen gut?", fragte ich – eine dumme Frage an jemanden, der aussah, als wäre er überfahren worden.

„Ja. Ich brauche nur ein paar Aspirin. Ich hatte zu viel Champagner."

„Tut Ihnen der Kopf weh? Sie sollten das wirklich untersuchen lassen."

„Ich komme schon klar. Aber wie geht es Ihnen? Ist jemand da, der sich um Sie kümmern kann?"

„Ciaran?“, rief Toby über den Hof. „Ich muss den Wagen dringend wieder in die Stadt bringen.“

„Einen Moment noch, Toby“, rief er zurück.

Beim Klang der fremden Stimmen fing Dave an zu knurren.

„Pst“, sagte ich. „Sonst wecken Sie noch meine Nachbarin.“

Toby kam zu uns gerannt und drückte Ciaran ein wenig Geld in die Hand. „Sorry, Kumpel, aber du wirst von hier aus ein Taxi nehmen müssen. Ich muss zurück, bevor sie mich wegen Diebstahls anzeigen. Du hast ab morgen hoffentlich besser einen Job für mich.“

Ich hatte immer noch einen Erste-Hilfe-Kasten in der Küche, der mit allem ausgestattet war, was ein verletzter Forstarbeiter benötigen könnte. Ciaran war meinetwegen verletzt worden – ihn zu verarzten war das Mindeste, was ich tun konnte. Ein weiteres warnendes Knurren schlüpfte unter der Tür hindurch.

„Was zum Teufel haben Sie da im Haus?“, fragte Ciaran, als der Kies unter den Reifen des Bentleys aufspritzte.

„Einen Menschenfresser. Entspannen Sie sich einfach, dann lässt er Sie in Ruhe – nachdem er Sie abgeschnüffelt hat. Sie sollten Ihre Waffe vielleicht lieber draußen lassen“, flüsterte ich.

Ciaran lächelte über meinen Witz.

Das Haus empfing uns mit wohliger Wärme. Dave ignorierte mich komplett und widmete sich direkt Ciarans Schritt.

„Wow, Junge“, rief Ciaran unter Daves gründlicher Überprüfung. Mutig schob er sich an ihm vorbei und folgte mir in die Küche.

„Nette Küche. Haben Sie das gemacht?“, fragte er und ließ seinen Blick durch den Raum schweifen.

Der Erste-Hilfe-Kasten war seit einiger Zeit nicht mehr benutzt worden, aber er war vollgepackt mit sterilen Kompressen und antiseptischen Tüchern. Ich ging zur Spüle und stellte das Wasser an. In der dunklen Scheibe vor mir spiegelte sich Ciaran, der bereits dabei war, die restlichen Knöpfe seines zerrissenen Hemdes zu öffnen. Meine Haut schrie auf, als das Wasser mit einem Mal brühend heiß wurde.

Ich holte einen Hocker vom Tresen und stellte ihn neben die Spüle.

„Wir sollten Ihr Auge reinigen."

Ich beschäftigte mich mit den Wattepads, während Ciaran sich setzte. Der Kummerbund verbarg zum Glück sämtliche Ablenkungen. Auf der Wunde glitzerte langsam trocknendes Blut, das sich unter dem feuchten Wattepad löste. Ich roch den Kampf, das Aftershave, das sich dem Geruch von Blut und Schweiß ergeben hatte.

Ciaran schaute mich aus müden Augen an. Ich hatte die Watte dieses Mal nicht fest genug ausgedrückt. Es kitzelte, als ein rosafarbener Tropfen an meinem Unterarm zu meinem Ellbogen lief. Ein weiterer fiel auf sein Schlüsselbein.

„Ihr Hals ist gar nicht mehr rot", sagte er, während er mich beobachtete.

Der Schnitt über seinem rechten Auge war ungefähr zwei Zentimeter lang und angeschwollen.

„Ich werde das mit ein paar Schmetterlingspflastern kleben." Ich schluckte.

„Erröten Sie in Gegenwart von Männern immer?"

Diese Verpackung war aber auch schwer zu öffnen. „Nur bei denen, in deren Gegenwart ich mich unbehaglich fühle", gab ich zurück.

„Aber jetzt fühlen Sie sich nicht unbehaglich."

Ich versuchte, ihm nicht wehzutun, als ich die Wunde zusammendrückte und das erste Pflaster daraufklebte. Es half, dass er nicht zusammenzuckte, aber trotzdem würde er als Dank für seinen Einsatz eine Narbe zurückbehalten.

„Nein", sagte ich. „Im Moment nicht. Danke, dass Sie mich aus der unangenehmen Situation befreit haben." War seine Unterlippe auch in Mitleidenschaft gezogen worden? Sie sah zwar nicht geschwollen aus, aber irgendwie so … voll.

„Erwähnen Sie das bloß nicht."

Ich holte ein antiseptisches Tuch für die Reinigung seiner Knöchel heraus.

„Ach, geht schon. Das wasche ich einfach ab“, sagte er. Gut. Ich hasste den Geruch von Desinfektionsmitteln. Er erinnerte mich zu sehr an Krankenhäuser.

Dave stupste mich zur Seite, um seinen Kopf auf Ciarans Schoß zu legen.

„Bodyguard?“ Er atmete tief aus, und seine Schultern entspannten sich.

„Gesellschaft.“

Ciaran tupfte sich mit einem Handtuch den Nacken ab. „Es ist üblich, dass die gerettete Maid ihren Helden belohnt.“

„Tut mir leid, mir sind gerade meine bestickten Taschentücher ausgegangen“, erwiderte ich und schaute ihn an.

„Ich würde mich auch mit einem Drink zufriedengeben.“

Ich war so außer Übung, dass ich daran überhaupt nicht gedacht hatte. „Oh, tut mir leid. Tee? Kaffee?“

„Ich dachte mehr an ein Glas Rotwein?“

Ich stellte den Kessel an. „Dann also Kaffee?“

„Perfekt.“ Er grinste.

Die Schwellung an seinem Auge sah schmerzhaft aus und schützte mich somit wenigstens ein wenig gegen die Schmetterlinge, die sich in mir regten, wann immer ich ihn anschaute.

„Hätten Sie gerne ein Kühlpack? Oder besser gesagt eine Tüte Tiefkühlerbsen?“

„Nein, danke. James Bond braucht keine Erbsen.“ Da war wieder dieses schiefe Lächeln.

Ich stellte zwei Tassen auf den Tresen und warf einen kleinen Blick auf seinen Rücken, als Ciaran aufstand und in der Küche umherwanderte. Es hatte nur ein kurzer Blick sein sollen, doch das große Bild, das seine linke Schulter bedeckte, überraschte mich. Der Kessel summte und lenkte meine Aufmerksamkeit von der jungen Frau ab, deren Porträt auf seine Haut tätowiert war. Ich kämpfte gegen den Drang, noch einmal hinzuschauen. Lange würde ich diesen Kampf nicht durchhalten.

„Ich hole Ihnen schnell ein Hemd“, sagte ich und verschwand nach oben.

Ich staubte eines der schlichten blauen Hemden ab, die Charlie für die Stadtratssitzungen aufbewahrt hatte. Eines von ihnen zu verlieren war nicht ganz so schmerzhaft.

Ciaran hatte es sich in der Fensternische bequem gemacht. Der Kummerbund lag achtlos neben ihm. Ohne die morgendliche Müdigkeit unseres letzten Treffens wirkte er größer, sportlicher, die breiten Schultern entspannter. Einige Haarsträhnen der Tattoo-Frau auf seinem Rücken blitzten am Hals hervor. Eine Hand umfasste den dampfenden Becher, den ich auf dem Tresen hatte stehen lassen. Die andere lag auf dem Tisch vor ihm.

„Ich bin nicht sicher, ob Ihnen das passt. Es könnte ein wenig zu groß sein."

Ciaran stand auf und nahm das Hemd entgegen.

„Danke. Das geht schon."

Ich beobachtete, wie ein sonnengebräunter Arm in einem der Ärmel verschwand, und richtete meine Aufmerksamkeit auf den zweiten Becher.

„Wessen Hemd klaue ich hier denn gerade?", fragte er und knöpfte es zu. Es passte ihm besser, als ich gedacht hatte.

„Charlies. Es ist eines von Charlies Hemden."

„Charlie ... der Bruder? Oder Charlie der Ex?" Er sah mich fragend an. Es fühlte sich so gut an, seinen Namen auszusprechen. Er lag mir ständig auf der Zungenspitze, aber meine Lippen vermissten es, ihn über sie gleiten zu spüren. Ich versuchte es gleich noch einmal.

„Charlie, der Ehemann."

Unsicherheit war eine Gefühlsregung, die ich mir an Ciaran nicht vorstellen konnte. Ich warf ihm ein Lächeln zu, um der Bemerkung die Schärfe zu nehmen.

„Und ... wo ist Charlie jetzt?", fragte er und ließ seinen Blick unsicher durch den Raum gleiten.

„Auf dem St. Nicholas-Friedhof", sagte ich. „Charlie ist gestorben. Das ist jetzt beinahe zwei Jahre her." Ich verschränkte die Arme vor der Brust und strich mit den Daumen über meine Unterarme. „Sie können sich also entspannen. Hier wird niemand mit einer Schrotflinte in der Hand durch die Tür gestürmt kommen."

Ciaran sah nicht entspannt aus, aber seltsamerweise fühlte ich mich jetzt wesentlich wohler.

„Das tut mir leid, Holly. Wenn meine Anwesenheit Ihnen unangenehm ist …"

„Ehrlich gesagt …" Ich atmete tief durch. „Ohne jetzt wie eine verrückte Witwe klingen zu wollen, aber über ihn zu reden fühlt sich gut an. Die meisten Menschen meiden das Thema, und ich weiß, sie meinen es nur gut. Aber manchmal ist es, als hätte er gar nicht existiert. Doch das hat er."

Wenn Ciaran vorhatte, zu flüchten, würde er das vermutlich jetzt tun. Irgendeine lahme Entschuldigung, dass er mal auf Toilette müsse, und dann nichts wie raus hier.

„Wie lange waren Sie verheiratet?", fragte er und betastete das Hemd, in dem er sich jetzt nicht mehr ganz so wohlfühlte.

„Sechs Monate."

„Sechs Monate?" Er stieß zischend die Luft aus. „Das ist … hart."

Die Untertreibung brachte mich beinahe zum Lachen.

„Ja. Sehr hart. Wir sind zusammengekommen, da waren wir noch Teenager. Ich durfte ihn zehn Jahre lang behalten." Ich lächelte.

Ciarans Augen verengten sich auf diese Weise, die ich schon einmal gesehen hatte. „Das ist trotzdem nicht genügend Zeit."

„Nein. Das stimmt." Unerwartete Tränen brannten hinter meinen Augen. Nur für den Fall, dass ich sie nicht zurückhalten könnte, verbarg ich mein Gesicht hinter dem Becher und schluckte den gesamten Kaffee samt aller aufkommenden Gefühle in großen Zügen hinunter. Schon besser.

„Also, Mr Bond." Ich hatte mich wieder im Griff. „Ich habe gehört, Sie haben ziemlichen Erfolg bei den Frauen?"

Seine Miene wurde weicher, als wir uns nun einem einfacheren Thema zuwandten. Er unterdrückte ein Lachen und senkte den Blick zu Boden.

„Warum sagen Sie das? Ich bin Single."

„Nennen Sie es weibliche Intuition." *Und Vorstellungskraft.*

„Tja, man muss sich gut umschauen, um die eine zu finden, nicht wahr?"

Was wohl all die Frauen über das Tattoo des einen Mädchens dachten, das ihm wortwörtlich unter die Haut gegangen war? Sie musste ihm sehr viel bedeuten.

„Waren Sie nie verliebt?", hakte ich weiter nach.

„Nein", erwiderte er. „Aber ich gucke gerne." Er zuckte mit den Schultern.

„Hat Charlie die Arbeiten an der Küche ausgeführt?", fragte er und betrachtete die Einbauten, die nicht zu einem hundert Jahre alten Farmhaus gehörten.

„Zum Großteil. Seine Freunde haben auch geholfen. Das waren die einzigen Male, dass der Tisch voll besetzt war." Ciaran folgte meinem Blick zu dem großen Esstisch, der von einer Anzahl von Stühlen umgeben war, die keine normal große Familie jemals brauchen würde.

„Das waren aber keine Zwerge, oder?" Ich musste lächeln. Wie erfrischend, über diese Sachen zu reden. „Was hat er gemacht? Also beruflich, meine ich? War er Handwerker? Ich schätze, er hat irgendetwas mit den Händen gearbeitet, um so breite Handgelenke zu bekommen." Ciaran hob einen Arm, um die einzige Stelle zu zeigen, an der Charlies Hemd ihm zu groß war.

„Ja, er hatte wirklich breite Handgelenke." Ich lächelte, froh, dass es ihm aufgefallen war. Diese Aspekte fanden heutzutage keine Erwähnung in den Unterhaltungen über ihn. „Und große Hände. Was gut war, denn er hat viel mit Kettensägen und anderen schweren Geräten gearbeitet." Mein Ehering rutschte an der Kette, an der ich ihn trug, immer in den von Charlie hinein.

„Ah, ein Waldarbeiter?"

„Ja. Und Forstwirt. Seine Aufgabe war es, sicherzustellen, dass die *Zwerge* nicht zu viele Bäume fällten." Lächelnd schaute ich zu dem Tisch, an dem ich ihnen allen immer Frühstück serviert hatte. Zwerge satt zu kriegen wäre wesentlich billiger gewesen.

„Ich bin hauptsächlich im Baugeschäft tätig. Und die Jungs von der Gesundheits- und Sicherheitsbehörde sitzen uns ständig im Nacken. Aber ich erinnere mich, irgendwo gelesen zu haben, dass die Anzahl an schweren Unfällen bei Waldarbeitern um die sechzigmal höher liegt als im Durchschnitt."

Eine verständliche Annahme. Charlie, von einem Baum erschlagen.

Das war auch mein erster Gedanke gewesen, als ich an jenem Morgen den Anruf vom Forstamt entgegengenommen und die Dringlichkeit in ihrer Stimme gehört hatte. Ein Sturz. Eine schlecht gesicherte Ladung. Eine ernsthafte Verletzung.

„Er hatte keinen Arbeitsunfall. Ich habe mir immer Sorgen um ihn gemacht, über die Risiken, die er einging. Aber es war nicht der Wald, der ihn das Leben gekostet hat. Es war ein Fahrer, der auf dem Weg dorthin in ihn hineingefahren ist."

Ich konnte mich nicht daran erinnern, wann ich das letzte Mal über Charlie gesprochen hatte, ohne das Gewicht mitfühlender Blicke zu verspüren oder die unterschwellige Drohung, das Thema zu wechseln. Ciaran scheute jedoch nicht zurück, als ich weitersprach und ihm all die Dinge erzählte, die er über mein Leben nicht wissen musste. Da dieser Druck von mir genommen war, konnte ich endlich Charlie nach Hause holen, konnte so über ihn sprechen, dass er wieder mehr war als nur ein Geist.

„Was ist aus dem anderen Mann geworden? Hat man ihn verurteilt?"

Der Becher in meiner Hand war inzwischen kalt geworden.

„Wollen Sie noch einen Kaffee?" Ich ging einfach davon aus und nahm seinen Becher mit. „Nein, er ist nicht verurteilt worden. Das hätte auch nichts geändert. Er ist ebenfalls seinen Verletzungen erlegen. In dem Abschlussbericht stand, er hätte vermutlich nicht mehr fahren dürfen. Anscheinend muss man seinen Führerschein erneuern, wenn man siebzig wird." Im Kessel war noch genügend Wasser, sodass ich ihn nicht erneut füllen musste. „Aber das ist ein Selbsttest. Niemand kontrolliert, ob man wirklich noch gut sehen kann."

„Also hat er Charlie übersehen?"

„Er hat den Bordstein übersehen. Als er dagegenfuhr, drehte sich sein Wagen unkontrolliert, und Charlie war einfach zur falschen Zeit am falschen Ort. So banal kann es manchmal sein. Kein heroischer Akt, keine noble Tat. Er war einfach so fort." Weil genau das manchmal einfach passiert.

Ciaran hörte interessiert zu, als ich ihm von Charlies und meinen Plänen erzählte. Dem Versuch, von dem Land zu leben, das wir hier besaßen, und unser Haus umweltfreundlich zu gestalten. Von den erstaunlichen Dingen, die Charlie für die örtlichen Kinder auf die Beine stellen wollte, sobald er den Stadtrat von seinen Plänen überzeugt hatte. Für Ciaran schien das eine neue Welt zu sein, während ich es genoss, diese Welt noch einmal zu besuchen. Als die Stunden vergingen und es uns irgendwann zu umständlich wurde, ständig Kaffee zu kochen, ersetzten wir ihn einfach durch Rotwein.

Ich entspannte mich erstaunlich schnell in Gegenwart meines neuen Freundes. Dave war ja hier, und Ciaran war nicht dumm. Außerdem jagten die Frauen ihn, nicht umgekehrt. Ich war hier sicher und genoss es, Bruchstücke aus unseren so unterschiedlichen Leben mit ihm auszutauschen.

„Also sind Sie nie in Hollywood gewesen?", fragte er und leerte sein Glas.

„Ha! Ist das in Amerika? Oh ja. Ich habe eine Theorie über Amerika. Wollen Sie sie hören?" Meine Mutter hatte immer gesagt, dass eine Frau nie so viel trinken durfte, dass sie anfing zu lallen.

„Eine Theorie?"

„Mhm …" Der Gedanke entglitt mir.

„Was wollten Sie sagen?" Oh Gott, dieses Lächeln.

„Ja. Amerika! Ich glaube nicht, dass es existiert." Ich gluckste. „Wirklich nicht! Ich glaube, es ist nur ein Gerücht. Etwas, was es nur im Fernsehen gibt. Denn ich habe es bisher nur im Fernsehen gesehen!"

„Aber es existiert." Ciaran lächelte und trat um mich herum an die Spüle. „Wenn nicht, möchte ich mein Geld zurück."

„Sie sind schon da gewesen?" Selbst ich konnte den schrillen Ton in meiner Stimme hören.

„Ich habe mal ein Mädchen dorthin eingeladen." Er spülte die Kaffeebecher aus. Buh, ich wollte nicht wieder zum Kaffee zurückkehren. „Sie war in einer Girlband, wenn ich mich recht erinnere."

„Oh, das ist so romantisch", gurrte ich.

„Sie wollte unbedingt alle Sehenswürdigkeiten besichtigen. Und ich wollte unbedingt mit ihr zu Agent Provocateur", sagte er und zog eine Augenbraue hoch.

Dave zuckte zusammen, als mein Lachen wie ein Feuerwerkskörper in der Küche explodierte.

„Aber die Frauen schmeißen sich Ihnen doch förmlich an den Hals! Warum haben Sie das gemacht?" Die leere Flasche auf der Arbeitsfläche bewegte sich ganz von allein. Sie war wie ein Stern am Himmel – je konzentrierter ich versuchte, sie anzusehen, desto undeutlicher wurde sie.

„Nicht alle Frauen. Sie war eine besonders harte Nuss."

„Und haben Sie sie ... geknackt? War sie begeistert von den Sehenswürdigkeiten in ..." *Was hatte er noch mal gesagt?* Die Augen zu schließen half meiner Konzentration. „Hollywood?" Es war ganz schön dunkel geworden. Ach nein. Ich musste nur die Augen wieder öffnen.

„Es hat funktioniert. Würde das Sie etwa nicht beeindrucken?" Etwas Dampfendes, Milchiges tauchte vor meiner Nase auf. *Igitt.* Ich schob es beiseite.

„Es ist eher unwahrscheinlich, dass ich in näherer Zukunft nach Hollywood komme." Ich lachte. „Falls es überhaupt existiert. Oh, aber ich könnte ein Flugzeug bauen! Aus Kuchenteig, und Jesse würde mir dabei helfen. Ciaran, halten die am Flughafen von Hollywood auch Ausschau nach Torten?"

„Ich denke, es würde ihnen auffallen, wenn Sie in einer Torte einreisen."

„Oh. Na ja. Hollywood ... muss dann wohl einfach ... zu miiiir kommen!" Ein Klappern von Holz, und dann sprang der

Fußboden mich so fest an, dass er mir das Lachen von den Lippen riss. Es war immer noch lustig, bis warmer, feuchter Sabber mir eine Welle der Übelkeit verursachte. Jemand half mir auf. *Ich wusste gar nicht, dass du Arme hast, Dave!*

Mein Magen zog sich zusammen, als ich wieder auf den Füßen stand.

„Ich denke, Sie sind gegen eine Wand gelaufen", sagte diese schottische Stimme. *War das eine Wand?* „Habe ich die Erlaubnis, Sie ins Bett zu bringen?"

Ein weiterer Ruck und die Übelkeit verstärkte sich.

„Ich will nicht ins Bett. Ich möchte über Whirlpools reden und ... und die *Ladys*, die Sie lieben, Ciaran Argyll!" Kichern und das Knarren von Holzbohlen vermischten sich, als Dave vor mir die Treppe hinauflief.

„Sehen Sie diesen gedrechselten Treppenpfosten? Das soll ... das soll eine Eule sein." Aus dem Kichern wurde ein schallendes Lachen. „Eine Eule. Aber sie sieht aus wie eine Erdnuss!" Das Knarren hielt an.

„Geh voran, Dave", sagte Ciaran und führte mich vorsichtig.

Die sanfte Umarmung war wie ein weiches Kissen, in das ich meine Schultern hineinkuscheln konnte. Oh, das war bequem! Wirklich bequem! Ich schlug nach dem Haar in meinem Gesicht.

Ein zärtliches Streicheln, das – glaube ich – nicht von mir kam, und schon nervten meine Haare mich nicht mehr.

„Gute Nacht, Holly", hörte ich ihn sagen, als der Schlaf mich immer tiefer in seine Arme zog.

„Nein! Warten Sie! Ich möchte über Ihre Freundin reden. Das Mädchen auf Ihrem Rücken. Sie müssen sie sehr geliebt haben", murmelte ich und versuchte, gegen die Schwere in meinem Kopf anzukämpfen. „War sie das einzige Mädchen, das Sie je geliebt haben, Mr Bond?" Ich konnte immer noch kichern, aber meine Augen öffneten sich für niemanden mehr.

Die Tür knarrte, und ich roch Dave nah bei mir.

Dann ein Flüstern, das schnell entwischte.

„Das einzige Mädchen, das mich je zurückgeliebt hat."

18. KAPITEL

Mücken schwebten auf der warmen Sommerbrise, in der bunte Papierlaternen an ihren Schnüren baumelten. Marmeladengläser mit Maiglöckchen standen auf jedem Tisch, aber die Wicken gewannen den Kampf um die Dufthoheit in der Abendluft.

Mum wuselte irgendwo herum, höchstwahrscheinlich im Zelt bei den Gästen, und versuchte vermutlich immer noch, sich mit einer Hochzeit im *Kriegsgebiet* anzufreunden. Es war schön, dass das Wetter so gut war, sonst hätten wir jetzt mit siebzig Freunden und Familienmitgliedern drinnen gesessen und an Blätterteigpasteten geknabbert, während alle sich bemühten, den Terpentingeruch zu ignorieren.

Die Wicken bevorzugten den Platz an unserem Häuschen; ihr Duft schwand, je näher wir uns zum Wasser begaben. Die Luft hier unten war anders, kühler, weniger förderlich für das Wachstum zarter Blüten.

„Ich liebe Sie, Mrs Jefferson." Seine Augen funkelten wie das Wasser, in dem ein paar Sterne glitzerten, während der Mond versuchte, sein Bestes zu geben, um alles in ätherische Blautöne zu hüllen.

„Ich liebe Sie auch, Mr Jefferson. Und jetzt halt den Mund und küss mich."

Hände, die breit genug waren, meinen Rücken zu umfassen, zogen mich näher, und sein Geschmack überflutete meinen Mund, während er sich sanft an mich drückte. Er schmeckte mich, seine Zunge begrüßte meine ganz sanft. Ich umschloss ihn mit den Lippen, um ihn genau hier zu behalten. Ich liebte die Art, wie Charlie mich küsste. Sanft und drängend, die Leidenschaft langsam aufbauend, bis Küssen alleine nicht mehr reichte.

Durch den Baumwollstoff hindurch spürte ich die Konturen seines Rückens, die Wärme an seinen Unterarmen. Seine sandfarbene Weste hatte ihn von den anderen Waldarbeitern unterschieden, die in passenden Hemden und Hosenträgern gekommen waren, aber ich wünschte, er hätte sie oben bei ihnen gelassen.

Harte braune Knöpfe machten es meinen begierigen Fingern nicht leicht, mich zu beeilen, ohne den Zwirn kaputt zu machen.

Hups. Ein angemessenes Opfer.

Charlies Schultern ragten über mir auf, als ich ihn endlich in seiner Weste entdeckte. Ich schob sein Hemd hoch, aus dem Weg, um mit ungeduldigen Händen über seine Bauchmuskeln zu streichen, bevor ich mich erneut mit seiner breiten Brust bekannt machte. Ich wollte seine Haut an meiner spüren, doch das Kleid ließ sich nur bis zur Taille hochschieben, und uns lief die Zeit davon. Schon bald würde jemand unser Fehlen bemerken.

Eine Sekunde, um den Anblick zu genießen, dann erlaubte ich meinen Lippen, das von ihm zu fühlen, was meinen gespannten Brüsten versagt blieb. Seine Haut war hier heißer, weicher, seine Brustwarzen kleine harte Perlen. Ich nahm sie zwischen meine Zähne und versprach ihnen meine Zunge, doch ich ließ ihn zu lange warten.

Charlie lehnte sich nach hinten und packte mich entschlossen an der Hüfte, wo der leichte, fließende Stoff unter dem Gewicht der vielen Spitze schwerer wurde. Dann hob er mich hoch, als würde ich nichts wiegen. Meine Beine schlangen sich instinktiv um seine Hüften, damit er mich schnell zu dem sanft abfallenden Ufer am Rande des Wassers tragen konnte. Ich hielt mich an ihm fest, während er ging, sodass seine Hand mich erkunden konnte, was sie auch tat. Ich zitterte, als er mir die bereits lose hängenden Gummistiefel abstreifte, um meine Haut von den Knöcheln bis zum Oberschenkel zu liebkosen. Seine Hand glitt immer höher, untersuchte den Saum meines Slips, den er bis jetzt noch nicht gesehen hatte. Ein tiefer, gutturaler Laut der Anerkennung stieg aus seiner Brust auf.

So nah. Nur noch ein kleines Stückchen weiter …

„Ich will dich, Charlie“, flüsterte ich. „Ich will dich in mir spüren.“ Mein Mund war ganz trocken, so verzweifelt sehnte sich mich danach, ihn das erste Mal als seine Frau in mich aufzunehmen. Zu sehen, ob es ihm genauso ging.

Ein ersticktes Keuchen drang an mein Ohr, ein leichtes Kratzen seiner Barthaare, dann konnte ich Charlies Duft über den seines Aftershaves riechen.

„Ich liebe es, dass ich dich erregen kann", flüsterte ich, während ich sanft an seinem Hals knabberte.

„Ich liebe es, dass du mich erregst." Schon war sein Mund wieder auf meinem.

Kühle, grasbewachsene Erde bot uns ein perfektes Ruhekissen für unsere Stelldicheins, wenn Mrs Hedley tief schlafend im Bett lag oder die Hochzeitsgäste sich von Musik und Fröhlichkeit ablenken ließen.

So viel schwere Spitze. Ich bemühte mich, sie wegzuschieben, um meine Beine zu befreien. Sein helles Hemd flatterte zu Boden wie ein in den Boxring geworfenes Handtuch, doch es kündigte keine Kapitulation an – noch nicht. Hektisches Klimpern von einem Gürtel, eine dunkle Hose, die nach unten glitt und kräftige Oberschenkel entblößte, die vom Mond bläulich angestrahlt wurden. Die Schatten verbargen, was ich am meisten wollte, seine dicke, warme Länge, die so nah war, *fast in Reichweite*, und beinahe einen Kuss auf meine weichste Stelle setzte.

Charlie beugte sich über mich, verbarg sein Gesicht an Brüsten, die er nicht erreichen konnte, dann zog er den Slip beiseite. Ein erster Finger fand mich und glitt langsam, aber sicher in mich hinein. Charlie prüfte, ob ich bereit war. Ich wusste, ich war es. Das heiße Pochen dort unten rief nach ihm, wollte berührt werden, bettelte darum, dass er das feuchte Sehnen befriedigte.

Charlie stöhnte an meinem Hals. „Mrs Jefferson, wissen Sie eigentlich, was Sie mir antun?"

Ich liebte es, dass ich ihn wild machte, dass er erst leicht über meinen empfindlichsten Punkt strich, bevor er mit seinem Finger erneut in mich glitt.

Die Luft fühlte sich kühl zwischen meinen Oberschenkeln an, doch ich spürte jetzt die Wärme, die von seiner Haut ausstrahlte. Die Bestie versteckte sich immer noch im Schatten. Eine flüchtige Berührung, schließlich drückten sich Wärme und köstliche Samtigkeit gegen meine Mitte. Ich drängte mich ihm entgegen, um das Gefühl in meinem ganzen Körper zu verteilen.

Die Qual des ruhigen Hineingleitens wurde von drängenden

Stößen abgelöst, und in der kühlen blauen Nacht, heiß und hart und zitternd, brachte Charlie mich zum Höhepunkt. Ich krallte meine Finger in das Gras hinter mir, während ich auf den Wellen des Nachbebens ritt. Er war auch nah dran. Schneller und härter stieß er zu, meine Hände fanden seinen Nacken, verschränkten sich dahinter, während er leidenschaftlich in mir zu explodieren schien.

„Ich möchte hierbleiben", flüsterte ich dicht an seinem keuchenden Körper. „Wir sind den ganzen Abend oben gewesen."

„Aber das reicht nicht", erwiderte er, Vertrautheit in seinen Worten.

Seine Stimme klang seltsam, beinahe ein wenig angestrengt, aber der Lärm von der Party im Garten lenkte mich ab. Melodiöse Fetzen von Geigen und Gitarren hatten uns hier unten gefunden, wo wir erschöpft lagen und versuchten, unsere Herzen und unsere Atmung wieder zur Ruhe zu bringen.

Sein Gewicht lag schwer auf mir; ich küsste seine Schulter noch ein paarmal, bevor er aufstehen und mich überzeugen würde, dass wir uns wieder zu unseren Gästen gesellen sollten.

Der Mond schien auf seinen Rücken und malte ein Muster aus Lichtern und Schatten auf seine Haut.

„Charlie?", sagte ich leise, während ich mit meinen Fingern die dunkler werdenden Formen nachzeichnete. Ich strengte mich an, in dem Licht besser zu sehen, die Umrisse von etwas auszumachen, das kein Schatten sein konnte ... fließende Linien, die übereinanderrollten wie Schilf in der Strömung des Flusses.

„Charlie, du hast etwas ..."

Die Formen zogen sich zusammen und ergaben auf einmal einen Sinn. Kein Schilf, sondern Haare im Wind ... lange, gewundene Strähnen einer Frau, die auf Charlies Rücken tätowiert war.

Ein Schwall Speichel füllte meinen Mund.

Die Übelkeit wurde von dem dringenden Bedürfnis ersetzt, ins Bad zu rennen. Ein paar unsichere Schritte und der Wechsel von weichem Teppich zu abgetretenem Läufer zu kalten Fliesen unter meinen Füßen verriet mir, dass ich beinahe da war.

Der Toilettensitz schlug klappernd gegen den Wasserkasten, und sofort ging es los. Ich erkannte die ätzende Bitterkeit und erinnerte mich, dass der Wein, als ich ihn getrunken hatte, wesentlich weniger aggressiv geschmeckt hatte.

Ich wischte den bitteren Rest von meinen Lippen.

Am Waschbecken konnte ich mich gut festhalten. Leider war der Spiegel aber heute nicht besonders freundlich zu mir. Ich sah wie der Tod aus – der Tod im kleinen Schwarzen.

Ein Husten durchbrach die Stille des Hauses. Es kam nicht von mir.

Eben war ich auf der Nüchternheitsskala ungefähr bei eins gelegen. Jetzt schnellte ich auf fünfeinhalb.

Nein. Oh nein, er war immer noch hier? Meine Bemühungen, etwas Klarheit in meinen Kopf zu kriegen, wurden mit pochenden Kopfschmerzen belohnt. Ich glaubte es einfach nicht. Er konnte nicht immer noch hier sein.

Mit der Gewieftheit eines Kleinkinds schlich ich mich auf Zehenspitzen die Treppe hinunter. Ich konnte mich nicht daran erinnern, sie hinaufgegangen zu sein. An das Geräusch eines Mannes hingegen, der auf dem Sofa in der Männerhöhle schlief, konnte ich mich erinnern, aber es war nur noch ein dunkler Schatten in meinem Gedächtnis.

Ich folgte dem gedämpften Geräusch von leisem Atmen und fand Ciaran auf der Couch. Dave schnarchte zufrieden auf dem Boden vor ihm.

Verräter.

In dem Licht, das mir aus dem Flur über die Schulter fiel, sah ich nur seinen Umriss. Im Schlaf wirkte er weicher. Sanfter. Auf dem Tisch neben dem Sofa rief sein Handy stumm nach Aufmerksamkeit. Das grüne Glühen erhellte pulsierend das gerahmte Bild dahinter, auf dem Charlie mich wie einen Baumstamm über der Schulter trug, während ich mich an meinem Blumenstrauß festklammerte.

Dave war nicht der einzige Verräter hier.

19. KAPITEL

Wenigstens hatte ich mich nicht im Bett übergeben. Unter der Bettdecke grub sich etwas in meine Rippen, als ich mich am nächsten Morgen streckte. Ein Traumfänger war eine Sache, aber ein Bilderrahmen war schon ein ungewöhnlicher Talisman.

Das Geräusch eines Küchenstuhls, der über raue Bodenfliesen geschoben wurde, brachte mich dazu, mich aufzurichten. Bevor ich noch Mrs Hedleys Akzent hörte, wusste ich, mit wem sie plauderte. Unten. In meiner Küche.

Ich sprang aus dem Bett, überprüfte, ob ich letzte Nacht eine Pyjamahose angezogen hatte, und schlich mich, zufrieden mit meiner Nachtwäsche, ins Badezimmer. Was auch immer für eine Demütigung unten auf mich warten würde, ich würde ihr nicht mit Morgenatem und Alice-Cooper-Augen gegenübertreten.

Ich erwachte niemals von Stimmen in meinem Haus. Und zu wissen, wem sie gehörten, machte den Vorfall noch beunruhigender.

„Holly isst normalerweise kein Frühstück. Obwohl ich ihr gesagt habe, wie wichtig das ist, wenn man so hart arbeitet wie sie.“ Mrs Hedley sprach in kurzen, scharfen Silben. Dave mochte sie unglaublich gern, hatte aber auch fürchterliche Angst vor ihr. Gefühle, die Charlie und ich mit ihm geteilt hatten.

An der Tür begrüßte mich der Duft nach Toast und gekochten Eiern. Ich schaute zur Spüle. Jemand hatte die Weingläser abgewaschen und sie zum Trocknen neben das Spülbecken gestellt. Ich sah zwei Gläser, zwei Becher und hatte keine Ahnung, wie ich jetzt meine eigene Küche betreten sollte.

So tun, als wäre ich krank? Mich verstecken, bis er weg ist?
Sei nicht albern.

Ein tiefer Atemzug, dann trat ich selbstbewusst, ja beinahe locker durch die Küchentür und ging direkt auf den Wasserkessel zu.

„Wenn man vom Teufel spricht“, sagte Mrs Hedley. „Ich dachte, ich bringe Ihnen ein paar Eier vorbei, nur für den Fall, dass Sie keine mehr haben.“

Dave und ich hatten es nicht geschafft, innerhalb einer Woche den letzten Berg Eier zu vertilgen, mit dem sie uns beehrt hatte. Die meisten lagen noch in der Schale neben dem Toaster, die jetzt mit der neuen Lieferung beinahe überquoll.

Ein anerkennender Blick von Mrs Hedley ließ mich schnell zu Ciaran schauen. Für jemanden, der vermutlich schon von ihr verhört worden war, wirkte er sehr entspannt, wie er da zurückgelehnt auf dem Stuhl saß und lässig eine Ecke seines Toasts in das Ei dippte.

Nein, ohne eine Tasse Kaffee konnte ich ihn genauso wenig anschauen wie die vor ihm aufgereihten Toastscheiben.

Der Fußboden war eiskalt. Ich lief auf Zehenspitzen zum Kühlschrank und verschaffte mir ein paar kostbare Momente hinter seiner offenen Tür.

Ich brauchte einen Kaffee, und zwar schnell, wenn ich an diesem Morgen auf Draht sein wollte. Und was meinen Hausgast anging – tja, ich war mir nicht sicher, ob es ein Getränk für ihn gab.

Ich schlurfte zur Spüle zurück und band meine Haare zusammen. Hoffentlich hatten sie bei meinem Nahkontakt mit der Toilette letzte Nacht nichts abbekommen.

Ich schnappte mir einen neuen Becher – auf dem stand: *Paddel schneller! Ich höre Banjos.* Den hatte Jesse mir letztes Jahr zu Weihnachten geschenkt. Ich fragte mich, wie seine Nacht wohl verlaufen war.

„Ciaran hat mir gerade erzählt, dass er auf seiner Party so einen Schwips bekommen hat, dass er hier einfach eingeschlafen ist. Ich habe ihm gesagt, wie glücklich er sich schätzen kann, sich nicht vollkommen betrunken zu haben.“ Mrs Hedley schnalzte mit der Zunge und wischte energisch die Krümel um ihn herum weg. Er bedachte sie mit einem Lächeln, und ich hätte schwören können, dass sie ein klein wenig schwach wurde.

„Cora, das war das beste Frühstück, das ich seit Wochen hatte. Vielen Dank.“ Ciaran erhob sich lächelnd vom Tisch.

Cora? Hat er gerade Cora gesagt? Ich wusste nicht mal, dass Mrs Hedley überhaupt einen Vornamen hatte. Ich versteckte mich hinter meinem Kaffeebecher und wunderte mich ein wenig über die Liebesaffäre, die sich am anderen Ende der Küche über Eiern und Toastecken entfaltet hatte.

Mrs Hedleys Blick folgte ihm, als Ciaran sein Geschirr zu der Spüle neben mir brachte. Die Blätter der Bäume im Garten hatten angefangen, sich auf dem Boden zu sammeln, und ich konzentrierte mich auf ihre Farben, wobei ich versuchte, einen Fuß warm zu halten, indem ich ihn auf den anderen stellte.

Geschirr klapperte in der Spüle. Ich zwang mich, einen weiteren Schluck zu trinken. Dann die unerwartete Berührung einer Hand an meinem Rücken.

„Guten Morgen“, sagte er sanft.

Mein nächster verzweifelter Schluck war schlecht gewählt, und ich schluckte gegen das Verschlucken an. Lächelnd schritt er wieder zum Tisch zurück.

„Was hatten Sie vorhin gerade über die Vorzüge eines Gewächshauses gesagt, Cora?“, fragte er.

Mrs Hedley saß ihm gegenüber und schenkte ihm Tee nach. Die beiden hatten so wenig gemeinsam, wie zwei Menschen nur haben konnten, und doch klangen sie wie zwei alte Freunde auf einer Parkbank.

Als das Bild von Wasser, das über einen tätowierten Rücken floss, anfing, seine Kreise in meinem Kopf zu drehen, wusste ich, es war an der Zeit, mir mein Haus zurückzuholen. Und die Normalität wieder einkehren zu lassen. Entschlossen stellte ich den Becher auf der Arbeitsplatte ab und drehte mich um, um mich dem Feind zu stellen.

„Ich springe schnell unter die Dusche, und dann lasse ich mich zu meinem Wagen bringen. Sie möchten sich vielleicht in der Zwischenzeit ein Taxi rufen?“ So. Nicht zu barsch. Nicht zu freundlich. Gerade richtig.

„Das müssen Sie nicht. Ist schon geklärt“, erklärte Ciaran, bevor er sich wieder Mrs Hedley und ihrem Gespräch über Tomaten und Kompost widmete.

„Was soll das heißen?“

„Ihr Lieferwagen wird bereits geholt“, sagte er.

„Geholt? Wie? Von wem? Ich habe die Schlüssel hier.“

Dave bellte draußen im Garten. Ciaran sah auf die Uhr.

Das Bellen wurde lauter, als ein Abschleppwagen auf den Hof fuhr, der einen vertrauten burgunderroten Van auf dem Rücken trug.

„Haben Sie das arrangiert?“, fragte ich, obwohl ich die Antwort bereits wusste.

Ciaran nickte und stand auf. „Ich sage besser mal Hallo. Ich glaube nicht, dass er aussteigt, solange Dave dort draußen ist.“

Mrs Hedley und ich tauschten einen Blick. Sie hob die Augenbrauen und lächelte, als wollte sie andeuten, dass wir beide ein Geheimnis teilten – welches, war mir allerdings nicht klar. Ich ging auf Zehenspitzen in den Flur, zog meine Gummistiefel an und stapfte in den Garten hinaus.

„Sie wissen, dass Sie das nicht hätten tun müssen“, sagte ich, als ich – mal wieder – neben ihm stand.

„Ist schon okay. Das ist das Mindeste, was ich tun kann, nachdem Sie mir freundlicherweise Kost und Logis spendiert haben.“ Er drehte sich um, und ich erinnerte mich wieder an das Gewicht dieser dunkelbraunen Augen. Ich fand sie irgendwie ein klein wenig anstrengend – woran er vermutlich gewöhnt war. „Ich dachte, dass Sie bestimmt nicht daran interessiert sind, so bald wieder dorthin zurückzukehren.“

Er hatte recht, das war ich nicht – aber nicht, weil zwei betrunkene Idioten ihren Charme überschätzt hatten.

„Ciaran, wie viel bin ich Ihnen dafür schuldig?“

„Ist schon gut. Wir haben einen Vertrag mit diesen Jungs.“

„Ich will nicht, dass die Firma Ihres Vaters dafür aufkommt, dass ich nicht in der Lage bin, die Anzahl meiner Drinks richtig zu zählen.“

Er atmete ein und stieß die Luft langsam wieder aus. „Holly, ist schon gut."

Ich war nicht daran gewöhnt, meinen Namen in dieser Stimme zu hören, die so sicher und gleichzeitig so sanft klang.

Eine weitere Staubwolke erhob sich über der Hecke. Ein paar Sekunden später holperte ein glänzendes schwarzes Auto, das ich nicht kannte, über den Schotterweg auf uns zu und kam dann knirschend zum Stehen. Mrs Hedley gesellte sich zu uns, um zu sehen, wer das war. Ciaran wirkte weniger interessiert.

Sie sah an diesem Morgen noch missmutiger aus als sonst, als sie über den unebenen Hof auf die Stelle zuging, an der ich in meinem Schlafanzug und meinen Gummistiefeln und vermutlich einem kleinen Kater stand.

„Was zum Teufel ist gestern Abend mit dir los gewesen?", fauchte sie über meine Schulter. Ciaran stand entspannt hinter mir, Mrs Hedley fest an seinem Arm.

Wie schaffte sie es nur, nach so einem Abend schon wieder derart perfekt auszusehen? Das war doch unmenschlich.

„Guten Morgen, Penny. Darf ich dir Cora vorstellen? Holly kennst du ja schon."

Mrs Hedley wirkte so beeindruckt, wie ich es war, aber das kümmerte die Eiskönigin nicht. Sie war zu sehr damit beschäftigt, mein Outfit zu mustern.

„Alle haben gestern nach dir gefragt, Ciaran. Und dein Gesicht. Das wird in der Vorstandsetage nicht gut ankommen."

„Ich bin sicher, sie haben sich alle trotzdem blendend amüsiert", erwiderte er und kniff die Augen ein wenig zusammen.

„Die Leute erwarten an einem Argyll-Geburtstag in einer Argyll-Location auch einen Argyll zu sehen. Ich wusste nicht, was ich ihnen sagen sollte."

„Und das ist auch in Ordnung, Penny. Wenn du meine persönliche Assistentin wärst, müsstest du diese Sachen wissen, aber so, wie die Dinge stehen, musst du dich nur mit Fergals Terminkalender auskennen."

Pennys Augen verengten sich ebenfalls. „Ich hatte dir angeboten, mich um deinen Terminkalender zu kümmern, Ciaran", plusterte sie sich auf. „Aber nun habe ich mit deinem Vater alle Hände voll zu tun." Sie lächelte. Es war das Lächeln einer Natter, und ich dachte, dass es vermutlich nichts gab, das ich an dieser Frau mochte.

Dave stromerte zu uns herüber, sein massiver Kopf ganz auf die Mörderbeine fixiert, deren Geruch er noch nie zuvor wahrgenommen hatte.

Penny verspannte sich. „Wenn das mich berührt, schicke ich Ihnen die Rechnung von der Reinigung."

Dave strich mit einer seiner sabberigen Lefzen an ihrem Rock entlang. Er spürte, dass diese Frau gemein war, und sparte sich seine Zuneigung für jemand anderen auf. Ich sah keinen Grund, sie auf die Sabberspur aufmerksam zu machen. Die würde sie noch früh genug entdecken. Aber er würde nachher dafür von mir auf jeden Fall ein Leckerchen kriegen.

„Cora, danke für diesen interessanten Morgen." Ciaran drückte Mrs Hedley einen Kuss auf die Wange.

Die Eiskönigin hatte die Arme vor der Brust verschränkt und funkelte mich an, als hätte ich mich letzte Nacht in *ihre* Haare übergeben.

Ciaran stellte sich zwischen uns, sodass die Natter wenigstens kurzfristig nicht zu sehen war. „Und danke Ihnen, Holly, für diese interessante Nacht."

Ich war zu sehr von seinem Mund fasziniert, um zu bemerken, dass seine Hände über meine Hüften strichen. Ich versuchte, nicht so zu reagieren wie Mrs Hedley, als ich den sanften Druck seiner Lippen direkt neben meinen spürte.

„Ich bringe Ihnen das Hemd wieder zurück", sagte er nun wieder ernst.

Ich versuchte, ihm nicht hinterherzuschauen, als er in den Wagen stieg. Dann sahen Mrs Hedley und ich zu, wie der Wagen langsam den Schotterweg hinabrollte.

Nachdem Ciaran jetzt weg war, versuchte ich zur Abwechslung, Mrs Hedleys Blicken auszuweichen. Hoffentlich ging sie jetzt zu ihrer Haustür zurück und nicht zu meiner. Die Staubwolke über dem Weg glitt weiter auf die Hauptstraße zu. Ich sah aus dem Augenwinkel, wie auch der Fahrer des Abschleppwagens davonfuhr, bevor ich zu meinem Kaffee zurückkehrte.

Ich wusste nicht, warum, aber er schmeckte tröstlich.

„Ich nehme meinen mit zwei Stückchen Zucker", sagte Mrs Hedley und setzte sich wieder an den Tisch.

Ich war noch nie von der Polizei befragt worden, aber genau so fühlte ich mich, als Mrs Hedley Milch in unsere beiden Becher gab und einen Schluck trank, bevor sie sich wieder mir zuwandte. Um die Szene perfekt zu machen, fehlten nur noch die von der Decke baumelnde Glühbirne und ein Kassettenrekorder.

„Sie haben George nie kennengelernt, oder?"

Mrs Hedley hatte nie über ihren Mann gesprochen. Ab und zu war sein Name mal in einer Unterhaltung gefallen, und bei diesen seltenen Gelegenheiten hatte sie ihn immer Mr Hedley genannt.

„Äh, nein. Das habe ich leider nicht."

„Sie müssen ihn doch vor seinem Tod gesehen haben. Es war nur ungefähr einen Monat, nachdem Sie hier eingezogen sind, aber er war immer draußen auf den Feldern und hat die Gänse gefüttert; bis zu diesem verdammten Gehirnschlag."

„Oh, Sie meinen den Mann von der Farm hinter dem Stausee?", fragte ich, als mir bewusst wurde, dass sie gar nicht über ihren Ehemann sprach. „Ist er nicht eines Nachmittags mit einem Strauß Tulpen für Sie vorbeigekommen, Mrs Hedley?"

„Ja, das war George, der alte Schlingel. Er wusste, dass ich Tulpen liebe, aber mir sind sie lieber, wenn sie aus der Erde wachsen und nicht in der Blüte ihres Lebens abgeschnitten werden."

„Klingt, als hätten sie einen Bewunderer gehabt, Mrs Hedley, oder ziehen Sie Cora vor?" Ich zog sie nur auf, aber sie schien es nicht zu bemerken.

„George hat mir oft etwas mitgebracht, kleine Geschenke, wenn Sie es so nennen wollen. Er war länger Witwer, als ich Witwe war. Wir haben uns ein- oder zweimal in der Kirche getroffen, und er war immer so nett, sein Gesangbuch mit mir zu teilen. Über die Jahre sind wir Freunde geworden. Gute Freunde, wie ich sagen muss. Er kam mit einem Korb Hemden zu mir, die ich für ihn bügeln sollte, und ich durfte mir für meine Mühe etwas aus seinem Garten aussuchen."

„Das klingt zauberhaft, Mrs Hedley. Es scheint eine schöne Freundschaft für Sie beide gewesen zu sein."

„Oh, das war es. Und ich war glücklich damit, wie die Dinge liefen. Ein kleiner Plausch am Sonntag und ein netter Besuch in der Woche. Er war ein entzückender Gesellschafter, der liebe George. Und er war ein dreister alter Lümmel, aber gütig ... Er hat sich gut um seine Farm und seine Tiere gekümmert. Sehr gut. Er hätte sich eine andere Frau suchen sollen, die ihn liebt."

Mrs Hedley war in den letzten zwei Jahren oft auf einen kleinen Schwatz vorbeigekommen, aber die Grenzen der höflichen Unterhaltung hatten wir nie überschritten.

„Warum hat er dann keine Frau gefunden? Klingt, als wäre er ein echter Fang gewesen", sagte ich.

„Das war er. George wäre für jede Frau ein guter Ehemann gewesen. Sehen Sie, Holly, er hat seine Situation akzeptiert und beschlossen, noch einmal das Glück zu finden, bevor seine Zeit um war. Was für eine Schande, dass er so gestorben ist, ganz allein, ohne jemanden, der ihm in dem großen Haus Trost gespendet hätte."

Durch das Fenster sah ich das Haus, von dem Mrs Hedley gerade sprach. Irgendetwas schien sich in ihr zu regen, als sie es nun betrachtete.

„Geht es Ihnen gut?", fragte ich, bestürzt von der plötzlichen Weichheit in ihrem Gesicht.

„Der arme alte George. Ich vermisse unsere Gespräche. Ich hätte bei ihm sein, mich um ihn kümmern sollen. Stattdessen war ich feige. Aber ich konnte das Haus nicht verlassen, verstehen Sie?"

„Was soll das heißen, Mrs Hedley? Es klingt doch, als wären Sie ihm eine sehr gute Freundin gewesen."

An welchen Gefühlen Mrs Hedley auch immer festhielt, sie ließen ihre grauen Augen wärmer aussehen. Ihr weißes Haar umrahmte ihr Gesicht, und sie schüttelte leicht den Kopf.

„Und ich konnte den Gedanken nicht ertragen, dass George bei mir einziehen würde. Nicht, wo mich noch all die Sachen von Mr Hedley umgaben. Das war auch sein Zuhause gewesen. Es war nicht richtig. Und ich konnte ihn nicht einfach auf der anderen Seite des Wassers wohnen lassen. Sehen Sie, George hatte diese Idee, dass wir eines Tages Mann und Frau werden würden. Unsere Tage gemeinsam verbringen, die Tiere füttern und unsere Mahlzeiten zusammen an einem Tisch einnehmen. Er hat es nicht gut aufgefasst, als ich ihm sagte, dass ich nicht seine Frau sein könnte. Es ging einfach nicht. Ich fand die Vorstellung unmöglich."

Als sie mich anschaute, war der Verlust in ihren Augen wie ein Schlag in die Magengrube. Wenn sie so empfunden hatte, wieso hatte sie sein Angebot dann nicht angenommen, anstatt so viele Jahre allein zu leben?

„Aber warum? Warum war es unmöglich?" Ich versuchte, sie zu trösten, indem ich meine Hände auf ihre Hand legte.

„Aus den gleichen Gründen, aus denen Sie den jungen Mann davon abhalten werden, zurückzukommen." Ihre andere Hand legte sich auf meine. Sie hielt mich mit einem Blick fest, der den Schmerz der Liebe kannte, das erbarmungslose Gewicht ihrer Kosten um deinen Hals.

Ich schluckte um den Kloß herum, der sich in meinem Hals gebildet hatte. „Ich weiß nicht, was Sie meinen, Mrs Hedley. Letzte Nacht … es war nicht das, was Sie denken. Er war nur hier, weil …"

„Er war aus einem Grund hier, Mädchen. Weil er hier sein wollte. Und auf gewisse Weise wollten Sie ja auch, dass er hier war."

Das stimmte nicht. Der gestrige Abend war nur ein Zufall gewesen. Zu wissen, dass ein Mann attraktiv ist, öffnete ihm nicht automatisch die Tür in dein Leben. So … so funktionierte das einfach nicht.

Faltige Hände schlossen sich fester um meine, und zum unzähligsten Mal in den letzten Wochen fühlte ich, wie mir die Röte ins Gesicht stieg. Ich wette, sie glaubte, ich hätte Charlie nicht geliebt – dass ich ihn vergessen hatte, sobald ein schicker Kerl mit dickem Geldbeutel auch nur in meine Richtung geschaut hatte.

„Wirklich, Mrs Hedley, Sie verstehen das ganz falsch."

„Nein. Ich habe habe es vollkommen falsch verstanden, als George mir diese Tulpen brachte. Ich dachte, sie würden reichen. Sie wären mehr, als eine dumme alte Frau wie ich jemals erhoffen konnte. Ein kleiner Farbtupfer in meinem Leben, genau wie die Momente, die ich mit George teilte. Doch Tulpen halten nicht ewig, Mädchen. Dieser Mann hätte alles für mich getan, und ich habe ihn täglich aus dem Fenster heraus beobachtet, weil ich zu feige war, mich vom Leben auf ein weiteres Abenteuer entführen zu lassen."

„Aber, Mrs Hedley, George ist gestorben."

Und da war es auf einmal.

Mrs Hedley stand auf und trat schnell an das Fenster, das zu der kleinen weißen Farm auf dem Hügel hinausging.

„Als ich Albert verlor, dachte ich, es wäre das Schlimmste, was einem Menschen zustoßen könnte. Denjenigen zu verlieren, den man mehr als alles auf der Welt liebt. Mehr als sich selber sogar. Aber als George an diesem Morgen nicht zu seinen Gänsen hinausging und ich erkannte, was geschehen war, wurde ich von einer ganz anderen Form von Trauer heimgesucht. Trauer von der schlimmsten Art, denn sie hätte verhindert werden können." Mrs Hedleys Brust hob sich unter einem tiefen Atemzug, bevor sie leise gegen die Scheibe seufzte. „Ich hätte auch so um George getrauert, aber ich hätte es nicht bereut. Nicht so wie jetzt. Seien Sie nicht dumm, Mädchen. Haben Sie keine Angst vor unerwarteter Freude. Lassen Sie nicht zu, eine verpasste Gelegenheit betrauern zu müssen. Denn egal, wie sehr sie die Geister lieben, die halten sie nicht warm."

Hinter meinen Augenlidern brannten Tränen. Aber ich war mir nicht sicher, warum ich weinen wollte. Sie irrte sich. Es gab keine schlimmere Form der Trauer. Die konnte es einfach nicht geben. Nicht einmal schmerzhaftes Bedauern würde die ganze Sache noch schlimmer machen.

„Der Junge mag Sie. Er dachte, ich sehe nicht, wie er Sie heute Morgen angeschaut hat, wie er auf Ihre Füße guckte, weil er wusste, sie waren kalt. Okay, dann ist er eben ein Rabauke. Ich kaufe ihm das nicht ab – aber versuchen Sie mal, es so zu sehen: Da ist dieser ganze Schmerz, mit dem Charlie Sie zurückgelassen hat, all die unerträglich langen Nächte, in denen Sie darauf warten, dass das erste Licht die Albträume verscheucht, all die Blicke, unter denen Sie sich am liebsten zusammenrollen und sterben wollen, das Klammern an eine Welt, die nicht weiß, was sie mit Ihnen anstellen soll. Charlie hat Ihnen viele Schmerzen zugefügt, aber Sie würden ihn trotzdem noch einmal heiraten, oder? Wenn Sie die Chance hätten, die Uhr zurückzudrehen und stattdessen einen anderen Mann kennenzulernen, würden Sie das tun?“

Ein heißer Strom ergoss sich über meine Wangen, und ich wusste, es würde nur Sekunden dauern, bis ein weiterer folgte. Ich schüttelte als Antwort meinen Kopf.

„Das ist der Unterschied, Mädchen. So fühlt es sich an, nichts zu bedauern.“

20. KAPITEL

Das Baby kommt! Das Baby kommt!", rief Rob durch den Hörer.

„Okay. Ich bin auf dem Weg", stammelte ich durch die dichte Schwärze, die sich gegen die Wände meines Schlafzimmers drückte.

„Wir sind gerade auf dem Parkplatz angekommen. Bis gleich. Und vergiss das Aromatherapie-Set nicht!" Rob legte auf und ließ mich mit zwei Fragen zurück: Wie lange würde es noch bis zur Morgendämmerung dauern? Und warum zum Teufel hatte ich das Aromatherapie-Set nicht gekauft, das ich besorgen sollte? Innerhalb von zwanzig Minuten war ich aufgestanden, hatte mir die Zähne geputzt und mich gegen die Kälte eingemummelt, die mich in meinem Van erwarten würde.

Martha würde mir in den Hintern treten, weil ich keine Aromaöle dabeihatte. Als Ersatz-„Geburtspartner" war mir nur wenig Verantwortung übertragen worden – namentlich: Vergiss die Öle nicht und werde bei der Geburt nicht ohnmächtig. Das fing nicht gut an. Zwei Stunden später war ich zu meinem Glück wieder zu Hause.

Das orangefarbene Licht der Morgenröte färbte den Himmel, als Mrs Hedley mir die Tür öffnete. Irgendetwas war heute anders an ihr, eine kleine, kaum spürbare Veränderung. Vielleicht weil sie ihre Haare noch nicht zu einem ordentlichen Knoten zusammengefasst hatte oder weil das hübsche Blumenmuster auf ihrer Bluse noch nicht unter der grünen Weste verschwunden war, die sie immer trug. Vielleicht lag es aber auch an dem sanften Lächeln, das ihre Mundwinkel umspielte, als sie mir ein Päckchen hinhielt.

An dem in braunes Papier eingeschlagenen Paket war nichts Besonderes, abgesehen davon, dass es weder eine Adresse noch einen Absender trug. Also musste sich jemand die Mühe gemacht haben, es persönlich hier abzugeben.

Auf der Oberseite stand einfach nur *Holly* in schwarzer Tinte.

Mrs Hedleys Miene verriet nichts, als ich meine Lieferung betrachtete. „Ich hatte Sie nicht so schnell zurückerwartet. Ich nahm an, Sie wären zum Krankenhaus gerufen worden, weil das Baby kommt", sagte sie und rieb sich die kalten Arme.

„Falscher Alarm." Ich lächelte. „Irgendetwas, das sich Braxton Hicks nennt?"

„Tja, dann wird es nicht mehr lange dauern. Ich nehme an, Ihre Schwester ist schon ganz ungeduldig?"

Ungeduldig war nicht das richtige Wort. Martha war drei Tage überfällig, womit das Baby sich nicht an ihren Terminplan hielt. Nachdem ich die Worte *gelassen* und *ohne Schmerzmittel* in ihrem Geburtsplan gelesen hatte, versuchte ich zu ignorieren, was ich bisher so über Geburten wusste. Einer von Charlies Kumpel hatte uns zur Hochzeit ein lustig gemeintes Buch zu diesem Thema geschenkt, in dem ich ein wenig herumgeblättert hatte.

Nachdem ich von der Beschreibung der Wehen zu dem Kapitel über den Muttermund vorgedrungen war und nichts gesehen hatte, das mich auch nur im Entferntesten an *gelassen* und *ohne Schmerzmittel* denken ließ, hatte Charlie gesagt, das Buch wäre eher ein Verhütungsmittel als eine praktische Anleitung. Es war eines der wenigen Dinge aus unserer gemeinsamen Zeit, die ich problemlos hatte wegwerfen können. Ich hatte schon vorher nicht gerne hineingeschaut, und danach ertrug ich es gar nicht mehr. Ich beneidete Martha nicht um ihre Ungeduld. Sie wusste nicht, was für ein Luxus sie war.

„Das können Sie wohl sagen, Mrs Hedley. Also, wer hat das Paket gebracht?" Ich wog es in meiner Hand.

„Ciaran." Mein Magen zog sich ein wenig zusammen. „Er hat es vor ungefähr einer halben Stunde für Sie abgegeben. Er sagte, er wäre auf dem Weg zur Arbeit."

„Oh. Auf dem Weg zur Arbeit?"

„Er ist nicht lange geblieben. Ich habe ihn nur zufällig getroffen, als er es auf Ihrer Treppe abstellen wollte."

Ja. Das passte. Er hätte es mir auch einfach per Post schicken können. Vermutlich hatte er sichergehen wollen, dass ich es auch wirklich erhielt, damit ich keinen Grund hatte, irgendwann bei ihm vor der Tür zu stehen und nach dem Hemd zu fragen, das nie angekommen war.

Er wollte alle losen Enden beseitigen, die vielleicht noch zwischen uns bestanden. Niemand wollte lose Enden mit einer Witwe, vor allem nicht, wenn die fragliche Witwe nüchtern ein Tollpatsch war und betrunken wirres Zeug vor sich hin brabbelte. Vermutlich hatte er es gar nicht erwarten können, mir Charlies Hemd zurückzugeben. Und das konnte ich ihm nicht einmal verübeln.

Mrs Hedley schloss die Tür bereits wieder hinter sich.

Ich lag auf meinem Bett, das Päckchen immer noch in der Hand. Ich wusste, was darin war, nahm mir aber einen Moment, um die Handschrift zu betrachten, von der ich annahm, dass es seine war. Fünf Buchstaben, die einen Riesenunterschied zwischen Ciarans Schulzeit und der von Charlie bildeten. Ich fragte mich, ob Ciaran jemals die Last schwerer Geheimnisse hatte tragen müssen, wie zum Beispiel die Unfähigkeit, zu lesen, ohne zu stottern, oder seine Buchstaben richtig herum zu schreiben. Mit etwas Hilfe hätte Charlie so viel erreichen können. Wenn er eine Machtzentrale wie Argyll Inc. hinter sich gehabt hätte, hätte er in jedem Land der Erde eine Waldschule gründen können. Aber selbst ohne diesen Rückhalt hätte er dafür gekämpft, bis sie nachgegeben hätten.

Jetzt entglitt uns allen der Wald, wäre bald das nächste Gebiet mit kleinen Einfamilienhäusern und Straßen bebaut, die nostalgisch nach den Wäldern benannt würden, die sie zerstört hatten.

Steifes Papier zerknitterte kratzend unter meinen Händen, und weiche, perfekt gebügelte Baumwolle glitt aus ihm heraus. Das Hemd würde neben seinen staubigen Brüdern herausstechen – sorgfältig gefaltet und nach dem Waschpulver eines anderen Menschen riechend. Die Ecke eines weißen Zettels schaute aus dem Packpapier heraus.

Holly,

danke für Ihre Gastfreundschaft am Wochenende und für Ihre aufschlussreichen geografischen Ansichten. Ich habe unsere Unterhaltungen sehr genossen, aber an Ihren Geografiekenntnissen müssen wir noch arbeiten.

Ich hoffe, wir können unsere Diskussion bald einmal fortsetzen, vielleicht bei einem Kaffee oder einem Rotwein, wenn Ihnen das lieber ist?

Sie sind sicher beschäftigt, also rufe ich Sie im Laufe der Woche an, wenn Sie die Gelegenheit hatten, in Ihren Terminkalender zu schauen.

Herzlichst
Ciaran

PS: Mein Auge schmerzt höllisch.

Die Buchstaben hoben sich gegen das Papier ab, das Kennzeichen eines Tintenfüllers ohne einen Tropfen Tinte an der falschen Stelle. Ich fuhr mit meinen Fingern darüber.

Hoffe. Bald. Herzlichst.

Ein Gefühl, als würde mich jemand mit einem Elektroschocker behandeln, erschreckte mich halb zu Tode. Ich fühlte in meiner Hosentasche nach meinem heftig vibrierenden Handy.

„Hallo?"

„Ich wollte Sie erreichen, bevor Sie sich wieder hinlegen oder unter die Dusche gehen oder ... Störe ich gerade?"

Seine Handschrift anzuschauen und gleichzeitig seine Stimme zu hören warf mich aus der Bahn.

„Ich bin auf dem Weg nach Hunterstone an Ihnen vorbeigefahren. Ihr Wagen ist schwer zu übersehen, Holly."

„Äh ..."

„Haben Sie gesungen? Sie sahen aus, als würden Sie singen."

„Äh ..."

„Haben Sie meine Nachricht erhalten?"

„Äh … nein! Äh … nein … ich … äh …" *Verdammt! Reiß dich zusammen!*

„Oh. Ich habe mich nur gefragt, ob wir uns diese Woche mal zum Lunch treffen wollen? Ich dachte, wir könnten unsere Unterhaltung bei einem Happen zu essen fortsetzen."

„Welche Unterhaltung?" *Er will mit dir essen gehen. Wen interessiert da die Unterhaltung?*

„Die Unterhaltung von Samstagabend, kurz bevor Sie vom Barhocker gefallen sind."

Ich schloss meine Augen vor dem Bild, das er gerade gezeichnet hatte. „Oh, bin ich das? Das hatte ich ganz vergessen." *Sehr cool, Hol.*

„Ja, sind Sie. Und ich habe Ihnen aufgeholfen und um Erlaubnis gebeten, Sie ins Bett zu bringen, was ich dann auch getan habe, und dann sagten Sie …"

„Lunch klingt nett!", platzte ich heraus und schnitt ihm das Wort ab. Es kam mir irgendwie besser vor, ihn davon abzuhalten, noch weitere peinliche Einzelheiten von diesem Abend zu enthüllen.

„Super. Wie wäre es morgen gegen halb zwei?"

Ich hatte nicht erwartet, dass er noch weitere Vorschläge machen würde, auf die ich antworten sollte.

„Morgen? Ich, äh … da muss ich arbeiten. So wie die ganze Woche."

„Aber an einigen Tagen gehen Sie doch früher, oder?"

„Ja, aber nicht schon um halb zwei." Dieses Gespräch war so seltsam. Als würde ich mit einem Lieferanten verhandeln.

„Okay. Dann sagen Sie mir doch, welche Zeit Ihnen passt."

Der Lieferant hatte mich gerade gebeten, einen Preis vorzuschlagen. In solchen Unterhaltungen war ich notorisch schlecht.

„Nun, Sonntag ist eigentlich mein einziger wirklich freier Tag."

„Okay, wie wäre es dann Sonntag um halb zwei? Ich könnte Sie abholen – oder wollen wir uns dort treffen?"

„Wo?"

„Ich hatte an das *Atlas* gedacht. Das scheint mir angemessen für jemanden, der die Existenz ganzer Kontinente infrage stellt."

Das *Atlas* war eines der etablierteren Restaurants in der Stadt. Selbst ich hatte schon davon gehört, was einiges über seinen Ruf aussagte. Es war genau die Art von Ort, an dem ich mir Ciaran vorstellen konnte. Wo er feines Essen genoss, dessen Name ich vermutlich nicht einmal aussprechen konnte, und teuren Wein trank, der direkt an der Quelle der ewigen Jugend abgefüllt worden war. Genau die Art Restaurant, in die ich mit Charlie nie gegangen wäre. Ein Restaurant, in das ich freiwillig nie einen Fuß gesetzt hätte. Ich wollte nicht ins *Atlas*. Ich brauchte etwas, das mehr meiner Komfortzone entsprach, wenn das hier – was auch immer es war – passieren sollte. *Was würde Boudica, die Herrin der Kelten, tun?*

Hatte ich mich das wirklich gerade gefragt? Die Herrin der Kelten? Offenbar war ich auf dem besten Weg, verrückt zu werden.

„Ich kenne da ein anderes Restaurant. Es ist näher als das *Atlas* und hat einen besseren Ausblick." Wow, ein zusammenhängender Satz. Mit Ciaran zu sprechen war, wie durch dichte Nebelschwaden zu irren. Endlich ein wenig die Kontrolle über das Gespräch zu übernehmen fühlte sich an, als hätte ich in meiner Jackentasche eine Taschenlampe gefunden. „Wenn es Ihnen nichts ausmacht."

Schweigen. Er dachte nach.

„Sicher. Sie wählen den Ort, ich bezahle?"

„Sie schlagen vor, zu bezahlen, bevor Sie überhaupt wissen, was ich vorschlagen will?"

„Es kann nicht teurer sein als das *Atlas*. Das ist nämlich das teuerste Restaurant der Stadt."

„Ehrlich gesagt ist es nicht in der Stadt. Aber Sie haben recht, die Preise dort treiben einem nicht das Wasser in die Augen. Im Gegensatz zum *Atlas*."

„Sie mögen das *Atlas* nicht?"

„Ich kenne es nicht. Aber kein Essen kann in der Zubereitung so viel kosten."

„Nein, da haben Sie recht. Aber man bezahlt ja nicht nur das Essen, sondern auch die Umgebung, die Erfahrung, dort zu speisen. Ich denke, es würde Ihnen gefallen, Holly."

Mein Name klang weicher, wenn er ihn aussprach, was die feinen Härchen in meinem Nacken reagieren ließ. Ich atmete das Gefühl weg. Er hatte vermutlich recht, was das *Atlas* anging, aber ich würde einzig das Spektakel genießen. Und das würde nicht lange anhalten.

„Ja, vielleicht würde es mir gefallen. Aber ich kenne zufällig ein Restaurant, dessen Atmosphäre nicht übertroffen werden kann. Und ich denke, Ihnen wird das Erlebnis, *dort* zu essen, sehr gefallen." Ich war überhaupt nicht davon überzeugt, dass er es mögen würde. Im Gegenteil, er würde es vermutlich hassen, aber es hatte keinen Sinn, vorzugeben, jemand zu sein, der ich nicht war. Denn genau darum ging es im *Atlas* und um nichts anderes.

„Sagen Sie mir auch, wo sich dieses fantastische Restaurant befindet, oder wollen Sie mich überraschen?"

So weit hatte ich meinen Plan noch nicht durchdacht. „Ich denke, eine Überraschung wäre besser."

„Dann muss ich Sie also abholen?" So weit hatte ich auch noch nicht gedacht. „Bleibt es bei halb zwei? Bei Ihnen?"

Ich überlegte kurz. „Sagen wir halb zwölf. Es kann etwas schwierig sein, dorthin zu kommen. Wir sollten hier nicht zu spät losfahren … nicht, dass wir noch unsere Reservierung verlieren." Wenn wir erst um halb zwei losfuhren, würden wir erst nach drei essen können.

„Das muss wirklich gut sein. Ich bin gespannt. Gibt es irgendeinen Dresscode, der zu beachten ist?"

„Es ist besser als gut. Etwas Ähnliches gibt es im ganzen Umkreis nicht. Aber die besten Plätze sind draußen, also vergessen Sie Ihren Mantel nicht."

„Meinen Mantel?"

„Ja. Und ziehen Sie sich etwas Bequemes an." Ich wusste genau, wo ich mit ihm hinfahren würde, und konnte ein Lächeln nicht unterdrücken, als ich daran dachte, wie sehr ich diesen Ort liebte.

21. KAPITEL

Der Adrenalinrausch hatte auf der verrückten morgendlichen Fahrt ins Hunterstone General Hospital seinen Höhepunkt erreicht und war dann auf dem Rückweg nach Hause abgeflaut. Doch nach diesem Telefonat lag ich auf dem Bett und konnte nicht einschlafen.

Jesse hatte sich bereit erklärt, im Laden die Stellung zu halten. Aber nachdem ich um halb neun immer noch wach dalag, gab ich auf und beschloss, unter die Dusche und zur Arbeit zu gehen.

Ciaran hatte recht gehabt – ich hatte gesungen. Laut und vollkommen selbstvergessen.

Unter dem heißen Wasserstrahl fing ich erneut an zu singen. Normalweise hätte ich das nicht so schnell wieder getan, aber als ich mit dem Rasierer über meine Beine glitt, erinnerte ich mich an den weisen Rat meiner Mutter: *Trage immer saubere Unterwäsche und rasiere deine Beine; du weißt nie, wann du von einem Bus überfahren wirst.* In der Gegend um Brindley's Nook gab es nicht viele Busse, aber in letzter Zeit hatte ich gelernt, dass man nie wissen konnte, wann etwas Überraschendes passierte.

Als ich eine halbe Stunde eher als üblich den Laden betrat, hörte ich Jesse ebenfalls singen. „Lovely Day" von Bill Withers. Jesse war noch nicht bereit, zu akzeptieren, was mein Garten bereits zeigte, und versuchte, sich in einen etwas sonnigeren Gemütszustand zu singen. Aber selbst er war normalerweise an einem Montagmorgen nicht so fröhlich. Der Samstagabend musste gut verlaufen sein.

„Hey", sagte ich und stellte meine Sachen ab.

„Selber hey", sagte er und schaute mich erwartungsvoll an.

„Was?"

„Was?", äffte er mich nach und zuckte mit den Schultern.

„*Was?*"

Jesse warf mir den Blick zu, mit dem Kinder gerne ihre Mütter betrachteten. Einen Blick, der besagte, sieh mich nicht so an.

„Nun, ich könnte damit anfangen, dich zu fragen, warum du so früh zur Arbeit kommst, aber ich gehe lieber gleich zu der Frage über, was am Samstagabend mit dir passiert ist, Hol."

Ich verdrehte die Augen. „Ich bin hier, weil ich nicht schlafen kann, und du weißt, was am Samstag mit mir passiert ist. Ich habe mich von dir verabschiedet und bin dann nach Hause gefahren." Was ja auch stimmte.

„Und?"

„Und was?"

„Das ist alles? Du bist einfach heimgefahren? Du hast mir nichts zu erzählen?"

„Was sollte ich dir zu erzählen haben, Jesse?" Ich spürte bereits, wie meine Wangen rot anliefen.

„Du willst das wirklich so spielen? Ich verrate dir, dass Aleta mich mit in die Damentoilette gezerrt und mir gezeigt hat, bis wohin ihre langen Beine reichen, und du willst deine Geheimnisse für dich behalten? Das ist unfair."

„Das hast du nicht gemacht! Du hattest nicht wirklich Sex mit einer unserer Klientinnen auf der Toilette. Bitte sag, dass das nur ein Witz ist, Jesse."

„Nein, hatte ich nicht. Nicht im konventionellen Sinne zumindest. Aber man könnte sagen, wir sind einander jetzt ordentlich vorgestellt worden." Jesses Miene sagte alles. Ich musste nicht wissen, was sie getan hatten – und Modesto Benini musste es auch nicht wissen.

„Was hast du dir nur dabei gedacht, Jess? Modesto dreht durch, wenn er davon erfährt. Und was ist mit der Arbeit? Cinder Events wird uns nicht mal mehr mit der Kneifzange anfassen, wenn Nat das hört."

„Nat weiß es." Jesse ließ seine perfekten weißen Zähne aufblitzen.

„Was? Sehr schön, Jess. Die Tür ist damit für uns zugefallen."

„Entspann dich, Hol. Die einzige Tür, die zugefallen ist, war die zu den Waschräumen. Und beide, die zauberhafte Aleta und Natalia, waren mit mir auf der gleichen Seite dieser Tür."

Ich schaute Jess an, und mir wurde klar, weshalb er so gute Laune hatte. „Beide?“, fragte ich. „Gleichzeitig?“

„Ja, verrückt, oder? Darüber haben sie in den Zeitungen bislang noch nichts geschrieben. Um ehrlich zu sein, bei Aleta hat mich das nicht sonderlich überrascht, aber Nat?“ Jess stieß einen anerkennenden Pfiff aus. „Die Frau ist wirklich ein stilles Wasser. Wir werden in der Zukunft von Nat eine ganze Menge Aufträge bekommen.“

„Ich will gar nicht mehr darüber wissen.“ Ich hielt mir die Ohren zu und ging an ihm vorbei. Er stach gerade Herzen aus einem knallig pinken Fondant aus. „Hast du dir heute Morgen die Hände gewaschen?“, fragte ich.

„Rein wie das Herz eines Engels, Boss.“

„Dann wasch sie noch mal, du ungezogener Junge.“

Jess lachte auf diese kehlige, typisch männliche Art.

„Wie auch immer, Boss. Hast *du* deine Hände gewaschen?“ Er drehte sich um und stützte sich hinter seinem Rücken auf der Arbeitsplatte ab; ein klares Zeichen, dass er eine ehrliche Antwort erwartete.

Ich spürte, wie ich meine Augen unwillentlich ein wenig zusammenkniff.

„Sie sind sauber, aber danke der Nachfrage.“ Jess hob die Augenbrauen, eine Einladung, mich näher zu erklären. „Porentief rein. Warum fragst du?“

Seine Unterlippe schob sich zweifelnd nach vorne.

„Ein Vögelchen hat mir gezwitschert, dass Penny ausgeflippt ist, nachdem du gegangen bist. Anscheinend ging es um einen gewissen Doppelagenten, der seine eigene Party verlassen hat, um dich nach Hause zu fahren.“

„Tja, deshalb sollte man Vögelchen nicht trauen, Jess. Sie haben ihre Melodie vielleicht noch nicht richtig gelernt.“

„ Glaub mir, Nat war in diesem speziellen Moment viel zu abgelenkt, um sich irgendetwas auszudenken.“

„Penny hat Nat losgeschickt, um dich zu suchen? Und alles nur, weil sie herausfinden wollte, wohin Ciaran verschwunden war?“

„Ja. Nat hat uns voll erwischt. Ich dachte, das wär's, bis sie anfing, ihren Slip auszuziehen. Mann, das war vielleicht eine Party." Er kicherte.

Ich schüttelte nur den Kopf. Diese Zeiten waren für mich lange vorbei. Ich konnte mir nicht vorstellen, für irgendjemanden einfach meinen Slip auszuziehen. Ehrlich gesagt war ich mir nicht mal sicher, ob ich noch hübsche Slips besaß. Und das war nur eine der Sachen, deren ich mir nicht sicher war.

Jess regte sich tierisch auf, als ich ihm erzählte, was passiert war, nachdem ich den Club verlassen hatte. Er war so wütend auf Ludlow und seinen Freund, dass ich schnell von Ciarans Aufenthalt bei mir im Cottage erzählte, um ihn zu beruhigen. Es schien Jess zu besänftigen, dass Ciaran über Nacht geblieben war, auch wenn alle ihre Unterwäsche anbehalten hatten.

Ich erzählte ihm auch von der Einladung zum Lunch, aber seltsamerweise machte Jess nicht so viel Wind darum, wie ich erwartet hatte.

Die Woche plätscherte so vor sich hin, und zum Geschäftsschluss am Samstag wünschte Jess mir nur einen schönen Tag. Er schien immer zu wissen, welche Knöpfe er bei mir drücken musste. Ich hoffte um seinetwillen, dass er ebenso gut darin war, sich Nat und Aleta warmzuhalten.

Doch sosehr mich Jesse auch beruhigt hatte – sobald wir den Laden fürs Wochenende abgeschlossen hatten und ich zurück in meinem Häuschen war, gab es nichts mehr, was die Schmetterlinge in meinem Bauch vertreiben konnte.

Ich hatte alles am nächsten Morgen frisch zubereiten wollen, aber es juckte mir in den Fingern, Ciaran eine feige SMS zu schicken und das morgige Treffen abzusagen, also hielt ich sie stattdessen damit beschäftigt, zu kochen.

Dave saß vor mir und beobachtete, wie ich mich durch eine Gurke, mehrere Stangen Sellerie, verschiedene Käsesorten, Tomaten und Paprika schnippelte. Dabei neigte er seinen Kopf von einer Seite zur anderen wie ein kaputtes Pendel. Sobald ich alles geschnitten hatte, machte ich mich an die Zubereitung meiner lange vergessenen Glanznummer: ein selbst gemachter Krautsalat.

Als ich fertig war und das Essen in den Kühlschrank gestellt hatte, damit es für das morgige Picknick durchkühlen konnte, war es schon spät. Bis auf die Quiche und die Brötchen war alles fertig; das würde ich beides am nächsten Morgen backen. Dave hatte irgendwann das Interesse verloren und mich allein mit dem Berg an Lebensmitteln zurückgelassen, der beinahe die komplette Arbeitsfläche bedeckte.

Ich ließ mich auf denselben Hocker sinken, von dem ich letztes Wochenende heruntergefallen war, und sofort erhob sich wieder der Schmetterlingsschwarm, nur dass die kleinen Biester dieses Mal Schuhe mit Stahlkappen zu tragen schienen.

Mein Kopf fühlte sich heiß an in meinen Händen, als ich auf die Arbeitsplatte zwischen meinen Ellbogen starrte. Ich hatte beinahe zwei Stunden damit zugebracht, genügend Essen für eine ganze Waldarbeitercrew zuzubereiten, und alles für einen Mann, der es gewohnt war, im *Atlas* zu speisen. Einen Mann, der meine Vorstellung von einem schönen Sonntagnachmittag hassen würde. Einen Mann, der öfter die Frauen wechselte, als ich selbst gemachten Krautsalat gegessen hatte. Was erhoffte ich mir dadurch? Was könnte bestenfalls passieren? Ich nahm mein Handy heraus und tippte seinen Kontakt an. Ein E-Mail-Symbol blinkte leise in der unteren Ecke. *Bitte, lass sie von Martha sein. Das Baby kommt, und sie braucht mich morgen den ganzen Tag.*

Doch so viel Glück hatte ich nicht. Jess hatte mir geschrieben. Ich berührte das Icon und öffnete den Text. Er war schlicht und knapp: Nicht absagen. Hab Spaß.

Stöhnend ließ ich meinen Kopf auf die letzte freie Fläche der Arbeitsplatte sinken. „Was tust du nur, Holly?“, fragte ich mich flüsternd, während die linke Seite meines Gesichts sich gegen das kühle Holz drückte. „Ciaran Argyll ist ein Spieler.“

22. KAPITEL

Ich hatte mich bereits viermal umgezogen, und langsam geriet alles außer Kontrolle. Beim Spülen war mir ein Glas zerbrochen, ich hatte Martha angemault, weil sie mich nicht an ihrer Seite brauchte, und war Dave auf die Pfote getreten. Jetzt sah ich mich der schweren Aufgabe gegenüber, zu entscheiden, welchen von drei Pullovern ich anziehen sollte, den unter der dicken Jacke sowieso niemand zu sehen bekäme.

Das war einfach lächerlich.

Kies spritzte auf der Einfahrt auf, und meine Zeit war um. Elf Uhr dreißig, auf die Minute.

Er war gekommen.

Die zarten Vorhänge waren endlich doch für etwas gut. Man spionierte doch nicht, wenn man es auf seinem eigenen Grundstück tat, oder? Nein, ich beobachtete Ciaran Argyll, als er über den Hof zu meiner Haustür ging. Er trug eine Sonnenbrille, und erst da fiel mir auf, was für ein sonniger Novembermorgen es war. Sein Haar sah in diesem Licht blonder aus, aber das war nur ein Trick. Ich wusste, dass es eher braun als blond war. Er schaute kurz zum Fenster hinauf, bevor er unter dem Vordach und aus meinem Sichtfeld verschwand.

Der Türklopfer schlug gegen die Tür, und eine Armee von Schmetterlingen hüpfte mit mir zusammen die Treppe hinunter, um zu öffnen. Selbst im Schatten der Veranda klammerte sich das Sonnenlicht an sein Haar.

„Guten Morgen." Er lächelte und neigte den Kopf zur Seite. „Hübsch." Er deutete mit dem Kinn zu dem langweiligen brombeerfarbenen Pullover, den ich gerade über mein kariertes Hemd gezogen hatte.

„Hi. Danke." Wir standen einen Moment da und taxierten das Outfit des jeweils anderen. Ich hätte wissen müssen, dass Ciarans Vorstellung von *bequem* immer noch stilvoll genug war, um damit zu einem Vorstellungsgespräch zu gehen.

„Äh, bin ich ein wenig overdressed?“, fragte er und ließ seinen Blick über meine Jeans und die gepunkteten Socken gleiten. Er wirkte ein wenig unbehaglich, was mich sofort entspannte.

„Nein, Sie sehen toll aus. Es könnte nur sein, dass Ihre Anzughose ein wenig schmutzig wird. Das ist meine Schuld. Ich hätte mich deutlicher ausdrücken sollen.“ Ich hatte es wirklich vermasselt. Dort, wo wir hinwollten, waren seine Halbschuhe definitiv fehl am Platz. Also würden wir doch im *Atlas* enden. Ich hatte es geahnt.

„Tja, ich habe noch Sachen zum Wechseln im Auto. Mary meinte, ich soll eine Jeans anziehen. Ich glaube, sie hat auch ein Paar Stiefel in den Kofferraum gelegt.“

Nicht so schnell ... Wir würden vielleicht doch nicht ins *Atlas* gehen.

„Das klingt perfekt. Wollen Sie sich eben umziehen, während ich das Essen einpacke?“, fragte ich. Noch hatte ich ihn nicht hineingebeten.

„Klar. Bin gleich zurück.“ Und schon war er auf dem Weg zu seinem Auto.

„Kommen Sie dann einfach rein. Dave ist hinten im Garten“, rief ich ihm nach, dann warf ich einen kurzen Blick in den Spiegel über der Kommode im Flur und strich schnell eine Haarsträhne zurück, dich sich beim Überziehen des Pullovers verirrt hatte. Vor Nervosität drohte mir der Schweiß auszubrechen, daher ging ich rasch in die Küche, um die letzten Lebensmittel in die Kühltasche zu packen.

„Sieht aus, als würden wir picknicken“, ertönte der sanfte keltische Singsang von der Tür. „Warum haben Sie nichts gesagt? Ich mache ein ganz ordentliches Sandwich mit Spargel und Parmaschinken.“

Ich wollte gerade die Cherrytomaten in die Kühltasche legen, hielt aber mitten in der Bewegung inne. „Spargel und Parmaschinken?“

Er nahm die Sonnenbrille ab und enthüllte die immer noch sehr schmerzhaft aussehende Wunde über seinem rechten Auge. Ich spürte, wie mir der Atem stockte.

„Genau. Aber nur, wenn ich kein Marmite mehr habe.“ Er grinste.

„Tja, ich fürchte, bei mir gibt es weder Marmite noch Spargel. Aber ich kann Honigsenf und Kochschinken anbieten.“

„Ich liebe Honigsenf und Kochschinken.“ Immer noch lächelnd kam er zu mir und half, die letzten zwei in Folie gewickelten Päckchen und ein paar Plastikbecher in der Tasche zu verstauen. An den Knöcheln seiner Hand waren noch ein paar kleine Kratzer zu sehen. „Wie auch immer, ich hatte doch gesagt, dass ich für das Essen bezahle. Sie müssen hierfür ja den ganzen Morgen in der Küche gestanden haben.“

Ich zog den Reißverschluss der Kühltasche zu. „Sie werden auch dafür bezahlen … Sie dürfen das nämlich tragen.“

„Entschuldigen Sie mich dann kurz, während ich mich umziehe?“, fragte er. „Ich könnte das sonst auch einfach hier machen, während sie zu Ende packen.“

„Nein! Gehen Sie ruhig nach oben.“

Es war schon heiß genug hier drinnen, ohne dass Ciaran irgendetwas auszog. Ich lauschte seinen Schritten die Treppe hinauf und ins Badezimmer, dessen Tür er nicht hinter sich schloss. Ein paar Augenblicke später knarrten die Stufen erneut unter schwereren Schritten. Ich tat beschäftigt, als er wieder im Türrahmen erschien.

„Ist das passender?“, fragte er.

Ciaran sah im Anzug gut aus, aber in diesem Freizeitlook gefiel er mir noch besser. Dunkelblauer Jeansstoff steckte in abgetretenen braunen Lederstiefeln, und der wollweiße Strickpullover schmiegte sich an seinem Hals entlang bis zu den Spitzen seiner Haare.

„Viel besser.“ Ich lächelte und hob die Kühltasche vom Tresen. Ciaran streckte automatisch die Hand aus, um sie mir abzunehmen, und mir stieg sein Aftershave in die Nase – süß und frisch wie der Morgen.

Obwohl er sich umgezogen hatte, wurde mir auf dem Weg zum Wagen klar, dass ich neben ihm recht unscheinbar aussah.

Ich kam mir noch unscheinbarer vor, als er mir die Tür aufhielt, damit ich mich auf den Beifahrersitz setzen konnte. Es war schwer, sich von der luxuriösen Innenausstattung des Wagens nicht beeindrucken zu lassen. Die Sitze hatten einen noch blasseren Cremeton als Ciarans Pullover und waren genauso makellos. In die Kopfstütze war das geflügelte Aston-Martin-Logo eingestickt, vermutlich in mühsamer Handarbeit von keuschen Jungfrauen. Ich kam mir vor wie in dem Cockpit eines sehr schicken Raumschiffs.

Ciaran schlug den Kofferraum mit einem dumpfen Knall zu, dann ging er um das Auto herum zur Fahrerseite. Bitte, lass nichts im Kofferraum auslaufen, betete ich stumm, als er sich neben mich setzte.

„Und, wo geht's lang?“ Er setzte seine Sonnenbrille wieder auf. Jedes Mal, wenn er sich bewegte, streichelte sein Aftershave meine Geruchszellen.

„Kennen Sie Ellard's Covert? Ganz am westlichen Rand des Waldes?“

„Ja. Meine Mutter hat mich als Kind immer zum Reiten dorthin mitgenommen.“

„Sie sind geritten? Na, das wird uns einiges an Zeit sparen.“

„Fahren wir zu dem alten Trekking-Center?“, fragte er und grinste breit. „Ich wusste gar nicht, dass das noch existiert.“

„Ist das für Sie okay? Ich dachte, wir könnten den Weg auf den Berg hinauf nehmen und dort oben essen?“

Der Motor erwachte unter meinen Füßen zum Leben, und Ciaran schien von einem neuen Eifer erfasst zu werden, den Tag in Angriff zu nehmen.

„Das klingt fabelhaft. Ich bin allerdings seit Jahren nicht mehr geritten und kann nicht für die Sicherheit der Schinkensandwiches garantieren.“

Der Wagen rollte vom Hof. Aus dem Augenwinkel sah ich Mrs Hedley, die eine leere Vase auf die Fensterbank im Vorderzimmer stellte. Sie lächelte und nickte mir kurz zu, als wir vorbeifuhren. Ciaran lenkte uns durch die verrotteten Torpfosten und über die Schlaglöcher. Meine Hände waren ganz klamm. Rob hatte mich gewarnt, dass es Menschen gab, die Besitzer von Privatwegen verklagten, weil ihre Wagen auf den schlecht gewarteten Schotterpisten Schaden erlitten. Ich fragte mich, um wie viele Torten mich die Reparatur eines Aston Martins zurückwerfen würde.

„Ich bin auch lange nicht mehr geritten", sagte ich. „Ohne eine Begleitung leihen sie einem dort keine Pferde aus."

„Und? Haben Sie etwa keine Freunde? Das kann ich mir kaum vorstellen."

„Einmal habe ich Jesse überredet, aber das war nicht so sein Ding. Er hat zwei Wochen lang darüber geklagt, dass ihm der Hintern wehtut, also habe ich ihn nicht noch mal mitgenommen."

„Hatten Sie nicht erwähnt, dass Sie eine Schwester haben? Martha, oder?"

Ich konnte mich nicht daran erinnern, über Martha gesprochen zu haben.

„Stimmt, Martha. Sie liebt reiten, aber sie ist allergisch gegen Pferde. Und ihr Mann Rob ist ein wenig außer Form. Im Moment haben die beiden sowieso keine Zeit. Sie erwarten jeden Tag ihr erstes Baby."

„Dann werden Sie also Tante? Herzlichen Glückwunsch." Er lächelte. „Das ist bestimmt aufregend. Ich dachte immer, dass ich einen guten Onkel abgeben würde, aber als Einzelkind werde ich das wohl nie beweisen können." Ciaran trat auf das Gaspedal, und der Wagen erreichte mühelos eine Geschwindigkeit, von der mein Van nur träumen konnte.

„Also haben Sie gar keine Geschwister? Aber Sie haben doch bestimmt Freunde mit Kindern, oder?", fragte ich.

Wärme breitete sich wellenförmig in meinem Rücken aus. *Hatte der Wagen eine Sitzheizung? Heilige …*

„Nicht wirklich. Wenn ich ehrlich bin, habe ich nicht sonderlich viele Menschen, die ich als Freunde bezeichnen würde. Obwohl diejenigen, die Kinder haben, die Besten von ihnen zu sein scheinen. Sie sind nicht ganz so unbarmherzig."

„Unbarmherzig? Es sind doch nicht alle so wie Freddy Ludlow, oder?"

„Nur fürs Protokoll, Freddy Ludlow ist niemals ein Freund von mir gewesen. Fergie hat keinen Moment zu spät die Reißleine gezogen. Bald werden alle Bande zwischen Freddy und mir für immer zerschnitten sein. Ich werde es bestimmt nicht bedauern, den Trottel nie wieder zu sehen."

Das war doch mal ein guter Anfang. Wir hatten also doch etwas gemeinsam.

„Martha kann manchmal auch ganz schön anstrengend sein, aber im Großen und Ganzen ist sie toll. Ich würde es nicht ertragen, jemanden wie Freddy Ludlow als meinen Stief-was-auch-immer zu haben." Ich seufzte.

„Er kann sich zumindest nie über einen Mangel an Frauen beklagen, so viel steht schon mal fest", sagte Ciaran.

„Das kann aber nicht an seiner einnehmenden Persönlichkeit liegen. Der Mann ist ein absoluter Vollidiot."

„Ich denke, das hat etwas mit seinem Erbe zu tun, das irgendwo zwischen einhundertvierzig und einhundertsechzig liegt."

„Einhundertsechzig was?", fragte ich.

„Millionen."

„Einhundertsechzig Millionen Pfund? Machen Sie Witze?" Sein Gesicht verriet mir, dass er es ernst meinte. „Vielleicht hätte ich ein wenig offener sein sollen."

Ciaran warf mir einen Blick zu.

Ich lachte. „Das war ein Scherz. Aber einhundertsechzig Millionen Pfund! So viel Geld und nicht einen Hauch von Charisma. Es stimmt wohl, dass man mit Geld nicht alles kaufen kann."

„Nein, alles nicht. Aber eine ganze Menge", fügte Ciaran an.

„Was macht man überhaupt mit so viel Geld? Ich kann mir eine solche Summe nicht einmal vorstellen."

Er grinste wieder. „Ich mag schöne neue Sachen. Mir würden ganz sicher ein paar Dinge einfallen, für die ich es ausgeben könnte."

„Wie mit einem Popsternchen in ein Motel nach Hollywood zu fliegen?“

„Lassen Sie mich Ihnen versichern, das war kein Motel. Diese Reise hat mich ein Vermögen gekostet.“ Er lachte.

„Hm. Aber es hat sich gelohnt, oder?“

Ciaran zuckte mit den Schultern. „Wofür würden Sie das Geld ausgeben, wenn Sie es hätten?“, fragte er.

„Ich? Keine Ahnung. Vielleicht würde ich mein Haus zu Ende renovieren. Andererseits könnte man mit so viel Geld für so viele Menschen etwas bewegen. Ich müsste länger darüber nachdenken. Vermutlich würde ich jedoch mit einer sehr großen Wand anfangen, um mir Leute wie Freddy vom Hals zu halten.“

„Ob Sie es glauben oder nicht, Freddy ist ganz okay – bis er seinen ersten Drink hatte. Er ist zu lange von seiner Mutter verwöhnt worden und kennt einfach keine Grenzen für sein Verhalten.“

„Wie schön für ihn, dass er so ein Leben führen kann. Aber dieser Luxus ist eben nicht allen Menschen vergönnt.“

„Halten Sie das für Luxus?“ Ciaran drehte den Kopf und sah mich an. „Ich finde eher, es ist ein Handicap. Eines, ohne das man wesentlich besser lebt.“

„Ich habe nicht gesagt, dass es sein Luxus ist, den ich gerne hätte. Es kommt mir nur wie eine ziemliche Verschwendung vor. Sie könnten ihr Vermögen so viel besser einsetzen. Es muss in ihren Leben doch mehr geben als glänzende Autos und dekadente Partys.“

Sobald die Worte über meine Lippen waren, zuckte ich innerlich zusammen. Ich hatte mich vollkommen vergessen. Schnell warf ich Ciaran aus dem Augenwinkel einen Blick zu. Er schaute konzentriert auf die Straße. Ich sah seine Augen nicht, aber um seinen Mundwinkel zuckte ein kleines Lächeln. „Es tut mir leid, Ciaran. Ich wollte nicht …“

„Das muss Ihnen nicht leidtun. Sie sind anders als die meisten Frauen, die ich bisher kennengelernt habe. Ihre Ansichten sind … erfrischend. Wenn auch ein wenig voreingenommen.“

„Sie finden mich voreingenommen?“ Ich war schockiert. Einer der wenigen Vorteile meiner Lebensumstände war, dass niemand, abgesehen von meiner Mutter, jemals etwas zu mir sagte, das mich aufregte. Vermutlich hatten sie alle Angst, dass ich dann implodieren würde oder so.

„Wissen Sie … ein teures Auto bedeutete nicht notwendigerweise, dass der Fahrer ein selbstsüchtiger Egomane ist. Genauso wenig wie ein altes Fahrrad darauf schließen lässt, dass der Fahrer völlig ungebildet ist. Da würden Sie mir doch wohl zustimmen, oder?“

Bin ich voreingenommen? So sah ich mich nicht sonderlich gerne.

„Ja, das würde ich.“ Verdammt, ich war voreingenommen. Und er hatte es sofort erkannt. Ich strich im Geist einen Pluspunkt von seiner Liste.

Draußen gingen die grasbewachsenen Böschungen langsam in immer dichter werdendes Waldgebiet über. Der Wagen glitt lautlos über die Straße. Vom Herbst war hier, wo die immergrünen korsischen und schottischen Kiefern den Grund gegen die Jahreszeiten hielten, nichts zu sehen.

„Dann besteht Ihr Kreis aus Nicht-Freunden, also nicht nur aus Typen wie Freddy?“, fragte ich.

Ciaran lachte. „Nein, es sind auch ein paar gute Kerle darunter. Aber die Firma meines Vaters hatte so ihre Höhen und Tiefen. Das haben viele Leute mitbekommen und sich ein Urteil darüber gebildet. Meistens sind es nicht die Freddys dieser Welt, vor denen man sich in Acht nehmen muss.“

„Sondern eher die Pennys dieser Welt?“, fragte ich.

Er lächelte wieder und bog auf die Straße ab, die in den Wald führte. „Nein, auch nicht die Pennys. Auf Penny müsste man achtgeben, wenn sie auch nur einen Hauch von Einfluss hätte. Aber Penny ist wie die meisten Menschen: Ihr reicht es, so zu wirken, als hätte sie Einfluss, auch wenn die Substanz dahinter fehlt.“

Ich gab ihm den Pluspunkt wieder zurück.

„Vor wem müssen Sie sich denn dann in Acht nehmen?"

„In meiner Welt? Vor jedem, der sich mir mit einem Lächeln nähert."

Wir fuhren eine Weile schweigend. Ciaran schaute sich im Wald um. Wir hatten beinahe den Punkt erreicht, an dem die Straße sich teilte und der Weg zum Forstamt und dem Besucherzentrum abzweigte.

„Wir sollten den längeren Weg nehmen", sagte ich. „Auf diesem Stück hat es in letzter Zeit einige Vorfälle mit Wildwechsel gegeben."

Der Wald war gute fünfzehn Meilen breit, wurde aber an der Ostseite immer schmaler, was die Rehe in diese Richtung drängte. Zwischen Charlies altem Büro und der Weggabelung waren einige Beinaheunfälle gemeldet worden. Auf derartige Schreckmomente konnte ich gerne verzichten. Es war so schon schwer genug, sich auf die abfallende Straße zu konzentrieren, auch ohne dass einem ein fünfhundert Pfund schwerer Hirsch über die Motorhaube sprang.

„Sind Sie sicher? Das Trekking-Center befindet sich doch direkt hinter dem Besucherzentrum, oder?"

„Ja, aber man erreicht es auch von der Rückseite aus. Wirklich, das geht schneller." Okay, der letzte Teil war nicht ganz richtig. Was Ciaran vermutlich auch wusste. Das hier war die Straße, auf der er unter der Woche durch den Wald fuhr, aber er widersprach mir nicht. Und mit seinem Auto war der zeitliche Unterschied sowieso zu vernachlässigen.

„Kommen Sie immer noch ab und zu her? In den Wald, meine ich? Sie sagten, Charlie hätte hier gearbeitet. Das muss schwierig für Sie sein."

„Ach, das geht eigentlich. Aber natürlich fehlt es mir, dass er hier ist."

Unser Umweg führte uns durch den Buchenwald, in dem die braune Erde unter einem Teppich aus buntem Laub verschwand, das wie Konfetti nach einer Hochzeit überall verteilt lag. Grüne Baumkronen wurden erst gelb, dann flammend orange und schließlich feuerrot, bevor die Blätter schließlich zu Boden segelten.

„Ich hatte vergessen, wie schön es hier ist", sagte Ciaran, als wir durch die Farbexplosion um uns herum fuhren. „Auf der anderen Straße sieht man das nicht."

„Wie ich schon sagte, die Aussicht ist nicht zu toppen."

23. KAPITEL

Das Trekking-Center hatte sich nicht verändert, seitdem Jesse hier vor etwas mehr als einem Jahr hinausgehumpelt war. Die Mädchen im Inneren waren jedoch neu. Junge, selbstbewusste Pferdetypen, die von Ciaran und seinem Auto gar nicht genug bekommen konnten.

Wir sattelten auf und verpackten das Essen in den Satteltaschen der Pferde. Dann ritten wir langsam in die Stille des Pfades hinein. Ciaran wartete, bis ich vorbei war, bevor er mir folgte. Er musste den Mädchen noch einmal zugelächelt haben, denn sie kicherten verstohlen hinter unserem Rücken.

Ich konnte es verstehen. Selbst ein Reithelm ließ ihn auf der Sexy-Skala nur wenige Punkte nach unten rutschen. Aber dafür war ich nicht hier. Ich wollte einfach nur mal wieder reiten, und Ciaran hatte mir die Gelegenheit dazu geboten. Wenn überhaupt, dann nutzte ich ihn aus.

„Das ist wie Fahrrad fahren“, rief er, als er im Trab zu mir aufschloss.

„Gehen Sie es lieber langsam an. Ich kenne mich mit Wiederbelebung nicht aus, also fallen Sie bitte nicht runter.“

Er ließ ein Lächeln aufblitzen, das jeden Teil seines Gesichts erhellte, und ich musste mich sehr zusammenreißen, um nicht wie die Mädchen zu kichern.

Auf dieser Seite war der Wald wie eine Traumlandschaft. Die unglaublichsten Farben schillerten um uns herum, und das sanfte Klappern der Hufe wurde vom weichen Moosboden aufgefangen.

„Sie haben gar nicht auf meine Frage geantwortet, warum Sie niemanden haben, der mit Ihnen reiten geht.“

Ich fühlte mich in Ciarans Gegenwart wohl genug, um solche Fragen zu beantworten, ohne mir wie eine totale Versagerin vorzukommen.

„Es ist nicht so, dass ich keine Freunde habe. Aber nach dem Unfall wollte ich sie nicht um mich haben. Ich wollte niemanden außer ihm." Ich sprach wieder über Charlie – auch ohne einen Tropfen Alkohol fühlte ich mich wohl dabei.

„Das kann ich verstehen", sagte er und ritt neben mich. „Traurig, aber verständlich. Haben Sie sich von ihnen nicht unterstützt gefühlt?"

„Nein, ganz im Gegenteil. Sie haben es wirklich versucht; es war nicht ihre Schuld. Wenn man Menschen oft genug von sich stößt, hören sie irgendwann einfach auf, anzurufen."

„Und bedauern Sie das jetzt? Also, sie zurückgestoßen zu haben?" Er schlug nach einer Mücke.

„Ja, das tue ich – ihretwegen zumindest. Ich habe nicht zugelassen, dass sie das Einzige taten, was sie für mich tun konnten. Und das war schwer für sie. Aber ich denke, dass das Leben so einfacher ist. Ich will nicht tanzen gehen oder meine Sorgen in Alkohol ertränken. Was hat das auch für einen Zweck, wenn sie am nächsten Morgen ja doch noch da sind?"

„Genau das habe ich versucht, meinem alten Herrn beizubringen. Dass Alkohol die Sache nicht besser macht. Aber er konnte mit dem Schmerz nach dem Tod meiner Mutter nicht umgehen. Also hat er getrunken, um sich zu betäuben."

Ein sanfter Zug am Zügel reichte, um mein Pferd anhalten zu lassen.

„Das tut mir leid, Ciaran. Ich dachte, dass Ihre Eltern geschieden wären. Wann ist sie denn gestorben?"

Er hielt ebenfalls an und lächelte. Aber ich kannte dieses Lächeln, wusste, wofür es stand. „Vor sehr langer Zeit. Ich war damals siebzehn. Der Krebs kam ganz plötzlich. Sie war nur wenige Monate krank und hat jede einzelne Minute davon schrecklich gelitten."

„Das tut mir leid."

„Wenn man mit siebzehn nicht über die Stränge schlägt, wann dann, hm?", fragte er scherzend.

„Was für ein Krebs war es?"

„Gebärmutterhals. Aber als er diagnostiziert wurde, hatte er schon überall gestreut. Wenigstens ist sie nicht im Krankenhaus gestorben. Sie hat ihr Zuhause geliebt, wissen Sie? Selbst als Fergal seine Firma aufgebaut hat, hat Mum nie Lust auf große Shoppingtouren oder Spa-Wochenenden gehabt. Sie hat einfach so weitergemacht wie zuvor und sich den Hintern aufgerissen, um uns eine stabile Zukunft zu sichern. Die Welt meines Vaters hat damals nur aus Schufterei und großen Visionen bestanden. Der Tod meiner Mutter hat alles für ihn verändert."

Ciaran trieb sein Pferd wieder an und rief nach meinem, damit es ihm folgte.

„Es klingt, als wären sie ein gutes Team gewesen?", fragte ich.

„Das waren sie. Zu gut. Ich denke, wenn Fergal als Erster gegangen wäre, hätte es meiner Mutter das Herz gebrochen, aber sie hätte damit besser umgehen können. Fergal war einfach nicht so stark wie sie. Er hat den Großteil des Tages geschlafen. Seine Trauer hätte uns beinahe die Firma gekostet."

„Aber jetzt geht es ihm gut, oder? Er hat sich wieder berappelt? Das muss eine große Erleichterung für Sie sein."

„Oh ja, es geht ihm gut. Abgesehen davon, dass er sich ab und zu verschätzt und jeder Goldgräberin auf den Leim geht. Ansonsten geht es ihm fabelhaft."

Ich machte mir eine mentale Notiz, beim nächsten Mal etwas nachsichtiger mit Fergal zu sein, sollten sich unsere Wege noch einmal kreuzen.

Der Ritt auf den Hügelkamm, von dem man aus über die nordwestliche Seite des Waldes schauen konnte, war so wunderschön gewesen, wie er bei der tief stehenden Novembersonne nur hatte sein können.

Wir ließen die Pferde auf einer Wiese grasen. Der Großteil unseres Essens hatte den Ritt gut überstanden, und ich genoss es, Ciaran dabei zu beobachten, wie er sich mit Krautsalat bekleckerte, während ich mich bemühte, anmutig zu essen.

„Wie lange waren Ihre Eltern verheiratet?", fragte ich, weil es mich interessierte, mehr über Fergal zu erfahren.

„Oh … so um die fünfundzwanzig Jahre. Sie sind in der gleichen winzigen Straße aufgewachsen und haben zusammen gespielt, während meine Großmütter die Treppen vor den Häusern geputzt haben. Sie haben sich verliebt, jung geheiratet, mich bekommen. Das ist übrigens ein hervorragender Krautsalat."

„Also stammten sie beide aus bescheidenen Verhältnissen?", hakte ich nach.

„Ja, sehr bescheiden sogar. Fergal sollte eigentlich auf einem Fischkutter arbeiten, wie alle anderen, mit denen er aufgewachsen ist, aber er war der einzige Mann im Dorf, dem die Sehnsucht nach dem Meer nicht in die Wiege gelegt worden war. Also hat er sich einen Job als Steineputzer organisiert und sich von da nach oben gearbeitet. Mein Vater hat immer gesagt, dass er die Maschine war, aber meine Mutter der Motor, der alles antrieb. Er meinte, es läge nur an ihr, dass er es so weit gebracht hatte. Die Liebe einer guten Frau und all das."

Bei meinen wenigen Treffen mit Fergal hatte ich nichts davon gespürt.

„Und was ist mit Ihnen? Wollten Sie immer in die Firma einsteigen?"

„Täglich eimerweise Steine auf einer eiskalten Baustelle herumschleppen? Nicht wirklich. Ich wollte Architekt werden. Erst sieben Jahre auf die Uni, danach einen Job auf der wärmeren Seite des Baugeschäfts."

„Aber ich dachte, zu dem Zeitpunkt war Argyll Inc. schon sehr erfolgreich?"

„Ja, aber Fergal ist durch und durch ein Mann der Arbeiterklasse. Er hat dafür gesorgt, dass all die jungen Kerle mit den eindrucksvollen Abschlüssen das Geschäft von der Pike auf lernten. Und das galt auch für mich."

„Das klingt nach einem guten Grund, um ein Studium anzufangen." Ich lächelte und erinnerte mich an die Risse, die Charlie vom Arbeiten in der Kälte an den Händen gehabt hatte. Er musste nur eine Faust machen, und schon brach die Haut auf und hinterließ im Winter kleine Blutflecken auf den Bettlaken.

„Als meine Mutter im Sterben lag, hat mein Dad den Großteil der Zeit damit verbracht, alternative Behandlungsmethoden für sie zu suchen. Er hat versucht, mit seinem ganzen Geld etwas für sie zu tun. Die traurige Realität war jedoch, dass Geld uns nicht helfen konnte. Nichts konnte das. Fergal investierte jede Minute, die er hatte, um eine neue Therapie, ein neues Medikament für sie zu finden. Und ich habe die Zeit damit verbracht, mich in diesen letzten Monaten um sie zu kümmern. Ich wusste, dass sie uns entglitt. Ich spürte, wie die Zeit mit jedem Herzschlag ablief."

Bei der Erinnerung spannten sich die Muskeln in Ciarans Kiefer an.

„Und Sie waren erst siebzehn? Das muss ja schrecklich gewesen sein."

Er lächelte die Anspannung weg.

„Als sie schließlich starb, hatte ich so viele Vorlesungen verpasst, dass es mich um mindestens ein Jahr zurückwarf. Mein alter Herr stürzte sich wieder in die Arbeit, die seine ganze Zeit in Anspruch zu nehmen schien. Also dachte ich, ich tue es ihm gleich, während ich versuche, den fehlenden Stoff aufzuholen. Doch als ich in der Firma arbeitete, merkte ich bald, dass Dad zu kämpfen hatte. Er war in eine Depression oder etwas in der Art gestürzt. Irgendein schwarzes Loch, aus dem er alleine nicht mehr herauskam."

Ich kannte dieses Loch. Die letzten zwei Jahre über hatte ich mich an seinem Rand festgeklammert. Es schien in Ordnung zu sein, das zuzugeben, jetzt, wo ich wusste, dass andere es auch erlebt hatten. Menschen wie ich, die immer noch lebten und sprachen und atmeten.

„Also sind Sie nie an die Uni zurückgekehrt?", wollte ich wissen.

„Als die Zeit kam, konnte ich Dad nicht mehr alleine wohnen lassen. Also bin ich geblieben, habe die Grundlagen gelernt und versucht, herauszufinden, wie ich ihm über den Tod meiner Mutter hinweghelfen kann." Ciaran atmete tief durch. „Sie war der Kleber, der uns alle zusammenhielt. Nachdem sie fort war, schien sich alles immer schneller aufzulösen."

„Und Ihr Dad hat angefangen zu trinken."

„In der Firma, zu Hause. Abends, mittags, vor den morgendlichen Meetings. Mit jeder Woche wurde es schlimmer. Irgendwann fingen dann die Beziehungen innerhalb der Firma an, brüchig zu werden. Bis Argyll Inc. schließlich den Bach runterzugehen drohte – und damit auch alles, wofür wir so hart gearbeitet hatten."

Ciaran goss uns beiden Kaffee in die kleinen Plastikbecher ein.

„Aber gab es keine Vorkehrungen, um die Firma zu schützen? Hat niemand versucht, Ihrem Vater durch die schwere Zeit zu helfen?"

„So wie Ihre Freunde versucht haben, Ihnen zu helfen? So einfach ist es nicht, oder? Fergal hatte einen sehr guten Mitarbeiterstab, aber Geld ist wie Blut im Wasser. Sehr schnell fangen die Haie an zu kreisen. Viele Menschen haben uns ausgenutzt, während wir nicht hingeschaut haben. Menschen, die viel Geld mit Investitionen gemacht haben, an die sie gar nicht erst hätten herankommen dürfen. Sie haben uns beinahe um alles gebracht."

Er spannte wieder die Kiefernmuskeln an, und alle Weichheit war aus seinem Gesicht verschwunden.

„Aber inzwischen läuft doch alles wieder gut? Ich meine, wenn ich mir Ihr Haus ansehe, die teuren Wagen. Ihr Vater scheint wieder auf dem richtigen Weg zu sein." Das hoffte ich zumindest. Nach so vielen Jahren wäre es grausam, zu hören, dass Fergal immer noch litt wie ein Hund. Ciaran trank seinen Kaffee in einem Zug aus und sprang auf die Füße.

„Ja, wir sind auf dem richtigen Weg. Fergie hat sich zusammengerissen, und es sieht jetzt schon viel besser aus." Er streckte mir die Hand hin, und ich ergriff sie, ohne nachzudenken, in Gedanken immer noch bei unserer Unterhaltung. „Kommen Sie, nutzen wir die Zeit mit unseren Pferden, für die wir bezahlt haben", sagte er und zog mich auf die Füße.

Zurück auf dem Pfad, ließ uns das Wetterglück bald im Stich. Dicke kalte Regentropfen fielen auf meinen Helm und durchnässten meine Jacke.

„Reiten wir tiefer in den Wald“, rief Ciaran mir zu. „Da ist es trockener.“ Er trieb sein Pferd an und ritt voraus, ohne auf meine Zustimmung zu warten. Ganz eindeutig hatte er das Reiten in der Zwischenzeit nicht verlernt. Ich beobachtete, wie er sich einen Weg durch die Bäume suchte. Als wir die Überreste des Picknicks eingepackt hatten, war er sehr still gewesen, aber ich war unsere Unterhaltung inzwischen im Geist zweimal durchgegangen und hatte nichts entdeckt, womit ich ihn vielleicht beleidigt haben könnte.

Ich konzentrierte mich auf mein Pferd und ließ es angaloppieren, wodurch ich langsam zu Ciaran aufschloss. Ich sah zu, wie er tiefer in die Birken hineinritt, wo der Boden sich zwischen den Stämmen sanft hob und senkte. Ich war so sehr damit beschäftigt, ihn zu beobachten, dass ich den Ast nicht bemerkte.

Ein plötzlicher heißer Schlag traf mich im Gesicht, und mein Pferd wieherte unter mir, als ich zusammenzuckte und laut aufschrie. Es fühlte sich an, als steckte mir etwas im Auge, doch als ich danach griff, fand ich nichts.

„Holly!“, rief Ciaran.

Panik überkam mich. Ich konnte nichts sehen. Hatte ich mich verletzt? Womöglich schlimm?

Hufe donnerten über den Boden neben mir.

„Holly? Was ist passiert?“ Ich versuchte, mir das bohrende Gefühl aus den Augen zu reiben, und spürte, wie der Schmerz mir über die Wange schoss. „Holly, sprechen Sie mit mir.“

Mein Pferd wandte sich abrupt in Richtung von Ciarans Stimme. Dann fanden seine Hände den Verschluss unter meinem Kinn. Ich versuchte, gegen das Brennen in den Augen anzublinzeln, aber meine Lider wollten sich einfach nicht öffnen. Mir wurde der Helm abgenommen, und das Gewicht meiner Haare fiel mir auf den Rücken. Kühle Hände an meinen Wangen, dann das Gefühl von Regentropfen auf meiner Haut.

„Ich glaube, es war ein Ast, den ich übersehen habe", sagte ich und versuchte gegen das anzublinzeln, was sich wie ein Holzstück in meinem Auge anfühlte.

„Zu sehen ist nichts. Entspannen Sie sich und blinzeln Sie weiter. Falls etwas Ihre Augen zerkratzt hat, wird sich das eine Weile lang unangenehm anfühlen, aber es wird alles wieder gut."

Ich spürte bereits, wie mir das Wasser aus den Augen lief, als mein Körper sich daranmachte, alles herauszuspülen, was dort vielleicht hineingeraten war. Es war hauptsächlich mein linkes Auge, wie ich nun feststellte; das rechte unterstützte es nur aus Solidarität, wie gute Augen das nun mal zu tun pflegten.

„So ist gut – einfach immer weiter mit den Wimpern klimpern."

Ich fühlte seinen Atem an meiner Wange. Ciaran hielt immer noch mein Gesicht umfasst, während der kühle Regen wohltuend über meine Augen fiel. Endlich konnte ich das linke Auge ein wenig öffnen. Durch den Tränenschleier hindurch bemerkte ich, dass er mich direkt ansah. Und als das Brennen langsam nachließ, ergriff ich die Gelegenheit und sah ihm ebenfalls direkt in die Augen.

„So ist's gut", flüsterte er. „Ich sehe nichts, was da nicht hingehört."

Eine vertraute Wärme bildete sich an der Stelle, wo seine Hände auf meinen Wangen lagen. Dann breitete sie sich aus und folgte ihm, als seine Finger meine Haare berührten. Erneut brannte es in meinen Augen, und ich schloss sie fest, bevor es noch schlimmer wurde. Einen Moment blieb ich so, bis das Brennen nachließ und der Geschmack von Ciarans Atem über meine Lippen tanzte.

Meine Atmung beschleunigte sich, dann bewegte sich eine neue Welle der Wärme auf mich zu und drückte einen sanften Kuss auf meine Lippen.

Ich reagierte.

Es war nur eine kleine Bewegung, aber sie reichte, um ihm mitzuteilen, dass es in Ordnung war. Ganz langsam strichen

Ciarans Lippen über meine, sodass ich ihren Geschmack in mich aufnehmen konnte. Unter mir wieherte etwas und tänzelte, und damit war der Bann gebrochen. Bevor ich meine Augen wieder öffnete, glitten seine Finger aus meinen Haaren, und der Regen fiel mir wieder aufs Gesicht. Vielleicht hatte er auch nie damit aufgehört.

„Es tut mir leid", sagte er sanft, als ich vorsichtig die Lider öffnete. „Ich hätte vorher fragen sollen."

Ich nickte mechanisch. Mein Körper antwortete ihm, bevor mein Gehirn aufgeholt hatte.

Er schaute mich unsicher an, dann zog er noch einmal mein Pferd näher an sich heran, bis seine Hand ihren Platz in meinem Nacken fand. Er saß einfach da, hielt mich fest, gab mir die Möglichkeit, Nein zu sagen, aber dieses Mal war ich für ihn bereit. Ich wusste, was ich zu tun hatte. Ich lehnte mich in seine Hand, fand mit meiner seinen Nacken, strich mit meinen Fingern durch sein Haar und atmete jeden Tropfen Aftershave ein, der an ihm hing. Dieses Mal sah ich, wie er sich vorbeugte, ließ ihn ganz zu mir kommen, bevor ich mich erneut von ihm küssen ließ. Langsam, süß, als würde er ein lang erwartetes Geschenk öffnen.

Und ich erwiderte den Kuss.

Keiner von uns sagte etwas, als Ciaran uns langsam durch den Wald führte. Meine Augen tränten immer noch, aber das war nicht das, was mich an meinem Körper störte. Es kribbelte überall.

Ich wusste, ich errötete jedes Mal, wenn er sich nach mir umdrehte, aber was konnte ich dagegen tun?

Mir war gar nicht aufgefallen, wo wir uns befanden, bis Ciarans unterdrückte Stimme das Geräusch der durch das Laub raschelnden Pferde unterbrach.

„So ein Hurensohn!", stieß er knurrend hervor.

24. KAPITEL

Das dichte Stechpalmengehölz war immer eine von Charlies Lieblingsstellen im Wald gewesen. Als ich das letzte Mal hier war, hatte allerdings noch kein großes „Verkauft"-Schild an den Bäumen gehangen.

„Nein! Das können sie doch nicht auch noch verkauft haben!" Alle Gedanken ans Küssen verließen fluchtartig meinen Kopf, als ich von meinem Pferd sprang. Selbst dass Ciaran mich anschaute, konnte meinen plötzlichen Drang, zu weinen, nicht dämpfen. „Das können sie nicht machen! Hier wollte Charlie seine Schule errichten, damit die Kinder sehen können, wie die Misteldrosseln die Beeren beschützen!", sagte ich und kämpfte gegen die Tränen an.

Ciaran stieß mit dem Fuß gegen einen Stein, der daraufhin wütend über den Weg rollte. Für einen Projektentwickler fand ich seine Reaktion und die Art, wie er das zweite Schild anfunkelte, sehr überraschend. *Sawyer's Development* stand in fetten weißen Buchstaben auf dem grünen Untergrund. Es war ein hässliches Schild.

„Es tut mir leid, Holly." Er berührte meinen Ellbogen. „Die Sawyers haben eine Nase für Deals wie diesen."

„Sie kennen sie?" Ich schaute erneut auf den Namen.

„Ja, ich kenne sie. James Sawyer ist der fetteste Hai von uns allen."

„Was bauen sie hier? Sagen Sie nicht, Einfamilienhäuser."

Ciaran stieß langsam den Atem aus und schien sich nach einem weiteren Stein umzuschauen, gegen den er treten konnte.

„Es tut mir sehr leid, Holly. Aber innerhalb der nächsten Monate werden hier vermutlich einige Häuser hochgezogen werden."

Jetzt trat ich gegen einen Stein.

Zwei Jahre lang hatte ich meinen Kopf in den Sand gesteckt und ignoriert, was um mich herum vorging. Ich hatte nichts getan, um die Aktivisten zu unterstützen, die gegen den Verkauf des Waldes demonstriert hatten. Also hatte ich jetzt auch kein Recht, darüber zu jammern.

Auf dem ganzen Heimweg konnte ich nur an die Folgen meiner langen Inaktivität im Wald denken – unterbrochen von kurzen Gedanken an die jüngsten Aktivitäten in demselben.

Ich hätte mich unbehaglicher gefühlt, wäre Ciaran nicht so sauer gewesen.

„Hat Charlie seine Arbeit gern gemacht?", fragte er und unterbrach damit das zwanzigminütige Schweigen, das zwischen uns geherrscht hatte.

Er bog ab, und wir fuhren über den Schotterweg zurück zum Farmhaus. Wir waren beide durchnässt und deprimiert.

„Er hat seine Arbeit geliebt. Alles daran. Deshalb sind wir mit unserem Haus auch nie fertig geworden. Wir haben uns entweder über die Wandfarben gestritten oder gearbeitet." So viel vergeudete Zeit.

„Ich nehme an, Sie hätten es zu Ende gebracht, wenn Sie die Chance dazu gehabt hätten?" Er schaute über das Lenkrad zu unserem wundervollen Cottage.

Selbst mein Häuschen zeigte eine tapfere Miene. Von hier aus gesehen würde niemand etwas von dem Chaos ahnen, das in seinem Inneren herrschte.

„Ich müsste ein paar Wochen freinehmen, um wirklich weiterzukommen. Und irgendwann schaffe ich das auch. Das Dach und die Wände sind inzwischen ganz solide. Es braucht nur jemanden mit etwas mehr Vorstellungskraft als ich, um einen passenden Stil für den restlichen Innenausbau zu finden. Möchten Sie noch auf einen Kaffee mit hineinkommen?" Selbst in meinen Ohren klang die Frage armselig.

„Nein, danke. Ich muss zurück und kontrollieren, dass Fergal keinen Unsinn anstellt." Ich lächelte über seinen Scherz, unsicher, wie wir nun auseinandergehen sollten. „Das mit dem Wald tut mir leid, Holly. Bis wir an die Stelle kamen, hatte ich eine fabelhafte Zeit. Okay, das mit dem Ast tut mir auch leid.

Was ich meinte, ist, dass ich gewisse Teile dieses Tages sehr genossen habe."

Ich war mal wieder gefesselt von seinen braunen Augen.

„Ich auch." Da. Ich hatte es gesagt. „Es tut mir leid, wenn ich manchmal etwas kompliziert bin. Es ist nur … ich bin das nicht gewohnt. Es fällt mir nicht so leicht."

„Sollen wir es noch einmal versuchen? Vielleicht irgendwo, wo es weniger … waldig ist? Denn irgendwie scheinen die Bäume heute unsere Stolperfalle gewesen zu sein." Er lächelte, und ich konnte nicht anders, als es ihm gleichzutun.

„Das klingt gut, Ciaran. Danke." Wie kam es, dass ich ihn immer noch nicht in die Flucht geschlagen hatte?

„Okay, aber dieses Mal suche ich etwas aus, okay?", fragte er.

„Klingt fair." Ich zuckte zusammen. „Woran dachten Sie so?"

„Das überlassen Sie mal mir. Ich rufe Sie an." Er sprang aus dem Wagen und lief los, um mir die Tür zu öffnen, bevor er die Überreste des Picknicks zum Haus trug. Er machte kein großes Gewese um den Abschied, wofür ich ihm dankbar war.

„Ich rufe Sie an!", wiederholte er und zögerte noch einen Moment an meiner Haustür. Dann ein kurzer Kuss auf die Wange, und weg war er.

Es war seltsam, wie viel klarer man sah, wenn man die Augen schloss. Die Konturen eines Mundes, zum Beispiel das sanfte Öffnen von Lippen. Ich hob eine Hand, um zu fühlen, wo diese Lippen sich vor gerade einmal einer Stunde befunden hatten, und um meine eigenen an das Gefühl zu erinnern; dabei stieg mir der stechende Geruch nach Pferden in die Nase.

Kein Wunder, dass Dave gar nicht aufhören konnte, an mir zu schnüffeln. Ich hatte gedacht, er wäre auf die Essensreste scharf. *Hmpf.* Mein Kaffee musste wohl warten, bis ich unter der Dusche gewesen war. Als ich über den Flur ging, hörte ich das gedämpfte Vibrieren meines Handys, das ich am Morgen auf dem Bett hatte liegen lassen. *Oh nein!* Heute war der Tag, an dem ich erfahren würde, dass meine arme Schwester ihr Baby auf dem

Rasen im Vorgarten zur Welt gebracht hatte, weil sie mich nicht erreichen konnte!

Ich rannte die Treppe hinauf ins Schlafzimmer, warf den Pullover beiseite und sah *Martha* wütend auf dem Display blinken.

„Hallo? Martha? Hallo?"

„Wo warst du? Ich versuche schon den ganzen Tag, dich zu erreichen."

„Was ist passiert? Geht es dir gut? Ist das Baby da?"

„Nein, du Verrückte. Aber gut zu wissen, dass auf dich Verlass wäre." Ich holte tief Luft. Das Baby würde mir noch einen Herzinfarkt verursachen, und dabei war es noch nicht einmal geboren! „Wie auch immer, zurück zu meiner Ursprungsfrage: Wo zum Teufel bist du gewesen?"

„Nirgendwo. Unterwegs", keuchte ich.

„Lüg mich nicht an, Holly Jefferson. Ich weiß, dass du mir etwas verheimlichst, und ich werde nicht eher auflegen, bis du es mir erzählt hast." Ich wollte nicht, dass Martha einen falschen Eindruck von meiner Freundschaft mit Ciaran bekam – einer Freundschaft, die ich selber ja nicht einmal verstand. „Wie lange triffst du dich schon heimlich mit *Ciaran Argyll*?"

Sein Name hallte in meinen Ohren nach.

„Was? Ich treffe mich nicht heimlich mit ihm. Hast du mit Jesse gesprochen?"

„Ach, Jesse weiß es also? Alle wissen es, nur ich tappe im Dunkeln?"

„Martha, beruhige dich. Niemand weiß etwas, weil es nichts zu wissen gibt."

„Tja, jetzt schon. Denn heute Morgen steckte dein Bild dank des *Sunday Journal* in jedem Briefkasten."

„Was? Das *Sunday Journal*? Und was für ein Bild?"

„Ein Bild von dir, liebste Schwester, auf dem du mit diesen Dior-Schuhen in der Hand in eine Limousine steigst, gefolgt von *Ciaran Argyll*! Das bist du doch, oder? Ich habe dich in dem Kleid erst gar nicht erkannt, aber die Schuhe in deiner Hand haben dich verraten."

„Oh nein. Martha, behalte die Zeitung bitte. Wir bekommen sie hier nicht. Ich springe nur schnell unter die Dusche und bin dann gleich bei dir."

„Vergiss es. Ich sitze seit Wochen in diesem Haus fest und zähle meine Dehnstreifen. Ich bin in einer halben Stunde bei dir." Die Leitung war tot. Ich hatte zwölf Anrufe von Martha verpasst. Zwölf! Mir graute vor dem, was in dem Artikel stand. Das *Sunday Journal* deckte ganz Hunterstone und die Stadt ab – genau das Gebiet, aus dem die meisten meiner Kunden kamen.

Unter der Dusche ging ich im Kopf die Fotos durch, die ich von Ciaran im Internet gesehen hatte. Ciaran mit einer Blonden, mit Zwillingen, mit Blut befleckt an der Seite einer barfüßigen Frau. Ich gehörte zur Statistik. Ich hatte nicht mehr getan, als … nun ja, als den Mann zu küssen, und trotzdem war ich nun die Letzte in einer langen Reihe.

Gerade hatte ich mich in mein Handtuch gewickelt, da kam Martha mit quietschenden Bremsen im Hof zum Stehen. Sie musste die Strecke mit Vollgas zurückgelegt haben, dabei sollte sie gar nicht mehr Auto fahren. Ich eilte in mein Zimmer, um mich schnell anzuziehen, dabei beobachtete ich Martha, die wie eine dicke kleine Ente über den Hof auf das Haus zuwatschelte.

Die Tür wurde aufgestoßen. „Hallooo? Komm raus, wo auch immer du gerade steckst, kleine Lady."

Ich schlüpfte in meine Jogginghose und zog ein altes Baseball-T-Shirt über. Meine Haare hingen mir nass auf die Schultern.

„Hey", rief ich und wappnete mich gegen das, was jetzt kommen würde.

„Hey mich nicht! Wer hat hier Geheimnisse?"

Ich trat an den Rand der Treppe und schaute nach unten. Martha stand im Flur, eine Hand in die Gegend gestützt, wo sich einst ihre Hüfte befunden hatte, in der anderen Hand die Zeitung. „Nicht jetzt, Dave", schnappte sie, als ich die Stufen hinuntertrottete. Dave wusste, dass er in dieser Konfrontation den Kürzeren ziehen würde, und verzog sich.

Martha hielt die aufgeschlagene Zeitung hoch. Die halbe Seite wurde von einem Foto eingenommen, auf dem zwei Menschen gerade vor irgendeiner Art Aufruhr flüchteten. Die Schlagzeile lautete: *Verliert Argyll-Sohn den Bieterkrieg?* Und sofort wusste ich, dass in dem Artikel nichts Nettes stehen würde.

„Ihr seht aus wie Bonnie und Clyde, Hol! Was war da los?"

Ich nahm ihr die Zeitung ab und ging in die Küche. Dabei überflog ich die Bildunterschrift: *Playboy-Rüpel tritt mit neuerster Eroberung hastig den Rückzug an.*

„Setz schon mal Wasser auf, Martha."

„Du wirst etwas Stärkeres wollen als Kaffee", murmelte Martha.

„Pssst."

Der einzige Sohn von Bau-Tycoon Fergal Argyll hat das Unternehmen noch weiter in Bedrängnis gebracht, nachdem er sich auf seiner eigenen Geburtstagsparty danebenbenommen hat. Argyll, der letzte Woche dreißig geworden ist, wurde beobachtet, wie er das *Gold Rooms* verließ, ein prestigeträchtiges Gebäude der Argyll Inc. im Herzen der Stadt. Sein Gesicht wies einige Verletzungen auf, die er sich bei einer gewaltsamen Auseinandersetzung zugezogen hat. Wie unsere Quellen berichten, hat Argyll dann die Limousine eines anderen Gastes in Beschlag genommen, bevor er mit einer unbekannten Frau in leicht derangiertem Zustand vom Ort des Geschehens floh ...

„In leicht derangiertem Zustand? Ich hatte nur meine Schuhe in der Hand!"

Dieser Vorfall ereignete sich nur wenige Wochen nachdem Argyll Inc. unmissverständlich gewarnt worden war, dass ihr Gebot auf die fünfhundert Acre Bauland nicht weiter berücksichtigt würde, sollte die Firma noch einmal für negative Schlagzeilen sorgen. Die Lux Foundation, der derzeitige Besitzer des Landes in unmittelbarer Nähe der von der Regierung vorgeschlagenen Hochgeschwindigkeitstrasse, ist bekannt für ihre gründliche Durchleuchtung potenzieller Investoren.

Bei Sawyer's Development, dem größten Konkurrenten von Argyll Inc., dürften vor Freude über diesen aktuellsten Lapsus die Champagnerkorken knallen, stärkt er doch Sawyers Position in dem Bieterkrieg. Die Beziehung zwischen den beiden rivalisierenden Firmen ist schon seit Jahren angespannt. Gerüchten zufolge war der Auslöser für die Spannungen, dass Clara Sawyer, die Tochter von James Sawyer, die Verlobung mit dem hitzköpfigen Argyll-Erben löste. Nach dem obigen Foto bezweifeln wir, dass sie diese Entscheidung je bereut hat.

Ich war wie vor den Kopf gestoßen.

„Das stimmt nicht. Das ist nicht … fair", sagte ich, als Martha die Kaffeebecher zwischen uns stellte. „Er hat an dem Abend nichts falsch gemacht. Im Gegenteil: Er hat sich wie ein Gentleman verhalten." Martha schwieg. „Wie können die so etwas schreiben, wenn sie gar nichts darüber wissen?"

„Dann hat es also keine Auseinandersetzung gegeben?"

„Doch. Aber so war es nicht, Martha. Da waren diese Männer und …" Ich musste Martha nicht mit diesem Kram behelligen. „Sie haben sich geprügelt, und er ist dazwischengegangen. Das ist alles. Er ist vor gar nichts geflohen. Er sagte nur, dass er so nicht zurück auf die Party könnte. Das würde nur für Aufregung sorgen."

„Für die hatte er bereits gesorgt. Was hast du überhaupt da zu tun gehabt? Noch dazu so aufgebrezelt, Holly?"

Ich erzählte Martha, wie es zu dem Abend im *Gold Rooms* gekommen war, wobei ich nur am Rande erwähnte, was im Verlauf der Nacht zwischen mir und Ciaran vorgefallen war. Es hatte keinen Sinn, ihr verschweigen zu wollen, dass er hier übernachtet hatte. Früher oder später würde sie es sowieso von

Jesse hören. Sobald ich es erzählt hatte, konnte sie nicht mehr aufhören zu grinsen.

„Hast du denn nicht gemerkt, dass ihr fotografiert worden seid?“, fragte sie, noch immer ganz aufgeregt, weil sie an demselben Küchentresen saß, an dem auch schon Ciaran Argyll gesessen hatte.

„Nein. Ich hatte keine Ahnung. Sonst hätte ich die Schuhe wieder angezogen.“

„Die Zeitung klingt, als hätte sie es wirklich auf ihn abgesehen. Und dann die Geschichte zu verbreiten, dass er von dem Sawyer-Mädchen fallen gelassen wurde. Das ist wirklich hart.“

„Du bist doch sein Fan, Martha. Wusstest du, dass er schon mal verlobt gewesen ist?“

„Nicht, seitdem ich ihn auf dem Radar habe …“ Sie grinste lüstern. „Aber ich folge nur den deftigeren Geschichten. Vielleicht war er während seiner Verlobung ja etwas ruhiger? Oh, lass uns auf Google suchen. Wie hieß diese Frau noch mal? Cara? Oder war es Clara?“

„Nein! Das tun wir nicht, Martha, weil es uns nichts angeht. Es gibt schon genügend Leute, die im Leben dieses Mannes herumstochern.“

Martha beobachtete mich eindringlich mit ihren haselnussbraunen Augen, die durch die langen Wimpern noch schöner aussahen.

„Du magst ihn“, sagte sie und bedachte mich mit dem durchdringenden Blick, den ich so gut von meiner Mutter kannte.

„Nein, tue ich nicht“, erwiderte ich, was vermutlich die kindischste Reaktion aller Zeiten war.

„Unsinn. Deine Wangen verraten dich.“ Sie lächelte. „Du bist so rot wie eine Erdbeere, Holly. Selbst deine Augen schimmern rosa.“

„Das liegt daran, dass ich mir einen Zweig hineingestochen habe.“ Ich glitt von meinem Hocker und fing an, die Kühltasche auszupacken, die auf dem Boden stand. „Wartet nicht eine lange, schmerzhafte Geburt auf dich, Martha? Lass dich von mir nicht aufhalten."

Sie ignorierte mich und fing an, von den Resten zu naschen, die ich aus der Tasche holte.

„Was hat es mit diesem ganzen Essen auf sich? Du hast Krautsalat gemacht! Oh-oh, und zwei Becher! Du warst mit jemandem zusammen, oder? Du hattest ein Date! Mit ihm? Mit Ciaran?"

Genau aus diesem Grund hatte ich nichts gesagt. Weil Martha sich dann in etwas verrennen würde. Und sobald die Sache in die Brüche ging – was sie definitiv tun würde –, kamen wieder die mitleidigen Gespräche und die feuchten Augen.

„Sieh mal, Martha. Du kennst mich ... So bin nicht ich. Ich gehöre nicht in diese Welt." Ich wedelte mit der Zeitung.

„In welche Welt gehörst du nicht, Hol? In eine, in der es Picknicks mit einem bezaubernden Millionär gibt, der sich für dich interessiert?"

„Ich meine nicht das Picknick. Sondern als ‚letzte Eroberung' mit einem Bild in der Zeitung zu erscheinen. Und bevor du ganz aus dem Häuschen gerätst, Martha, er ist kein Millionär, er arbeitet lediglich für seinen Vater."

„Okay, Hol, wenn du meinst. Aber ist das nicht egal? Wenn du Spaß hast ... Gott weiß, dass du es verdient hast, Spaß zu haben."

„Keine Sorge. Ich genieße meine Zeit auch so", sagte ich etwas defensiver, als nötig gewesen wäre.

„Ach wirklich? Bei der Arbeit? Oder samstagabends, wenn du mit uns Filme anguckst? Oder meinst du vielleicht die Zeit, die du hier im Haus verbringst, mit einer halben Tonne Hundesabber als Gesellschaft? Denn soweit ich das beurteilen kann, kommst du nicht oft raus." Jetzt sah Martha nicht mehr aus wie meine Mum, sondern wie meine große Schwester, die sich immer um mich gekümmert hat.

„Aber was kann er denn nur in mir sehen, Martha? Ich bin überhaupt nicht so wie die Frauen, die er gewohnt ist. Das hat er sogar selbst gesagt."

Martha schüttelte den Kopf. „Du bist immer so, wie du bist, Hol. Schon als wir noch Kinder waren, hast du im Dreck gespielt, während wir anderen uns gegenseitig die Haare geflochten haben. Du hast dich schon immer in alten, abgelegten Sachen wohler gefühlt als in schönen Kleidern. Und selbst damals ist es dir nicht aufgefallen, wie die Jungen dich beobachtet haben. Ich stelle das nur mal so in den Raum – aber vielleicht liegt es genau daran. Dass du eben nicht wie die anderen Frauen bist, die er sonst um sich hat."

„Er kennt mich doch gar nicht, Martha. Ich bin nicht so, wie er glaubt." Ich war überhaupt nicht so, wie irgendjemand glaubte. Ich hatte die letzten zwei Jahre damit verbracht, mich gut zu verstecken.

„Und wer sagt, dass *er* so ist, wie du glaubst? Warum bist du so zurückhaltend, Hol, wenn du ihn doch magst?"

„Ich will nicht eine weitere Eroberung sein! Du hast selber gesehen, wie viele Frauen er schon hatte – ich bin seit zwei Jahren nicht mehr geküsst worden!" *Bis heute, im Wald.* Bei der Erinnerung schlug mein Magen Purzelbäume.

„Wir haben gerade festgestellt, dass man sich auf das, was in der Zeitung steht, nicht verlassen kann, Holly. Du hast selbst gesagt, dass du nicht weißt, was zwischen euch ist. Wie viele deiner Vorurteile ihm gegenüber beruhen auf der Meinung anderer Leute? Das ist keine Basis, um ihn fair zu beurteilen, und das weißt du verdammt noch mal auch. Der Artikel hat dir einen Gefallen getan – du hast dadurch mitbekommen, wie solche Gerüchte entstehen. Und dass häufig nichts dahintersteckt." Sie lächelte. Martha fluchte normalerweise nie.

„Das kann nicht sein, Martha. Ich habe gesehen, wie all die Frauen auf ihn reagieren. Sie sind wie Haie, die um ..." Das war Ciarans Analogie, die mir da gerade von der Zunge gerollt war.

„Haie, die um was kreisen? Blut? Tja, dann ist es kein Wunder, Hol." Sie legte eine Hand auf ihren geschwollenen Bauch.

„Was ist kein Wunder?"

„Kein Wunder, dass er sich wie ein emotional unerreichbarer Playboy verhält. Diese Clara hat ihn verletzt, und jetzt versteckt er sich. Das ist etwas, was ihr beide gemeinsam habt."

„Ich verstecke mich nicht." Ich wandte mich von ihr ab.

„Ich weiß, dass du ihn magst. Davor versteckst du dich. Und du versteckst dich außerdem hinter all dem Blödsinn über seinen Charakter, den du selber nicht glaubst. Das ist nur eine Entschuldigung, um dem wahren Thema aus dem Weg zu gehen."

„Okay Martha, du weißt es wie immer besser." Ich würde mich nicht mit einer hormongeschüttelten Schwangeren streiten.

„Ich kenne dich, Hol, und ich weiß, wenn du ihn so weit an dich herangelassen hast, muss er dir etwas bedeuten. Und ich weiß außerdem, dass es nur einen Grund gibt, warum du es nicht mal vor dir selbst zugeben kannst."

„Ach ja?", fragte ich und gab auf.

„Ja ... Charlie."

25. KAPITEL

Den Rest des Sonntags verbrachte ich damit, zu versuchen, die Stimme meiner Schwester aus meinem Kopf zu verbannen. Wir waren keine Kinder mehr. Sie hatte nicht automatisch mit allem recht. Marthas Problem war, dass sie immer noch an Märchen glaubte – aber sie war auch noch nie vom Drachen versengt worden.

Am Montag war ich erleichtert, dass er noch immer nicht angerufen hatte. Am Dienstag quälte ich mich mit Fragen, die dann zur Bestätigung des Offensichtlichen führten. Ich hatte gesagt, dass ich nicht zu ihm passte. Das wusste ich, seitdem ich ihn das erste Mal am Eingang des Herrenhauses mit der Eiskönigin gesehen hatte. Danach kam der Mittwoch – und mit ihm die Resignation.

„Was ist mit dir, Hol? Ich glaube, ich habe dich noch nie … Trübsal blasen gesehen."

Ich blies keine Trübsal.

„Mit mir ist alles in Ordnung. Hast du die Keksbestellungen erledigt?"

„Oh, da ist aber jemand empfindlich. Ja, sie sind beinahe fertig und müssen nur noch abkühlen, dann können wir sie glasieren. Willst du einen Kaffee?"

Ich schüttelte den Kopf. Ich blies keine Trübsal.

„Ich hole mir drüben bei den Golden Girls einen Smoothie. Ich glaube, ich brauche einen Vitamin-C-Schub oder so. Kann ich dir was mitbringen?", fragte ich.

„Wie, du beendest den Boykott? Dann musst du wirklich einen Koffeinschub brauchen." Er lachte leise.

„Ich beende den Boykott nicht, ich lege nur eine kleine Pause ein. Also, willst du auch was?"

„Nein, danke."

Auf dem Weg zur Tür klingelte das Telefon. Ich ignorierte es.

„Jesse, gehst du ran?", rief ich über meine Schulter. Ich wartete nicht mal ab, ob er mich gehört hatte.

Als ich in der Schlange stand und zuhörte, wie die Golden Girls mit den beiden Männern vor und hinter mir flirteten, sah ich Jess durch das Schaufenster auf der anderen Seite der Straße. Er hatte die Ellbogen auf den Tresen gestützt und lachte ins Telefon.

„Der Nächste." Ich wette, es war eine seiner Freundinnen. Vermutlich Aleta Delgado. „Der Nächste!" Der Anzugträger hinter mir stieß mich mit dem Ellbogen an, während Golden Girl A auf meine Bestellung wartete. Ihre Augenbrauen zogen sich wie graue flauschige Raupen über ihre ledrig braune Haut.

„Einen Mango-Ananas-Smoothie bitte." Das *bitte* hätte ich mir auch sparen können – der Mann vor mir hatte einen extra Schlag Sahne auf seinen Scone bekommen, der hinter mir ein Kompliment zu seiner Krawatte. Ich war mit einem schlichten „Der Nächste" abgespeist worden.

„Klein oder groß?"

„Klein, bitte." Verdammt, schon wieder war mir ein *bitte* rausgerutscht.

„Zum hier Trinken oder zum Mitnehmen?"

„Zum Mitnehmen." Punkt für mich. Golden Girl B, quasi die negative Version ihrer Kollegin mit dunklen Haaren und blasser Haut, hob die Augenbrauen, als sie meine Bestellung in die Kasse eingab. Ich konzentrierte mich wieder darauf, Jess zu beobachten, der immer noch quatschte.

„Sie arbeiten gegenüber, nicht wahr, meine Liebe? Zusammen mit diesem entzückenden farbigen Jungen?" Die Dunklere der beiden zeigte mit dem Daumen über die Schulter in Richtung Fenster.

„Jesse?", fragte ich.

„Genau, Jesse. Würden Sie ihm das hier wohl geben? Wir haben ihn schon die ganze Woche nicht gesehen."

Ich sah zu, wie ihre knallrot lackierten Krallen einen Moment über den Chelsea Buns schwebten, bevor sie den größten davon in eine Tüte gleiten ließ.

„Mach ich." Ich seufzte und versuchte, jeglichen Kontakt mit den Nägeln zu vermeiden. Golden Girl A reichte mir den Smoothie und knöpfte mir ein kleines Vermögen dafür ab.

„Der besteht rein aus frischen Früchten. Das hebt Ihre Laune vielleicht ein bisschen." Sie lächelte. Ihre Lippen hatten die gleiche Farbe wie ihre Fingernägel. „Und sagen Sie Jesse, dass wir ihn vermissen."

Ich wartete, bis ich draußen war, bevor ich meinen ersten Schluck fruchtiger Gesundheit nahm.

Verdammt, das schmeckt gut, dachte ich und überquerte trinkend die Straße.

Jess strahlte vor Freude, als ich den Laden betrat. Jetzt wusste ich, dass er mit einem Mädchen sprach. Ich ging um den Tresen herum nach hinten, doch Jesses Arm schoss vor und versperrte mir den Weg.

„Ja, Kumpel, kein Problem. Wollen Sie mit ihr sprechen? Sie ist gerade hereingekommen."

Rob? fragte ich lautlos. Jess schüttelte den Kopf.

„Ja, sag ich ihr. Neun Uhr bei ihr, Mrs H. soll Dave füttern. Verstanden. Ich sag es ihr jetzt gleich. Bye, Kumpel, bis dann."

„Wer war das?"

Jess hob eine Augenbraue. „Sein Name ist Bond, Ciaran Bond. Er holt dich morgen früh ab."

„Das war Ciaran?" Ich verschluckte mich beinahe an seinem Namen.

„Ja, Mann, und er hat morgen eine Überraschung für dich."

„Aber morgen ist Donnerstag … Da muss ich arbeiten."

„Jetzt nicht mehr. Ich werde morgen für dich einspringen, und er wird mir dafür am Sonntag seinen Logenplatz im Stadion überlassen."

Eine Mischung aus Vorfreude und Entsetzen stieg in meiner Brust auf. Ich trank noch einen Schluck von dem Smoothie, um das Gefühl herunterzuspülen.

„Los, Jesse, was hat er gesagt? Wohin gehen wir?"

„Ich weiß es nicht, aber er meinte, du solltest anziehen, was du willst, ganz zwanglos. Und dass du erst am späten Nachmittag wieder zu Hause bist." Jess beugte sich über den Tresen und versuchte, unschuldig dreinzuschauen – etwas, das überhaupt nicht zu ihm passte. Innerhalb weniger Sekunden hatte er auch schon wieder sein strahlendes Lächeln im Gesicht.

„Was für einen Smoothie hast du dir geholt, Hol?", fragte er. „Die Sorte scheint gut zu sein. Du siehst aus, als hättest du deinen Schub bekommen."

Ich mochte keine Überraschungen. Auch nicht, wenn sie lediglich zwanglose Kleidung erforderten. Es war leichter gewesen, als ich ein Picknick vorzubereiten hatte. Aber diesmal gab es nichts vorzubereiten, ich musste einfach nur warten. Also trank ich eine Tasse Kaffee nach der anderen, bis ich schließlich ganz zittrig war. Mir fiel einfach nichts ein, wodurch ich mich ablenken konnte. Außer mich über meine kurzen Nägel zu ärgern.

Aus acht Uhr fünfundvierzig wurde acht Uhr sechsundvierzig. Um acht Uhr siebenundvierzig rief ich über den hinteren Zaun zu Mrs Hedley hinüber. „Guten Morgen, Mrs Hedley."

„Guten Morgen."

„Was machen Sie gerade? Füttern Sie die Hühner?"

„Nein, ein paar meiner Blumentöpfe benötigen ein wenig Aufmerksamkeit." In ihren Armen hielt sie eine Pflanze, die schon viel zu lange keine Aufmerksamkeit mehr genossen hatte.

„Ah, die sieht aus, als wäre sie reif für den Kompost", sagte ich mitfühlend.

„Oh nein, so schnell gebe ich nicht auf."

Ich sah zu, wie sie einen kleinen Schluck Wasser über die trockenen braunen Blätter goss und mir die verschrumpelte Pflanze dann in die Hände drückte. „Wo Leben ist, da ist Hoffnung. Einige Dinge brauchen nur einen neuen Platz, um zu wachsen. Stellen Sie sie auf Ihre Fensterbank."

Na super. Die raschelnden braunen Blätter würden nie wieder grün werden, und jetzt musste ich einen Platz finden, an dem sie für ein paar Wochen stehen konnte, bevor ich sie ruhigen Gewissens in den Müll werfen konnte.

„Danke“, sagte ich. „Ich werde in Kürze das Haus verlassen. Dave bleibt in der Küche, aber könnten Sie ihn für mich füttern? Nur für den Fall, dass ich zu spät wiederkomme?“

„Haben Sie etwas Nettes vor?“, fragte sie.

„Das weiß ich noch nicht.“ Ich zuckte mit den Schultern.

Daves Bellen ließ Mrs Hedley lächeln.

„Genießen Sie es.“

Ich hatte Ciaran inzwischen schon so oft auf mich zukommen sehen, dass es meine Atmung definitiv nicht mehr beeinflussen sollte, aber andererseits war es das erste Mal, seitdem ich gemeinsam mit ihm in der Zeitung erwähnt worden war, seine Finger in meinem Haar gefühlt, seinen Mund auf meinem gespürt hatte.

„Hallo“, sagte er und blieb kurz vor der Tür stehen.

„Hallo. Freizeitlook, hm?“ Ich nickte in Richtung seiner schweren Lederstiefel; die gleichen, die er bei unserem Reitausflug angehabt hatte. Dazu eine senffarbene Hose und eine graue Sweatshirtjacke über einem weißen T-Shirt.

„Keine noblen Restaurants heute, versprochen.“ Er grinste. Das Pflaster über seinem Auge war verschwunden, und der Schnitt war kaum mehr als eine dunkle Verfärbung unter seiner Haut. „Sind Sie so weit?“

„Ja. Ich muss nur eben meinen Schlüssel holen.“

„Ich mach das. Steigen Sie schon mal ein. Ist Dave in der Küche?“ Ciaran schob sich an mir vorbei in den Flur und fand meine Schlüssel dort auf dem Tischchen.

„Ja. Ich habe die Tür doch zugemacht, oder?“

„Ich sehe schnell nach.“ Ciaran überprüfte, dass die Küchentür verschlossen war, dann folgte er mir nach draußen und schloss die Haustür ab. Mrs Hedley schob den Kopf durch ihre Tür.

„Guten Morgen, junger Mann. Wie geht es Ihrem Auge?“, rief sie und trat auf den Weg hinaus.

„Gut, danke, Cora. Sie sehen heute Morgen hinreißend aus."

Mrs Hedley lachte. „Ach, gehen Sie weg, Sie vorlauter Bengel."

Ciaran erinnerte mich auf gewisse Art an Jesse.

„Nur eine Minute", flüsterte er mir ins Ohr, bevor er zu ihr hinüberging. Dann flüsterte er ihr etwas zu und kehrte zum Wagen zurück.

„Also, wo geht es hin?", fragte ich beim Einsteigen.

„Heute gibt es das Argyll-Erlebnispaket. Wie gut können Sie zielen?", fragte er und startete den Wagen.

„Zielen?"

„Ja, zielen."

Es war so entspannt mit ihm. Zu entspannt beinahe. Als wir an die Stelle kamen, wo die Straße in den Wald hineinführte, fühlte ich mich pudelwohl. Ciaran hatte mich mit einer Geschichte über Fergal, der den Wasserspender in einem Konferenzraum für ein Urinal gehalten hatte, hervorragend unterhalten.

Ich war so entspannt, dass ich gar nicht bemerkt hatte, dass wir uns auf dem Weg befanden, der am Besucherzentrum vorbeiführte. Ciaran nahm an der Gabelung die gleiche Abzweigung wie letztes Mal, wofür ich ihm dankbar war. Ich hätte keine Ausrede mehr gehabt, wieso wir den anderen Weg nicht nehmen sollten.

Ich versuchte, eine grobe Vorstellung dessen, was uns an diesem Tag erwartete, aus ihm herauszukitzeln. Das mit dem Angeln hatte er schon zugegeben, und nach ein wenig Feilschen willigte er ein, beim Schießen die Rebhühner gegen Tontauben zu tauschen.

„Hallo, meine Liebe! Schön, Sie wieder hier zu haben." Mary war das perfekte Begrüßungskommando für jeden Haushalt.

„Hi, Mary. Schön, Sie zu sehen." Ich lächelte.

Sie schien erfreut, dass ich mich an ihren Namen erinnerte. „Kann ich Ihnen beiden eine Kanne Tee bringen? Oder ein Frühstück? Du hast heute Morgen noch nichts gegessen, Ciaran."

„Mach dir deswegen keine Sorgen, Mary. Ich kümmere mich heute um Holly. Damit sie sieht, dass ich mir meine Schuhe selber zubinden kann."

„Oh, okay." Sie lächelte. „Dein Vater ist in der Küche."

„Kannst du dafür sorgen, dass er auch dortbleibt? Wir wollen später schießen gehen, und ich möchte nicht, dass Holly ihn mit einem Wildschwein verwechselt. Das könnte mich meinem Erbe schneller näher bringen, als ich gehofft hatte." Mary war zu höflich, um zu lachen, aber es war nett, Ciaran mal so locker zu hören. Er wirkte sonst immer ein wenig angespannt, wie eine zusammengepresste Sprungfeder, die jederzeit losgehen konnte.

Das Angeln am Vormittag war ... interessant gewesen. Ciaran musste die Würmer aufspießen, weil ich das eklig fand, und als er einen Aal aus dem Wasser zog, war ich sehr bereit, zum nächsten Programmteil überzugehen.

Fergal gesellte sich zu uns und setzte sich auf eine der steinernen Bänke mit Aussicht auf den Fluss, in dem nach und nach alle Tonscheiben verschwanden, die wir vom Himmel schossen.

„Meine Arme tun schon weh. Möchten Sie meinen Platz einnehmen?", fragte ich Fergal und setzte mich neben ihn auf die Steinbank.

Er streckte seine Hand aus, um mir das Gewehr abzunehmen, und reichte mir die kleine hölzerne Ente, die er mit seinem Taschenmesser geschnitzt hatte.

„Die ist hübsch." Ich betrachtete sie von allen Seiten und bewunderte die Symmetrie, die er mit einem simplen Taschenmesser erreicht hatte. „Ich wollte damals in der Schule auch schnitzen lernen, aber Mum meinte, das wäre keine Beschäftigung für ein Mädchen."

„Und schießen? Wäre das in den Augen Ihrer Mutter eine angemessene Beschäftigung für Mädchen?", fragte er.

Auf einem Anwesen wie diesem hätte meine Mutter jede Beschäftigung für angemessen gehalten. Ein weiterer Grund, warum ich nicht wollte, dass sie etwas von Ciaran erfuhr.

„Ich schätze, das hängt davon ab, auf was ich schieße." Ich lächelte.

Fergal lachte. „Oh ja, ich wüsste ein paar Burschen, auf die ich meinen Lauf richten könnte, das kann ich Ihnen sagen. James Sawyer wäre meine erste Wahl."

„Vorsichtig, Fergal. Du willst doch nicht, dass Holly deine Handwerkskunst einer genaueren Überprüfung unterzieht. Sie ist eine wahre Künstlerin", sagte Ciaran und nickte zu der geschnitzten Ente in meinen Händen.

„Aye, das habe ich gesehen, als sie mir meine Eier auf einem Silbertablett serviert hat, Junge." Fergal reichte mir sein Messer. „Probieren Sie es mal aus. Nehmen Sie einfach nur das kleine Stückchen dort am Kopf ab."

„Oh nein, ich werde es ruinieren. Holz ist schwerer in Form zu bringen, als es aussieht", sagte ich.

„Also haben Sie es am Ende doch mit dem Schnitzen versucht?", fragte er.

„Nein, ich nicht. Aber ich habe meinem Mann dabei zugesehen, wie er aus einem Treppenpfosten ein Schweineohr geschnitzt hat."

„Aye, Ciaran hat mir von Ihrem Mann erzählt – Charlie hieß er, oder? Tja, Mädchen, das ist eine schreckliche Bürde auf so jungen Schultern. Hat mir leidgetan, das zu hören."

„Das ist in jedem Alter schwer, Mr Argyll. Aber immerhin hatte ich das Glück, ihn einige Jahre in meinem Leben zu haben." Vielleicht war es unangemessen, aber um Charlies willen musste ich das hier aussprechen.

„Nennen Sie mich Fergal. Hatte Ihr Charlie etwa zwei linke Hände?", fragte er ungerührt.

„Nein, ganz im Gegenteil, er war handwerklich sehr begabt. Er hat die meisten Umbauten in unserem Haus gemacht."

„Und zwar sehr gut, wenn ich das sagen darf", warf Ciaran ein." Das war eine Menge Arbeit, wenn man das alles selbst macht."

Ich war froh, dass er sich in die Unterhaltung einschaltete.

„Er hat nicht alles gemacht. Wir haben ein halbes Farmhaus erstanden, das in zwei verschiedene Einheiten geteilt werden sollte. Um Geld zu sparen, hat Charlie zwar den Großteil der Arbeiten selbst erledigt, aber die Jungs vom Holzhandel haben mit der Treppe und so etwas geholfen."

„Welcher Holzhandel ist das? Beckitts?", fragte Fergal.

„Ja, viele von Beckitts' Männern haben mit Charlie in der Forstverwaltung zusammengearbeitet. Kennen Sie sie?"

„Wir arbeiten auch mit Beckitts", sagte Ciaran.

„Aye, das sind gute Jungs", bestätigte Fergal.

„Ja, das sind sie." Ich lächelte. „Ich erinnere mich noch, wie sie sich halb totgelacht haben, als Charlie ganz stolz seine letzte Ergänzung an der Treppe enthüllt hat. Er wollte eine Eule in den untersten Pfosten schnitzen. Aber sein Kunstwerk glich mehr einer Erdnuss."

„Also haben Sie ihn dazu gebracht, es noch mal neu zu machen?", fragte Fergal grinsend.

„Nein, zum Glück nicht. Es sieht noch genauso aus wie damals, und darüber bin ich froh. Die Erdnuss-Eule erinnert mich an Charlie, jedes Mal, wenn ich zur Tür hineinkomme. Anfangs war es einfach nur eine Sache mehr, mit der ich klarkommen musste. Ich habe meine Hände so umgepolt, dass sie nicht jedes Mal danach griffen, wenn ich daran vorbeiging, weil ich immer noch die kleinen Bleistiftstriche sah, die er angezeichnet hatte. Ich hatte schreckliche Angst, Charlies Markierungen irgendwann abzureiben."

„Würden Sie mich kurz entschuldigen, Holly? Ich bin gleich wieder da." Ciaran joggte in lockerem Schritt in Richtung Haus.

Fergal machte Anstalten, sich von der Bank zu erheben, überlegte es sich dann aber anders.

„Ach, egal", grummelte er und holte einen Flachmann aus seiner Jacke. Er drehte die Kappe ab und bot mir die Flasche an. Der Whisky floss brennend meine Kehle hinunter, und sofort wurde mir warm. Fergal nahm auch einen Schluck.

„Normalerweise spricht mein Junge nicht mit mir über Frauen. Schon gar nicht über entzückende junge Damen wie Sie, die einen Ehemann haben, den sie lieben." Fergals Augen wirkten wie schwarzes Eis unter den ernsten Brauen. „Sie lieben Ihren Ehemann doch, oder, Mädchen?"

Ich hielt Fergals Blick stand. „Jeden Tag", erwiderte ich.

Fergal nickte. „Aye. Das habe ich mir gedacht. Es tut weh, oder?" Er bot mir erneut den Flachmann an.

„Jeden Tag." Ich lächelte.

„Tja, seien Sie froh, Mädchen. Manche armen Kerle leben ihr gesamtes Leben, ohne je zu erfahren, wie Liebe sich anfühlt. Wir beide werden sie vielleicht nie wieder finden, aber zumindest wissen wir, wonach wir suchen müssen."

Ich lehnte mich neben ihm zurück und schaute über das Wasser. Es war so ruhig hier – wenn auch nicht ganz so ruhig wie bei mir zu Hause, weil man das Wasser leise rauschen hörte.

„Und weiß Ciaran auch, wonach er suchen muss?" Die Frage purzelte mir einfach so aus dem Mund.

„Er dachte, er wüsste es. Er war mit einem Mädchen verlobt, von der wir alle dachten, sie würde ihn lieben. Aber alles, was er von Clara gelernt hat, ist, wonach er nicht suchen sollte."

„Wonach er nicht suchen sollte? So wie Verrückte, Witwen ...?"

„So wie Frauen, die nur daran interessiert sind, was er ihnen bieten kann. Frauen, die ihm sofort den Laufpass geben, sobald etwas Besseres daherkommt. Frauen, die von Liebe reden, während sie in Wahrheit nur Informationen aus ihm herausquetschen, die sie dann direkt an ihren Daddy weitergeben können."

„Das muss sehr schmerzhaft für ihn gewesen sein", sagte ich leise.

„Tja, sie hat uns alle an der Nase herumgeführt. Es war nicht wirklich ihr Fehler. Manche Mädchen werden dazu erzogen, so über Männer zu denken. Sie werden darauf trainiert, das Geld mehr zu lieben als den Mann, der es verdient. Aber Clara hat meinen Jungen ruiniert. Sie hat seine Sicht auf Frauen verändert, bis er vergaß, wie wundervoll sie sein können."

Fergal drehte sich um, als Ciaran wieder zu uns an die Bank trat. „Tut mir leid, Holly. Ich musste kurz telefonieren. Ich hoffe, mein Vater hat Sie in der Zwischenzeit nicht zu Tode gelangweilt?"

„Nein, ganz und gar nicht. Wir haben einfach die Aussicht genossen", erwiderte ich.

„Ist Ihnen kalt? Mary hat die Küche geräumt, also dachte ich, dass ich Ihnen meine Fähigkeiten im Sandwichmachen demonstrieren kann?"

Fergal beobachtete mich, was Ciaran aber nicht sehen konnte. Ein kurzes Nicken, und wir verstanden uns.

„Okay, Küchenchef, aber bei Aal auf dem Sandwich streike ich." Ich lachte.

Der Rest des Tages verlief sehr angenehm. Wir sprachen über alles – unsere Schulzeit, Kindheitserinnerungen, Lieblingsfilme, peinliche Eltern. Mit jeder Minute, die verging, schrumpfte die Distanz zwischen uns.

Aber obwohl es ausreichend Gelegenheit gegeben hatte, den Kuss aus dem Wald in einer neuen Umgebung zu wiederholen, war nichts geschehen. Immer wieder gab es kleine Berührungen und wissende Blicke. Doch dabei blieb es.

Ciaran war mir nahe, aber er küsste mich nicht noch einmal.

Und so ging der Tag voran. Als wir schließlich über den stillen Innenhof zu Ciarans Auto gingen, glitten seine Finger endlich entschlossen zwischen meine.

Ich blieb stehen. Ich konnte nicht anders, ich musste ihn anschauen. Sein Haar, das in verschiedenen Brauntönen schimmerte und ihm in die Stirn fiel. Die Wunde über seiner ernsten Augenbraue. Und die tiefen braunen Augen, die mich dabei beobachteten, wie ich alles in mich aufnahm. Es war so weit – er würde mich wieder küssen. Mein Herzschlag beschleunigte sich, mein Atem wurde flach und …

Bum!

Ciaran duckte sich, genau wie ich. Meine Hände schossen hoch, um meine Ohren zuzuhalten. Über uns stob ein Schwarm Vögel kreischend aus den Bäumen auf, und irgendwo auf dem Grundstück fing eine Alarmanlage an zu heulen.

„Verdammt noch mal, Fergal!“, rief Ciaran.

„Was war das?“ Ich traute mich nicht, mich zu rühren.

„Alles gut. Klingt, als wenn Fergal den Elefantentöter herausgeholt hätte.“

„Den Elefantentöter?“

Ein nervöses Lachen stieg in mir auf. Ciaran fiel mit ein. Er hatte ein schönes Lachen, ein Lachen, das direkt in meinen Magen fuhr und mich erfüllte. „Komm“, sagte er. „Ich habe eine Überraschung für dich.“

26. KAPITEL

Auf dem Heimweg lachten wir noch immer. Fergals Exzentrik führte dazu, dass wir wie zwei Teenager einen Lachanfall nach dem nächsten bekamen und uns nicht zusammenreißen konnten. Es fühlte sich gut an.

Meine Augen tränten immer noch, als ich vor dem Cottage die Autotür öffnete.

„Kommst du noch mit rein?", fragte ich lächelnd.

„Geh schon vor. Ich muss noch kurz telefonieren." Er erwiderte mein Lächeln.

„Okay. Ich stelle schon mal den Wasserkessel an." Ich suchte in meiner Tasche nach den Schlüsseln und fand den richtigen für die Haustür. Doch als ich ihn ins Schloss steckte, wollte er sich nicht drehen. Ich versuchte es andersherum und spürte, wie das Schloss aufklickte. Dave drehte derweil in der Küche durch und kratzte an der Küchentür.

„Dave, was ist los?"

Dave schoss an mir vorbei und lief schnüffelnd und schnaubend in den Flur. Anfangs war mir gar nicht aufgefallen, was ihn so in Aufregung versetzt hatte. Er lief aus dem Flur in das große Zimmer, während ich langsam registrierte, was sich verändert hatte.

Ich ließ meinen Blick zögernd umherwandern, verstand aber immer noch nicht, was er mir sagen wollte.

Der Flur war blau.

Dave bellte und schnüffelte in dem großen Zimmer und ignorierte mich, als auch ich es betrat. Dieser Raum, der an diesem Morgen noch ein kalter, nackter Sammelplatz für Möbel gewesen war, sah aus … wie aus einem anderen Haus. Die Eichenfassung des Kamins war aufgehellt worden. Vasen, die ich seit der Zeit in unserer letzten Wohnung nicht mehr gesehen hatte, standen aufgereiht darauf und spiegelten sich in dem großen, unvertrauten Spiegel, der hinter ihnen hing.

Das hellbraune Chesterfield-Sofa war verschoben worden

und stand nun mitten im Raum auf einem Teppich, den ich nicht gekauft hatte. Ein neuer Couchtisch passte zum Eichenholz am Kamin, und die hohe Anrichte meiner Mutter hatte einen Platz an der hinteren Wand gefunden.

Was zum …?

Die falschen Geweihe, die Charlie aus Ästen gebaut hatte, hingen an beiden Seiten des Kamins über Regalen, in denen meine Studienbücher standen. Über dem Couchtisch hing ein Kronleuchter aus Ästen.

Das war nicht Marthas Werk. Sie war gut, aber das hier war … Ich hatte noch nie einen so schönen Raum gesehen, der so gut zu uns passte. Alles war aufeinander abgestimmt – die warmen Farben von Holz und Leder, das helle Grün der Kissen und die Farben an den Wänden. Die Wände, an denen Charlies Farbmuster für immer übermalt worden waren.

Meine Brust zog sich zusammen.

Ich lief zu seiner Höhle, in der er geschlafen hatte, wenn wir uns gestritten hatten, und fand sie unberührt vor. Aber die Erleichterung währte nur kurz.

Dave lief mir vor die Füße, als ich in den Flur zurückstolperte.

Das Holz wirkte unberührt, aber war es das auch? Oder war es auf irgendeine Art ruiniert worden? Ich versuchte, mich so weit zu beruhigen, dass ich den Pfosten des Treppengeländers nach den winzigen Bleistiftmarkierungen absuchen konnte, die Charlie hinterlassen hatte, und brach in Tränen aus, als ich sie fand.

Eine ganze Weile saß ich da, das Gesicht in den Händen vergraben, und schluchzte ob der unerklärlichen Invasion um mich herum. Dave hatte ein paar Augenblicke an dem neuen, zart gestreiften Teppich unter meinen Füßen geschnüffelt, bevor er mir seinen Kopf hinhielt, damit ich mich daran festhalten konnte. Er fing an zu winseln. Den ganzen Tag lang war er hier im Haus gewesen, mit fremden Leuten, die seltsame Dinge in den Räumen neben ihm anstellten.

Das Salz der Tränen erreichte meinen Mund. Ich saß da und schniefte gegen meine Schwäche an. Dann ging ich zur Hintertür, und Dave schoss in den Garten, sobald ich sie geöffnet hatte. Ich folgte ihm nach draußen in die kühle Luft.

Orangefarbene Blätter wehten ungerührt an mir vorbei, als ich mich auf das feuchte Gras setzte und den Blick über den Stausee schweifen ließ. Wie konnte es sein, dass ein Tag sich so schnell veränderte? Und wie konnte es sein, dass mich das immer noch überraschte?

Er wollte mich nicht traurig machen, sagte ich mir. Ich versuchte, glücklicher über das zu sein, was Ciaran für mich getan hatte. Dankbar zu sein. Aber ich war dafür noch nicht bereit. Ich war noch nicht so weit.

War er immer noch hier? Oder war er weggefahren, nachdem er gemerkt hatte, dass ich nicht zu ihm hinausgestürmt kam … erfreut über mein neues Zuhause, befreit von seiner Verdrießlichkeit.

Eine Bewegung hinter mir.

„Ich war nicht sicher, ob Grün deine Farbe ist", sagte er unsicher und blieb mit einigem Abstand hinter mir stehen. „Aber dann dachte ich, du liebst den Wald so sehr, und … der Designer sagte, es wäre die Farbe des Jahres oder so etwas in der Art …" Seine Stimme verebbte.

Ich nahm einen tiefen, zittrigen Atemzug, der durch das Weinen noch in mir steckte, und beobachtete weiter die herumwirbelnden Blätter.

„Ich mag Grün", sagte ich leise. „Aber du kannst nicht einfach in mein Leben kommen und die Risse übermalen, Ciaran."

Er hatte etwas Gutes tun wollen. Das wusste ich. Aber dennoch hatte er eine Grenze überschritten. Das hier war Charlies Territorium. *Ich* war Charlies Territorium.

„Sie haben nichts weiter als diesen einen Raum betreten", versicherte er mir und ging ein paar Schritte, bis er vor mir stand. „Ich dachte, ich würde dir helfen, Holly. Ich dachte, du hättest keine Zeit, die Renovierung zu Ende zu machen. Du hast zumindest gesagt, dass das der Grund wäre."

Ja, das hatte ich gesagt. Ein tiefer Seufzer half mir, meine Gedanken zu sammeln. „Ich weiß, dass ich das behauptet habe. Und ich weiß, dass du versucht hast, etwas Schönes für mich zu tun. Aber … aber ich hätte nie gedacht, dass du mit einem ganzen Bautrupp hier einfällst, Ciaran. Das hier ist unser Haus."

„War, Holly", sagte er sanft. „Es war euer Haus. Jetzt lebst du hier alleine."

„Ciaran, nicht. Ich will diese Unterhaltung nicht führen."

„Ich möchte doch nur, dass du einen warmen Platz hast, an dem du dich entspannen kannst, anstatt dich in dem einen Winkel deines Hauses zu verstecken wie eine kleine schüchterne Maus."

„Ich verstecke mich nicht!" So langsam wurde ich wütend.

„Wirklich nicht? Es gefällt mir nicht, mir vorzustellen, wie du hier ganz alleine sitzt", erwiderte er.

„Dann lass es einfach. Hör am besten ganz auf, dir irgendetwas über mich vorzustellen." Meine Stimme wurde immer schriller.

„Das kann ich nicht, Holly", flüsterte er. Seine Augen wurden noch dunkler. „Ich kann nicht aufhören, an dich zu denken."

Meine Brust wurde eng. Was wollte er von mir? Was wollte er von mir hören?

„Ich … ich … verstecke mich nicht in meinem Haus, Ciaran." Ich war es leid, das ständig von allen Seiten zu hören. „Und normale Menschen fahren keinen Notfall-Renovierungseinsatz in einem fremden Haus!"

„Normale Menschen? Leben normale Menschen denn alleine in einem Haus, das die Zeit vergessen hat, mit nur einem Hund als Gesellschaft?", gab er zurück.

Ich war aufgesprungen und inzwischen so wütend, dass ich jeden Moment wieder anfangen würde, zu weinen. Verdammt.

„Du wohnst noch bei deinem Vater. Wenigstens stehe ich auf eigenen Beinen", gab ich zurück.

„Du kannst nicht den Kopf in den Sand stecken und erwarten, dass alle um dich herum einfach verschwinden, Holly."

„Und du kannst nicht einfach Geld auf irgendein Problem werfen und hoffen, dass es verschwindet, Ciaran."

„Das habe ich auch nicht versucht, Holly. Es war eine Geste. Eine dumme Geste, die ich nicht richtig durchdacht habe."

Ich wusste nicht, was ich tun sollte. Was ich sagen sollte. „Es tut mir leid, Ciaran, aber ich möchte, dass du jetzt gehst."

Er streckte mir die Hände hin. „Holly. Komm schon."

Aber es war zu spät.

„Ich bin mir nicht sicher, was zwischen uns passiert, Ciaran. Diese Gefühle, die ich schon so lange nicht mehr empfunden habe ... verwirren mich. Ich dachte, ich könnte es, aber es tut mir leid. Ich kann es nicht. Ich kann ... ihn nicht betrügen."

„Charlie betrügen? Niemand bittet dich, irgendjemanden zu betrügen."

„Aber das tue ich gerade, Ciaran! Ich schiebe ihn beiseite, um Platz für jemand anderen zu machen."

Seine Miene drückte vollkommene Ungläubigkeit aus. „Ich will nicht, dass du Charlie irgendwohin schiebst. Er war immer Teil unserer Unterhaltungen. Ich wollte nicht, dass du dich so fühlst." Er brüllte beinahe.

„Es tut mir leid, Ciaran. Ich kann nicht. Ich liebe ihn."

Ich spürte, wie ich dichtmachte. Mich in mich zurückzog, bis ich ganz weit weg von der Oberfläche war. Ciarans Hände fanden meine Oberarme.

„Natürlich tust du das. Das weiß ich, Holly. Aber hat er dich geliebt?"

„Was?"

„Ich frage, hat er dich geliebt, Holly?"

„Ja, er hat mich geliebt!" *Nicht weinen. Nur nicht weinen.*

„Und war er ein guter Mann?" Ciaran wirkte wieder so düster wie nach der Party auf dem Rücksitz des Wagens, verletzt und blutend auf dem Weg aus der Stadt heraus. „War er ein guter Mann?", fragte er erneut mit einer gewissen Dringlichkeit in der Stimme.

„Ja. Er war ein guter Mann. Der beste Mann, den ich je gekannt habe." Die Tränen brannten und drohten überzulaufen wie die Lava eines Vulkans.

„Wenn er dich geliebt hat und wenn er nur ein halb so toller Mann war, wie du sagst, würde er dann nicht wollen, dass du wieder glücklich bist, Holly?“

Zu spät. Die Hitze floss über meine Wangen.

„*Ich* will, dass du glücklich bist, Holly. Und ich glaube, ich könnte dich glücklich machen.“

Durch tränenblinde Augen sah ich, wie Ciarans Miene weich wurde, aber ich war zu weit weg, fiel bereits wieder kopfüber in das schwarze Loch.

„Wie?“, fragte ich mit zitternden Lippen. „Indem du ständig neue Torten bei mir bestellst und mein Haus umdekorierst? Wie willst du mich glücklich machen, Ciaran? Du kaufst dir doch alles, was du hast!“ Ich löste mich aus seinem Griff und wischte mir das Gesicht mit dem Ärmel ab. „Tut mir leid, aber mich kann man nicht kaufen.“

„Holly! Wo gehst du hin?“, rief er mir nach.

„Arbeiten. Außer du hast deine Maler auch dorthin geschickt?“ Ich schniefte.

„Holly, bitte. Der Laden ist doch bereits geschlossen“, hörte ich ihn hinter mir rufen. „Holly!“

Ich marschierte weiter durch das Haus.

„Du läufst davon, Holly. Wie eine kleine Maus.“ Die Frustration in seiner Stimme hallte durch die Küche, in die er mir gefolgt war.

Ich hatte die Haustür hinter mir offen gelassen. Sie hatte sowieso den ganzen verdammten Tag lang offen gestanden.

„Du bist ein Feigling, Holly.“ Ciaran hatte aufgeholt und hielt nun mit mir Schritt, als ich in wütendem Schweigen zu meinem Van stapfte.

Er blieb dort stehen, ein großer breitschultriger Mann, eingehüllt in eine Staubwolke, die aufwirbelte, als ich vom Hof raste.

Was glaubte er, wer er war, in meinem Haus mitmischen zu wollen?

Der Van stotterte, als ich den staksigen Schaltknüppel in den vierten Gang würgte. Der Motor heulte protestierend auf, aber meinetwegen hätte er in tausend Teile zerspringen können, es war mir egal. Das Adrenalin rauschte durch meine Adern. Ich hatte seit Ewigkeiten niemanden mehr so angeschrien. Ich schob alle Gedanken beiseite, dass ich unfair zu Ciaran gewesen war, das er es nur gut gemeint hatte. Ich wollte die Wut, aber gleichzeitig baute sich in meinem Kopf ein tiefer Schmerz auf.

Fahr einfach in den Laden. Beschäftige dich.

Mein Atem fing langsam an, sich zu beruhigen, da tauchte ein schwarzer glänzender Blitz in meinem Rückspiegel auf.

Ich drückte das Gaspedal bis auf den Boden durch. Keine Veränderung. Ich fuhr mit Höchstgeschwindigkeit, als Ciaran an mir vorbeiglitt. Ich sah zu, wie er vor mir einscherte und dann hinter einer Kurve verschwand. Als ich die Kurve gemeistert hatte, war sein Auto bereits nicht mehr zu sehen.

„Idiot. Dein Auto ist schneller als meins – toll für dich", murmelte ich. Und wieder ignorierte ich das Flüstern, das mir sagte, ich wäre unfair.

Als ich mit quietschenden Bremsen vor dem Laden anhielt, verebbten gerade die letzten Aktivitäten auf der Hauptstraße, und die Geschäfte wurden geschlossen. Auf der anderen Straßenseite stieg Ciaran aus seinem Raumschiff. Eine der Golden Girls holte den Aufsteller mit dem Tagesangebot von der Straße und schaute ihm bewundernd nach, als er auf mich zugeschlendert kam. Ich wandte ihnen den Rücken zu und versuchte, den Schlüssel ins Schloss zu stecken.

„Bist du einen Umweg gefahren?", fragte er lässig. Er war noch immer wütend. Gut. Das würde die Sache leichter machen.

„Wir haben nicht alle einen reichen Dad, Ciaran. Einige von uns müssen sich ihre Autos selber kaufen, und nicht jeder kann sich so einen leisten wie du."

Er lachte, aber es war ein hohles Lachen.

„Du glaubst also, Fergal hält mich aus?"

Über seine Schulter sah ich, dass die beiden Golden Girls uns neugierig beobachteten. Schnell drängte ich mich durch die Tür in den Laden.

„Es ist mir egal, Ciaran. Du hast genügend Frauen, die ein Auge auf dich geworfen haben. Frag sie doch, was sie denken."

„Was sie denken, weiß ich. Aber ich möchte wissen, was *du* denkst."

Leider wusste ich in seiner Gegenwart nicht, was ich dachte. Mein Gehirn arbeitete nicht richtig. Ich drehte mich am Tresen um und sah ihn an, versuchte, meine Wut aufrechtzuerhalten. Aber er sah aus, als gehörte er irgendwo ausgestellt, in einer Galerie, wo man ihn anschauen konnte – dieses schöne Gesicht mit den dunklen Augen und den helleren Haaren. So ernsthaft, so verletzt. So fehl am Platz hier bei mir.

„Ich denke, du bist es gewohnt, zu kriegen, was du willst." Ich schluckte.

„Und was will ich, Holly?", fragte er leise und kam zu mir. Seine Hände legten sich auf meine auf dem Tresen, und mein Atem stockte erneut.

Er kam noch näher, sodass ich seinen Geruch wahrnehmen konnte.

„Ich weiß es nicht …", murmelte ich. „Vielleicht etwas anderes ausprobieren? Etwas *Unscheinbareres*?" Pennys Worte hallten laut in meinem Kopf nach, und ich hasste es, dass ich sie nicht auslöschen konnte.

„Unscheinbar? Holly … du bist wunderschön."

Ich schluckte erneut und zog meine Hand unter seinen heraus.

„Holly", sagte er hinter mir, als ich mich umdrehte und in die Backstube ging. „Würdest du bitte mal für eine Minute stehen bleiben?"

„Ich kann nicht", platzte ich heraus. „Verstehst du? Ich kann einfach nicht!"

Jess hatte angefangen, die Fondant-Rosen herzustellen, die nun in gelben und orangefarbenen Reihen auf der Arbeitsfläche lagen. Das würde gehen. Ich könnte noch mehr von ihnen machen, um mich abzulenken. Ciaran sah zu, wie ich die Eimer mit Lebensmittelfarbe vom Regal hob.

„Bist du schon immer so dickköpfig gewesen? Oder hast du erst nach Charlies Tod gemerkt, dass du dich gerne in Selbstmitleid suhlst?"

Ich hielt mitten in der Bewegung inne. „Was hast du gerade gesagt?"

„Jeden Tag erleben Menschen irgendwelche Tragödien, Holly. Du bist nicht die Einzige. Du bist nur eine von wenigen, die beschlossen haben, nicht wieder aufzustehen."

„Nicht wieder aufzustehen? Du kennst mich doch gar nicht! Ich stehe jeden Tag auf und mache weiter, Ciaran. Ich versuche, meine Eltern nicht um ihre lange Ehe zu beneiden oder ... Jesse um sein ausschweifendes Sexleben oder meine Schwester um das Baby, das in ihrem Bauch heranwächst."

„Also willst du so etwas auch?", fragte er und kam näher.

„Ja, ja, ich will das auch!" Ich machte mich wieder daran, klebrige rosafarbene Paste auf den Berg Fondant zu löffeln, den ich angehäuft hatte.

Ich spürte ihn hinter mir.

„Aber trotzdem ziehst du es vor, so wie Cora zu leben? Deine Einsamkeit zu akzeptieren?", fragte er leise.

Ich trat an die Arbeitsfläche mit Jesses Rosen. Ich wusste, ich würde wieder weinen. Ich nahm die erstbeste Rose auf und fing ungeschickt an, die Ränder der Blütenblätter mit der Farbe einzupinseln, die Jesse dort hatte stehen lassen.

„Und du hast dich entschieden, so zu leben wie dein Vater!", versuchte ich es, aber ich spürte bereits, dass ich in dieser Unterhaltung unterlegen war. „Du wirst irgendwann genauso ... verwildert enden wie er."

Ciaran packte mein Handgelenk, und mir fielen Pinsel und Rose aus der Hand.

Er zog mich an sich.

„Ja, ich will wie mein Vater sein. Ich möchte von einer Frau in den Wahnsinn getrieben werden, weil ich sie so sehr liebe und sie mich auch. Mein Vater hat meine Mutter von dem Tag an geliebt, an dem er sie das erste Mal auf der Straße hat spielen sehen. Da war er acht Jahre alt, und seitdem hat er nicht aufgehört."

Er beugte sich vor, war nur einen Atemzug von meinem Mund entfernt. Ich beobachtete seine Lippen, während er sprach.

„Ich möchte das auch erleben, Holly. Möchte mich davon verrückt machen lassen. Möchte, dass es für mich wahr wird."

Einen Herzschlag später waren seine Lippen auf meinen.

Es lag eine Dringlichkeit in seinem Kuss, die ich im Wald nicht verspürt hatte. Doch sie reichte, um seinen Kuss anders schmecken zu lassen als alles, was ich je geschmeckt hatte. Ich ließ mich hineinsinken, fühlte mich wie im freien Fall, als er den Kuss vertiefte.

Lange vernachlässigte Sehnsucht erwachte in mir zum Leben.

Ich wollte ihn. Wirklich. Und sobald ich diesen Gedanken hatte, brach der Damm, und die Welle meines Verlangens überrollte mich mit zerstörerischer Wucht.

Seine Lippen öffneten sich, und die Spitze seiner Zunge strich langsam über meine. Ich schmeckte ihn, und die Flut riss mich weiter mit sich fort. Sein Mund bewegte sich an meinem, fuhr hungrig über mein Kinn, bevor er meine Ohrmuschel mit sanften Küssen bedeckte. Gänsehaut überlief mich. Ich lehnte mich zurück, erlaubte ihm, mit seinen Lippen zärtlich an meinem Hals entlang bis zu meinem Schlüsselbein zu streichen.

Meine Hände erinnerten sich daran, was zu tun war. Ich fasste den Bund seiner Jeans, wo die Wärme seiner Haut meine eigene fand. Sein Bauch war so weich unter meinen Fingern, die Mulden an seinen Hüften lockten mich, ihnen zu folgen. Ich schluckte und sah mit trockener Kehle zu, wie Ciaran sich von der Taille aufwärts seiner Kleidung entledigte.

Einen Moment stand er einfach nur da, die Haare zerzaust, halb nackt, während ich mich darauf konzentrierte, zu atmen. Ich sah, dass er auch schluckte. Eine kleine Bewegung in den weichen Schatten an seinem angenehm stoppeligen Hals. Ich wollte ihn anschauen, seine Brust und den muskulösen Oberkörper, den meine Hände gerade gestreichelt hatten, doch ich konnte meinen Blick nicht von dem hungrigen Ausdruck in seinen Augen lösen.

Er kam näher, fand den Saum meines Hemdes. Sein Blick hielt meinen fest, während seine Finger den untersten Knopf aus seinem Loch befreiten. Dann den nächsten. Und noch einen. Langsam knöpfte er mein Hemd auf und schob es über meine Schultern, und die ganze Zeit über sprachen wir kein Wort.

Als er seine Lippen erneut auf meine drückte, wusste ich, dass jeder Widerstand sinnlos war.

Ich machte das Richtige.

In dem Moment, in dem wir einander berührten, reagierte mein Körper. Ich hob mich für ihn empor, bot mich ihm an.

Es war so lange her.

Ciaran öffnete meinen BH, und meine aufgerichteten Brustwarzen verrieten, wie sehr meine Brüste sich danach sehnten, ihn zu fühlen. Er umfasste sie, hielt sie fest in seinen Händen, bevor er sich vorbeugte, um sie mit den Lippen zu umschließen. Sanft küsste und saugte er erst an der einen, dann an der anderen. Meine Brüste schienen unter seiner Zunge in Flammen aufzugehen. Seine Feuchte trocknete kühl auf der ersten Brust und weckte in mir das Verlangen, dass er dorthin zurückkehrte, sanft an ihr saugte. Er folgte meinem unausgesprochenen Wunsch, und mein Begehren erreichte einen neuen Höhepunkt.

Ich streckte meine Hände aus, um diese Muskeln zu spüren, diese köstlichen Linien, die meine Hände zu einer Härte führen würden, die ich bereits gegen mich drängen spürte. Ich zog an seinem Gürtel, und er gab so leicht nach, wie mein BH es getan hatte. Ciaran fing an, seine Stiefel auszuziehen, während ich an seinem Reißverschluss zerrte.

Er befreite sich aus seiner Kleidung und setzte mich dann auf den Arbeitstresen hinter mir. Meine Jeans fiel auf die Erde, danach erkundete seine Zunge auch schon wieder meinen Mund.

Er löste sich von mir, und endlich war da der Anblick, der reichte, um mich innehalten zu lassen.

Ciaran stand vor mir, hart und samtig und eindrucksvoll. Ein Schauer überlief mich, als ich seinen Körper so nackt, so perfekt, so bereit sah. Ich schaute ihn an und musste erneut schlucken. Er schaute mich an, der Wolf, der das Reh beobachtete, und alles, was ich spürte, war das Verlangen, von ihm erlegt zu werden.

Er schob mir meinen Baumwollslip von den Hüften über die Beine. Dann trat er vor und drängte sich an mich, drückte diese warme Härte sanft an meine Mitte. Er strich ein paar Strähnen, die mir ins Gesicht gefallen waren, beiseite und flüsterte dicht an meinen Lippen: „Du bist so wunderschön, Holly. Willst du das hier wirklich?"

Ich nickte stumm. Das wollte ich. So sehr, dass mir die Worte fehlten. Er legte mich auf den kühlen, kalten Edelstahltresen, um meine Schenkel zu spreizen. Langsam beugte er sich vor, der Hauch einer Berührung, dann küsste er mich dort, wie er auch meinen Mund geküsst hatte – sanft, langsam, tief.

Mein Körper zuckte vor Lust zusammen, aber ich hielt durch, bis er sich wieder erhob. Unsere Blicke trafen sich, während er seine Härte gegen mich drückte, mich dort berührte. Und endlich stieß er zu, hart und heiß und entschlossen …

Der kurz aufflammende Schmerz machte das Vergnügen nur noch süßer. Er war zu Hause.

Der kalte Edelstahl fühlte sich gut unter mir an, als Ciaran sich wieder und wieder in mir versenkte. Ich stützte mich auf, damit ich seine Brust gegen meine pressen, seine Lippen schmecken konnte, während er mich liebte. Als ich mich wieder zurücklehnte, rutschte ich auf der Feuchtigkeit neben mir aus.

„Ich habe etwas umgestoßen", meinte er stöhnend.

„Egal", flüsterte ich. „Hör bitte … bitte nicht auf."

Ciaran schob einen Arm unter mich, und ohne sich zurückzuziehen, trug er mich zu einer anderen Arbeitsfläche. Ich spürte, wie Jesses Rosen unter mir zerquetscht wurden.

„Mist", sagte er, sowie er es bemerkte.

„Egal. Mach einfach …" Zu spät, wir bewegten uns schon wieder ineinander.

Er stieß mich hart gegen das Metallregal, und Maismehl – vermutete ich zumindest – fiel neben uns herunter. Eine Wolke aus weißem Pulver erhob sich in die Luft, und er fing an zu lachen.

„Tut mir leid. Ich mache das nachher wieder sauber."

Sein Lächeln war so sanft unter meinen Fingern, die glitschig waren von der roten Farbe, die ich gerade auf ihnen verschmiert hatte. Ich küsste das Grinsen, das ich schon so oft gesehen hatte, und klammerte mich dabei an seinem Nacken fest, stieß meine Zunge in seinen Mund, während er wieder tief in mich hineintauchte.

Der Sex wurde immer wilder – heiß, verschwitzt und wunderbar –, bis schließlich der schlafende Vulkan in meinem Inneren gemeinsam mit Ciarans ausbrach. Ich fühlte, wie seine Wärme sich in mir ergoss, und presste meine Oberschenkel in seine Seiten, als er unter den letzten Wellen der Erlösung zuckte.

Er hielt mich dort, zitternd wie ein wildes Tier, das fest vom Jäger gehalten wird, während sich der Rhythmus unserer Herzen vereinigte.

In der Backstube herrschte das reinste Chaos.

Jesses gesamte Arbeit war zerstört. Überall lag Mehl herum, und ein Meer von Lebensmittelfarbe ergoss sich über die Arbeitsplatte.

Ciaran drehte den Kopf, um mich erneut zu küssen, und alle Gedanken an die Unordnung fielen von mir ab.

„Ist das dein Handy?", flüsterte er an meinen Lippen.

„Hm?" Ich hatte nichts gehört.

Durch das Entzücken drang das Summen aus einer Jeans auf dem Boden und kündigte die ersten Vorboten von Verlegenheit an.

Nur Charlie hatte mich bisher so genommen.

Ich hielt den Atem an, als sein Name mich auf der Stelle ernüchterte. Was hatte ich da gerade getan?

Ich hatte mich gerade von der Lust überwältigen lassen. Jetzt kreiste die Erinnerung daran wie ein Geier in endlosen Schleifen über den Knochen meiner Treue.

Ciaran bückte sich, um mir mein Handy zu geben, doch ich nahm ihm stattdessen die Jeans ab und zog sie schnell an. Er wartete, während ich mich von ihm wegdrehte, um meinen BH zu schließen und das Hemd über meine klebrigen Arme zu ziehen.

Dann nahm ich das Handy, und das Piepen der Mailbox vibrierte in meiner Hand. Ich drückte den Knopf, um sie abzuhören.

„Holly, Holly, bitte, geh ran! Ich erreiche Rob nicht und …" Ich lauschte Marthas keuchendem Atem. *„Das hier ist kein falscher Alarm, Hol! Ich habe Angst. Bitte ruf mich an!"*

Ich wählte ihre Nummer und betete, dass sie rangehen würde. Es klingelte einmal, zweimal …

„Hallo?"

„Martha, ich bin's."

„Oh Holly", wimmerte sie. „Das Baby kommt. Jetzt, in diesem Moment. Und …" Ich hörte, wie sie scharf die Luft einsaugte.

„Ich komme, Martha. Ich bin gleich bei dir … Wo bist du?", fragte ich.

„Im Krankenwagen auf dem Weg zum Hunterstone General. Bitte beeil dich. Ich habe solche Angst."

Ciaran zog sich bereits an.

„Nimm mein Auto, das ist schneller", sagte er und reichte mir meine Stiefel.

„Martha, wir sind ganz in der Nähe. Gleich sind wir bei dir, Liebes. Versuch einfach, ganz ruhig zu bleiben."

27. KAPITEL

In der letzten Zeit hatte ich versucht, meine Abneigung gegen Krankenhäuser zu überwinden, und meistens war mir das auch gelungen. Aber hier war es unmöglich. Es hatte sich nicht viel verändert – die Rezeption war vielleicht in einem anderen Pastellton gestrichen, doch der beißende Geruch nach Desinfektionsmitteln hing so dicht und erstickend in der Luft wie immer.

Ciaran hatte mich vor dem Haupteingang rausgelassen und suchte jetzt nach einem Parkplatz. Das war seine Idee gewesen. Wir hatten es in fünfzehn Minuten geschafft, lang genug, damit die Reste der Lebensmittelfarbe seine Ledersitze ruinieren konnten. Sie klebte an meiner Jeans, dort, wo er sie angefasst hatte, und auch an allem anderen, was seine Hände berührt hatten.

Wenigstens dämpfte die leichte Mehlschicht in meiner Nase den Gestank von Antiseptika und Krankheit etwas ab, auch wenn mir das einen skeptischen Blick der Rezeptionistin eintrug.

„Meine Schwester, Martha Buckley – sie ist gerade mit dem Krankenwagen gekommen. Sie liegt in den Wehen."

„Die Entbindungsstation hat die Nummer elf. Folgen Sie einfach den grünen Pfeilen", sagte sie und unterzog mich einer strengen Musterung. Mein Haar schien sie besonders zu interessieren, und ich hob die Hand, um zu fühlen, was dort los war. Eine Wolke Maismehl ergoss sich über mich. Großartig.

„Grüne Pfeile?", fragte ich.

Die Frau nickte und verschwendete kein weiteres Wort an mich.

Ach ja. Ich hatte das regenbogenfarbene Pfeilsystem ganz vergessen, das einen durch das Labyrinth an Gängen führte. Grün stand also für neues Leben, während kein Leben mehr in irreführendem Weiß gehalten war. Mein Dad wäre mit diesem System vollkommen überfordert – er war farbenblind.

Zwei Rechtsabzweige und einen absurd langen Flur später drückte ich auf den Knopf einer Gegensprechanlage.

„Station elf."

„Hallo, ja, ich möchte zu meiner Schwester, Martha Buckley – sie ist gerade eingeliefert worden."

„Erwartet sie Sie?"

„Ja."

„Okay. Die Tür ist offen."

Auf dem Weg hinein drückte ich mir ein wenig von dem Sterilisationsmittel aus dem Spender an der Wand in die Hände. Wo es mit der Lebensmittelfarbe in Kontakt kam, verfärbte es sich rot. Auf der Station roch es anders – mehr nach Talkum als nach Bleiche –, und das leise Schreien von Babys verscheuchte meine Unruhe.

Martha wird Mutter.

Eine weitere Rezeption, an der zwei hübsche Krankenschwestern – eine korpulentere mit einem langen blonden Zopf, die andere mit einem brünetten fransigen Bob – saßen und auf einen Monitor schauten.

„Hallo", sagte die Brünette, bevor ihr Lächeln erstarb. Die Blonde schaute auf und hob überrascht die Augenbrauen. Ich unterdrückte den Drang, noch einmal an meine Haare zu fassen.

„Ich suche Martha Buckley? Sie ... sie bekommt ein Baby."

„Dann sind Sie hier genau richtig." Die Brünette lächelte wieder, mein Aussehen war mir vergeben. Sie warf einen Blick auf die Tafel an der Wand hinter ihr. „Sie ist im Kreißsaal drei, einfach dort hinten durch die Tür."

„Ich bringe Sie hin", sagte die Blonde und stand von ihrem Stuhl auf. „Dann kann ich Ihnen auch zeigen, wo sich die Waschräume befinden."

„Okay ... danke?" Ich brauchte vermutlich einen Spiegel.

„Und, letzte Malerarbeiten im Kinderzimmer?", fragte sie, während sie mich an Zimmern voller Mütter, die in durchsichtige Kinderbettchen strahlten, vorbeiführte.

„Ja", log ich. Sie zeigte mir das Privatzimmer, in dem Martha auf allen vieren auf dem Bett hockte, das Gesicht hochrot und in Schweiß gebadet.

„Martha! Geht es dir gut?"

„Was zum Teufel ist dir denn zugestoßen … Aaaah!"
„Entspann dich, Martha. Du musst nur atmen, einfach atmen."
Martha begann zu keuchen wie der Orientexpress.
„Die Toilette befindet sich auf der anderen Seite des Ganges", sagte die Blonde lächelnd und schloss dann die Tür hinter sich.
„Entspannen? *Entspannen?* Da versucht gerade ein Mensch, sich durch meine Vagina zu drücken, Holly. *Entspann du dich doch!*", zischte sie.
Vorsichtig begann ich, ihren Rücken zu streicheln.
„*Nicht da!*", rief sie. „*Tiefer. Viel tiefer.*"
Ich ließ meine Hand schnell über ihren Rücken kreisen – über ihre Hüften, wo ich etwas spürte, das um ihren Bauch gebunden war.
„Sollte Rob das nicht tun?" Ich lachte leise und versuchte, die Besorgnis in meiner Stimme zu verbergen.
„Rob ist auf dem Rückweg von London. Er steckt am Bahnhof Beckersley fest – der Anschlusszug ist ausgefallen. Der nächste geht erst in einer *Stuuuunde* …" Martha stöhnte noch einmal, bevor sie wieder anfing zu hecheln. Das Rückenteil ihres Nachthemds war mit roten und orangefarbenen Flecken übersät, die sich von meiner Hand gelöst hatten. Ich musste mich waschen, und zwar gründlich.
„Du musst ihn herbringen, Holly. Er hat kein Geld bei sich, der dumme Kerl. Er kann sich kein Taxi nehmen!"
Die Tür wurde geöffnet, und die Brünette schlüpfte ins Zimmer.
„Wie geht es uns, Martha?", fragte sie und blickte auf den Papierstreifen, der aus der Maschine neben meiner Schwester kam. „Der Herzschlag des Babys sieht ruhig und gleichmäßig aus."
Ich lächelte. Martha nicht.
„Wir haben sie untersucht", sagte die Krankenschwester an mich gewandt. „Der Muttermund ist acht Zentimeter geöffnet. Es verläuft alles sehr gut. Martha, möchten Sie ein Schmerzmittel? Wie wäre es, wenn wir Sie an Lachgas und Sauerstoff anschließen?"
Sag Ja, Martha, flehte ich stumm.

Martha nickte in ihr Kissen.

„Schwester, ihr Ehemann kann frühstens in zwei Stunden hier sein", sagte ich leise und folgte ihr zur Tür. „Wird er es rechtzeitig schaffen?"

„Das könnte sein. Aber es geht bei ihr relativ schnell. Sie sollten ihn vielleicht anrufen und sagen, dass er sich beeilen soll." Mit einem Nicken ließ sie uns allein.

Martha begann zu wimmern.

„Was kann ich tun, Martha? Sage mir, wie ich dir helfen kann, Liebes."

Martha packte meine Hand und fing an, in ihr Kissen zu weinen. „Hol Rob. Er soll kommen. Ich brauche ihn jetzt."

Ich verließ das Zimmer, um Rob anzurufen. Im selben Moment kam die Krankenschwester mit den Schmerzmitteln zurück. Auf dem Flur fütterte ich das Münztelefon mit einigen Zwanzigern und wählte Robs Nummer.

„Rob?"

„Holly, bist du bei ihr?"

„Ja, wir sind im Krankenhaus. Es geht ihr gut. Sie macht das prima."

„Bleib bei ihr, Holly. Lass sie nicht alleine."

„Ich lasse sie nicht alleine, Rob. Aber du musst schnell herkommen."

„Hier herrscht Chaos. Der Geldautomat ist leer. Ich kriege kein Taxi!"

„Okay. Bleib, wo du bist. Ich überlege mir etwas. Warte einfach am Eingang zum Bahnhof, okay?"

„Ja, okay. Und danke, Holly."

„Du wirst mich telefonisch nicht erreichen können, Rob. Also bleib bitte genau da, wo du jetzt bist, okay?"

„Ja, ich warte hier. Holly … sag ihr, dass ich sie liebe."

Etwas in Robs Stimme verursachte mir einen Kloß im Hals.

„Das tue ich. Mach dir keine Sorgen. Bye."

Ich legte den Hörer auf und steckte noch ein paar Münzen in den Schlitz. Jesse hatte die Angewohnheit, nicht ans Telefon zu gehen, wenn die Nummer unterdrückt wurde, und ich nahm an, das war bei dieser Nummer der Fall.

Verdammt.

Martha schrie in ihrem Zimmer auf, und ich vergaß das Telefon. Als ich eintrat, saß die Hebamme zwischen Marthas gespreizten Beinen, die sie mit einem Laken verhängt hatte. Martha hatte den Schlauch für die Lachgaszufuhr fest zwischen die Zähne geklemmt.

„Alles ist gut, Martha. Machen Sie einfach so weiter, dann wird das Baby bald da sein." Die Hebamme legte Marthas Beine wieder ab und lächelte mich gelassen an. Ein Klopfen an der Tür und die Blonde steckte ihren Kopf hinein.

„Er wanderte auf dem Flur herum. Sobald ich ihn sah, wusste ich, dass er zu Ihnen gehört." Sie lächelte und trat zur Seite, um Ciaran durchzulassen.

Auf einen Schlag wurde mir bewusst, was für ein Chaos wir in der Backstube angerichtet haben mussten. Ein knallroter Streifen zog sich über seinen Mund und seine Wange, und ein noch wesentlich dramatischerer orangefarbener Fleck verlief von seiner Wange bis unter sein T-Shirt, das ebenfalls ganz fleckig war. Sein Haar sah aus, als wäre er auf dem Weg durch die Entbindungsstation von einer übereifrigen Mutter mit Babypuder überschüttet worden.

Er schaute mich an, und ich wusste, er war unsicher.

Hinter mir hatte Martha für einen Moment aufgehört, wie eine Ertrinkende an dem Plastikschlauch zu saugen, und sich auf ihre Ellbogen gestützt. Endlich schien das Lachgas Wirkung zu zeigen … Sie grinste.

„Hi!", keuchte sie. „Kommen Sie rein."

Martha und die beiden Krankenschwestern bedachten Ciaran mit warmen Blicken, als er ins Zimmer trat.

„Die beiden haben das Kinderzimmer gestrichen." Die Blonde kicherte. Ciaran schaute mich an, die Hände tief in den Hosentaschen vergraben. Ich sah zu Martha, die uns strahlend anlächelte.

„Ist auch etwas von der Farbe auf den Wänden gelandet?“, fragte die Hebamme interessiert.

„Sie sollten sich vielleicht umziehen!“, sagte die Blonde und schaute Ciaran mit Kuhaugen an.

„Dort drüben. In der Tasche. Nehmen Sie eins von Robs Hemden“, brachte Martha hervor, bevor sie wieder an ihrem Schlauch zog.

„Oh nein, ist schon okay“, sagte er.

Marthas Grinsen wurde breiter. Sie liebte seinen Akzent. Genau wie die anderen beiden Frauen, wenn mich nicht alles täuschte.

„Nein, ich bestehe darauf. Ich habe ein paar Extrahemden für Rob eingepackt. Falls er sich in der Cafeteria bekleckert. Hol, gib Ciaran ein T-Shirt aus der Tasche.“

Ciaran zuckte mit den Schultern, und ich ging zu Marthas Reisetasche.

„Das hier?“ Ich hielt ein schlichtes gelbes Polohemd hoch.

Martha nickte.

Ciaran nahm das Shirt. „Ich gehe nur schnell und … äh …“

„Oh, die Toilette ist gerade besetzt. Und die Waschräume sind nur für Frauen. Stationsregel.“ Blondie zuckte mit den Schultern.

„Dann einfach … hier?“ Ciaran blickte sich im Zimmer um.

Sie alle beobachteten ihn schamlos, als er sich aus seinem T-Shirt schälte. Marthas Augen weiteten sich beim Anblick seines Oberkörpers. Für jemanden, der kurz davor stand, den Kellner zu bezahlen, hatte sie keine Probleme damit, weiterhin die Speisekarte zu bewundern.

Dann passierten drei Dinge auf einmal.

Ciaran drehte sich nach dem Hemd um. Martha saugte an ihrem Schlauch. Die Krankenschwester und ich schnappten nach Luft wie Fische an Land.

Ciarans gesamter Rücken war mit Handabdrücken bedeckt – einige perfekt, die meisten verwischt und in allen Farben von Gelb bis Orange. Die drei Frauen drehten sich zu mir um und starrten auf meine Hände.

Aber selbst diese Demütigung war kein Vergleich zu der traurigen Erinnerung, die ich gerade erblickte. Ich hatte die Frau mit den langen Haaren ganz vergessen, die für immer in seine Haut eintätowiert worden war. Die Frau, die ihn ruiniert hatte, wie Fergal meinte.

Ich hatte vergessen, dass auch Ciaran mal jemand anderem gehört hatte. Und dass es vermutlich immer so bleiben würde.

„*Oooooh!* Holly, hol Rob!"

Ciaran folgte mir nach draußen. „Wo ist ihr Mann?", fragte er.

„Steckt in Beckersley fest", sagte ich und versuchte, ihn nicht anzusehen. „Er wird es nicht rechtzeitig schaffen. Er verpasst die Geburt seines ersten Kindes, und meine Mutter wird es ihm für den Rest seines Lebens vorhalten."

„Ich hole ihn." Ciaran griff nach meinem Arm. „Mach dir keine Sorgen. Wie sieht Rob denn aus?"

Zwei weitere Krankenschwestern im Stationszimmer beobachteten uns lächelnd. Ich konnte ihn nicht losschicken, um Rob zu holen. Die Grenzen waren so schon viel zu verschwommen. Ich musste das hier entwirren, bevor es noch weiter ging. Bevor noch mehr Gefühle entstanden.

Ein weiterer erstickter Schrei aus Marthas Zimmer.

Denk nach, Holly, denk nach!

„Holly, wie sieht er aus?", wiederholte Ciaran.

Die Krankenschwestern belauschten uns immer noch. Ciaran bemerkte es nicht, so eindringlich schaute er mich an.

Rob darf die Geburt seines Babys nicht verpassen.

„Holly?", sagte er.

Wieder schrie Martha.

Mir gingen die Ideen aus.

„Ein Stück größer als du, kurze braune Haare, kräftiger Körperbau, panischer Gesichtsausdruck. Er steht am Eingang zum Bahnhof."

Die Hebamme kam aus Marthas Zimmer. Die Tür fiel ganz langsam hinter ihr zu. Von ihrem Bett aus konnte Martha gerade noch sehen, wie Ciaran mich zum Abschied küsste.

28. KAPITEL

Eine Stunde und neun Minuten, zwei Zentimeter und eine geplatzte Fruchtblase später brach Martha endlich die Hand von Rob und nicht mehr meine.

Ich dankte Ciaran kurz und verabschiedete mich von ihm, um wieder meinen Cheerleader-Pflichten nachzukommen. Er war ein Problem für einen anderen Tag. Heute ging es nur um Martha. Martha und ihre kleine Familie.

„So ist es gut, Martha. Pressen, vorsichtig pressen! Und jetzt … hecheln, Martha, hecheln!“, wies die Hebamme sie an.

„Hecheln, Martha!“, sagten Rob und ich unnötigerweise im Chor. Rob stand in der ersten Reihe, während ich mich eher am Rand hielt.

Plötzlich wandelte sich Marthas Miene von schmerzverzerrt zu panisch. „Hab ich etwa groß gemacht?“

Was?

Marthas Stimme wurde immer höher. „Oh nein, ich glaube, ich hab! *Holly* … Holly, habe ich meinen Darm entleert?“

Die zweite Hebamme, die sich ins Gewühl gestürzt hatte, nahm ein kleines, sorgfältig verpacktes Paket mit sich aus dem Zimmer. Es schien sich nicht um das Baby zu handeln. Ich schaute Martha an, die ihr hochrotes Kinn in die Brust drückte, und zuckte mit den Schultern. Wieder einmal war ich vollkommen nutzlos.

Martha gab ein Geräusch von sich, bei dem mich eine Gänsehaut überlief.

„Sehr gut, Martha“, sagte die Hebamme in ihrem Singsang. „Ich kann das Köpfchen schon sehen. Schauen Sie mal, Daddy, sehen Sie es auch?“

Von Neugierde gepackt, trat ich gerade weit genug vor, um einen Schopf dunkler Haare erkennen zu können.

„Martha! Es hat Haare!“, quiekte ich. Martha wäre es auch egal gewesen, wenn es Hörner gehabt hätte.

Die Hebamme zog weiter das Tempo an. „Noch einmal pressen, Martha, dann … Genau, so ist es gut, drücken Sie Ihren Po nach unten. Weiter pressen, weiter … “

Ein letzter erstickter Schrei entrang sich der Kehle meiner Schwester, und darunter war der leise, aber unverkennbare Schrei eines Neugeborenen zu hören. Eine ungekannte Aufregung ergriff mich, als hätte jemand einen Schalter umgelegt und alle Angst aus dem Raum gesaugt.

„Es ist ein Mädchen! Unser kleines Mädchen, Martha. Es ist ein Mädchen“, schluchzte Rob und überschüttete seine Frau mit erleichterten Küssen.

Es war nicht die Erleichterung, die ich empfand, auch nicht der Anblick meiner neuen Nichte, sondern der Stolz in Robs Stimme, der mich losheulen ließ wie einen Schlosshund. Ich schaute über seine Schulter und betrachtete das süße Bündel auf der Brust seiner Mutter. Rob weinte immer noch, Martha wirkte einfach nur erschöpft, und das kleine Mädchen schaute mit großen Augen seine Mutter an.

„Gut gemacht, ihr zwei“, brachte ich zwischen zwei Schluchzern heraus. „Sie ist perfekt. Einfach perfekt.“

Nachdem alle Finger und Zehen gezählt worden waren, ließ ich sie allein. Teils, damit sie dieses neue Band vertiefen konnten. Teils, um nicht mitansehen zu müssen, wie Martha wieder zusammengenäht wurde.

Auf dem Flur sah ich zwei vertraute Stiefel an langen Beinen, die sich von dem Stuhl ausstreckten, auf dem Ciaran gewartet hatte.

„Hey“, sagte er und stand auf.

„Hi. Ich dachte, du wärst nach Hause gefahren.“ Ich wollte mich nicht darüber freuen, dass er immer noch hier war.

„Ich dachte, ich bleib noch ein wenig und sorge dafür, dass du gut nach Hause kommst. Ist alles … in Ordnung?“

„Ja, es geht allen wunderbar.“ Ich lächelte.

Die Tür wurde geöffnet.

„Ciaran! Ich bin Vater!“, rief Rob und platzte beinahe vor Stolz.

„Herzlichen Glückwunsch, Rob. Ich freu mich für dich." Ciaran schüttelte Robs Hand. „Bestell deiner Frau meine besten Wünsche." Er grinste.

„Komm und sieh sie dir an! Sie ist wunderschön." Rob klopfte seinem neuen Kumpel begeistert auf den Rücken.

Ciaran schaute mich an – vermutlich um zu sehen, was ich davon hielt.

„Rob, ich glaube, Martha ist …"

„Nur eine Minute. Kommt rein! Du hast sie noch gar nicht im Arm gehalten, Hol." Rob geleitete uns wieder ins Zimmer, wo Martha schon wesentlich besser aussah und stolz ihre in eine Decke gewickelte Tochter betrachtete.

„Hey, Süße", sagte ich leise. „Darf ich sie mal halten?"

Martha strahlte; ein ganz neuer Ausdruck lag auf ihrem Gesicht. Sie lächelte Ciaran an, der sich neben mich stellte, aber an ihm lag es nicht. Es lag an dem winzig kleinen Mädchen in ihren Armen.

Rob konnte seinen Blick auch nicht von ihr wenden. „Ciaran, Holly, darf ich euch unsere Tochter Daisy Grace vorstellen?"

„Daisy! Baby Daisy." Ich probierte, wie der Name sich auf meiner Zunge anfühlte. „Wie schön. Das passt gut zu ihr." Ich lächelte und streichelte behutsam meine entzückende Nichte.

„Was meinst du? So aus Männersicht", fragte Rob, der sich Ciarans Zustimmung sehr sicher zu sein schien.

„Meine Mutter hieß Grace. Eine ausgezeichnete Wahl."

„Oh!" Martha lächelte. „Das ist wundervoll. Ihrer Nanny zuliebe hoffe ich, dass die Kleine ihrem Namen alle Ehre machen wird."

„Tja", sagte Ciaran. „Bei meiner Mutter hat es funktioniert. Sie war die anmutigste Frau, die ich je getroffen habe. Sie hätte eine hervorragende Großmutter abgegeben."

„Man kann nie wissen, Kumpel – noch ist genügend Zeit", sagte Rob und schlug Ciaran erneut auf den Rücken.

Ciaran strich mit seinen langen Fingern über Daisys winzige Fingerchen.

„Ciarans Mutter ist gestorben", sagte ich, um Rob davor zu bewahren, noch tiefer ins Fettnäpfchen zu treten.

„Oh ... tut mir leid", sagte Rob und tätschelte ihn dieses Mal etwas sanfter.

Ciaran lächelte Daisy an. „Ich habe sie in meinem Herzen. Sie war eine Schönheit, so wie die Kleine hier. Ich habe mir immer Sorgen gemacht, dass jemand vergessen könnte, wie schön sie war, weißt du? Also habe ich mir mein Lieblingsbild von ihr auf die Schulter tätowieren lassen."

Die Hebamme kam ins Zimmer und trug ein Tablett mit sehr unangenehm aussehenden Instrumenten vor sich her. „Okay, alle, die nicht Buckley heißen, verlassen jetzt bitte den Raum."

Ich küsste Daisy und bedachte sie mit einem letzten Blick, bevor ich sie widerstrebend ihrem Dad zurückreichte. „Wir sehen uns später", sagte ich und gab allen dreien einen Kuss.

Rob und Ciaran schüttelten einander die Hand. Ciaran gab Martha einen Kuss auf die Wange. Das Glück in dem Zimmer war beinahe greifbar, als könnte man ein Schmetterlingsnetz herumwirbeln und etwas davon einfangen, um es mit nach Hause zu nehmen.

Ciaran und ich traten auf den Flur hinaus. Heute war ein guter Tag gewesen. Ich war ... glücklich. Erfüllt. Ich überlegte krampfhaft, was ich zu ihm sagen könnte, als Martha durch die geschlossene Tür rief.

„Holly Jefferson! Du hast *Lebensmittelfarbe* auf meinem Baby verteilt!"

29. KAPITEL

Daisy Grace Buckley hatte die Welt gestern Abend um 23.18 Uhr mit etwas mehr als dreitausend Gramm Geburtsgewicht betreten.

Dreitausend Gramm voller Versprechen, Unschuld und dem unbestreitbaren Gefühl eines neuen Anfangs. Innerhalb von neun Monaten hatten Martha und Rob die Richtung ihres Lebens für immer verändert – ein Gedanke, den ich in den letzten Stunden von allen Seiten betrachtet hatte, während ich die Backstube aufgeräumt und angefangen hatte, Jesses demolierte Rosen zu ersetzen.

Ciaran hatte mich gestern Abend hier abgesetzt und dann angeboten, mir zu helfen. Aber er hatte bereits genug getan, und ich war nicht sicher, ob ich mich der Peinlichkeit stellen wollte, das Chaos mit ihm zusammen zu begutachten. Also hatten wir uns verabschiedet, und er hatte mir erklärt, dass er heute ein wichtiges Meeting hatte, wir uns aber Samstag oder Sonntag sprechen würden.

Ich hatte Jess den Vormittag freigegeben, um ihn für gestern zu entschädigen und zu verhindern, dass er hereinplatzte, während ich noch dabei war, die Beweise für das zu verstecken, was hier passiert war. Ciaran war überall um mich herum. In dem Haus, in das ich gestern Nacht zurückgekehrt war und das jetzt wieder schön aussah. Und hier in der Backstube, in dem Chaos, das ich hoffentlich bald beseitigt hatte. Trotz meiner wild durcheinanderwirbelnden Gefühle war es mir an beiden Orten gelungen, ruhig und gelassen zu bleiben. Ein Phänomen, das ich den Daisy-Effekt nannte.

Als Jess hereinkam, die Kopfhörer fest auf den Ohren, hatte ich beinahe alle Rosen ersetzt.

„Alles gut, Hol?“, fragte er und beobachtete mein Tun.

„Ja. Danke. Und bei dir?“

„Auch … Was ist los, du siehst so durchtrieben aus. Du weißt, dass du rote Lebensmittelfarbe an deinem Mund hast?“

Ja, das wusste ich. Selbst eine lange Dusche hatte dagegen nicht viel ausrichten können. Zum Glück hatte ich die ultimative Erwiderung, um ihn aus der Bahn zu werfen.

„Sehe ich wie eine Tante aus?"

Jesses Gesicht strahlte. „Nein! Hat Martha endlich Besuch vom Storch bekommen? Wie schön, Hol." Er zog mich in seine Arme. „Welche Farbe hat sie?"

„Rosa." Ich lächelte. „Daisy Grace Buckley. Und zum Fressen süß."

„Was machst du denn dann hier? Ich kann die Stellung halten. Geh und schau sie verzückt an, oder was auch immer ihr Mädchen mit Babys tut", sagte Jess und nahm seinen Rucksack ab. „Du hast ab morgen sowieso zwei Wochen frei. Ein paar Stunden mehr machen den Kohl auch nicht fett."

Auf Rat meines Arztes hatte ich letztes Jahr um diese Zeit Urlaub genommen.

Am Sonntag war Charlies neunundzwanzigster Geburtstag. Zwei Tage später würde seine Mutter kommen, um einen Tag bei uns zu verbringen und gemeinsam mit Martha, Rob und nun auch meinen Eltern auf ihn anzustoßen und uns gegenseitig an den schrecklichen Verlust zu erinnern, den wir erlitten hatten.

Letztes Jahr war es entsetzlich gewesen. Ich hatte seinen Geburtstag im Bett verbracht, und auch einen Großteil des nächsten Tages. Bis Martha gedroht hatte, auf Menorca anzurufen. Ich wollte, dass meine Eltern blieben, wo sie waren, also schlich ich wie ein Zombie durch den Tag und versuchte, Catherines verzweifelte Schluchzer auszublenden, die alle paar Minuten in ihr aufstiegen. Charlie war meine Welt, aber er war ihr Kind gewesen. Ich fühlte mit ihr, aber ich konnte nicht auch noch ihren Schmerz tragen, der wie ein Stein auf meinem Rücken lag.

Aber das war letztes Jahr gewesen.

Dieses Jahr konnte ich dem Unvermeidlichen nicht ausweichen. Meine Eltern versuchten bereits, Flüge zurück nach England zu buchen, um Daisy zu sehen, aber selbst das reichte nicht, um mich wieder in die Melancholie zu schubsen, die ich letztes Jahr beinahe nicht überlebt hätte. Dieses Jahr fühlte ich mich ganz anders.

Es war okay für mich, dass sie kamen. Ich glaube, die ganze Woche, die vor mir lag, fühlte sich für mich okay an. Es würde Tränen geben, viele Tränen, aber ich würde es überstehen. Ich wusste, dass ich es konnte. Ehrlich gesagt würde ich es nicht nur überstehen – ich würde etwas Sinnvolles, Positives tun. Etwas, womit Charlie seine Zeit verbracht hätte, wie zum Beispiel einen Gemüsegarten anzulegen oder wenigstens den Garten in Ordnung zu bringen. Ich war mir nicht ganz sicher, ob das die richtige Jahreszeit für Gemüsegärten war, aber ich könnte ins Gartencenter fahren und mir etwas aussuchen. Vielleicht irgendeinen Obstbaum? Wir hatten nichts im Garten, das blühte.

„Also, gehst du jetzt nun oder was?“, fragte Jess.

„Nein, ich bleibe. Sie sind in letzter Zeit oft genug für mich eingesprungen, Mr Ray. Lass uns die restlichen Rosen fertig machen. Du wirst mir an meinen freien Tagen fehlen.“

Martha fiel die Rolle als Mutter so leicht wie einer Ente das Schwimmen. Ich war bei ihnen, als Rob seine beiden Lieblingsfrauen nach Hause brachte, in eine Wohnung voller rosafarbener Heliumballons und Blumen. Ich sollte auch ein paar Blumen für mein Häuschen besorgen, um es ein wenig freundlicher zu machen für Catherine, die am Dienstag käme. Es war Monate her, seit wir einander gesehen hatten.

Es war ein ungewöhnlich klarer Morgen, als ich in dem Wagen, den Mrs Hedley mir geliehen hatte, nach Brindley’s Nook fuhr, um mit Dave dort im Wald spazieren zu gehen.

Die Sonne stand jetzt jeden Tag spürbar niedriger am Himmel und warf lange Schatten über die sich zwischen den Bäumen entlangwindende Straße.

Ich fuhr ein wenig langsamer, als ich mich der Gabelung näherte, die mich entweder den Umweg entlangführen würde –

oder direkt an der Stelle vorbei, an der Charlies Unfall passiert war.

Neue Anfänge. Ich konnte nicht einfach darauf warten, dass mein Leben sich selber wieder richtete. Ich musste es wenigstens versuchen, oder? Also sah ich zu, wie die linke Straße hinter mir zurückfiel, und folgte der steilen, ausladenden Kurve in Richtung Forstamt. Am Straßenrand stand ein neues Schild, das einem anzeigte, wie schnell man fuhr. Außerdem waren weitere Warnhinweise wegen Wildwechsel aufgestellt worden. Keines dieser Schilder hätte etwas für uns verändert, aber ich hoffte, sie würden jemand anderem helfen.

Als die Straße wieder gerade verlief, hielt ich die Augen nach dem auf, was mich an jenem Morgen begrüßt hatte.

Das Glas hatte erst ausgesehen wie Eis, so gut hatte es sich in die glitzernde Oberfläche der überfrorenen Straße eingepasst. Nur an dem anderen Wagen konnte man die Schwere des Unfalls erkennen; Charlies Truck dagegen hatte von hinten vollkommen normal ausgesehen. Erst als es unter meinen Schuhen knirschte, wurde mir klar, worauf ich in Wahrheit lief.

In den folgenden Tagen hatte jemand Blumen an den Baum gebunden. Sie ließen bereits ihre Köpfe hängen, als ich das nächste Mal dort vorbeikam. Seitdem war ich nicht mehr hier gewesen.

Heute gab es hier keine Scherben und auch keine Blumen. Nur einen vollen Besucherparkplatz, auf dem sich all die Familien drängten, die es kaum abwarten konnten, den schönen Morgen zu genießen. Ciaran hatte gesagt, er würde sich dieses Wochenende melden. Ich hatte ihm nichts von Charlies Geburtstag morgen erzählt. Es wäre seltsam, ihn in meine Pläne mit einzubeziehen.

Aber vielleicht hätte er Lust, jetzt mit uns zu kommen? Ich könnte einfach weiterfahren und wäre in fünfzehn Minuten da. Die Idee kam mir gar nicht so weit hergeholt vor, also musste sie doch gut sein, oder?

Bevor ich noch weiter grübeln konnte, war ich bereits am Parkplatz vorbei.

Mrs Hedleys Land Rover rollte problemlos über die Viehgitter auf der Einfahrt zum Herrenhaus. Ciarans Wagen stand neben dem seines Vaters. Und daneben der von Penny.

Das Läuten der Türglocke dröhnte hinter der schweren Tür.

Mary öffnete und strahlte mich an. „Hallo, Holly! Ich hatte nicht erwartet, Sie heute hier zu sehen."

„Hi, Mary. Wie geht es Ihnen?", fragte ich.

„Oh, mir geht es gut. Möchten Sie hereinkommen?"

„Danke, aber mein Hund ist im Wagen, und ich vertraue ihm nicht. Ist Ciaran da? Ich dachte, er hätte vielleicht Lust, mit uns ein wenig frische Luft zu schnappen."

Marys Miene fiel ein wenig in sich zusammen. „Es tut mir leid, meine Liebe, aber ich fürchte, er ist nicht da." Anmutige Schritte hallten über den Flur zu uns herüber. Es war das erste Mal, dass ich Penny in Hosen sah, und – welch Überraschung – sie da darin umwerfend aus.

„Oh hallo." Sie lächelte süßlich. „Sind Sie da, um eine Torte auszuliefern?" Penny betonte das Wort Torte auf eine Weise, dass es beinahe beleidigend klang.

„Nein, Holly wollte Ciaran sprechen, aber …"

„Ciaran ist nicht da." Penny lächelte.

„Ich bin leider nicht sicher, wo er ist", sagte Mary. „Er könnte irgendwo auf dem Grundstück sein … Sie könnten versuchen, ihn anzurufen?"

„Das ist zwecklos. Sein Handy ist ausgeschaltet", warf Penny ein, die mich immer noch hinterlistig anstarrte. „Er will vermutlich für den Rest des Tages nicht gestört werden, denke ich. Aber Sie könnten es im Restaurant versuchen, wenn es so dringend ist?"

„Im Restaurant?", fragte Mary nach. „Sind Sie sicher? Sein Auto ist noch hier."

Pennys Lächeln verhärtete sich. „Ja. Toby hat sie vor ungefähr einer Stunde ins *Atlas* gefahren … Clara sah sensationell aus."

Mein Magen fühlte sich wie ein Waschlappen an, der von Pennys boshaften Worten ausgewrungen worden war.

„Aber wir sagen ihm, dass Sie da waren, Holly. Soll ich ihm irgendeine Nachricht überbringen?" Penny feixte.

In Marys Augen sah ich einen Hauch Mitleid, den ich nicht ertrug. Nicht an diesem Wochenende. Nicht, wenn ich mich bisher so gut geschlagen hatte.

„Nein. Keine Nachricht. Danke Mary." Ich lächelte und sah zu, so schnell wie möglich von dort zu verschwinden.

Es ist egal, sagte ich mir.

Es hatte nichts zu bedeuten. Er konnte tun und lassen, was er wollte. Wer war ich denn, dass es mich interessierte, was Ciaran Argyll so trieb – und mit wem? Das in der Bäckerei war ... ein einmaliger Vorfall gewesen. Ein Ausrutscher, mehr nicht. Ich hatte nach einer Entschuldigung gesucht, um die Bremsen anzuziehen, und nun war mir diese Entschuldigung in den Schoß gefallen.

Gut.

Ich klammerte mich an meinen Entschluss, Charlies Geburtstag dieses Jahr fröhlich zu feiern. Das tat ich immer noch, als ich durch den Wald trottete, während Dave mir pflichtbewusst folgte. Aber in meinen Überlegungen war kein drei Meter hoher Sicherheitszaun enthalten gewesen.

Ciarans Einschätzung der Lage war offenbar völlig falsch gewesen. Die Firma Sawyer hatte keine Zeit verschwendet und gerade mal sechs Tage gebraucht, um die ersten Schritte für ihr Bauprojekt einzuleiten. Der Stechpalmenwald war jetzt abgesperrt und den Blicken sämtlicher Menschen entzogen, die dumm genug gewesen waren, seine Existenz für immer als gegeben hinzunehmen.

Ich warf einen Blick auf den Sicherheitszaun. Und dann fing alles an, auseinanderzubrechen.

Graues Licht fiel durch die Vorhänge und legte sich ungestört auf das Kissen neben mir. Charlie hatte auf der Seite geschlafen, die der Tür am nächsten war, damit er mich nicht weckte, wenn er nachts ins Bad musste. Ich schlief inzwischen auf seiner Seite. Es machte keinen großen Unterschied, wo ich schlief – die eine Hälfte des Bettes war trotzdem leer.

Herzlichen Glückwunsch zum Geburtstag, Charlie.

Mein Telefon auf dem Nachttisch klingelte. *James Bond* leuchtete auf dem Display auf.

Gestern Abend war er noch schick essen gegangen, und heute stand ihm der Sinn nach einem Sandwich mit dem gemeinen Volk. Ich drückte auf *Abweisen*.

Sekunden später klingelte es erneut.

„Hey, kleine Mami", sagte ich lächelnd in den Hörer. Ich hörte Daisy leise an Marthas Gesicht glucksen.

„Hallo, kleine Tante Holly!", erwiderte sie, offensichtlich für ihre Tochter.

Ich lächelte wieder. „Wie war deine erste Nacht zu Hause?"

„Gut. Sie hat mich nur zweimal geweckt, was doch nicht schlecht ist, oder?"

„Da musst du mich nicht fragen." Ich streckte mich. „Ich kenne mich nur mit Torten und Hunden aus."

„Und, was hast du heute vor?", fragte sie vorsichtig.

„Ich habe gerade gefrühstückt", log ich.

„Wirklich? Das ist toll. Also dass du wach bist und … munter. Was machst du nach dem Frühstück? Du könntest doch herkommen und mir helfen, die Milchpumpe in Gang zu bringen. Außer natürlich, du hast andere Pläne." Martha war auf Informationen aus. Sie hatte noch keine Gelegenheit gehabt, mich wegen Ciaran weiter auszufragen.

„Das klingt lustig, aber ich habe den ganzen Tag schon verplant. Erst kaufe ich ein paar Pflanzen, dann kümmere ich mich um den Garten." Das sollte reichen. Um den Tag ungestört verbringen zu können, ließ ich sie in der Annahme, dass Ciaran mir vielleicht dabei half.

„Das klingt super! Okay, dann lassen wir dich mal machen. Rob holt morgen Abend Mum und Dad vom Flughafen ab, also sehen wir uns Dienstag, ja?"

„Ja. Sicher. Gib ihnen einen Kuss von mir, okay? Ich muss jetzt los", log ich.

„Okay. Hab dich lieb. Bye."

Es war kurz vor zehn, und ich hatte nicht vor, mein Zimmer in nächster Zeit zu verlassen. Ein Piepen verriet mir, dass ich eine Nachricht auf der Mailbox hatte.

„Hi, ich bin's. Ich habe mich gefragt, wie es dir geht? Hast du irgendeinen Vorschlag, wie man die Farbe von der Haut abbekommt?" Er lachte, aber sein Lachen überrollte mich nicht mehr so wie vorher. *„Dieses Rot sorgt doch hier und da für irritierte Blicke."* Von wem? Von Clara? Ja, das konnte ich mir vorstellen. *„Hast du heute Zeit ...?"*

Ich löschte die Nachricht, bevor ich sie zu Ende gehört hatte.

Der über die Fensterscheibe strömende Regen warf wilde Muster auf das Kissen neben mir. Ich schaute zu und ließ mich von ihnen in den Schlaf wiegen.

Die Geheimnisse ihrer Milchpumpe zu ergründen hatte Martha schön beschäftigt gehalten. Ich döste den ganzen Nachmittag vor mich hin, aber der gegen Abend immer stärker fallende Regen machte es mir schwer, wirklich zu schlafen. Ich hatte den ganzen Tag nicht gegessen und sah jetzt auch keinen Anlass, mir etwas zu kochen. Zum Klang des rauschenden Regens schleppte ich mich dennoch nach unten. Das vertraute Knarren der Treppenstufen wurde jetzt von einem dicken Läufer gedämpft. Ich holte mir einen Becher Eis und etwas Sahne aus dem Eisfach, wickelte meine Beute in ein Geschirrhandtuch und ging durch das perfekte Wohnzimmer in Charlies Höhle. Der Fernseher erwachte flimmernd zum Leben, als der erste Löffel Eiscreme auf meiner

Zunge schmolz. Was ich jetzt brauchte, waren richtig schlechte Sendungen, und zwar viele. Ich zappte durch die Kanäle und suchte nach etwas, das gut und anspruchslos war.

Speed-Dating TV. Nein. *Comicbücher, die die Welt veränderten.* Nein. *Die Geschichte der Krawatte.* Wie viel bezahlten sie diesem Typen jeden Monat? Wo waren die unerschrockenen Frauen, die Zombies in den Arsch traten? Oder die Sendungen mit herumhurenden Männern, bei denen Abstriche von Körperteilen genommen wurden, die sie besser hinter Verschluss gehalten hätten?

Ein paar Kanäle weiter und ich war bei den Nachrichtensendern angelangt. *Regional, Entertainment, Business.* Wirtschaftsnachrichten? Ich seufzte und überlegte, wie unglaublich langweilig diese Sendung für jeden sein musste.

„Argyll Inc. und Sawyer's Deve …"

Die Stimme des Nachrichtensprechers wurde abrupt abgeschnitten, als der Fernseher langsam auf meinen Tastendruck auf der Fernbedienung reagierte. Ich schaltete wieder ein Programm zurück.

„… hat seinen Höhepunkt erreicht, und Analysten aus allen Teilen der Stadt sind von dem Ergebnis mehr als überrascht."

Bilder von einem sterilen Konferenzraum, in dem mehrere Anzugträger um einen Tisch saßen, erschienen auf dem Bildschirm, bevor ein Schnitt zum Hauptquartier von Argyll Inc. kam.

„Interne Quellen besagen, dass James Sawyers Angebot an die bekannte Wohltätigkeitsorganisation Lux Foundation, die sich auf die Unterstützung der Krebsforschung spezialisiert hat, bereits so gut wie angenommen war. Aus bislang unbekannten Gründen hat sich der Vorstand der Stiftung jedoch in letzter Sekunde entschieden, den Verkauf neu zu regeln."

Auf dem Fernsehbildschirm war jetzt Fergal zu sehen, der einem Anzugträger nach dem anderen die Hand schüttelte. Ciaran stand hinter ihm in einer Ecke, den Mund immer noch rot verschmiert.

„Es wird erwartet, dass Fergal Argyll morgen früh eine Pressemeldung herausgeben wird, die unsere Berichte bestätigt.“

Ich drückte auf die Aus-Taste. Fergal war genauso ein Charmeur wie sein Sohn. Ciaran hatte Clara vermutlich zum Essen ausgeführt, um den Schlag für sie etwas abzumildern. Und dieses Abmildern hatten sie dann schätzungsweise die ganze Nacht über im Hotel *Atlas* fortgeführt.

Er hatte mich heute bereits zweimal angerufen.

Dave hob den Kopf, der auf seinen Vorderläufen gelegen hatte. Ich lauschte ebenfalls, konnte aber über den Lärm des Regens nicht ausmachen, was seine Aufmerksamkeit erregt hatte. Er bellte einmal, genau in dem Moment, in dem das Hämmern des Türklopfers gegen die Haustür durch das Cottage hallte. Falls das Rob mit der Milchpumpe sein sollte, war er zum falschen Haus gekommen.

Ich ignorierte die weiche Glätte der Bodendielen im Flur, die von Ciarans Bautrupp abgeschliffen und poliert worden waren, sodass sie im sanften Licht der Lampen schwach glänzten. Dann packte ich Dave am Halsband.

Im Schein der Verandalampe stand er. Regen tropfte von seinen Haaren auf seine bereits durchnässten Schultern. Dave riss sich von mir los und schmiegte sich sofort an ihn.

„Hey, du Monster!“, sagte Ciaran und kraulte Daves Kopf. Dann schaute er zu mir auf. „Ich konnte dich nicht erreichen und dachte, dass du dein Handy vielleicht wieder irgendwo liegen gelassen hast.“ Es kümmerte mich nicht, dass er mich in meiner gestreiften Pyjamahose erwischte, die ich seit gestern Abend trug. Aber auf die Eiscremeflecken auf meinem Oberteil hätte ich gut verzichten können.

„Bist du krank?“, fragte er und richtete sich auf. „Es ist noch nicht mal acht. Ich dachte, wir könnten zusammen essen gehen?“

Ich atmete tief ein und ganz langsam wieder aus. „Nein, Ciaran. Ich bin nicht krank. Mir geht es nur nicht gut. Außerdem bin ich müde. Also gehe ich jetzt ins Bett. Gute Nacht.“ Ich wollte die Tür schließen, aber Ciaran streckte eine Hand aus und hinderte mich daran.

„Halt. Was ist los?“ Offensichtlich war er es nicht gewohnt, dass man ihm die Tür vor der Nase zuschlug.

Lass ihn nicht merken, dass es dir etwas bedeutet hat, warnte ich mich.

„Nichts.“

Seine Augen verengten sich. „Tja, willst du Dave nicht bei dir haben?“ Ich sah Dave an, der zu Ciaran aufschaute und dabei heftig mit dem Schwanz wedelte.

„Ich denke, er wäre lieber bei dir! Offensichtlich weiß er, wo das Gras grüner ist“, gab ich schnippisch zurück.

„Was?“ Er lachte, was mich noch ein wenig mehr aufbrachte.

„Du bist wie der Rattenfänger in dieser Geschichte!“, platzte es aus mir heraus. „Persönliche Assistentinnen, Exverlobte, Hunde …“ Ich zeigte auf Dave. „Sie alle laufen dir hinterher, nicht wahr?“ Sobald ich mit meiner Schimpftirade fertig war, wollte ich jedes Wort davon zurücknehmen. Ich wollte sie alle aus der Luft fangen und in die Tasche meiner Pyjamahose stecken. *So viel dazu, ihm nicht zu zeigen, dass es dir was ausmacht, Holly.*

Ciaran verlagerte das Gewicht und suchte nach Worten.

„Mary hat mir erzählt, dass du gestern vorbeigekommen bist, aber ich habe es erst heute Morgen erfahren. Ich habe dich zweimal angerufen, um sicherzugehen, dass es keine Missverständnisse gibt, aber du hast nicht zurückgerufen.“

„Missverständnisse? Ganz im Gegenteil. Ich verstehe das sehr gut, Ciaran. Du hattest deinen Spaß, ich hab’s kapiert.“

„Nein, Holly, das hast du nicht. Okay, du bist sauer. Ich ruf dich morgen an, wenn du dich beruhigt hast. Dann gehen wir irgendwo nett Mittagessen …“

„Ich will nicht nett mir dir Mittagessen gehen, Ciaran! Ich will nicht, dass du dein Geld für mich ausgibst oder bei mir Torten bestellst oder irgendetwas anderes! Wann hast du das letzte Mal einen Tag verbracht, ohne mehr als … als zehn Pfund auszugeben?“

„Wo ist dein Problem, Holly? Hör mal, wenn es um mein Essen mit Clara geht, das war rein beruflich. Es gibt keinen Grund, eifersüchtig …“

„Eifersüchtig? Ich bin nicht eifersüchtig, Ciaran. Aber ich bin auch nicht dumm. Ich frage mich, wie oft Fergal seine Beziehung zu Penny wohl als *rein geschäftlich* bezeichnet hat?“

Seine Kiefermuskeln zuckten, und ich kam mir beinahe ein wenig gemein vor.

„Steckt da doch noch etwas anderes dahinter, Holly? Denn wenn ja, würde ich es gerne wissen.“ Er kam mir so nahe, dass ich den Regen riechen konnte, der das Aftershave auf seiner Haut befeuchtet hatte. Seine Stimme sank zu einem Flüstern. „Ich kann nicht aufhören, an dich zu denken, Holly. Also, wenn du … deine Meinung geändert hast …“

Ich trat einen Schritt zurück und rief Dave zu mir.

„Hier steckt gar nichts dahinter, Ciaran“, sagte ich eisern.

„Wirklich?“, fragte er leise und beobachtete mich wie ein Falke. „Gar nichts?“

Ich wusste, was er eigentlich fragte. Und es war höchste Zeit, ihm die Antwort zu geben und alldem hier ein Ende zu bereiten.

„Gar nichts.“ Ich schloss die Tür und überließ Ciaran dem Regen.

31. KAPITEL

Catherine sah gut aus, als sie vor meinem Häuschen aus dem Taxi stieg. Ich hätte sie vom Bahnhof abholen können, aber dann wären wir zu lange in der Enge des Wagens eingesperrt gewesen, um die Unterhaltung leicht dahinplätschern zu lassen. Ich wusste, für sie war dieses jährliche Ritual reinigend, aber ich konnte nicht von jetzt auf gleich in die Erinnerungen an Charlie hineingleiten. Nicht um zehn Uhr am Morgen.

„Holly, meine Liebe, wie geht es dir?", fragte sie liebevoll und umarmte mich.

„Hallo, Catherine, du siehst bezaubernd aus." Catherine hatte eine Vorliebe für blumige Tücher, und es mangelte ihr nie an Farbe.

„Das ist ein schönes Kleid, Holly. Blau steht dir."

Es war ehrlich gesagt ein Sommerkleid. Einfach geschnitten und bis gerade übers Knie reichend. Ein leichtes graues Muster erlaubte mir, eine graue Strickjacke und Ballerinas dazu zu tragen, was angemessen genug war, um später mit ihr auf den Friedhof zu gehen.

„Und du hast dir die Haare wachsen lassen", sagte sie warmherzig.

Das stimmte, meine Haare waren länger geworden und fielen nun in sanften Wellen auf meine Schultern. Charlie hatte es geliebt, wenn ich sie offen trug.

„Danke, Catherine. Komm rein, Mum freut sich schon darauf, dich zu sehen."

Im Inneren des Cottages war meine Mutter immer noch dabei, das neue Wohnzimmer zu bewundern. Martha saß auf dem Sofa und stillte Daisy.

„Catherine, wie schön, dich zu sehen. Wie war deine Reise?" Mum schaltete sofort in den Gastgebermodus. Ihre Haut wirkte neben Catherines blassem Teint braun und verwittert, und ihr Dekolleté, das durch den Ausschnitt der gepunkteten Bluse zu sehen war, war von feinen Linien durchzogen.

„Hallo, Pattie. Meine Güte, sieh sich das einer an!“, rief Catherine aus.

Heute war das erste Mal, dass dieses Zimmer tatsächlich genutzt wurde. „Ja, es ist umwerfend, nicht wahr? Ich habe gerade zu Martha gesagt, wie froh ich bin, dass Holly hier endlich ihren Zauber gewirkt hat.“

Martha zwinkerte mir zu, bevor sie sich wieder Daisy zuwandte, die zufrieden weiter saugte.

„Ich gehe mal eben in die Küche und setze Wasser auf“, sagte ich und zog mich schnell zurück.

Mrs Hedley hatte gefragt, ob sie uns heute Gesellschaft leisten dürfte, und nach ein paar Tassen Tee und etwas leichter Unterhaltung stellten wir Dads *pollo con manzanas* in den Ofen und machten uns auf zur St. Nicholas-Kapelle im Ort.

Charlie und ich waren diesen von Brombeersträuchern gesäumten Weg jeden Freitagabend gegangen, um im *Dicken's Inn* kalten Cidre oder heißen Grog zu trinken. Ich spürte, wie meine Entschlossenheit wankte, je näher wir dem Friedhof kamen.

Die milden Temperaturen vom Wochenende hatten angehalten, doch der Regen vom Sonntag hing noch an dem Gras, als wir den Pfad entlanggingen, der uns zu dem Ort führte, an dem Charlies schlichter Grabstein unbeugsam stand.

Charles Alfred Jefferson
Geliebter Ehemann und Sohn
Gestorben am 12. November
im Alter von 27 Jahren

Zwölf Monate hatten nichts an der Grausamkeit der Worte geändert. Ich versuchte, sie nicht anzuschauen, während die Nässe des Bodens durch meine Sohlen drang. Die Frauen legten Blumen ab. Dad sagte ein paar Worte. Mum hielt die Hand der leise weinenden Catherine. Martha hielt meine, doch ich weinte nicht.

Mrs Hedley gesellte sich wieder zu uns, nachdem sie die alten Blumen von zwei Gräbern entsorgt hatte. Ich hatte keine Blumen für Charlies Grab mitgebracht. Stattdessen zog ich einen Tannenzapfen aus der Tasche, den ich im Wald gefunden hatte. Nichts Kurzlebiges, das in der Blüte seines Lebens abgeschnitten worden war, wie Mrs Hedley es genannt hatte, sondern einen Samen. Das Versprechen von etwas Neuem, das von irgendwoher heranwehen würde. Ich steckte den Zapfen tief in die Erde, wo er stark und groß heranwachsen konnte.

Der Geruch von brutzelnden Äpfeln und Knoblauch wehte uns entgegen, als wir vom Friedhof zurückkehrten. Teller klapperten, Geschirr klirrte, und das Gemenge vieler Stimmen hallte durch das Haus.

Ich hatte das Klopfen nicht gehört und auch nicht mitbekommen, dass Mum vom Tisch aufgestanden war, um die Tür zu öffnen. Mir war überhaupt nicht aufgefallen, dass sie fort war, bis Mrs Hedley sich auf ihrem Stuhl herumdrehte, um zu meiner Mutter zu schauen, die in der Küchentür stand. Neben ihr stand Ciaran, den Pullover um die Taille gebunden und einen Strauß schlaffer Blumen in der Hand.

Das Klirren des Bestecks erstarb, und alle Augen folgten meinem Blick.

„Holly?“, sagte meine Mutter und löste ihre verschränkten Hände. „Du hast Besuch.“ Sechs Augenpaare richteten sich auf mich. Je länger ich brauchte, um zu reagieren, desto dicker wurde die Luft um mich herum. „Nun sitz nicht da wie eine Zitrone, Holly. Wo sind deine Manieren? Stell uns deinen Gast vor.“ Manchmal war Menorca immer noch viel zu nahe.

Auf der anderen Seite des Tisches sprang Rob, mein Retter in schimmernder Rüstung, auf und durchquerte die Küche. „Hallo, Ciaran, schön, dich zu sehen. Komm doch rein“, rief er enthusiastisch.

Mrs Hedley tätschelte unter dem Tisch mein Bein. Ich warf Martha einen Blick zu, die mit Daisy neben dem leeren Stuhl ihres Mannes saß. Sie schenkte mir ein ermunterndes Lächeln. Ich stand auf, als Rob Ciaran zu der oberen Ecke des Esstisches führte, wo er zwischen meinem Vater auf der einen und Mrs Hedley auf der anderen Seite stehen blieb. Meine Mutter blieb nah bei ihm.

„Holly?“, drängte sie erwartungsvoll. Dad drehte sich auf seinem Stuhl herum, um unseren Gast anzusehen, während Catherine sich vorbeugte, um an mir vorbei zu ihm zu schauen.

„Also … das ist Ciaran. Ciaran, meine Mutter Pattie. Mein Dad Phil …“ Ich drehte mich zu Catherine um, die geduldig darauf wartete, dass sie an die Reihe kam. „Und das ist Catherine, Charlies Mutter.“

„Oh, hallo.“ Catherine lächelte Ciaran an. „Sind Sie ein Freund von Charlie?“, fragte sie hoffnungsvoll. Meine Knie wurden weich.

„Ich fürchte, das Vergnügen ist mir verwehrt geblieben, Catherine. Aber ich habe gehört, er war ein guter Mann.“

Catherine lächelte zufrieden. Ich versuchte, nicht zu hyperventilieren.

„Schön, Sie kennenzulernen, Ciaran“, sagte mein Dad ernst und stand auf, um ihm die Hand zu schütteln. Als er es tat, fielen ein paar Grashalme von Ciarans Ärmel. Seine hellen Chinos waren bis zu den Waden durchnässt.

„Gleichfalls, Phil“, erwiderte Ciaran.

„Und ich bin Patricia. Was für einen entzückenden Akzent Sie haben“, gurrte meine Mutter. Ciaran bot ihr die Hand an, doch sie ignorierte sie und gab ihm stattdessen einen Kuss auf die Wange.

„Hallo, Martha. Geht es dir gut?“, fragte Ciaran.

„Ja, danke.“ Sie lächelte. „Möchtest du dich nicht zu uns setzen?“

„Ja, setzen Sie sich und essen Sie mit uns. Mögen Sie Hühnchen?“, erkundigte sich Dad erwartungsvoll.

Automatisch nahmen alle wieder ihre Plätze ein – Mum allerdings ein wenig widerstrebend –, sodass nur Ciaran und ich stehen blieben.

„Ehrlich gesagt bin ich nur gekommen, um die hier zu überreichen.“ Ciaran kam um Mrs Hedleys Stuhl herum zu mir.

„Oh, Blumen“, stieß Catherine hervor. „Ist das nicht entzückend?“

Ich schaute zu den weißen Tulpen, die in Ciarans Hand erstickten.

„Ich fürchte, die Blumen sind nicht für Holly. Sie sind für Cora, als Dank für das Frühstück vor ein paar Wochen.“

Die Augenbrauen meiner Mutter schossen so weit nach oben, dass sie Gefahr liefen, komplett von ihrem Gesicht zu fallen. Ich wollte nicht sehen, was für eine Miene Catherine hinter mir machte.

„Danke, Ciaran“, sagte Mrs Hedley. „Sieh nur, Holly. Tulpen.“

„Ich fürchte, sie sind schon ein wenig schlapp, Cora. Sie haben eine ziemliche Reise hinter sich“, sagte Ciaran.

„Oh, mit einem Tropfen Wasser sind sie gleich wieder wie neu.“ Sie lächelte.

„Und Holly, dir wollte ich das hier geben“, sagte er leise.

Wir alle beobachteten, wie Ciaran in seiner Tasche wühlte. Mit der anderen Hand nahm er meine und hielt sie zwischen uns fest.

Er schaute mich an, als wären wir allein.

„Ich bin fünf Meilen von zu Hause bis zur ersten Bushaltestelle gelaufen, die mir über den Weg kam“, sagte er und legte ein kleines Papierticket in meine Hand. „Der Bus ist nicht bis Brindley gefahren, also kostete die Hin- und Rückfahrt nur vier Pfund siebzig.“ Münzen glitten in meine Hand. „Das hier sind zweiundachtzig Pence Restgeld von der Zehnpfundnote, die ich mir heute Morgen eingesteckt habe. Es wäre noch mehr übrig gewesen, aber ich hatte Durst, als ich am Laden im Dorf vorbeigekommen bin … Außerdem musste ich mir Pflaster für die Blasen an meinen Füßen kaufen. Was die Blumen angeht, die habe ich aus einer Vase von zu Hause geklaut.“ Er lächelte und beobachtete mich genau.

„Du bist hierhergelaufen?“, fragte Martha. „Das muss ja den ganzen Tag gedauert haben.“

„Aye“, sagte Ciaran und klang ganz wie sein Vater. Meine Hand lag immer noch in seiner. „Aber das war es wert.“

Mrs Hedley nahm einen großen Schluck von ihrem Wein.

„Tja, dann müssen Sie unbedingt bleiben“, flötete meine Mutter und sprang wieder von ihrem Stuhl auf. „Kommen Sie erst einmal wieder zu Atem, junger Mann.“

Ciaran berührte leicht meinen Ellbogen, bevor er zu dem Stuhl neben Catherine geführt wurde.

Dass ich ihn während der restlichen Mahlzeit nicht sehen konnte, half. Ich schaffte es, ihn die meiste Zeit über nicht anzuschauen, aber selbst ich musste mitlachen, als Catherine ihm die Geschichte erzählte, wie sie einmal den vier Jahre alten Charlie in einer Ausstellung für Badezimmermöbel verloren hatte und ihn schließlich im Schaufenster wiederfand, wo er in einer der Toiletten ein kleines braunes Geschenk hinterlassen hatte.

„Ich muss mich langsam mal wieder auf den Rückweg machen. Ich danke Ihnen allen für Ihre Gastfreundlichkeit“, sagte Ciaran schließlich und schob seinen Stuhl zurück.

„Kann Rob Sie nicht fahren?“, fragte mein Vater. „Dann wären Sie viel schneller zurück. Das ist doch kein Problem, Rob, oder?“

„Klar! Ich hole nur kurz meine Schlüssel.“ Rob schob sich schnell eine letzte Gabel Birnenkuchen in den Mund.

„Nein, ist schon gut, Kumpel.“ Ciaran zog seinen Pullover über. „Das würde dem Zweck des Ganzen widersprechen.“

Ciaran verabschiedete sich von uns allen, dann begleitete meine Mutter ihn zur Haustür. Marthas Wangen wirkten noch rosiger, wenn sie grinste.

„Tja, das war ja eine nette Überraschung“, schniefte meine Mutter, als sie an den Tisch zurückkehrte.

„Ja, was für ein entzückender junger Mann“, stimmte Catherine zu. „Ich hoffe, seine Blasen bereiten ihm auf dem Rückweg nicht allzu viele Probleme.“

„Ach, er kommt schon klar, oder, Hol?", warf Rob ein und nahm sich noch ein Stück Kuchen. „Er ruft einfach seinen Chauffeur an, oder was meinst du?"

Martha stieß ihm in die Rippen.

„Was?"

„Chauffeur?", rief meine Mutter aus. „Er hat einen *Chauffeur*? Und er hat hier bei dir gefrühstückt, Holly?"

Ich spürte, wie der Boden unter mir nachgab.

„Es ist nicht, was du denkst, Mum", sagte ich und ging mit einem Stapel Teller eilig in die Küche.

„Woher weißt du, was ich denke?", erwiderte sie.

Ich seufzte, weil ich wusste, dass es sinnlos war, mich mit ihr anzulegen. Ich ließ Wasser ins Spülbecken laufen. Mrs Hedley hatte recht gehabt – die beinahe tote Pflanze, die sie mir geschenkt hatte und die immer noch auf meiner Fensterbank stand, sah unbestreitbar gesünder aus. Martha folgte meinem Beispiel und brachte noch mehr Geschirr in die Küche.

„Ich bin nur neugierig, Holly. Ich würde mich freuen, zu hören, dass du neue Freundschaften schließt", rief meine Mutter, bevor sie an ihrem Wein nippte. „Ich nehme an, er hat einen guten Job? Was macht er? Und wo wohnt er?"

Ich würde jetzt nicht darüber sprechen.

Seit Ciaran aufgetaucht war, hatte ich es vermieden, Catherine anzusehen.

„Verschrecken Sie sie lieber nicht", sagte Mrs Hedley kühl zu meiner Mutter.

„Wie bitte?", fragte Mum indigniert.

„Holly ist an diesem ganzen Unsinn nicht interessiert. Sie steht nicht auf Angeber, die einen auf dicke Hose machen. Also verschrecken Sie sie nicht."

„Ich denke, ich kenne meine Tochter, Mrs Hedley. Und ich denke auch, ich weiß, was zu ihrem Besten ist und was nicht." Meine Mutter lächelte kühl, bevor sie erneut an ihrem Wein nippte. Ich steckte meine Hände in das heiße Spülwasser und versuchte, ihre Stimmen auszublenden.

„Holly weiß selbst, was für sie das Beste ist. Sie ist ein cleveres Mädchen", fuhr Mrs Hedley ruhig fort.

„Dieser Kuchen ist wirklich ganz köstlich, Pattie!" Rob versuchte verzweifelt, das Thema zu wechseln, bevor er noch mehr Rippenstöße dafür kassierte, überhaupt damit angefangen zu haben. „Oder hast du den gebacken, Phil?"

„Nein, nein", nahm Dad den Faden auf. „Pattie ist die Königin der Desserts. Ich glaube, ihr Geheimnis ist Zimt. Es ist doch Zimt, meine Liebe?"

Rob und Dad fuhren mit ihrer ablenkenden Unterhaltung fort, und als sich Marthas sanfte Stimme unter ihre mischte, hoffte ich, es würde reichen, um meine Mutter von der Spur abzubringen. Wenigstens hatte ich heute nicht geweint. Gerade heute – das musste doch ein gutes Zeichen sein, oder?

Der Abfluss verschluckte die letzten Seifenblasen mit einem lauten Rülpser. Eine milchig-weiße Hand, verlebter als meine, legte sich leicht auf meinen Unterarm.

„Was auch immer es dir bedeutet, Holly, ich finde, er ist ein netter Junge", sagte Catherine leise. „Und ich denke, dass unser Charlie ihn sehr gemocht hätte."

32. KAPITEL

Die Anzahl der Sachen, die Martha in Daisys Windeltasche mit herumschleppte, war unglaublich. Alleine die Strampelanzüge lagen beinahe im zweistelligen Bereich, was mich ein wenig in Panik versetzte. Hatte ich womöglich unsere Unterhaltung falsch verstanden und sie wollten heute über Nacht hierbleiben?

Ich sah zu Daisy hinüber, die in ihrem Körbchen ausgelassen mit den Armen ruderte, während ich neben ihr auf dem Chesterfield-Sofa lag und las. Der Garten vor dem Fenster wurde plötzlich von Scheinwerfern erhellt. Sie waren zu schmal und zu niedrig, um zu Robs Familienkutsche zu gehören.

Er hatte sich seit dem Familienessen am Dienstag nicht mehr bei mir gemeldet. Und ich hatte auch nicht nachgefragt, ob er gut wieder nach Hause gekommen war. Aber ich hatte an ihn gedacht. Ohne Unterlass, um ehrlich zu sein.

Ich sah kurz nach Daisy, bevor ich zur Tür ging und sie öffnete, bevor Ciarans Klopfen Dave wecken konnte.

„Hi", sagte er und kam zögernd die Stufen zur Veranda hoch.

„Hi."

„Ich kam gerade vorbei und dachte, ich könnte meine zweiundachtzig Pence einsammeln. Nur damit du nicht denkst, ich würde mit Geld nur so um mich werfen." Der Schatten eines Lächelns lag auf seinen Lippen.

„Was machen die Blasen?", fragte ich.

„Schon besser." Er lächelte. „Die letzten beiden Male, als ich dich besucht habe, hast du mich nicht hereingebeten."

„Letztes Mal warst du doch drinnen. Und hast mit meiner Familie zu Mittag gegessen", erwiderte ich, immer noch überrascht von dem Vorfall.

„Ja, aber es warst nicht du, die mich reingelassen hat." Er neigte den Kopf. Sein Lächeln schwand unter meinem Schweigen. „Holly, ich will nicht gehen, aber wenn du mich bittest, tue ich es."

Das hasste ich. Ich hasste es, wie er mich immer in Verlegenheit brachte. Hasste es, wie ich mich fühlte, wenn seine Lippen sich zu einer dünnen Linie zusammenpressten und seine Augen wachsam schauten.

Ich wollte nicht, dass er ging.

Also trat ich beiseite und ließ ihn herein. Ciaran sah zu, wie ich die Tür hinter ihm schloss. Vorsichtig, um mir mit seinen Stiefeln nicht auf die Zehen zu treten, trat er vor und nahm meine Hand. Ein Stromschlag durchfuhr mich.

„Ich möchte, dass du weißt, Holly, dass die Sache mit Clara schon sehr lange her ist. Unser Treffen war nicht das, was Penny angedeutet hat." Wenn er log, so konnte ich es seiner Stimme zumindest nicht anhören.

Ich schüttelte den Kopf. „Es geht mich nichts an, Ciaran. Ich habe mich selber zum Narren gemacht." Ich wusste, ich sollte gegen seine Finger ankämpfen, sollte es nicht so sehr genießen, sie zu spüren.

„Nein, das hast du nicht", flüsterte er. „Ich möchte, dass es dich etwas angeht, Holly. Ich möchte, dass es dich interessiert, mit wem ich zusammen bin. Denn es interessiert mich, mit wem *du* zusammen bist, und ich möchte nicht, dass du das hier mit jemand anderem tust." Seine andere Hand fand ihren Weg zu meinem Rücken, und die Gefühle, die in der Backstube aus dem Nichts hervorgebrochen waren, fingen wieder an, sich zu regen.

Lass nicht zu, dass er dich küsst. Ich wusste, was passieren würde, wenn er es tat. Ich wusste, wo es enden würde, wusste, dass mein Körper sich bereits an ihn erinnerte und meinen Verstand überwältigen würde – was wahrscheinlich gar nicht so schwer war.

Ciaran lehnte sich ein wenig vor.

„Bitte küss mich nicht, Ciaran." Ich zitterte.

„Aber ich möchte dich küssen, Holly", murmelte er. Ich schmeckte bereits seinen Atem. „Das ist alles, was ich seit unserem ersten Treffen tun wollte." Er beugte sich noch ein wenig vor, um meinen Widerstand zu testen, von dem er wusste, dass er nicht vorhanden war. Doch bevor seine Lippen meine erreichen konnten, war das laute Entweichen von Luft aus den Eingeweiden eines jungen Wesens zu hören. „Was war das?“, flüsterte er an meinem Mund.

„Daisy.“

Ciaran blieb, wo er war, während ich unter seinen Armen hindurchschlüpfte. Daisys Ärmchen wedelten ein wenig heftiger. Hastig nahm ich sie hoch und hielt sie wie einen Keuschheitsgürtel vor mich. Ciaran folgte mir ins Wohnzimmer.

Meine Nichte hatte ihrer Drohung bereits Taten folgen lassen.

„Oh Daisy“, wimmerte ich, als mir der verstörende Geruch aus ihrem hübschen weißen Strampler in die Nase stieg. „Ich muss sie kurz wickeln“, sagte ich und trug sie an ihm vorbei. „Fühl dich wie zu Hause. Du weißt ja, wo alles ist.“ Ich lachte. Immerhin hatte er diesen Raum eingerichtet.

„Gute Ablenkung, Kleine“, flüsterte ich und küsste Daisys weichen Kopf.

Als ich wieder nach unten kam, hatte Ciaran seine Jacke ausgezogen und betrachtete das Buch, in dem ich gelesen hatte. „Ein Geisterbeschwörer, der mit Vampiren und Werwölfen ausgeht?“ Er hielt mir das Buch hin. „Das klingt … nett.“

„Es ist weniger weit hergeholt als die meisten Liebesromane“, sagte ich und setzte mich, mein menschliches Schutzschild immer noch fest im Arm.

„Wird Daisy den ganzen Abend über die Anstandsdame spielen?“ Er streckte seine Hand aus und strich sanft über ihr dunkles Haar. „Es ist nur so, dass ich dich gerne ausführen würde, und ich möchte nicht, dass diese kleine Lady eifersüchtig wird“, flüsterte er.

„Du willst mich immer noch ausführen?“

„Tja, ich denke, meinen neuesten Vorschlag wirst du gutheißen. Es ist ein Doppelevent, sozusagen. Wir haben gerade einen großen Vertrag abgeschlossen, also ist das die perfekte Gelegenheit, all die harte Arbeit zu würdigen, die in die Vorbereitung geflossen ist. Aber hauptsächlich handelt es sich um die jährliche

Spendengala, die unsere Firma zu Ehren meiner Mutter veranstaltet. Wir laden viele reiche Leute ein, die einen Tisch kaufen müssen, und sammeln dann so viel Geld für die Wohltätigkeitsorganisationen meiner Mutter, wie wir nur können. Es ist immer eine fabelhafte Veranstaltung, Abendgarderobe ist Pflicht, also wenn du deine Gummistiefel tragen willst – die dir im Übrigen hervorragend stehen –, solltest du besser ein langes Kleid tragen, um sie zu verstecken."

„Das klingt nach einem tollen Abend, Ciaran. Wann?", fragte ich, während ich im Geist Kleider durchging, die ich nicht besaß.

„Morgen in einer Woche. Ich würde mich wirklich sehr freuen, wenn du mich begleitest, Holly."

Den Rest des Abends benahm er sich wie der perfekte Gentleman. Rob und Martha kamen früher zurück als erwartet, weil sie Daisy zu sehr vermissten, um länger fortzubleiben. Sie hätten noch einen Kaffee trinken können, aber Martha war aus irgendeinem Grund darauf erpicht, uns so schnell wie möglich allein zu lassen.

Ciaran war mit dem Auto da, also tranken wir nichts, wozu nicht heißes Wasser nötig gewesen wäre, und unterhielten uns wieder bis tief in die Nacht hinein.

„Dein Dad muss sehr zufrieden sein, dass es ihm gelungen ist, das große Stück Land zu erwerben? Ich habe es in den Nachrichten gesehen", sagte ich und beobachtete Ciaran von der anderen Seite des Sofas aus.

„Ja, ich habe den Bericht später auch gesehen." Er lachte. „Manchmal tut die Presse tatsächlich etwas für Dads Image. Für meins allerdings eher nicht."

„Es muss schön sein, zu sehen, dass er sich wieder berappelt hat."

„Es ist schön, zu sehen, dass er sich in der Firma wieder wohlfühlt. In seinen schlimmsten Zeiten war es am besten, ihn so weit wie möglich davon fernzuhalten. Und erst recht von den Baustellen. Also wurde es zu meiner Aufgabe, an den Geschäftsessen teilzunehmen. Fergal haben wir so oft wie möglich zu Hause geparkt oder auf dem Golfplatz. Das war der einzige Zeitvertreib, der ihm eine Weile lang Spaß gemacht hat. Bis er Elsa, Ludlows Mutter, im Country Club kennengelernt hat."

„Sie müssen ein merkwürdiges Paar abgegeben haben. Fergal ist so lustig, und Elsa ist so …"

„Zickig? Ja, das kann sie sein, aber sie hat auch gute Seiten. Fergal hat sie nicht wegen ihrer warmherzigen Persönlichkeit geheiratet. Er hat sich Sorgen um mich gemacht. Um mein *Verhalten*. Selbst durch den Nebel der Halbtrunkenheit hat er mich immer im Auge behalten. Er hat befürchtet, dass ich leichtsinnig werde. Und dass ich eine Mutter brauche. Nach sieben Jahren, in denen er zu viel getrunken und beinahe sein Imperium verloren hat, das er mit meiner Mutter zusammen aufgebaut hatte, erwachte plötzlich sein Gewissen. Er fand, dass meine … nennen wir es mal Zuneigung zum schönen Geschlecht … etwas damit zu tun hätte, dass meine *emotionalen Bedürfnisse* nicht erfüllt wurden." Ciaran streckte seine Beine aus.

„Ist er von allein zu diesem Schluss gekommen? Es klingt eher nach etwas, das ein Therapeut sagen würde."

„Ich bin mir nicht sicher. Aber wie auch immer, Fergal glaubte jedenfalls, einschreiten zu müssen. Also entschied er, die Sache in die Hand zu nehmen und machte sich etwas überstürzt daran, mir einen Mutterersatz zu suchen."

„Und hat seine Heirat mit Elsa irgendeinem von euch geholfen?" Ich lächelte und kuschelte mich dann tiefer ins Sofa.

Ciaran zog meine Füße zu sich und hüllte sie in die Wärme seiner Hände. „Du hast schon wieder kalte Zehen", sagte er und rieb sie warm. „Elsa hat tatsächlich Wunder gewirkt. Sie hat ihn schnell wieder in Form gebracht. Er hat sogar ein paar Pfund abgenommen. Er genießt immer noch gerne einen Schluck, wie du gesehen hast, aber lange nicht mehr so viel."

„Also war sie gut für ihn?", fragte ich und genoss die Berührung seiner Hände.

„Ich denke schon. Zumindest habe ich das so gesehen. Ganz im Gegensatz zu Fergal, der bald schon überhaupt nichts Gutes mehr an Elsa sah." Er lachte. „Also hat er angefangen, zu rebellieren und sich bei allen möglichen Anlässen danebenzubenehmen." Ciaran zuckte mit den Schultern.

„Und an diesem Punkt kommt die bezaubernde Penny ins Spiel, nehme ich an? Sie war wahrscheinlich nur allzu bereit, ihm das Bett zu wärmen, schätze ich." Auch wenn ich mir nicht vorstellen konnte, dass die personifizierte Eiseskälte irgendetwas wärmen konnte.

„In den dreißig Jahren ihrer Ehe hat Fergal meine Mutter nie betrogen. Aber mit Elsa gab es keine Liebe, nichts war so wie mit meiner Mum. Er war einsamer als je zuvor und fing an, Trost in den Armen von Frauen zu suchen, die ihm sagten, was er hören wollte."

„Und was war das?", fragte ich.

„Dass er kein alter Mann mit einem gebrochenen Herzen ist."

Ich dachte an Fergal und fragte mich, wie viele Menschen es wohl auf der Welt gab, die an der Liebe zerbrochen waren.

„Die Schuhe waren für Penny, oder? Die Schuhe, die ich als Vorlage für die Torte bekommen habe?"

Ciaran zog die Decke von der Lehne des Sofas und legte sie über meine Beine. „Fergal ist nicht dumm. Er hätte Penny diese Schuhe überall kaufen können, aber er hat sich für Elsas Lieblingsboutique entschieden. Er wollte auffliegen."

„Aber Penny? Ich meine, ich weiß, sie ist umwerfend, und jeder Mann würde mit ihr am Arm gesehen werden wollen, aber …"

„Sie ist auch eine Zicke?"

„Ja. Oder etwa nicht? Ich habe gesehen, wie sie dich anschaut, Ciaran. Sie kann deinen Dad unmöglich lieben."

„Das weiß er." Ciaran lächelte.

„Aber wie kann ihm das reichen?"

„Was glaubst du? Sie führen eine Beziehung, die für beide Seiten ihre Vorteile hat. Er weiß, dass sie eine Goldgräberin ist und nur einen sehr reichen Mann mit dem entsprechenden Status in ihm sieht. Er überhäuft sie mit Schmuck und Kleidern – und sie sorgt dafür, dass er sich wichtig fühlt. Du weißt, wie das läuft. Das gibt es überall auf der Welt."

„Klar weiß ich das. Aber trotzdem hänge ich an der guten alten Vorstellung, dass man jemanden um seiner selbst willen liebt. Und nicht nur, weil man aus ihm möglichst viel herausholen kann."

„Fergal wird nie wieder jemanden so lieben wie meine Mutter. Dafür ist er nicht bereit. Und als Chef von Argyll Inc. weiß er, dass jede Frau, die er trifft, erst einmal seinen finanziellen Wert sieht", erwiderte er.

„Tja, das ist echt schade. Er könnte eine Frau finden. Irgendwo. Und Penny? Sie sollte auch nach einem Mann Ausschau halten, den sie lieben kann. Das könnte sie ein wenig freundlicher stimmen. Wie glücklich kann einen am Ende des Tages ein Schmuckstück schon machen?"

„Nicht jeder denkt wie du, Holly."

Wir redeten die ganze Nacht, wie Teenager, die alle Zeit der Welt haben. Ciaran hatte noch nie den Sonnenaufgang hier in der Gegend beobachtet. Also nahmen wir uns um kurz nach sieben die Decken vom Sofa, legten sie uns um die Schultern und gingen hinaus, um zuzusehen, wie der Morgen über dem Wasser des Stausees heranbrach. In diesem Moment, bevor er mich wieder verlassen und ich den ganzen Tag an ihn denken würde, küsste Ciaran Argyll mich endlich wieder. Langsam und zart und ehrlich, als würde die Sonne selbst mein Herz berühren.

33. KAPITEL

Ein Kino. Ich war seit Jahren nicht mehr im Kino gewesen. Nicht, seitdem wir rausgeschmissen worden waren, weil Charlies Schnarchen die anderen Zuschauer gestört hatte. Er litt unter filmbedingter Narkolepsie – nachdem er sich erst eine teure Karte gekauft hatte, schlief er einfach ein und verpasste den Film. Ihn selbst hatte das nie gestört. Die anderen Kinobesucher leider schon.

Diesmal lief es anders ab. Ich sah den Film von Anfang bis Ende und teilte mir einen Eimer Popcorn mit Ciaran. Er hatte mich ins Kino eingeladen und in das mexikanische Restaurant in Hunterstone, das mir jeden Abend, wenn ich nach der Arbeit daran vorbeikam, das Wasser im Mund zusammenlaufen ließ. Außerdem waren wir im Stadttheater gewesen, wo er beinahe mitten während der Vorstellung eingeschlafen wäre. Und auf dem Hunderennplatz, ausgerechnet. Selbst das *Atlas* hatten wir gemeinsam besucht, wo das Essen, wie ich zugeben musste, wirklich ausgezeichnet war.

Die letzte Woche mit ihm zu verbringen war einfach wundervoll gewesen. Irgendetwas passierte mit uns, etwas Echtes. Etwas lang Vergessenes.

Als ich Martha bat, mir zu helfen, ein Kleid für den Wohltätigkeitsball zu finden, brach sie in Tränen aus. Rob sagte, es läge an ihren Hormonen, und erntete dafür einen Hieb geben den Oberarm.

Hormone hin oder her, das Kleid, das Martha für mich fand, war unglaublich. Wenn es je ein Kleidungsstück gegeben hatte, das aus mir einen modeinteressierten Menschen machen konnte, dann dieses. Die Farben schimmerten zwischen Bronze und Zinn und erinnerten mich an den Frost auf den Hecken, wenn die Wintersonne darauffiel. Der V-Ausschnitt verlief dekorativ zu einer, wie Martha es nannte, Empire-Taille, von der der Organza in der Farbe eines stürmischen Himmels bis zum Boden fiel. Ich liebte dieses Kleid. Zum einen, weil die dreiviertellangen Ärmel verhinderten, dass Martha sich mit ihrer Idee durchsetzte, mir einen Spray Tan zu verpassen – was definitiv in einer Katastrophe geendet hätte. Zum anderen aber auch, weil die Länge des Kleides mich davor bewahrte, hohe Schuhe anziehen zu müssen. Nachdem ich mich einmal im Spiegel gesehen und mich sofort in die Art verliebt hatte, wie das Kleid mich aussehen ließ, hoffte ich mit einem Mal, Ciaran würde es auch so gehen.

Auf Marthas Drängen hin verbrachte ich den ganzen Nachmittag in ihrem Haus und ließ mich ohne großen Widerstand aufhübschen.

Toby holte mich ab, da Ciaran bereits vor Ort war, um die Gäste zu begrüßen. Er lachte, als ich meinen Rock anhob und durch den Regen zur Beifahrertür lief.

„Hi, Toby", keuchte ich.

„Wissen Sie, Sie sollten mir schon die Gelegenheit geben, Ihnen die Tür zu öffnen, Holly. Und zwar die hintere Tür, damit Sie wie eine Lady vorfahren."

„Soll ich wieder aussteigen? Oder vielleicht über die Lehne nach hinten klettern?", bot ich an.

„Schnallen Sie sich einfach an, sonst kriege ich noch Ärger." Toby grinste. „Übrigens: schönes Kleid."

Der Grace Argyll Memorial Ball fand auf Hawkeswood statt. Auf dem Privatweg, der zum Herrenhaus führte, reihten sich unzählige blitzsaubere Wagen unbestimmter Marken, ähnlich wie der, mit dem Toby mich abgeholt hatte. Sie alle lieferten Gäste am Haupteingang ab und fuhren wieder davon.

Ich geriet nicht leicht ins Schwitzen, aber ausgerechnet heute waren vor Nervosität nicht nur meine Hände feucht. Ich war noch nicht da, doch beim Anblick der vielen Autos schlug meine freudige Aufregung in leichte Panik um.

„Toby, haben Sie ein Deo?", fragte ich, als wir darauf warteten, dass der Wagen vor uns weiterfuhr.

„Ich habe nur ein Männerdeo."

„Das reicht. Vorsicht ist besser als Nachsicht."

„Es liegt im Handschuhfach", sagte er und nickte abwesend einem vorbeifahrenden Wagen zu.

„Wow, Toby. Das ist mal wirklich was für Männer."

„Ja. Ciaran wird sich freuen, wenn Sie wie ein neunzig Kilo schwerer Chauffeur riechen ... Er hatte schon immer was für mich übrig", meinte er lachend. „Okay, wenn ich jetzt vor dem Eingang halte, müssen Sie warten, bis ..."

Ich hatte die Tür bereits geöffnet. „Holly!", rief er, als ich aus dem Wagen stieg und mein Kleid richtete.

„Ja?" Ich duckte mich ein wenig, um ihn besser zu sehen.

„Viel Spaß." Er lächelte.

Ich roch spielerisch unter meinem Arm und zog eine Grimasse, bevor ich breit grinste. „Den werde ich haben."

In der großen Eingangshalle begrüßte ein Kellner mit einem Tablett voller Champagnergläser die Gäste. Ich lehnte das Getränk dankend ab – ich hatte meine Lektion gelernt.

„Kennen Sie sich im Herrenhaus aus, Madam?", fragte er.

„Heute Abend nicht." Ich lächelte ihn an.

„Die Gäste genießen gerade ein paar Kanapees im Salon, Ma'am." Cool, ich wusste, wo der war.

„Wissen Sie zufällig, wo ich Mr Argyll finden kann?", fragte ich so ladylike wie möglich.

„Ich bin hier, Darling!", dröhnte eine Stimme mit schwerem schottischem Akzent über mir. „Mein Gott, Mädchen, Sie haben sich aber fein herausgeputzt." Ich hatte Fergal in letzter Zeit oft genug gesehen, um mich trotz meiner vorherigen Begegnung mit seinem Kilt von diesem nicht abschrecken zu lassen.

Er begrüßte mich mit einem herzlichen Kuss auf die Wange, wobei sein Bart an meiner Haut kratzte.

„Hallo, Fergie. Sie sehen heute Abend verdammt gut aus."

Fergal hielt mir seinen Arm hin und führte mich, ein Glas Champagner trinkend, an den anderen Gästen vorbei.

„Ich bin froh, dass Sie gekommen sind, Mädchen. Der Junge wird sich freuen, Sie zu sehen."

Fergal durchquerte das Foyer mit beinahe majestätischer Haltung. Er lächelte die ganze Zeit, bis er kurz vor dem Salon stehen blieb. „Mein Sohn ist ein guter Junge, Holly. Die meisten Menschen merken das nicht, aber das sollten sie. Ich bin froh, dass er Sie gefunden hat, Mädchen."

Ich war nicht sicher, was ich aus den Falten in Fergals Gesicht lesen sollte, aber ich musste mich zurückhalten, um nicht in den Augen zu versinken, die so tiefbraun glühten wie die seines Sohnes. Manchmal gab es einfach keine Worte; dann reichte nur ein Kuss. Ich stellte mich auf Zehenspitzen und setzte einen zarten Kuss auf die Stelle, wo sein Bart aus der von Jahren schweren Lebens gezeichneten Haut spross.

„Sollen wir?", fragte er. Und dann stürzten wir uns ins Gefecht.

Ich wusste, dass Penny irgendwo da sein und ihr Revier markieren würde. Aber es war mir egal. Der Salon ging in einen weiteren Raum über, und in der prachtvollen Umgebung hatten sich gut zweihundert Gäste in Abendgarderobe versammelt. Unter der schieren Anzahl von Menschen wurde der Einzelne nahezu unsichtbar. Man musste schon ein Angehöriger der königlichen Familie sein, um aus dieser Menge herauszustechen. Oder als Einziger im Raum einen Kilt tragen.

Durch die Menge an Hosen und Abendkleidern erblickte ich die schönsten Beine, die ich je gesehen hatte.

Die leichte Bräune von Ciarans Haut hob sich hübsch gegen das Grau seines Hemdkragens ab. Weste und Jackett waren in einem dazu passenden Grafitton gehalten. Der Tartan der Argylls war sehr subtil gemustert; ein tiefes, gedämpftes Blau, das auf einem beinahe unsichtbaren grafitgrauen Hintergrund saß. Ich hätte dieses Outfit gerne noch länger betrachtet, konnte meine Augen jedoch nicht davon abhalten, seine zu suchen. Er unterhielt sich angeregt mit zwei älteren Damen, die genügend Schmuck angelegt hatten, um damit ein Einfamilienhaus zu kaufen. Er hob die Hand der einen an die Lippen, dann die von ihrer Freundin. Er war so ein Charmeur. Ich war selbst aus dieser Entfernung schon ganz hingerissen.

„Das hat er von mir“, grummelte Fergal mir ins Ohr und überließ mich dann Ciaran, der gerade auf uns zukam.

Ich ließ ihn auf dem ganzen Weg nicht aus den Augen.

„Wow.“ Er legte eine Hand auf meine Hüfte und strich mit dem Daumen über den Stoff. Ich würde Martha einen dicken Kuss geben, sobald ich wieder zurück war.

„Mir gefällt dein Sporran.“ Ich nickte grinsend zu der Ledertasche, die er um die Hüfte trug.

„Ich mag alles an dir“, erwiderte er und beugte sich vor, um mich auf die Wange zu küssen. „Du sieht wunderschön aus, Holly.“

Das war alles, was ich an diesem Abend brauchte. Von nun an konnte ich mich mit Essen bekleckern, stolpern, was auch immer. Das Einzige, was ich von dem Abend gewollt hatte, war, diesen Ausdruck in Ciarans Augen zu sehen. Das hatte ich nun. Ich konnte ihn einstecken und für immer behalten.

Ciaran stellte mich vielen der anwesenden Frauen vor, und sie waren alle entzückend. Als es so weit war, dass er für Argyll Inc. aktiv werden musste, ließ er mich in Marys Obhut zurück, die, wie ich mit Freude sah, ebenfalls ein Abendkleid trug. Mary saß mit mir an dem Tisch, und Ciaran würde, wie das Platzkärtchen verriet, nach seiner Rede zwischen uns Platz nehmen.

„Wird Fergal auch an diesem Tisch sitzen?“, fragte ich und hielt mich zurück, nach den anderen kleinen Kärtchen zu greifen, deren Aufschrift ich von hier nicht sehen konnte.

„Oh nein, Liebes. Er wird mit den Repräsentanten der Wohltätigkeitsvereine am Haupttisch sitzen. Fergal nimmt die Spendensammlung für Graces Stiftung sehr ernst“, flüsterte sie.

„Sollte Ciaran dann nicht auch da oben bei ihnen sein?“, fragte ich. „Ich weiß, dass ihm der Abend ebenfalls sehr wichtig ist.“

Mary bedachte mich mit einem mütterlichen Lächeln. Nicht dem meiner Mutter, aber irgendeiner Mutter.

„Oh, das ist es, aber er hat mir gesagt, dass es heute Abend noch etwas viel Wichtigeres für ihn gibt und er genau diesen

Platz an diesem Tisch haben möchte. Wissen Sie, Holly, ich sollte mich nicht einmischen, aber ich habe ihn noch nie so gesehen, nicht, seit ..."

„Clara?", warf ich ein; ich konnte einfach nicht anders.

„Ja. Clara. Sind Sie ihr heute Abend schon vorgestellt worden?"

Plötzlich fühlte ich mich, als hätte jemand einen Eimer mit Eiswasser über mich gegossen.

„Clara ist hier? Jetzt?" Ich schaute mich um.

„Keine Sorge, meine Liebe. Das ist längst vorbei. Aber es ist wichtig, dass die Sawyers heute Abend hier sind. Ich habe gehört, wie Ciaran das zu seinem Vater sagte. Und James Sawyer ist zwar ein Schweinehund, aber er war Grace sehr zugetan und dankbar für die Zuneigung, die sie Clara damals geschenkt hat. Er wird heute großzügig spenden, und das ist schließlich der Grund dafür, warum wir heute alle hier versammelt sind. Außerdem wird er es ohne Zweifel genießen, kostenlos Werbung für sich zu machen", fügte sie leise hinzu.

„Ich wusste gar nicht, dass die Argylls mit den Sawyers zusammenarbeiten. Ich dachte, sie wären Rivalen?"

„Oh, das sind sie auch. Die Wunde wird niemals verheilen. Aber irgendetwas ist im Moment los. Es hat in letzter Zeit viele hitzige Telefonate zwischen den Büros gegeben. Was auch immer es ist, es wird nur hinter verschlossenen Türen darüber gesprochen. Sehen Sie, dort ist James Saywer, genau da ... drei Tische vom Podium entfernt, direkt neben dem Gentleman mit den Orden an seinem Jackett."

James Sawyer war so protzig wie sein Firmenschild. *Schweinehund* war die richtige Bezeichnung für einen Mann wie ihn, der offensichtlich schon lange das gute Leben genoss. Sein Haar, das von Natur aus unmöglich noch so dunkel sein konnte, hatte er mithilfe von viel Pomade aus der rosig glänzenden Stirn gekämmt. Wenn er lachte, dann tat er das lauthals und warf dabei den Kopf zurück, um sicherzugehen, dass wir alle seine Anwesenheit bemerkten.

Neben ihm saß eine junge Frau, die im Vergleich zu ihm fast schon blass wirkte. Ihre perfekt frisierten, glatten braunen Haare fielen ihr über ihr trägerloses schlüsselblumengelbes Kleid. Und jedes Mal, wenn Sawyer lachte, lachte sie mit.

„Clara hat Glück, dass sie von ihrem Vater nur das dunkle Haar geerbt hat", sagte Mary leise. „Und natürlich sein Geld. Nicht, dass sie es bräuchte. Sie hat einen sehr vermögenden Mann geheiratet."

„Also ein Mädchen, das alles hat", sagte ich leise und versuchte, ihre Haltung nicht allzu offen zu bewundern. Ich spürte, wie sich meine Zehen in den schlichten flachen Schuhen unter dem Tisch zusammenzogen. Ich hätte auch hohe Absätze tragen sollen. Hoch ist elegant, hatte Martha gesagt.

„Gerüchten zufolge läuft für Clara auch nicht alles rund. Sosehr ich das Mädchen einst mochte – das taten wir alle –, bringe ich es doch nicht über mich, Mitleid mit ihr zu haben."

Marys Offenheit überraschte mich. Vielleicht lag es an der anderen Rolle, die sie heute Abend einnahm. Ich hoffte allerdings, dass es eher daran lag, dass sie sich in meiner Gegenwart wohlfühlte.

„Hat Clara … viel Zeit hier verbracht? Ich meine, wenn Sie alle sie so gemocht haben", fragte ich zögernd.

„Oh ja. Sie waren sehr lange zusammen. Während Graces Krankheit hat Clara Ciaran sehr unterstützt. Sawyer war damals einer von Fergals Geschäftspartnern. Das war, bevor ihre Beziehung vergiftet wurde. Die beiden Familien haben sich angefreundet, als Clara und Ciaran noch gemeinsam zur Schule gingen. Im Großen und Ganzen war Clara seine erste echte Freundin."

„Also war es eine Jugendliebe?" Meine Füße zuckten immer noch.

„Ja, das war es wohl. Nicht, dass Ciaran Ihnen davon erzählen würde. Der Junge spricht nicht gerne über seine Gefühle. Ich mache mir manchmal Sorgen um ihn", sagte sie nachdenklich. „Grace war eine wundervolle Frau – wir sind gute Freundinnen geworden. Sie fehlt mir schrecklich. Ciaran ist mehr wie ein

Neffe für mich als alles andere. Ich habe zugesehen, wie er aus den Windeln heraus- und in seine Sportwagen hineingewachsen ist. Und ich habe die Veränderung in jenen Jahren mit angesehen. Alle flüsterten darüber, dass Ciaran nach dem Tod seiner Mutter vom rechten Weg abkommen würde, aber das stimmte damals nicht. Er hat sich so tapfer geschlagen – ein siebzehnjähriger Junge, der auf seinen Vater aufpasst. Und dann hat Clara ihn verlassen." Marys Augen wurden glasig. Ich wäre versucht gewesen, sie zu trösten, wenn nicht in diesem Moment ein Tablett mit Champagner neben uns aufgetaucht wäre.

„Champagner, Ladys?" Ich nahm zwei Gläser, um den Kellner loszuwerden, bevor die Unterhaltung verebbte.

„Oh nein, ich sollte nichts trinken", wehrte Mary ab.

„Ich auch nicht, aber ich schließe einen Pakt mit Ihnen, Mary. Ich habe ein Auge auf Ihre Drinks, wenn Sie ein Auge auf meine haben." Ich lächelte sie an, und sofort strahlte sie wieder warmherzig.

„Sie sind so anders als Clara und diese grauenhafte Penny, Holly."

„Seien Sie nur nicht zu leichtgläubig. Ich könnte alle möglichen heimtückischen Pläne in diesem Kleid verborgen haben."

„Nein, Sie sind anders. Das weiß ich. Und Ciaran weiß es auch. Ich habe lange darauf gewartet, ihn so zu sehen, wie er jetzt ist. Die Verdrossenheit ist verschwunden. Clara hat ihn verwirrt, hat seinen Blick auf Liebe und Zuneigung verdorben. Anfangs war sie gut für ihn, aber ich habe mir immer Sorgen gemacht, dass Ciaran bei Clara zu sehr nach der Zuneigung suchte, die er von seiner Mutter nicht mehr bekommen konnte. Ihre Beziehung hat sich gut entwickelt, und es sah fast so aus, als würden sie sich irgendwann gemeinsam irgendwo niederlassen."

„Wie lange waren sie zusammen?"

„Mal sehen ... Sie gingen seit Ciarans sechzehntem Geburtstag miteinander aus und haben sich zwei, vielleicht drei Jahre danach verlobt, als Clara zur Uni ging. Dann, nachdem Ciaran treu auf sie gewartet hat – er hat sie an den Wochenenden besucht und immer darauf gewartet, dass sie in den Semesterferien nach Hause zurückkehrt –, war sie mit ihrem Studium fertig, kreuzte eines Tages hier auf und brach ihm das Herz.“

Ich hatte auch an der Uni festgehangen und drei Jahre darauf warten müssen, endlich mit Charlie zusammenziehen zu können. Ich wusste also, dass das nicht der fruchtbarste Boden für eine Beziehung war, aber diejenigen, die es schafften, waren danach umso stärker.

„Hat sie auf der Universität einen anderen kennengelernt?“, fragte ich.

„Oh ja. Sie hat jemanden kennengelernt. Aber nicht an der Universität. Sie hat Ciaran wie eine heiße Kartoffel für einen Jungen fallen lassen, den sie aus der gemeinsamen Schulzeit kannten. Ciaran hat die ganze Zeit auf sie gewartet, darauf, ihr gemeinsames Leben zu beginnen, hat sich in die Arbeit gestürzt und Geld auf den Baustellen seines Vater verdient, während sie weg war. Er hat sich durch all den Schmutz und Beton und Schutt hochgearbeitet, aber Fergal ging es damals nicht gut. Die Firma entwickelte sich nicht so, wie sie sollte. Als Clara zurückkam, passten ihre Vorstellungen nicht mehr zu denen von Ciaran. Während Ciaran über die Zukunft sprach, hat sie ihren Vater mit Insiderinformationen zu Fergals Firma gefüttert, ihm all seine Schwächen berichtet.“

Ich schaute erneut zu Clara hinüber, die so elegant und statuengleich dasaß. Sie war beinahe so schön wie Ciaran; die beiden mussten ein umwerfendes Paar abgegeben haben.

„Könnte es nicht sein, dass sie nur versucht hat, zu helfen? Ihren Vater dazu zu bringen, Fergal unter die Arme zu greifen?“

„James Sawyer hat diese vertraulichen Informationen schamlos für sich ausgenutzt und Fergal vor seiner Nase alle möglichen Geschäfte weggeschnappt. Seine Tochter hat Argyll Inc. als ein sinkendes Schiff betrachtet, das sie so schnell wie möglich verlassen sollte, anstatt später gemeinsam mit ihm unterzugehen. Sie mochte Ciaran, da bin ich mir sicher, aber nicht so sehr, als dass sie sich für ein Leben in finanzieller Unsicherheit entschieden hätte. Und schon gar nicht, nachdem sie einen Mann kennengelernt hatte, der viel vermögender war und ihrem Vater auch noch besser gefiel als Ciaran."

„Das ist schrecklich", stammelte ich. „Wie konnte sie das nur tun? Er muss sich fürchterlich gefühlt haben, so ..."

„Ich sage Ihnen, wie Ciaran sich gefühlt hat. Clara hat ihm den Eindruck vermittelt, dass er wertlos ist."

Ich wollte Ciaran suchen. Nicht, um etwas zu ihm zu sagen, sondern nur ... um ihn zu halten. Nur für eine Minute und ihn dann wieder seiner Wege ziehen lassen. Mit einem Mal fühlte ich mich ganz wohl in meiner Haut. Auf jeden Fall hätte ich ungern in Claras gesteckt – tolle Schuhe hin oder her.

„Was hat Ciaran getan, nachdem sie die Verlobung gelöst hat?", fragte ich und sah mich in der Menge um.

„Die Frage ist eher, was er *nicht* getan hat. Ciaran war ein verstörter junger Mann, Holly. Ich glaube, Clara hat die Trauer um seine Mutter auf einem erträglichen Maß gehalten. Aber ihr Verhalten hat alles um ihn herum zusammenstürzen lassen. Er war so verloren. Unerreichbar. Seine Mum hat ihn natürlich nicht absichtlich verlassen, aber Clara schon. Was auch immer der Grund war, beide Male hat die Liebe ihn sehr viel gekostet. Ciaran schien unfähig, danach noch irgendeine Form von Zuneigung zu empfinden."

Das war nicht der Ciaran, den ich kannte, der mit mir am Stausee den Sonnenaufgang beobachtet hatte, der mir diese Woche geholfen hatte, einen Apfelbaum im Garten zu pflanzen. Aber ich wusste jetzt, woher die Schatten kamen, die sich ab und zu in seine Miene schlichen, wenn er glaubte, niemand sähe es.

„Und jetzt, Mary? Glauben Sie, er ist heute dazu fähig?", fragte ich und hing an ihren Lippen.

Mary tätschelte meine Hand auf dem Tisch. „Das hoffe ich, Holly. Er braucht jedoch die richtige Frau, die es ihn lehrt. Das Mädchen hat ihm vermittelt, dass sein Wert sich einzig an seinem finanziellen Erfolg bemisst. Eine Vorstellung, die dem, was Grace ihm beigebracht hatte, vollkommen widersprach. Aber andererseits hatte seine Mutter damals keinen Einfluss mehr auf ihn, nicht wahr?“

„Nein. Vermutlich nicht.“ Ich wusste, ich sollte nicht fragen. Mary hatte mir bereits all die Dinge erzählt, von denen Ciaran entschieden hatte, es nicht zu tun. Aber ich konnte nicht anders, ich musste tiefer graben. „Mary, ich habe Dinge über Ciaran in den Medien gesehen. Er sagt, dass sie selten etwas Gutes über ihn schreiben. Stimmt das?“

„Und wie.“ Ihr Lachen klang melodisch. „Aber das meiste davon hat er sich selbst zuzuschreiben. Ciaran war sieben Jahre lang Single, und in der Zeit ist es in all seinen Beziehungen zu Frauen nur um Sex gegangen.“ Marys Ehrlichkeit schien mit steigendem Champagnerkonsum zu wachsen. Ich hatte das Gefühl, sie aus eigennützigen Zwecken mit Alkohol redselig gemacht zu haben. „Er hat inzwischen eine sehr engstirnige Sicht auf Frauen, und die Tatsache, dass er unglaublich reich und unglaublich gut aussehend ist, hilft da natürlich auch nicht. Die Frauen haben sich ihm zu Füßen geworfen, was seine Meinung, dass sie nur an materiellen Dingen interessiert sind, nicht verbessert hat. Bald waren ihm die Horden von Mädchen, die ihn überallhin verfolgten, langweilig, und er hat angefangen, um Frauen zu werben, die unerreichbarer wirkten. Sehr zum Vergnügen der Presse.“

„Und hatte er Glück? Mit den unerreichbaren Frauen?“ Ich wünschte, ich hätte das Thema nicht angeschnitten.

„Die meisten von ihnen haben ihren Preis, Holly. Das ist etwas, das Sie in Ciarans und Fergals Nähe oft sehen werden. Menschen mit einem Preis. Es ist so lange her, dass Ciaran eine Frau getroffen hat, die genügend Substanz hat, um ihre eigenen Ideale zu verteidigen. Ich schätze, am Anfang hat er gedacht, Sie stammen von einem anderen Planeten!“

„Wie traurig für ihn“, sagte ich und erblickte ihn endlich am anderen Ende des Raumes, wo er mit Toby sprach, der sich an einem Tablett mit Kanapees bediente.

„Ciaran ist ein guter Junge, Holly. Es ist traurig, dass er nicht der Mann ist, der er sein möchte. Der Sohn seiner Mutter.“

34. KAPITEL

Marys Einsichten hatten mich sowohl beruhigt als auch verstört. Beruhigt, weil Clara tragen konnte, was zum Teufel sie wollte, sie blieb trotzdem eine Goldgräberin. Und verstört, weil ich mich schlecht fühlte, dass Ciaran so mies behandelt worden war.

Ich hatte Mary verlassen, nachdem ich gesehen hatte, dass sie ein Glas frisch gepressten Orangensaft getrunken hatte, um die Champagnerperlen aus ihrem Kreislauf zu spülen, und mich auf die Suche nach Ciaran gemacht. Ich fand ihn auf dem Rasen vor der Orangerie, wo er Toby Gesellschaft leistete, der eine Zigarette rauchte. Penny stand ebenfalls bei ihnen.

„Hi. Ich wollte gerade reinkommen und dich suchen", sagte er und drehte sich zu mir um, als ich auf der obersten Treppenstufe stehen blieb.

„Dann habe ich dir ja einen Weg erspart", erwiderte ich, ungerührt von unserer Gesellschaft. „Kann ich kurz mit dir sprechen?"

„Sicher." Er wandte sich an Toby. „Wir sehen uns nach den Reden, Toby."

Toby nickte und zog erneut an seiner Zigarette.

„Hol, was machen die Achseln?", rief er uns hinterher.

„So weit alles gut." Ich grinste. Die Tage, an denen ich mich in Pennys Gegenwart unwohl gefühlt hatte, waren vorbei.

„Also, wo gehen wir hin? Ist irgendetwas passiert?", fragte Ciaran, als er mir in den Garten hinaus folgte.

Ich stapfte weiter über den Rasen bis zu der Stelle, wo die Lichter aus dem Haus sich der Dunkelheit des Grundstücks ergaben. In der Gartenlaube blieben wir stehen. Hätte er ein weißes Hemd getragen, hätte man uns vermutlich noch gesehen, aber das Licht reichte nicht mehr, um meine blassen Unterarme oder andere entblößte Hautstellen zu erleuchten.

„Was ist los, Holly?", wollte er wissen.

In der Dunkelheit konnte ich ihn kaum sehen. Ich nahm seine Hände und legte sie auf meine Hüften. Dann ließ ich meine Finger unter das Satinfutter des Jacketts und den Stoff seiner Weste gleiten und trat so nah an ihn heran, wie es nur ging. Ich konnte es nicht sagen. Noch nicht. Aber ich konnte es fühlen, es verweilte bereits auf meinen Lippen, wartete nur darauf, ausgesprochen zu werden. Ich erhob mich auf Zehenspitzen und ließ ihn die Worte spüren, die bereit waren, in die Welt entlassen zu werden, wenn die Zeit reif war. Der Kuss war mein Versprechen an ihn, dass ich ihn niemals ausnutzen oder mir Gedanken darüber machen würde, wo er seine Kleidung kaufte, dass ich ihn niemals für eine größere Nummer verlassen würde. Und sein Versprechen an mich? Dessen bedurfte es nicht.

Als wir uns schließlich wieder voneinander lösten, sah ich den Hauch des schiefen Lächelns, das ich auf seinen Lippen hinterlassen hatte.

„Das war … sehr angenehm." Er lachte leise.

„Müssen wir wieder reingehen?" Ich hoffte auf einen weiteren Kuss.

„Ich fürchte, ja. Fergal wird gleich seine Rede halten, und die willst du nicht verpassen. Er wird garantiert wieder irgendjemanden vor den Kopf stoßen."

„Und dann?" Ich biss mir auf die Lippe. „Warum schleichen wir uns danach nicht davon? Dann kannst du mir zeigen, was du unter dem Kilt trägst." Mein forscher Vorschlag überraschte uns beide. Seit der Bäckerei hatte es zwischen uns nicht mehr als einen Kuss hier und da gegeben, aber ich sehnte mich danach, seine Hände auf mir zu spüren – dieses Mal ohne die Unsicherheit und Plötzlichkeit. Die Unsicherheit war fort. Ich wusste, was ich für ihn empfand, und hoffte von ganzem Herzen, dass es ihm genauso ging.

„Versuchen Sie, mich zu bestechen, Mrs Jefferson?", sagte er. Als er meinen überraschten Gesichtsausdruck bemerkte, fügte er schnell hinzu: „Holly, wollte ich sagen. Tut mir leid. Ich hätte Holly sagen sollen." Er war selber etwas verstört von seinen eigenen Worten.

„Nein, Ciaran, ist schon gut. Wirklich." Ich wollte nicht, dass er sich schlecht fühlte. Nach allem, was Mary mir erzählt hatte, sollte er sich nie wieder schlecht fühlen. „Also, was das Hinausschleichen angeht? Du könntest heute Nacht bei mir bleiben, wenn du willst?"

Er zog mich an sich. „Warum bleibst du nicht hier, bei mir? Ich habe dir noch gar nicht meine Kunstsammlung gezeigt."

„Komm schon ... du sammelst nicht wirklich Kunst." Ich kicherte.

Er packte mich und hob mich auf seine Arme.

„Deine Füße sind immer entweder kalt oder nass. Wenn Sie erlauben, Madam", sagte er und trug mich über den Rasen zurück.

Bevor wir den Garten hinter der Orangerie erreichten, stahl ich mir einen weiteren Kuss von ihm, nur um ihn daran zu erinnern, wie sehr ich die Nacht mit ihm verbringen wollte. Langsam ließ er mich wieder zu Boden.

„Ich bin froh, dass du mich hierher eingeladen hast, Ciaran." Ich genoss die letzten Sekunden, bevor ich ihn wieder mit dem Rest der Partygäste teilen musste.

„Und ich bin froh, dass ich einen Sporran trage, ansonsten könnte ich jemanden mit dem, was sich da unter dem Kilt regt, womöglich ein Auge ausstechen." Er grinste.

Ich lachte immer noch, als wir ins Haus zurückkehrten und uns auf unsere Plätze schlichen. Das Essen wurde bereits serviert. Über die Köpfe von Menschen hinweg, die frisch gebackene kleine Brötchen mit Butter bestrichen und von Kellnern umtanzt wurden, beobachtete Clara Sawyer interessiert, wie Ciaran mir den Stuhl zurechtschob.

Das Essen war noch besser als im *Atlas*, und es war ergreifend, von der wohltätigen Arbeit zu hören, der so viele Menschen ihre Zeit und ihr Geld opferten. Dank der unglaublichen Preise hatte alleine die Auktion über dreißigtausend Pfund eingebracht, die, zusammen mit den restlichen Einnahmen des Abends, gleichmäßig unter drei Wohltätigkeitseinrichtungen verteilt wurden, die sich hinterbliebenen Familien, Kindern mit Krebs und medizinischen Forschungszwecken widmeten.

Die Stimmung war gut, als es endlich an der Zeit für Fergals Abschlussrede war, die den Abend beenden würde.

Ciaran beugte sich zu mir. „Jedes Jahr, nachdem er sich bedankt hat, nominiert er einen Menschen aus dem Vorstand, der am meisten dafür getan hat, dass Fergal nicht verhaftet wurde." Er lächelte. „Es ist ein kleiner Spaß, seine Art, Danke und Entschuldigung zu sagen, ohne allzu sentimental zu werden."

„Klingt wie ein Rund-um-die-Uhr-Job." Ich erwiderte das Lächeln. „Was bekommt der Nominierte für seine Mühen?"

„Nichts, nur Anerkennung. Die ihnen allen sehr viel bedeutet."

Der ganze Raum lauschte gebannt, als Fergal uns dem Ende des Abends entgegenführte.

„Und nun ...", sagte er grinsend und betrachtete kurz seine Fingernägel, bevor er seine Hände wieder auf die Rückenlehne des Stuhls legte. „Wie Sie alle wissen, fällt es jedes Jahr einem Menschen zu, seine Hand zu heben und zuzugeben, dass ich mein Leben in Freiheit – meinen etwas eigenartigen Lebensstil und meine manchmal fragwürdige Integrität – allein ihm zu verdanken habe. Seiner oder ihrer unbeugsamen Standhaftigkeit – nicht nur als Kollege, sondern auch als Freund." Ich schaute zu James Sawyer und sah, dass er vollkommen ungerührt den Attributen lauschte, die ihn als Mann definitiv nicht auszeichneten. Mir wurde ganz kalt, als ich daran dachte, dass er den Stechpalmenwald in Geld verwandeln würde. „In den letzten Jahren wurde diese Ehre einem wahren Gentleman und zwei nicht ganz so gentilen Frauen zuteil. Und ich bin froh, sie heute bei uns zu sehen."

Freundliches Gelächter erhob sich. Ciaran beugte sich zu mir herüber und flüsterte: „Ich wette um zweiundachtzig Pence und einen Kuss, dass es dieses Jahr Bertie Randall ist."

Ich sagte nur: „Pst", und hörte weiter zu.

„Aber ich fürchte, ich bin nicht ehrlich mit Ihnen gewesen, und es ist an der Zeit, einiges geradezurücken." Ciaran rutschte unruhig auf seinem Stuhl hin und her. „Krebs ist eine hinterhältige Krankheit. Sie greift mitten in das Herz einer Familie und richtet einen Schaden an, den weder Medizin noch Wunder heilen können. Ich habe meiner geliebten Gracie in ihrem Kampf nicht helfen können, aber mich wie ein Feigling vor meinem eigenen Kampf gedrückt. Doch das ist jetzt vorbei."

Ciaran stand auf und schaute durch den Raum zu seinem Vater. Clara, ihr Vater, Mary, Penny ... sie alle betrachteten ihn interessiert.

Fergal richtete den Blick auf seinen Sohn. „Setz dich, Junge. Lass deinen alten Mann ausreden, okay?"

Ciaran ließ seinen Blick über die Menge der Gesichter schweifen. Auf einmal wirkte er schrecklich hilflos und jung. Am anderen Ende des Raumes stand ein älterer Mann auf und schaute in seine Richtung. Hinter ihm erhob sich ein weiterer Mann, den ich nie zuvor gesehen hatte.

„Lass deinen Vater weiterreden, Ciaran", sagte der erste Mann ruhig. Er setzte sich nicht wieder hin.

„Bertie hat recht. Lass ihn ausreden", unterstützte ihn der zweite Mann.

Hinter uns ertönte eine Frauenstimme. „Lass ihn reden, Ciaran."

Mary beugte sich vor und flüsterte: „Ciaran, wenn die Vorstände sich keine Sorgen machen, solltest du es auch nicht tun", flüsterte sie. „Setz dich wieder."

Ciaran ließ sich langsam zurück auf seinen Stuhl sinken. Jeglicher Humor war aus seinen Augen verschwunden.

„Darf ich vorstellen, liebe Gäste: mein Junge", fuhr Fergal fort. „Der trotz allem ganz gut geraten ist."

Ich schaute zu Ciaran und spürte die Anspannung, die von ihm ausstrahlte. Aber er war vollkommen auf seinen Vater fixiert, als spräche Fergal nur zu ihm.

„Er ist vor ein paar Wochen dreißig geworden. Ist das zu glauben? Ich weiß, er sieht noch nicht so alt aus." Fergal lachte leise vor sich hin, bevor er wieder ernst wurde. „In den letzten sieben Jahren hat Ciaran, mein Sohn, eine Loyalität und

Entschlossenheit an den Tag gelegt, die einem doppelt so alten Mann zur Ehre gereicht hätte. Wie Sie alle wissen, als Ciaran es durch mein Bauarbeiter-Bootcamp geschafft hatte, stand es um die Firma nicht zum Besten.“ Wie ihr Vater nahm auch Clara diese Worte regungslos hin. „Was Sie nicht wissen, was keiner außerhalb unseres Vorstands weiß, ist, dass Ciaran, seitdem er dreiundzwanzig ist, sich zum Ziel gesetzt hat, das Chaos, das ich angerichtet habe, zu beseitigen und das zu bewahren, was wir hier aufgebaut haben. Ciaran hat mithilfe der Vorstände den Untergang von Argyll Inc. aufgehalten und die Zügel gepackt, als ich es morgens nicht mal mehr aus dem Bett geschafft habe.“

Aufgeregtes Flüstern erhob sich um uns herum.

„Es war nicht ich, der die Vorstandssitzungen geleitet hat, die Argyll Inc. wieder auf Kurs gebracht haben. Es war mein Sohn.“

Aus dem Flüstern wurde leises Gemurmel.

„Er ist viel kritisiert worden und musste sich oft beweisen. Wäre er wie der Rest von uns, hätte er den Vorstand niemals schwören lassen, Stillschweigen zu bewahren, um mich davor zu schützen, von meinen Kollegen lächerlich gemacht zu werden. Er hätte das Lob genossen, das er verdient hatte, anstatt dem Rest der Welt zu gestatten, ihn als einen rotznäsigen Bengel zu betrachten, der am Rockzipfel seines Vaters hängt.“

Ciarans Hände lagen ganz steif auf dem Tisch.

„Aber mein Sohn ist nicht nur *mein* Sohn. Er ist auch Gracies Sohn … und der Einfluss seiner Mutter hallt immer noch in ihm nach.“

Das Flüstern und das Gemurmel erstarben, aber wenigstens wirkte Clara jetzt ein wenig unbehaglich.

„Ciaran, du ist ein ehrlicher Mensch. Du hast Argyll Inc. gerettet, du hast mich gerettet. Aber es ist an der Zeit, dass du deinen rechtmäßigen Platz an der Spitze einnimmst. Dass du nicht mehr weiter im Schatten stehst, um mich zu beschützen, sondern das Familienunternehmen leitest. Die Firma ist zum Laufen gebracht worden, jetzt sollst du derjenige sein, der sie weiter nach vorne bringt.“

Mary betupfte sich die Augen mit einer Serviette. Ciaran war neben mir ganz still und starr geworden.

„Mein Sohn, es gibt keinen Preis, der groß genug wäre, um dir für all das zu danken, was du für mich getan hast. Also bekommst du, was du dir mehr als verdient hast. Ich übergebe dir die Firma."

Marys Wimpern wurden immer feuchter, und hinter mir fing eine Frau an, leise vor sich hin zu schniefen.

„Würden jetzt bitte alle mit mir ihr Glas erheben, um auf den neuen CEO von Argyll Inc. anzustoßen? Meinen Sohn! Ciaran Argyll!"

Ich erhaschte einen Blick auf Penny und ihren wütenden Schmollmund, bevor die Menschen zwischen uns aufstanden und sie aus meinem Blickfeld ausblendeten. Im Raum erhob sich donnernder Applaus, als Ciaran sich geschockt einen Weg durch schüttelnde Hände und Rückenklopfer nach vorne zu seinem Vater bahnte. Meine Hände taten weh, so sehr klatschte ich, und auf Zehenspitzen stehend konnte ich gerade noch sehen, wie Fergal seinen Sohn umarmte.

„Okay, und jetzt lasst endlich die verdammte Musik spielen!", dröhnte er über die Menge hinweg.

35. KAPITEL

Geraume Zeit später kehrte Ciaran endlich an unseren Tisch zurück. Mary und ich umarmten ihn gleichzeitig, bis er schließlich darum bat, losgelassen zu werden.

„Ich schätze, wir schleichen uns nicht fort, hm?“, flüsterte ich ihm ins Ohr.

„Hast du die ganzen Frauen gesehen?“ Er lehnte seinen Kopf an meinen. Im Saal war eine ganze Menge älterer Ladys versammelt. „Die wollen jetzt garantiert alle mit mir tanzen.“

„Das kann ich mir vorstellen. Ich meine, wer würde das nicht wollen, Mr CEO?“

„Sobald ich mit ihnen ein paar Runden getanzt habe, schleichen wir uns raus, okay? Versprochen.“

Ich war so stolz, mit ihm zusammen zu sein, dass es mir nichts ausmachte, ihn danach wieder zu verlieren. Wie bei einer frischgebackenen Braut wollten alle mit ihm reden und ihm gratulieren. Er brauchte mich nicht als Klotz am Bein, also ließ ich ihn ziehen und verbrachte den Großteil des Abends damit, mich von Fergal über die Tanzfläche wirbeln zu lassen. Der Mann hatte Energie, das musste man ihm lassen. Selbst in meinen flachen Schuhen war es nicht leicht, mit ihm Schritt zu halten. Als er endlich sagte, dass er ein wenig Luft schnappen müsste, beschloss ich, mich in die Eingangshalle zu verziehen, bevor er zurückkehrte.

Die kühlen Fliesen fühlten sich gut unter meinem schuhlosen linken Fuß an, während ich den rechten massierte.

„Na, wo ist der Goldjunge?“, spie Penny mir entgegen; zwischen ihren Fingern balancierte eine unangezündete Zigarette.

„Keine Ahnung. Aber ich hoffe, er amüsiert sich irgendwo“, entgegnete ich und ignorierte den wütenden Blick, den sie unter ihrem platinblonden Pony hervorschoss. Schwarz war nicht wirklich Pennys Farbe. Sie sah darin noch tyrannischer aus.

„Zweifellos. Ich wette, ich weiß, wo er ist.“ Sie lächelte und verschränkte ihre Arme. „Falls Sie daran interessiert sind?“

Ich würde nicht anbeißen.

„Es ist kein Geheimnis, dass *Sie* interessiert sind, Penny. Und jetzt ärgern Sie sich, weil Sie aufs falsche Pferd gesetzt haben."

Penny biss sich auf die Unterlippe und lächelte dann. „Ich habe beide Pferde geritten, Holly, und sie sind beide falsch."

„Sparen Sie sich das, Penny. Es interessiert mich nicht. Aus Ihrem Mund kommt kein gutes Wort, also gehen Sie und rauchen Sie Ihre Zigarette."

Toby kam aus dem Innenhof herein. „Guten Abend, Ladys. Hat irgendjemand Ciaran gesehen? Ich wollte wissen, ob ich Feierabend machen kann oder nicht."

„Sie sind so erbärmlich", fauchte Penny mich an. „Einmal am guten Leben genippt und schon glauben Sie, es geschafft zu haben."

„Es geschafft zu haben? Was glauben Sie denn, was ich *schaffen* will, Penny? Sie sollten nicht alle Menschen nach Ihren Maßstäben beurteilen."

„Das tue ich auch nicht." Sie grinste verächtlich. „Ich beurteile sie nach Claras, und dagegen haben Sie keine Chance."

Penny war keine Freundin der guten Worte, aber sie wusste immer, welche Worte am tiefsten trafen.

„Okay, Penny, das reicht", sagte Toby.

„Kümmer dich um deinen eigenen Kram, Taxifahrer", zischte sie. „Darfst du überhaupt ins Haus? Du gehörst hier nicht her."

Ich hatte mich bereits erhoben. „Sie hässlicher Mensch, Penny ..."

„Und Sie gehören hier auch nicht her. Ciaran hätte Sie schon früher fallen lassen, wenn Sie nicht die arme kleine Witwe gespielt hätten." Es war erstaunlich, wie einige Menschen genau wussten, was sie sagen mussten, um einen auf der Stelle körperlich krank zu machen. „Und jetzt, wo Clara weiß, was er wert ist, wird es nicht lange dauern, bis sie wieder ganz verliebt sind. Wo habe ich Clara denn nur vor zwanzig Minuten hin verschwinden sehen ...? Ach ja, diese Treppe hinauf." Ein schwarz lackierter

Fingernagel zeigte auf den Treppenabsatz über uns. „Hatten Sie nicht gesagt, dass Sie nicht wüssten, wo Ciaran ist?", spottete sie. „Oh, arme Holly, schon wieder verwitwet."

Penny schob sich an Toby vorbei und stürmte durch die Haustür.

„Ignorieren Sie diese Frau, Holly. Sie ist krank vor Eifersucht, weil sie es schon seit Ewigkeiten auf Ciaran abgesehen hat. Aber er ist einfach nicht interessiert."

Toby ließ mich mit meinen Gedanken allein.

Ich hatte Ciaran seit bestimmt einer halben Stunde nicht mehr gesehen. *Nicht anbeißen, Holly. Schluck den Köder nicht.* Ich schaute durch das Treppengeländer zu dem oberen Stockwerk hinauf.

Ich biss nicht an; ich benutzte lediglich das obere Badezimmer. Immerhin war ich eingeladen worden, über Nacht zu bleiben. Ich wanderte nicht im Haus herum. Ich hielt mich nur nicht im gleichen Stockwerk auf wie die anderen Gäste.

Okay, ich musste ehrlich gesagt gar nicht auf Toilette, aber sobald ich oben war, schien mir das Badezimmer, das am anderen Ende des Flurs lag, ein geeigneter Ort, um mich wieder zu beruhigen. Ich schloss die Tür leise hinter mir und trat gleich an den Schminkspiegel, um mir ins Gesicht zu sagen, was für eine Idiotin ich war. Eine misstrauische, undankbare Idiotin, die es einfach nicht gut sein lassen konnte.

Ich schaute mein Bild in dem leicht getönten Spiegel an. Ich sah immer noch ganz okay aus. Mein Haar war ein wenig wirr, vermutlich durch Fergals Schwung, aber ansonsten war mein Make-up noch in Ordnung.

Claras glänzend braunes Haar hatte den ganzen Abend perfekt über ihrem gelben Kleid gehangen, bis sie vor ungefähr einer halben Stunde verschwunden war.

Hör auf damit, Hol. Das ist lächerlich. Du magst ihn. Du magst ihn wirklich. Geh wieder runter zur Party.

Ja, das würde ich tun. Nachdem ich mich ein wenig frisch gemacht hatte.

Die Feier kam langsam zu einem Ende, und bald würde ich Ciaran ganz für mich allein haben und ihn aus diesem Kilt schälen. Ich lächelte immer noch mein Spiegelbild an, als das erste angespannte Wimmern durch die Wand neben mir drang. Ich erstarrte über dem Wasserhahn, den ich gerade hatte anstellen wollen.

Ein weiteres verzweifeltes Wimmern, dann *bumm, bumm, bumm*.

Ich wusste, dass es nicht Penny war.

Das unverkennbare Stöhnen und Grunzen von zwei Leuten, die Sex hatten, wurde mit jedem Schrei, den *sie* ausstieß, deutlicher. Aber *er*, um wen auch immer es sich handelte, war ein sehr stiller Liebhaber.

Leise verließ ich das Badezimmer und folgte der Wand nach links zu dem Zimmer, aus dem die Geräusche drangen. Ein paar Lampen auf kleinen Tischen hüllten den Flur in gedämpftes Licht, aber ich sah, dass die Tür nur angelehnt war.

Vor den Zimmern roch es nach frischen Blumen. Mary musste sie alle für den Fall frisch dekoriert haben, dass irgendjemand über Nacht bleiben würde. Ich schob mich an der Wand entlang und stolperte über eine Erhebung auf dem weichen Teppichboden.

Erst dachte ich, es handle sich um eine gelbe Decke, aber Decken waren nicht aus Chiffon, und sie hatten auch keinen Reißverschluss, damit die Trägerin schnell aus ihnen herausschlüpfen konnte. Mein Herz klopfte mir bis zum Hals.

„Ja, ja!“, rief sie. Ich hielt den Atem an. „Oooh ja. Das ist gut, genau da …“

Ich schaute jetzt zu Boden, für den Fall, dass ich noch über etwas anderes stolperte, aber als ich Ciarans Kilt und Jackett zerknüllt dort liegen sah, wollten meine Füße sich einfach nicht mehr rühren.

„Oh! Das fühlt sich so gut an. Ja! Fester, fester …“

Mir wurde schwindelig. Ihr Körper schlug im gleichen Rhythmus gegen die Wand wie mein Herz gegen meine Brust. Ich würde gleich ohnmächtig werden.

„Holly? Suchen Sie Ciaran?" Ich wirbelte herum und sah Mary am anderen Ende des Flurs.

In dem Zimmer hinter mir brach Panik aus, und die Tür, die nur angelehnt gewesen war, wurde fest ins Schloss gedrückt. Marys Lächeln war verschwunden, als ich mich wieder umdrehte, denn auch sie hatte Claras und Ciarans vor der Zimmertür verstreute Kleidung gesehen.

„Oh meine Liebe." Sie war aschfahl.

Die Tränen kamen. *Nein, keine Tränen!*

Der Flur schien immer länger zu werden, als ich an Mary vorbei zur Treppe rannte. Ich eilte sie hinunter und riss die schwere Holztür auf.

Es hatte wieder angefangen zu regnen. Penny stand kettenrauchend im Eingang. Ich rannte an ihr vorbei.

„Bye, Holly."

Über den Innenhof zu dem Tor in der Mauer.

„Holly?", rief Toby. „Wo wollen Sie hin?"

Ich rannte weiter. Ich musste hier weg. Sofort.

„Holly?"

Ich hatte fast die andere Seite des Innenhofs erreicht, als Toby den Wagen rückwärtslenkte, sodass er zwischen mir und den Steinsäulen stand. Er ließ das Fenster herunter. „Holly? Was ist passiert? Wo wollen Sie hin?"

„Nach Hause." Ich zitterte.

„Nach Hause?" Ich ging um das Auto herum, und er sprang aus dem Wagen. „Einen Moment. Was ist passiert?"

Ich versuchte, gegen die drohenden Tränen anzuschniefen.

„Ist schon gut, Holly, alles gut. Soll ich Sie nach Hause fahren?", fragte er.

Ich brachte gerade noch ein „Ja, bitte" heraus, bevor die Tränen fielen.

„Holly?" Ciaran kam die Treppe hinunter, an der Penny nun stand und riskierte, vom Regen nass zu werden, um besser sehen zu können, was sich abspielte. Er hatte es geschafft, seinen Kilt wieder anzuziehen, aber für Weste und Jackett hatte es nicht gereicht.

Ich krabbelte schnell auf die Rückbank von Tobys Wagen und versuchte, mich zusammenzureißen, als er vorfuhr und den Wagen wendete.

Ciaran sprang vor uns auf den Weg, und Toby hielt an. Durch das offene Fenster auf der Fahrerseite rief Ciaran: „Holly, wo willst du hin?"

„Geh weg, Ciaran. Lass mich in Ruhe!"

„Was? Holly!"

„Fahren Sie, Toby", sagte ich.

„Holly? Bist du verrückt geworden?"

„Toby, wenn Sie jetzt nicht fahren, laufe ich, verdammt noch mal." Obwohl es nicht sonderlich überzeugend klang, so wie ich zwischen den einzelnen Wörtern schniefte.

„Holly!", brüllte Ciaran.

„*Fahren Sie*, Toby!"

„Ich fahre doch schon, ich fahre, verdammt noch mal."

Toby schaltete die Scheibenwischer ein, und ihr rhythmisches Geräusch übertönte meine ruckartigen Schluchzer im Fond.

Du dummes Mädchen. Du dummes, dummes Mädchen.

Wir fuhren beinahe zehn Minuten lang schweigend, bis Toby das Wort ergriff.

„Ich hoffe, Sie sind bereit, sich wieder zu versöhnen, denn das hinter uns sieht schwer nach den Scheinwerfern eines Aston Martins aus."

Ciaran war bereits auf dem Hügel hinter uns und kam immer näher.

„Ignorieren Sie ihn, Toby. Sobald wir durch den Wald sind, wir es ihm langweilig werden", sagte ich.

„Wenn Sie das glauben, kennen sie Ciaran nicht sonderlich gut", murmelte er.

„Hat er nicht viel zu viel getrunken? Er sollte nicht mehr fahren", gab ich schnippisch zurück.

„Ciaran trinkt nie mehr als ein Glas. Ist Ihnen das noch nicht aufgefallen?"

Nein, das war es tatsächlich nicht.

Als wir in den Wald hineinfuhren, wurde es nicht dunkler. Alles um uns herum war einfach nur schwarz. Schwarz und nass.

Ich ignorierte Ciaran, der nun mehrere Wagenlängen hinter uns blieb.

„Er wird warten, bis ich Sie zu Hause abgesetzt habe, um mich nicht abzulenken“, merkte Toby an.

Er schaltete das Fernlicht an, das den Eingang zum Forstamt erhellte.

Die Geschwindigkeitsanzeige am Straßenrand leuchtete auf. Wir hielten uns an die Geschwindigkeitsbegrenzung von vierzig Meilen die Stunde. Ich wollte, dass Toby schneller fuhr, bat ihn aber nicht darum.

„Haben Sie das gesehen?“, fragte er und schaltete das Fernlicht wieder aus.

„Was soll ich gesehen haben?“

Ich schaute auf und sah durch die Frontscheibe ein Reh, das mitten auf der Straße im Scheinwerferlicht stand.

„*Mist!*“ Toby trat ruckartig auf die Bremse, sodass der Wagen rechts am Reh vorbeischlingerte, das schnell in den Wald flüchtete. Wir kamen gerade rechtzeitig zum Stehen, um die Silhouetten von drei oder vier weiteren Rehen zu sehen, die hinter uns von der Böschung über die Straße sprangen. Ihre Umrisse wurden von Ciarans größer werdenden Scheinwerfern erhellt.

Das Quietschen von Bremsen, dann sah ich im Licht von Ciarans Wagen, wie seine Windschutzscheibe in tausend kleine Scherben zersprang, die sich glitzernd auf der Straße verteilten.

Das Letzte, was ich hörte, war ein Schrei.

36. KAPITEL

Folgen Sie den roten Pfeilen, sagten sie.

Nicht den grünen zu den Neugeborenen. Oder den weißen zu den geliebten Menschen, die jenseits aller Hoffnung sind.

Nein, rot. Rot wie das Blut, das auf Ciarans Autodach glitzerte, als der Hirsch dort seinen letzten zitternden Atemzug ausstieß.

Folgen Sie den roten Pfeilen, sagten sie, als sie endlich kamen, um uns mitzuteilen, dass er eine schwere Gehirnerschütterung erlitten, aber ansonsten sehr viel Glück gehabt hatte.

Mary war bereits mit Fergal da gewesen. Toby hatte sie erreicht, während sie gerade dabei gewesen war, Fergal ordentlich die Leviten zu lesen, nachdem sie ihn in flagranti mit Clara in einem der Schlafzimmer erwischt hatte.

Während Ciaran in seinem Krankenhausbett lag und schlief, hatte sein Vater Toby erzählt, dass er Clara in der Nähe der Gästezimmer hatte herumschleichen sehen, vermutlich auf der Suche nach jemand anderem. Kurz entschlossen hatte Fergal das als Einladung verstanden und als Gelegenheit, sich noch einmal bei James Sawyer für alles zu bedanken und zu demonstrieren, dass er keine bösen Gefühle mehr gegenüber der Familie hegte.

Er war schamlos, aber ich konnte Fergal nicht böse sein für etwas, das zwei Goldgräber mit einem Schlag erledigt hatte. Außerdem war ich kaum besser.

Doch wie würde meine Strafe aussehen? Ich war eine Blenderin. Ich hatte kein Recht, hier zu sein.

Doch ich konnte nicht gehen.

Ich war die ganze Nacht über hier gewesen, hatte ihn beobachtet, hatte auf ein Stöhnen gewartet oder darauf, dass er aufwachen und mich sofort hinauswerfen würde. Aber das einzige Geräusch war das Piepen der Monitore. Als ich bei Charlie im Krankenhaus gewesen war, hatte es nicht einmal das gegeben.

Nur das reine Nichts.

Ich ging um das Bett herum, um noch einmal sein Gesicht anzusehen. Der Airbag hatte den Großteil der von vorne einwirkenden Kräfte aufgefangen, aber das Reh war direkt über Ciarans Kopf auf das Wagendach geknallt. Er hatte nur eine Schnittwunde, ungefähr vier Zentimeter lang, direkt an seinem Haaransatz. Es hatte so sehr geblutet, dass ich dachte, er wäre tot. Dann das Glas überall, das viele Blut … wieder einmal.

Toby sagte mir, dass ich eine Panikattacke gehabt hätte, weshalb die Rettungssanitäter mir am Straßenrand Sauerstoff gegeben hatten.

All dieses Blut von einer einzigen Wunde. Sie war genäht worden, doch wenn er aufwachte, würde er ordentliche Kopfschmerzen haben.

Ich fuhr die feine Linie an seiner Augenbraue von dem letzten Cut nach, den er sich meinetwegen zugezogen hatte. Sie schimmerte immer noch leicht rosig.

„Es tut mir leid", flüsterte ich. Aber das war so unzureichend. Ich hatte es vermasselt. Er würde aufwachen, und dann wäre alles vorbei.

Ich ließ meine Finger in seine Hand gleiten.

„Aber erst einmal musst du aufwachen, Ciaran", sagte ich mit zitternder Stimme. „Aufwachen und mir sagen, dass ich gehen, dass ich in mein Leben mit Dave zurückkehren soll. Wo es nie Gelächter oder Streit oder Spaß gibt. Wo dein verrückter Vater mich nicht mit seinem Bart kratzt und Mary mich nicht mit ihrer Herzlichkeit wärmt. Und du. Wo du mir keine Schmetterlinge im Bauch verursachst und mir das Gefühl gibst, als könnte ich bis auf den Grund deiner Augen fallen. Sag mir, dass ich zu alldem zurückkehren soll, Ciaran", flüsterte ich, „und ich werde es tun. Ich werde es tun, weil ich weiß, was für ein außergewöhnliches Glück es war, dich zu finden, und dass ich nicht damit rechnen kann, dich auch zu behalten. Wach auf, Ciaran. Wach auf und sag mir, dass ich zu diesem Leben zurückkehren soll … in dem ich dich nicht liebe."

Der nächtliche Himmel hellte sich hinter den Jalousien langsam auf. Bald wäre es Morgen. Ich würde gehen, bevor die Besucher kämen. Vielleicht zum letzten Mal. Ich schlüpfte aus meinen Ballerinas und rollte mich auf dem Stuhl neben Ciarans Bett zusammen. Dort fiel ich für ein paar Stunden in einen leichten Schlaf, bevor der Morgen anbrach.

Als ich aufwachte, herrschte auf der Station bereits die übliche Geschäftigkeit. Ich brauchte ein paar Minuten, um mich zu erinnern, wo ich war. Langsam drehte ich meinen Kopf, um nach ihm zu sehen, und schaute direkt in diese wunderschönen braunen Augen. Ein paar Sekunden lang sah ich ihn nur an, nicht sicher, ob es ihm gut ging, doch dann fingen diese Augen an, mich anzulächeln.

„Kalte Füße?", fragte er und schaute zu meinen Schuhen auf dem Fußboden.

„Niemals."

37. KAPITEL

Ciaran und ich entschieden uns, nicht zusammenzuziehen. Vorerst zumindest. Nachdem das *Cake* dank Jesses neuer Freundin Nat jetzt richtig gut lief, schien Ciaran allerdings öfter in meinem Häuschen zu sein als ich. Er mochte es, den Sonnenaufgang über dem See anzusehen. Das brachte ihm Frieden in dem Chaos, das sein Job so mit sich führte – zumal dieser Job noch viel anstrengender geworden war, seit die Arbeiten an der neuen Baustelle begonnen hatten.

Argyll Inc. hatte das Land der Lux Foundation zugesprochen bekommen, dank Ciarans Vorschlag sollte unter anderem eine hochmoderne Krebsforschungsstation auf dem Gelände errichtet werden. Die Forschungsstation sollte den Namen seiner Mutter tragen, und die gesamten Baukosten wurden von der Firma übernommen.

Diese Idee kam beim Vorstand der Stiftung natürlich hervorragend an, und sobald Ciaran ihnen dieses Angebot unterbreitet hatte, gab es für James Sawyer kein Gegengebot mehr, mit dem er hätte gewinnen können. Woran er auch gar nicht mehr interessiert war. Nach seiner eigenen Aussage bestand das Geschäftsmodell der Sawyers nicht darin, Geld zu machen, nur um dann alles wieder wegzugeben.

Ciaran war noch immer dabei, zu überlegen, was er mit dem kleineren Stück Land anfangen sollte, das die Stiftung ihm ebenfalls verkauft hatte. Er sagte, es wäre nicht ganz so toll, aber so nahe an der geplanten Infrastruktur würde man immer noch Geld damit machen können. Gerüchten zufolge hoffte James Sawyer immer noch, daran beteiligt zu werden, aber Ciaran ließ sich nicht in die Karten schauen.

Wenn er nicht gerade den Sawyers eine Abfuhr erteilte, war Ciaran damit beschäftigt, hinter Fergal herzurennen, der, trotz gelegentlicher Fehltritte, endlich ruhiger zu werden schien. Nachdem Fergal jetzt nicht mehr ins Büro ging und so tat, als würde er dort arbeiten, verbrachte er mehr Zeit mit Mary. Sie hatte einen ernüchternden Einfluss auf ihn, und mal ehrlich, sein Verhalten konnte sie nicht mehr überraschen. Was die beiden Argyll-Männer anging, hatte Mary schon alles gesehen.

Ciaran hatte außerdem eine neue Freundin gefunden. Er und Mrs Hedley waren quasi unzertrennlich. Vermutlich war sie ein wenig in ihn verknallt, aber solange er nicht ständig zum Essen zu ihr verschwand, ließ ich sie ihre Liebesaffäre in Ruhe ausleben. Mrs Hedley versorgte ihn mit Eiern und Toastbrotecken, und Ciaran beschenkte sie mit Tulpen. Wie die meisten ungewöhnlichen Beziehungen funktionierte auch diese ganz hervorragend.

Mrs Hedley hatte vorgeschlagen, dass er für Daisy eine Schaukel im Garten aufbaute. Ciaran plante, sie an einen Ast des Apfelbaums zu hängen, den wir für Charlie gepflanzt hatten – auch wenn Daisy vermutlich schon mit Jungs ausgehen würde, wenn der Baum endlich groß genug dafür war. Rob meinte allerdings, dass Daisy sowieso nicht vor ihrem vierzigsten Geburtstag mit Jungen ausgehen würde, also hatten wir beschlossen, vorerst einfach abzuwarten.

Später, wenn wir nach Hause zurückkehrten, würden wir sie noch einmal vermessen müssen. Doch jetzt stand erst einmal der Waldspaziergang auf dem Programm, zu dem Ciaran uns alle mitgeschleppt hatte. Natürlich fuhr ich. Immerhin war ich diejenige von uns beiden, die noch nicht ein unschuldiges Tier in der Größe eines Ohrensessels angefahren hatte.

In den schnittigen Sportwagen, auf den Ciaran hartnäckig bestanden hatte, passten wir keinesfalls alle hinein. Also mussten wir den SUV nehmen, den ich vor Kurzem geschenkt bekommen hatte. Der Wagen war neu und sehr angenehm zu fahren, auch wenn ich Ciaran verboten hatte, mir weitere Geschenke zu machen und eigenmächtig Geld für mich auszugeben. Obwohl der neue Wagen zugegebenermaßen wesentlich praktischer war, vermisste ich noch immer von Zeit zu Zeit meinen kleinen weinroten Van. Zum Glück war es kein Abschied für immer gewesen, denn der Van hatte jetzt eine eigene Parkerlaubnis und lebte auf dem Parkstreifen vor dem Laden. Das war eine gute Werbung für uns und ein netter Hingucker, genau wie Charlie gesagt hatte.

Allerdings erregte selbst ein tiefrotes Auto nicht so viel Aufmerksamkeit wie unsere kleine Truppe, die jetzt vor dem Besucherzentrum versuchte, Ordnung ins Chaos zu bringen.

„Martha, nehmen wir den richtigen Kinderwagen oder schnallen wir einfach den Autositz aufs Gestell?", rief Rob seiner Frau hinterher, die gerade auf dem Weg zum Ticketautomaten war.

„Daisys Autositz natürlich, Rob! Damit Dave nicht wieder ihr ganzes Outfit vollsabbern kann."

„Hörst du, Dave? Kein Gesabber auf Daisys Kleidung." Ciaran lachte und hielt Dave fest an der Leine. Es war leicht, mir einen Kuss von ihm zu stehlen, wenn Dave ihn so fest am Platz hielt.

„Du schmeckst nach Toast und Eiern." Lachend kuschelte ich mich in seinen freien Arm.

„Tja. Mein anderes Mädchen behandelt mich wie einen König."

„Fergal! Du sitzt auf der Motorhaube eines fremden Wagens. Steh sofort auf", schalt Mary und zog Fergal am Jackenkragen hoch.

„Dir ist doch nicht etwa kalt, oder, Fergie?", fragte ich. „Heute ist so ein schöner Aprilmorgen."

Fergal stand finster dreinblickend neben Mary. „Aye, aber die Grausamkeit dieser Frau verursacht mir Frostbeulen. Sie ist eine eiskalte Person", verkündete er dramatisch, bevor er sie liebevoll in die Arme zog.

„Okay", sagte Ciaran und verschloss den Wagen. „Sind jetzt alle bereit? Hat jemand den Kuchen?"

„Alles parat", rief Rob und legte behutsam einen weißen Karton in das Fach unter dem Kinderwagen. Es wäre irgendwie seltsam gewesen, mir meine eigene Geburtstagstorte zu backen, also hatte Ciaran Jess gebeten, das zu übernehmen. Ich hatte bereits heimlich geguckt – es war ein einfacher Kuchen mit einem Stern, meinem Namen und einer Achtundzwanzig darauf. Also wäre es nicht so schlimm, wenn Dave sie sich einverleiben würde, bevor wir sie essen konnten. Wo das sein würde? Ich hatte keine Ahnung. Ich sah nur, dass wir die Picknicktische hinter uns ließen. Es war ein angenehm lauer Tag, aber nicht warm genug, um es sich auf dem Waldboden gemütlich zu machen, nicht einmal mit einer Schokotorte. Aber Ciaran hatte darauf bestanden, dass wir an meinem Geburtstag mit der ganzen Familie spazieren gingen.

Es war beinahe sechs Monate her, dass ich zum letzten Mal hier gewesen war. Damals hatte es mich traurig gemacht, die ganzen Zäune zu sehen, die den Wald gnadenlos als ihr Eigentum markierten. Ich freute mich auch nicht darauf, sie heute wiederzusehen, diese Schandflecken, die Sawyer hier errichtet hatte. Ich versuchte, nicht daran zu denken, aber als wir um die Kurve bogen, gab es außer dem fürchterlichen blaugrünen Bauzaun nichts zu sehen.

„Warum gehen wir nicht durch den Birkenwald?“, schlug ich hoffnungsvoll vor.

„Weil es dort keine geeignete Stelle gibt, um Kuchen zu essen“, sagte Ciaran und bedeutete uns, stehen zu bleiben. „Außerdem habe ich ein Geschenk für dich, und das ist zu groß, um es bis ganz darüber zu schleppen“, fügte er grinsend hinzu.

„Komm schon, Junge, bring’s hinter dich. Wir wollen endlich die Torte essen“, grummelte Fergal.

„Ja, danke, Dad. Das bringt uns alle genau in die richtige Stimmung.“

„Was sollst du hinter dich bringen?“, fragte ich. Mir fiel auf, dass etwas in seinem Blick sich veränderte. Ich drehte mich um und sah Martha an.

„Mich musst du nicht fragen – er hat uns nichts erzählt. Du bist so ein Geheimniskrämer, Ciaran.“ Sie blickte ihn finster an.

„Okay. Könnt ihr euch alle, außer Holly, bitte da drüben vor den Farn stellen?“ Wie so oft gehorchten alle seinem Kommando. Ciaran, zufrieden mit seiner Rolle als Alleinunterhalter, wandte sich wieder mir zu.

„Holly … Ich habe dich heute mit unserer Familie hierhergebracht, um dich etwas zu fragen …"

Ich spürte, dass ich die Augen aufriss.

Ich kann es nicht glauben! Nicht jetzt – es ist noch zu früh! Ich hätte nie gedacht, dass er das tun würde. Hier. Aber andererseits, warum nicht hier? Hier wäre es auf gewisse Weise perfekt … aber nicht unter dem „Verkauft"-Schild am Stechpalmenwald, und ganz sicher nicht … "

„Nein!", sagte Ciaran abrupt. „Ich sehe, wie deine Gedanken rasen, Holly. Aber darum geht es nicht. Zumindest noch nicht."

Ich atmete erleichtert ein und ganz langsam wieder aus. *Noch nicht* klang in meinen Ohren perfekt.

„Was ich dich fragen wollte, ist, ob du mit mir nach Hollywood kommen willst? Ich weiß, wir haben einmal darüber gesprochen, und du sagtest, es würde dich nicht im Geringsten beeindrucken. Du seist dir nicht mal sicher, ob es überhaupt existiert. Erinnerst du dich? Und dass *Hollywood* zu dir kommen müsse?"

Bei diesen Worten hob Fergal die Augenbrauen.

„Zu meiner Verteidigung muss ich sagen, dass ich damals betrunken war. Aber *Hollywood*? Wow, Ciaran, das ist ein großes Geschenk."

„Und? Kommst du mit?"

„Äh … wann?", fragte ich verblüfft.

„Jetzt." Er lächelte mich an. „Genau jetzt."

„Jetzt? Also *sofort*? Das kann ich nicht, Ciaran. Ich muss arbeiten und … "

Ciaran grinste. „Holly, ich möchte, dass du deine Augen schließt."

Was hatte er vor? Ich würde in einen Hubschrauber klettern müssen oder irgendetwas anderes Schreckliches, das uns zum Flughafen brachte. Doch ich tat, wie mir geheißen, und schloss meine Augen.

„Los, Jungs!“, rief er, und hinter dem Zaun hörte ich Maschinen zum Leben erwachen. Über unseren Köpfen fing etwas Großes und Lautes an zu piepen, dann folgte das Knirschen von Holz auf Metall, und irgendetwas wurde aus der Erde gezogen. Eine Minute später erstarben die Motorengeräusche wieder.

Martha flüsterte leise vor sich hin. „Oh, Holly.“

„Genau. Holly, bevor du die Augen öffnest, möchte ich sagen, dass es sich technisch gesehen um dein Geburtstagsgeschenk handelt und nicht um eine nicht genehmigte Geldausgabe.“ Ich hielt die Augen immer noch fest geschlossen, als Ciaran mir einen Kuss gab und mir zuflüsterte: „Ich weiß, wie viel ihm das bedeutet hat, Holly. Und nun kannst du ganz beruhigt sein, dass sein Traum wahr geworden ist. Herzlichen Glückwunsch, Liebling. Du darfst deine Augen jetzt öffnen.“

Hinter dem nun fehlenden Teil des Bauzauns sah ich ein Mini-Utopia, das sich in den Stechpalmenwald kuschelte, der völlig unangetastet in seiner vollen Pracht dastand. Eine lang gezogene Hütte mit einem Spielplatz und einer Hängebrücke, einer Feuerstelle, einem Marterpfahl, stämmigen Holztischen und Bänken. Es war unglaublich. Es sah aus wie ein Ferienressort mitten im Wald. Sauber und natürlich und gesund.

„Bei Regen können die Klassenräume bis zu vierzig Kinder aufnehmen. Hinten, zwischen den Bäumen, gibt es noch eine zweite Hütte. Dort befinden sich auch die Toiletten und die Küche.“

Ich konnte nicht glauben, was ich sah.

„Aber? Aber wie? Wie ist das zustande gekommen?“, fragte ich und stolperte auf den verwandelten Wald zu.

„Sawyer wollte ein Stück von dem Lux-Land. Ich wollte das hier. Also habe ich ihn und Clara eines Tages, nachdem wir den Zuschlag von Lux erhalten haben, ins *Atlas* zum Essen eingeladen. Ich wusste, es war besser, schnell mit Sawyer zu reden, bevor er sich irgendwelche Bedingungen überlegen konnte.“

Ich konnte es nicht fassen. „Ich weiß nicht, was ich sagen soll, Ciaran. Es ist unglaublich, was du hier erschaffen hast.“

„Mein Anteil daran war gar nicht so groß, Holly. Charlie hat die ganzen Verhandlungen geführt. Ohne seine Vision wäre das hier nicht möglich gewesen."

„Danke, Ciaran. Tausend Dank." Ich musste die Flut zurückhalten, die in mir aufzusteigen drohte.

„Gern geschehen. Du kannst mir später noch ausführlicher danken", sagte er mit einem übermütigen Grinsen. „Und jetzt: Was hältst du von dem Schild da oben?"

Ich schaute in die Bäume hinauf und erblickte einen großen Stern, der in der Luft zu schweben schien. Ich erkannte ihn sofort.

„Ich liebe es, Ciaran. Es ist perfekt. Alles ist perfekt."

Und das war es.

„Lasst uns jetzt endlich die Torte essen", rief Fergal und tanzte mit Daisy auf dem Arm durch das Loch im Zaun. Mary gab Ciaran einen Kuss und folgte Fergal. Rob schob den Kinderwagen mit einer Hand hinterher, während er mit der anderen versuchte, Dave von der Torte fernzuhalten. Und Martha ging an uns vorbei und drückte kurz meinen Arm.

„Kommst du mit?", fragte Ciaran. „Fergie wird bei der Torte keine Rücksicht auf dich nehmen, nur weil du heute Geburtstag hast." Er lächelte.

„Ich komme. Ich will nur noch ein wenig das Schild anschauen", erwiderte ich und scheuchte ihn davon.

Ich sah ihm nach, wie er sich zu den anderen in der Hütte gesellte, und las noch einmal stumm die Worte:

Holly Wood Waldschule – wo die Zukunft wächst

– ENDE –

Monterey, Kalifornien, 1975

Zu dem gleichmäßigen Klang der an den Strand rollenden Wellen schlich sich an jenem weit zurückliegenden Morgen des verheißungsvollen Jahres 1975 eine andere, seltsam anmutende Musik in mein Ohr. Sie schien aus dem Nebenzimmer zu kommen. Leise wehte sie zu uns herüber in die Küche, wo ich auf dem Schoß meiner Mutter saß – bereit, zusammen mit ihr das wichtigste Einstellungsgespräch seit Langem durchzustehen.

Der gläserne Bungalow der Teagardens saß, umspült vom Staub des Meeres, wie ein gigantisches Aquarium auf einer sanft geschwungenen Anhöhe in den blumenbewachsenen Dünen Montereys. Vom Pazifik, dem mächtigsten aller Ozeane, trennte ihn nichts weiter als ein schmaler Streifen safrangelben Sandes, der wie ein feiner handgewobener Läufer die Grenze zwischen Land und Wasser markierte. Die merkwürdigen Klänge, die durch die Wand drangen, lenkten meine eben noch heiteren Gedanken auf die traurige Vergangenheit des Hauses, von der ich gerade erst erfahren hatte. Es war eine perlende, dunkle Melodie, gespielt auf einem seltenen Instrument, einer Glasharmonika. Das Stück hieß *Aquarium* und stammte von Camille Saint-Saëns, einem französischen Komponisten des 19. Jahrhunderts. Es war Teil seines berühmten Werks *Karneval der Tiere,* aber das wusste ich damals noch nicht. Taylor jedoch wusste es. Er war es, der im Nachbarzimmer die Platte aufgelegt hatte.

„Ich hab dich lieb, Mommy“, sagte ich zu meiner Mutter, die ich eigentlich nur Claire nennen durfte, und kuschelte mich an sie, während sie kerzengerade auf ihrem Stuhl sitzend auf den Hausherrn wartete.

„Ich hab dich auch lieb, meine Kleine“, erwiderte sie, und ein nervöses Lächeln umspielte ihren Mund, der mich schon so oft geküsst hatte, dass ich mittlerweile all ihre Lippenstiftsorten geschmacklich unterscheiden konnte. Ihr Gesicht war rot vor Aufregung, ich konnte die Hitze ihrer glühenden Wangen mit den kleinen Händen eines sechsjährigen Mädchens fühlen. Dann umarmte sie mich und drückte mich fest an sich, als wolle sie mich nie wieder loslassen. Doch leider blieb uns beiden nichts anderes übrig. Mit einem leisen Räuspern trat Edward Teagarden in die Küche, ein Mann mit lilienweißen Händen und von schlanker Statur, in einen perfekt sitzenden schwarzen Anzug gegossen.

„Schön, dass Sie es einrichten konnten, Mrs Wood", sagte er zu meiner Mutter, „es würde mich mit Freude erfüllen, wenn wir in Ihnen unsere Haushälterin und Kinderfrau gefunden hätten."

Wenig später begab ich mich auf meine erste Erkundungsreise durch das riesige Haus, nahezu geräuschlos über das nach kalifornischen Zypressen duftende Parkett schwebend, nachdem Mr Teagarden und meine Mutter mich für ihre berufliche Unterredung hinausgeschickt hatten.

Bald gelangte ich an eine Tür, hinter der ich eine Stimme hörte. Neugierig spähte ich durch das Schlüsselloch.

Dahinter entdeckte ich einen Jungen mit strubbeligen Haaren – die wie kleine Antennen oder Teleskope in alle Himmelsrichtungen abstanden – und außergewöhnlich blauen Augen. Er musste etwa in meinem Alter sein.

„Ich hab dich lieb, Mommy", sagte der kleine Junge zu einem riesigen goldbraunen, einäugigen Plüschhund, der dort, wo sich eigentlich sein linkes Glasauge befinden sollte, eine schwarze Augenbinde trug. Offensichtlich hatte der Junge mich und Claire vorhin heimlich in der Küche belauscht, während er vorgegeben hatte, im Nachbarzimmer Musik zu hören.

„Ich hab dich auch lieb, mein Kleiner", erwiderte der Plüschhund mit der Stimme des kleinen Jungen, und sofort presste der kleine Junge ihn mit einem konsequenten Ruck so fest an sich, wie meine Mutter mich zuvor auf ihrem Schoß an sich gedrückt hatte. So als wolle er ihn nie wieder loslassen – in seinem ganzen Leben nicht.

„Ich hab dich sogar sehr lieb, Mommy", wiederholte der kleine Junge leise, sein plötzlich tränenfeuchtes Gesicht im seidig glänzenden Fell des Hundes verbergend. „Sehr, sehr lieb."

Das also war Taylor Teagarden. Unser Schützling, wie meine Mom es auf der Hinfahrt im Auto ausgedrückt hatte. Taylors Mutter war vor drei Tagen auf dem Friedhof an der Fremont Street beerdigt worden. Und genau deshalb waren wir an diesem frühen Vormittag hier und mussten uns die Musik von Camille Saint-Saëns anhören, während im Radio mindestens achtmal täglich Barry Manilow lief, mit unserem Lieblingslied *Mandy.* Auf dem Hinweg hatten wir beide gut gelaunt dazu mitgesungen, und nachdem wir schließlich, begrüßt von einem sanften salzigen Wind, vor dem Anwesen aus dem Wagen gestiegen waren, hatte der Song uns hinein in das Haus in den Dünen begleitet. Ein Haus, durch das die Düfte des Ozeans wehten und das uns so freundlich erschien – bis zu jenem Moment, als das Programm plötzlich wechselte und auf Schwarz umschaltete.

„Es wäre mir lieb, wenn Sie schon morgen die Gästezimmer beziehen könnten", sagte Mr Teagarden, als er uns an der Haustür verabschiedete.

„Und du, wie heißt du?", fragte er mich beim Hinausgehen.

„Ich bin Amber", erklärte ich wahrheitsgemäß. „Amber Wood."

„Amber Wood, aha ...", entgegnete er mit einem leicht verwunderten Lächeln. Wahrscheinlich hatte es ihn überrascht, dass ich in einem Atemzug meinen Vor- *und* meinen Nachnamen ausgespuckt hatte. „Ein schöner Name", lobte er, aber ich merkte, dass er mit seinen Gedanken eigentlich woanders war.

„Nun, ich bin Edward Teagarden", fuhr er fort, „und meinen Sohn Taylor wirst du bald kennenlernen. Es wäre schön, wenn du dich etwas um ihn kümmern könntest." Er blickte zu Boden. „Seine Mutter ist vor Kurzem ... nun, sie ist ... *gestorben ...*", fuhr er fort, „und Taylor braucht jetzt ..."

„Eine Freundin?", versuchte ich das Ende seines Gedankens zu erraten.

„Ja, das … ist wohl richtig. Eine … Freundin“, bestätigte er mit einem schwermütigen Nicken. Artig gab ich ihm zum Abschied die Hand, um einen guten Eindruck bemüht, und war dennoch mehr als überrascht, als meine Mutter plötzlich einen kleinen Knicks vor ihm machte. Schließlich war sie ein Hippie, jedenfalls sagte sie das immer. Auf dem Monterey Pop Festival hatte sie zu The Who und Jimi Hendrix getanzt und ihrer konservativen Erziehung auf immer Lebewohl gesagt. Keine zwei Jahre später, auf einer Farm in einem Kaff namens White Lake bei Bethel, hundertfünfzig Kilometer von New York entfernt, wurde ich dann gezeugt, auf einem ziemlich bekannten Musikfestival namens Woodstock, Vater unbekannt, mit hoher Wahrscheinlichkeit ebenfalls Hippie.

Und nun Edward Teagarden, der König der Fischer – Chef eines traditionsreichen Fischereiunternehmens. Dieser Mann mit seiner leisen, zurückhaltenden Art und seiner vornehmen Weise, sich zu kleiden und auszudrücken, verströmte offenbar eine derart anziehende altenglische Ausstrahlung auf meine Mutter, dass sie all dem Peace- und Freie-Liebe-Kram augenblicklich Abbitte schwor und von jenem Tag an tatsächlich zu glauben schien, in Diensten eines echten Lords zu stehen. Nun: Mir war es nur recht, denn wen und was ich kurz zuvor ein paar Wände weiter durch ein Schlüsselloch gesehen hatte, war bereits drauf und dran, sich in mein Herz zu schleichen, ob ich es wollte oder nicht.

Es ist kein Wunder, dass Taylors Mutter Elena bei den Engeln ist, dachte ich, als wir am nächsten Tag das gläserne Haus in den Dünen bezogen hatten, denn auf den Bildern, die überall im Haus hingen, vor allem in dem langen Korridor, sah sie genauso aus wie einer. Ihr lockig goldenes Haar, ihr Lachen, das die ganze Welt zu umarmen schien, vor allem aber das beinahe überirdisch strahlende Licht, das durch ihre gütig glänzenden Augen strömte. Taylor blickte durch dieselben unbeschreiblichen Augen in die Welt, die bereits seine Mutter zu einer engelsgleichen Erscheinung gemacht hatten. Sie ähnelten dem klaren, leuchtenden Blau des Pazifiks im Spätsommer, wenn die Morgennebel sich endgültig aufgelöst haben, die die eigentliche Färbung des Meeres in Kalifornien nicht selten bis tief ins Jahr hinein verhüllen; es war ein Ton, den ich noch kein zweites Mal bei irgendeinem Menschen entdeckt habe, so als hätte ihn einer der großen europäischen Expressionisten in diese beiden anbetungswürdigen Gesichter gemalt.

Elena hatte das neue Haus selbst eingerichtet, ohne je darin gelebt zu haben. Es war ihr Wunsch gewesen, endlich ein eigenes Leben mit ihrer Familie zu führen und sich zumindest räumlich ein wenig von den Geschäften in der Cannery Row abzunabeln, die nach wie vor der Senior, William Teagarden, mittlerweile zweiundsiebzig Jahre alt, und ihr Mann Edward gemeinsam führten. Bis dahin hatte das Gebäude in der Geschäftsstraße als Büro und Familiensitz zugleich gedient, doch Elena fand, dass ein kleiner Junge wie Taylor Freiraum brauchte – und dass es an der Zeit war, dass auch ein großer Junge wie Edward sich langsam von seinem übermächtigen Vater abnabelte und sich sein eigenes Leben aufbaute. Sie hatte das Haus in den Dünen mit dem exquisiten Geschmack eines Mädchens eingerichtet, das in den Hamptons aufgewachsen war und namhafte italienische Designer ihre Freunde nannte.

So kühl das Haus von außen erschien, so warm wirkte es von innen. Überall Holz, an den Wänden, am Boden, dazu antike und moderne Möbel aus Frankreich, Italien und Skandinavien. Am Ende war ihr nur eine einzige Nacht in ihrem Haus vergönnt gewesen, auf das sie sich so gefreut hatte; eine einzige Nacht hatte sie in dem neuen Bett geschlafen – die Ärzte hatten sie beurlaubt, für ein letztes Mal Dunkel- und wieder Hellwerden und die Zeit dazwischen, gemeinsam mit ihrem Mann und ihrem Sohn. Am Tag darauf war sie im Krankenhaus gestorben, kaum dass sie ihre Sachen ausgepackt hatte. Sie war nach Hause gekommen, um sich zu verabschieden. Zum Abschied hatte sie ihre Jungs in den Arm genommen und sie ein letztes Mal geküsst, ihre Lippen gespürt und ihren Atem; sie hatte ihre weiche Haut auf ihrer Haut gefühlt und kleine, heimliche Tränen in den Augen ihrer Männer entdeckt. Tränen, die sie nicht hatten unterdrücken können, in dieser Nacht, die sie zu dritt verbracht hatten, einander so nah, als wären sie ganz und gar eins. Elena, Edward und Taylor, der sie fortan auf dieser Welt vertreten sollte – in ihrem vom Sand umwehten und vom Wasser umspülten Familiensitz in den Dünen, den sie schon bald von oben aus dem Himmel betrachten würde.

Seit seine Mutter nicht mehr bei ihm war, konzentrierte Taylor sich meinen ersten Beobachtungen zufolge im Wesentlichen auf zwei Dinge. Erstens: wieder und wieder die Schallplatte von Camille Saint-Saëns in die weiße Phonotruhe legen, die Plexiglashaube schließen und der Glasharmonika lauschen, die ihn an das sanfte Prasseln von Regentropfen erinnerte – wie er es einmal mit seiner Mutter an den Fenstern eines New Yorker Hotelzimmers erlebt hatte. Und zweitens: durch sein Fernrohr aufs Meer hinaussehen. Taylors kleine, zartgliedrige Hände liebten nichts mehr, als frühmorgens nachdenklich über die von der nächtlichen Gischt des Pazifiks benetzte Haut seines liebsten Spielzeugs zu fahren. Solange er zurückdenken konnte, verfügte er über ein drittes Auge aus Glas und Stahl. Er musste sich nur auf die Zehenspitzen stellen, um Dinge zu sehen, die weit außerhalb seiner Vorstellungskraft lagen. Mit ihrem Umzug in das neue Haus in den Dünen war das von Rost und Regen rotgrün angelaufene Fernrohr seines Großvaters endlich in seinen Besitz übergegangen. Das gusseiserne Monstrum hatte sich zuvor über viele Jahre, Wind und Wetter trotzend, keinen Zentimeter von seinem angestammten Platz auf der Terrasse des Salz und Fischtank atmenden Familiensitzes in der Cannery Row entfernt, obwohl niemand außer Taylor es noch benutzte. Nun war es endlich dort, wo es hingehörte: auf der mit breiten Planken ausgelegten, schiffsähnlichen Reling vor seinem Zimmer in ihrem neuen Zuhause am Strand von Monterey.

Die ersten drei Tage sprach Taylor kein Wort mit mir und meiner Mutter. Er behandelte uns wie die Luft vor seinem Fernrohr – er sah durch uns hindurch, so eifrig wir auch um seine Aufmerksamkeit buhlten. Er verhielt sich freundlich, aber kühl; er ließ uns spüren, dass wir nicht qualifiziert waren, ihn zu trösten. Dass wir nicht zu seiner Familie gehörten. Berührungen duldete er nicht. Ich malte ihm aufmunternde Bilder und schob sie unter seiner Tür hindurch. Keine Reaktion. Meine Mutter kochte ihm Gerichte, für die ich gestorben wäre, so gut waren sie – und am Ende aß ich einen Großteil seiner Portion mit, was meinen Neigungen leider entgegenkam. In meinem ersten Schuljahr an der Elementary nannten sie mich *Dumbo*, nach irgend so einem blöden Elefanten. Danke, Taylor. Das war deinetwegen.

Aber auch mit seinem Vater kommunizierte er nur sporadisch. Allein mit seinem Plüschhund – Mister Wau – unterhielt er sich angeregt, nicht nur abends vor dem Schlafengehen, sondern auch tagsüber und mitten in der Nacht. Ich hörte es, weil ich Wand an Wand mit ihm schlief – im Nachbarzimmer. Offenbar war Mister Wau der einzige Freund, mit dem er seinen Schmerz teilen konnte. So wie ich es damals sah, als kleines Mädchen, das soeben in eine fremde Umgebung gekommen war, war Edward Teagarden ein überaus netter, zuvorkommender Mann. Ein Mann, der seinen eigenen Schmerz über den Verlust seiner großen Liebe tagsüber hinter einer immer freundlichen Fassade verbarg und ihn nachts vor dem Kamin in feinstem Whiskey ertränkte, gepflegt, still und leise, ohne jemals die geringste Spur von Schwäche zu zeigen. Möglicherweise wollte er William, seinem aus Stahl gemachten Vater, etwas beweisen. Geboren und aufgewachsen in Kalifornien, war Edward der Prototyp des feinen Engländers – während William, der Selfmademillionär im Fischereibusiness und der eigentliche König der Fischer, geboren in einem Armenviertel von Liverpool und Anfang der Dreißigerjahre nach Monterey ausgewandert, ein in England geborener waschechter Amerikaner war. Und darüber hinaus ein Mensch, der meiner ersten Einschätzung nach mit Gefühlen wenig am Hut hatte und dem nicht wirklich etwas unter die Haut zu gehen schien. Vielleicht war es früher anders gewesen. Seine eigene Frau war ebenfalls früh gestorben, und nun schien sich dieselbe Geschichte bei seinem Sohn nach exakt demselben Muster zu wiederholen – so als wäre die ganze verdammte Familie verflucht, wie er es einmal ausgedrückt hatte. Über die sporadisch aus ihm herauspolternden Flüche hinaus schwieg William zu allem. Und Edward tat es ihm nach. Es fiel ihm schwer, Taylor einfach nur in den Arm zu nehmen, obwohl sein Sohn genau das gebraucht hätte. Er war kaum älter als ich selbst, bald würde er sieben werden, und hatte keine Mutter mehr. Beide, Edward und Taylor, hatten das verloren, was sie am meisten liebten in ihrem Leben. Doch sie konnten nicht gemeinsam weinen. Sie mussten es allein tun. Jeder für sich. Hinter den geschlossenen Türen ihrer Schlafzimmer, hilflos taumelnd im Dunkel einer Nacht ohne die Hoffnung eines Morgens, der sie erlösen würde.

Taylor weigerte sich, seine Mutter auf dem Friedhof zu besuchen. Seiner Meinung nach war sie nicht dort, und deshalb wollte auch er nicht an diesen trostlosen Ort, der ihn unglücklich machte. Der ihn erschreckte wie ein Irrlicht, das nachts durch sein Zimmer huschte, sich an ihn schmiegte, kalt und böse, während er vergeblich versuchte, aus diesem Albtraum aufzuwachen.

Das erste Mal, dass Taylor sich entschloss, seine kleine Stimme zu uns zu erheben, war an einem Morgen drei Tage später. Wir saßen alle zusammen am Frühstückstisch, auch William war anwesend.

„Heute Nacht war Mommy bei mir", verkündete Taylor, wobei er von seinen Cornflakes aufsah, die er noch nicht angerührt hatte.

Edward räusperte sich und setzte seine Teetasse ab.

„Taylor, du … weißt, dass Mommy nicht mehr hier ist, sondern im Himmel."

„Aber sie war bei mir. Ich bin aufgewacht, und da saß sie an meinem Bett."

Claire und ich schauten uns betreten an, und das Schweigen kam mir noch stiller vor als in den vergangenen Tagen, als einfach niemand etwas gesagt hatte.

„Taylor …“

„Sie hat gesagt, dass es ihr gut geht da oben bei den Engeln.“

Hilflos blickte Edward Teagarden zuerst seinen Sohn an und dann meine Mutter – es war fast ein Flehen, ihm zu Hilfe zu kommen. Normalerweise war Elena für diese emotionalen Dinge zuständig gewesen, doch nun? Wer war nun zuständig?

„Nein wirklich! Es geht ihr gut!“, wiederholte Taylor, diesmal deutlich lauter und fast ein wenig zornig. Dann seufzte er und zog mit seinem Löffel Kreise in dem weißen See aus Milch und Cornflakes, der vor ihm auf dem Tisch stand. In der Hoffnung, ihn auf diese Weise ein wenig beruhigen zu können, strich ich vorsichtig mit meinen Fingern über seinen Handrücken. Sofort stieß er meine Hand zurück, vielleicht weil sie sich unangenehm feucht anfühlte oder weil ihm meine dicken Finger nicht gefielen – es war nur eine kleine, kaum merkliche Bewegung, aber sie tat mir trotzdem weh.

Um uns alle auf andere Gedanken zu bringen, schlug ausgerechnet William, der wortkarge und für gewöhnlich eher an geschäftlichen als an familiären Aktivitäten interessierte Senior, vor, am Sonntag einen Ausflug mit dem familieneigenen Motorboot zu unternehmen, das im Hafen vor Monterey lag und in den vergangenen Jahren kaum genutzt worden war.

Ein Picknick auf dem Meer.

Mein Herz hüpfte vor Erwartung und Vorfreude.

Uns stand ein Tag bevor, an dem wir nicht eine einzige Wolke am Himmel sichten sollten. Das Gute an den Wintern in Kalifornien ist, pflegte meine Mutter Claire zu sagen, dass sie sich kaum von den Sommern unterscheiden. Sie war Kalifornierin mit Leib und Seele, während ich eher der blasse, bücherverschlingende Stubenhocker war, den man sich in einer der eisgrauen Städte an der Ostküste vorstellen würde.

„Die Sonne wird dir guttun", sagte meine Mutter, als sie in der Küche den Proviant zusammenpackte. „Ein wenig Bräune und niemand wird mehr auf die Idee kommen, du würdest in der Sowjetunion leben."

Claire war Hippie, aber keine Kommunistin. Die Idee, dass alle gleich sein sollten, leuchtete ihr nicht ein. Trotzdem wollte sie um jeden Preis den Weltfrieden. Sie war manchmal unlogisch, das hatte ich schon früh akzeptiert, aber wahrscheinlich mochte ich sie gerade deshalb so gern. Sie war eine liebenswerte Chaotin. Und sie sah gut aus, braun gebrannt, hübsch – und vor allem schlank. Im Gegensatz zu mir. Offenbar war mein Vater gentechnisch gesehen nicht der große Bringer gewesen, aber vielleicht konnte er dafür gut Gitarre spielen.

Als wir losfuhren, war es gegen Mittag. Wir hatten direkt nach der Kirche, mit deren Besuch sich an diesem Morgen sogar Taylor einverstanden erklärt hatte, einen Zwischenstopp bei dem Haus in den Dünen eingelegt, um uns leichte Sachen anzuziehen. William Teagarden, das Familienoberhaupt persönlich, saß am riesigen, spindeldürren Steuer seines metallisch blau schimmernden Chevrolet Caprice, einer eleganten, lang gestreckten Limousine. Für sein Alter war er erstaunlich rüstig. Wahrscheinlich lag es daran, dass er sich nie in den Ruhestand verabschiedet hatte und noch heute zusammen mit seinem Sohn die Geschäfte des Teagarden-Imperiums so souverän lenkte wie an diesem in schönstem Blau erstrahlenden Sonntag seinen Chevy. Edward hatte auf dem Beifahrersitz Platz genommen. Er sah irgendwie anders aus als sonst – in seinem lockeren weißen Leinenhemd und ohne die rechteckige Brille, die er für gewöhnlich trug und die ihn wie einen Chefbuchhalter aussehen ließ. Unterschiedlicher als dieses Vater-Sohn-Gespann konnte man wahrscheinlich gar nicht sein, aber vielleicht machte genau das ihren Erfolg aus. Auf der einen Seite William, der alte Haudegen und Pionier, der unter den Ersten gewesen war, die ihre Netze nach dem großen Geld auswarfen, genau rechtzeitig zum Fischereiboom aus Good Old England eingetroffen – angefangen mit einem winzigen Bötchen, aus dem er mit der Kraft seiner Hände und einer gehörigen Portion Mumm und Abenteuerlust eine ganze Flotte mit einem Verarbeitungsbetrieb in der Cannery Row gemacht hatte. Auf der anderen Seite Edward, sein Sohn, der sich lieber voll und ganz auf seinen Verstand konzentrierte und der Ende der Sechzigerjahre, als der Pazifik vor Monterey endgültig leer gefischt war und meine Mutter singend und tanzend am Weltfrieden und an meiner Zeugung gearbeitet hatte, aus Harvard zurückgekehrt war – um als Juniorpartner das Geschäft erfolgreich auf internationale Beine zu stellen, mit Firmenbeteiligungen in Japan, Australien und Europa. Sie wurden zwar beide *König der Fischer* genannt, aber treffend war diese Bezeichnung eigentlich nur für den Alten. Andererseits konnte man Edward ja schlecht *Sohn des Königs der Fischer* oder *Buchhalter des Königs der Fischer* rufen.

Taylor saß zwischen uns auf der Rückbank, flankiert von meiner Mutter und mir. Ich fragte mich, wie man ihn wohl eines Tages nennen würde. *Sohn des Buchhalters des Königs der Fischer*? Oder genau wie William und Edward in alter Familientradition ebenfalls einfach *König der Fischer*? Im Gegensatz zu seinem Vater und Großvater strahlte Taylor noch etwas anderes aus, über das diese beiden in eher geringem Maße zu verfügen schienen: Wärme. Wahrscheinlich hatte er diese Eigenschaft von Elena geerbt.

Mit seinen knochigen Fingern fummelte William am Autoradio herum, um einen guten Sender zu finden. Auf seiner Suche streifte er plötzlich *Mandy*, unser Lieblingslied. Und schwups, da war er auch schon weiter. Doch er hielt inne. Drehte zurück. Und da war es wieder. Nach einer kurzen Feinjustierung war auch das begleitende Rauschen verschwunden.

„Gibt's nicht was anderes im Radio?", fragte Edward, wie immer nach Ernsthaftem und dem in Violinengesang gekleideten Schmerz vergangener Jahrhunderte dürstend.

„Also mir gefällt der Song", knurrte William und starrte weiter grimmig auf die vor uns liegende Straße, die zum Hafen von Nonterey führte.

„Mir gefällt er auch!“, rief ich, denn es war ja unser Familiensong – wenn man eine Mutter und ihre sechsjährige Tochter schon als Familie bezeichnen konnte. Claire lächelte zu mir herüber.

Für einen kurzen Moment trafen sich meine und Taylors Augen im Rückspiegel. Es sah aus, als würde er mich anlächeln, wenn auch nur für eine Sekunde. Mein Herz blieb fast stehen.

„Mir gefällt der Song auch“, pflichtete er mir bei.

„Na prima!“, bellte William, dessen Laune sich mit Taylors Wortmeldung schlagartig aufzuhellen schien, zu seinem Sohn auf dem Beifahrersitz hinüber. „Damit bist du überstimmt, Miesepeter.“

Nun mussten wir alle lachen, nur Edward schüttelte genervt den Kopf.

Der Pazifik vor Monterey mit seiner tiefblauen, von einer seidig schimmernden Haut überzogenen Oberfläche, bevölkert von schlingernden Seepflanzen, wirkte so lebendig und fruchtbar – so als wäre er ein eigener, riesiger Organismus. Uns wehte eine frische Brise vom offenen Meer entgegen, als wir das gemütlich im Wasser schaukelnde, bauchige weiße Holzboot bestiegen, das eher einem Fischkutter glich als einer privaten Motorjacht. Es maß ungefähr fünfzehn Meter, mit einer schlicht gehaltenen Kajüte im vorderen Teil und einem runden, in den Bodenplanken verschraubten weißen Kunststofftisch mit zwei einander gegenüberliegenden gepolsterten Bänken im hinteren Bereich, einer auf jeder Seite des Schiffs. Als wir abgelegt hatten, hatte das Schweigen wieder eingesetzt. Zuvor waren vielleicht acht oder neun Worte gefallen, allesamt technische Instruktionen für uns Passagiere. Langsam tuckerte William, der das Steuer übernommen hatte, aus dem Hafen und hielt sich danach nah an der Küste, Kurs nehmend auf den Leuchtturm bei Point Lobos.

„Möchte jemand etwas essen?“, versuchte meine Mutter die unangenehme Stille auf dem von einem kühlen Wind umwehten Boot für einen Moment zu durchbrechen. Mit übertriebener

Hast öffnete sie den Picknickkorb aus hellem Bast, der vor ihren nackten Füßen auf dem Deck stand.

„Ich hab einen Mordshunger", rief William erfreut. Claire reichte ihm ein Sandwich. Edward verneinte dankend und versuchte stattdessen, Blickkontakt mit Taylor aufzunehmen, der neben mir auf der gegenüberliegenden Seite saß. Von Claire wusste ich bereits, dass Edward seine Mutter ebenfalls als kleiner Junge verloren hatte, nur wenige Jahre nach seiner Geburt. Sie war Amerikanerin gewesen. Sally. Meine Mutter hatte beim Saubermachen ein Foto von ihr in seiner Nachttischschublade gefunden – obwohl ich mich schon wunderte, warum sie *in* der Schublade sauber machte. Aber mit sechs kennt man eben noch nicht alle Veranlagungen des eigenen Geschlechts, das kommt erst später, nach und nach, wenn man von einem kleinen zu einem großen Mädchen und schließlich zu einer Frau wird.

Einen Moment lang stellte ich mir Claire und Edward, die nebeneinander auf der Bank saßen, beide ganz in Weiß gekleidet und sorgsam darauf bedacht, einander nicht anzusehen, als Paar vor. Sie war einunddreißig, er mochte ungefähr zehn Jahre älter sein – das passte. Taylor und ich wären dann mit einem Mal Geschwister, eine Idee, mit der ich mich hätte anfreunden können. Doch Edward als Vater? Ich war mir nicht sicher, ob er mir mit seiner depressiven Art zu sehr zusetzen würde. Obwohl ich zugeben muss, dass ich ihm nicht ganz unähnlich war, gelegentlich jedenfalls. Ich hatte immer davon geträumt, einen richtigen Vater zu haben – ohne wirklich beurteilen zu können, wie es war, *zwei* Elternteile zu haben. Denn einen solchen Zustand hatte ich niemals in meinem Leben kennenlernen dürfen. Bei unserem Einzug in das Haus der Teagardens hatte ich Claire gefragt, warum ich eigentlich keinen Vater hatte.

„Schatz", hatte sie geantwortet, „du ... weißt doch, was ein Puzzle ist?"

Ich hatte genickt, natürlich wusste ich, was ein Puzzle war. Jedes Baby wusste, was ein Puzzle war, und ich war schon sechs.

„Nun, eine Familie ist auch eine Art Puzzle."

Ich hatte den Kopf fragend zur Seite geneigt, denn dieser Vergleich wiederum wollte mir zunächst nicht einleuchten.

„Eigentlich wünscht sich jeder, dass sein Puzzle eines Tages vollständig ist und ein richtig schönes, heiles Bild ergibt. Doch in den meisten Familien gibt es eben ein oder zwei Puzzleteile, die partout nicht in dieses Bild passen wollen. Verstehst du? Teile, die versehentlich in der Schachtel gelandet sind und eigentlich zu einem ganz anderen Bild gehören."

„Okay", hatte ich geantwortet und mich nachdenklich an der Stirn gekratzt. „Und ... wie war es bei euch? Bei dir und meinem Dad, dem Mann von dem Musikfestival?", hatte ich die Idee zu Ende gesponnen. „Hat er nicht in dein Puzzle gepasst oder du nicht in seins?"

Darauf hatte meine Mutter keine Antwort parat gehabt.

Sie hatte geseufzt und mir dann zärtlich mit der Hand übers Haar gestrichen – ihrer kleinen Tochter, die schon so früh anfing, schwierige Fragen zu stellen. Meine Gedanken flogen rüber zu Edward, der auf der gegenüberliegenden Bank saß und sorgenvoll in den Himmel hinauf zu der uns eskortierenden weißen Wolke aus schreienden Möwen blickte, die anscheinend darauf warteten, dass wir die Netze auswarfen. Im Nachhinein habe ich mich oft gefragt, wie er sich wohl gefühlt haben musste, an jenem Tag auf dem Meer, auf seinem bescheidenen Plätzchen in dem Boot, das von seinem übermächtigen Vater aufs Meer hinausgesteuert wurde. Wie er wohl sein Leben betrachten würde, wenn er, wie es sich für einen Chefbuchhalter gehörte, Bilanz zöge. Was bliebe unter dem Strich, wie sah *sein* Puzzle aus? Seine eigene Mutter war ihm genommen worden, als er noch ein kleines Kind war. Sein Vater war im Alter von zweiundsiebzig Jahren noch immer sein Vorgesetzter – in einem Familienunternehmen, das er, Edward, bereits als junger Mann mit seinen intellektuellen Fähigkeiten von einem Handwerksbetrieb in ein Industrieunternehmen verwandelt hatte, ohne jemals Anerkennung dafür einzustreichen in einer Familie, in der nicht unnötig viel Aufhebens um das Leben gemacht wurde und Gefühle eine rare Währung waren.

Und nun hatte er auch noch seine über alles geliebte Frau verloren. Das Einzige, was ihm im vom Wind des Schicksals verwehten Puzzle seines Lebens blieb, war sein Sohn. Taylor.

Sein Sohn, für den er bis vor Elenas Tod eine weit entfernte Nummer zwei gewesen war, ein Mann im Nebel, mit dem man dreimal am Tag pünktlich die Mahlzeiten einzunehmen hatte. Ein Geschäftsmann mit Krawatte und rechteckiger Brille, der als Vater wahrscheinlich nicht viel besser war als William – nur auf eine völlig andere Art. Er war weicher, aber deshalb nicht weniger unterkühlt, was den Umgang mit seinem Sohn betraf. Und ich glaube sogar, er wusste und bedauerte es im selben Augenblick, als wir mit dem Boot den schwarz-weiß gestreiften Leuchtturm bei Point Lobos ansteuerten – unfähig, auch nur das Geringste dagegen unternehmen zu können. Jedenfalls ließ es sein Gesichtsausdruck erahnen.

Taylor bemerkte nicht, dass sein Vater versuchte, mit ihm Blickkontakt aufzunehmen; er schaute gedankenverloren hinaus auf die blauen Wellen, sah verträumt der weißen Gischt hinterher, dem Staub des Meeres, den der Bootsmotor aufwirbelte. Ich erinnere mich an das Bild, als hätte ich es erst gestern mit meinen hungrig umherschweifenden Augen gesehen: Er trug ein taubenblaues T-Shirt, das im Wind flatterte, indigoblaue Sommerjeans und nachtblaue Indianer-Mokassins an seinen nackten, sonnengebräunten Füßen. Taylor war monochrom. Auch später, in all den Jahren, die noch folgen sollten, habe ich ihn nur selten eine andere Farbe tragen sehen als Blau. Es harmonierte auf eine äußerst spektakuläre Weise mit seinen unwiderstehlich strahlenden Augen.

Langsam und behäbig wie ein des Lebens müder Greis pflügte unser Boot durch die schwach an die Bordwand brandenden Wellen. Der Seegang an diesem Tag war so schwach, dass nicht einmal meine Mutter über Übelkeit klagte, die trotz ihrer Abenteuerlust und unstillbaren Begeisterungsfähigkeit für Dinge, die ihr nicht bekamen, für gewöhnlich die Erste war, die seekrank wurde. Wir waren nicht weiter als ein paar Hundert Meter von der Küste entfernt, als William am Ruder plötzlich aufschrie.

„Delfine!“

Tatsächlich. Jetzt sahen wir sie auch. Es waren zwei Pärchen, nein, drei, nein mehr. Insgesamt acht oder neun Delfine schwammen mit unserem Schiff. Sie waren beinahe zum Greifen nahe, nicht mehr als drei oder vier Meter von unseren an den Bordwänden verlaufenden Bänken entfernt. Sie pflügten übermütig rechts und links von uns durch das Meer und sprangen voller Lebensfreude in eleganten Bögen aus dem kühlen Nass. Wir alle waren wie gebannt, starrten fasziniert hinüber zu diesen fantastischen Geschöpfen, die keine Seltenheit waren hier draußen in der kalifornischen See, aber denen dennoch vor allem wir Kinder selten so nah gekommen waren wie in diesem Augenblick. Die angespannte Stimmung schien sich mit einem Mal aufzulösen; es war, als könne man das erleichterte Aufatmen der nach der sonntäglichen Messe aufgebrochenen Trauergemeinde an Bord, zusammengeschweißt durch das eiserne Schicksal des zu frühen Todes eines geliebten Menschen, förmlich hören; als würden endlich die Tränen über die Gesichter fließen, die von allen seit vielen Tagen so mühsam zurückgehalten wurden. Aufatmen und Erleichterung, das war es, was in jenem Moment an Bord zu spüren war. Ich wandte meinen Blick von den Delfinen ab und schaute zu Taylor, um zu sehen, ob er dasselbe spürte.

Mein Blick gefror. Wo … wo … war Taylor?

Deutsche Erstveröffentlichung

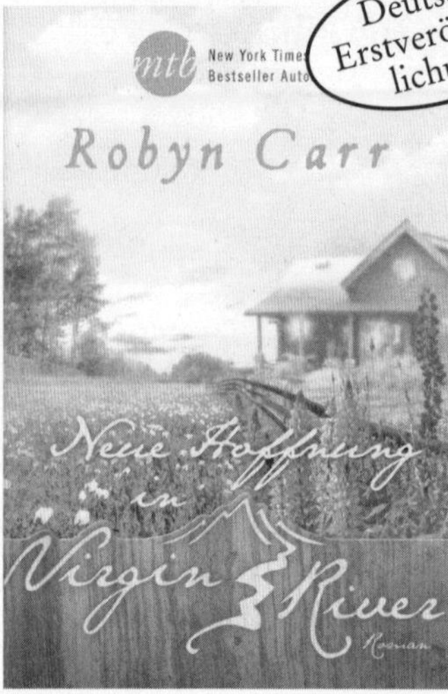

Band-Nr. 25850
9,99 € (D)
ISBN: 978-3-95649-198-6
eBook: 978-3-95649-427-7

Robyn Carr
Neue Hoffnung in Virgin River

Irgendwann wird es wieder aufwärts gehen, davon ist Katie Malone überzeugt. Dieser Gedanke hat die junge Witwe die letzten Monate überstehen lassen, als sie zusammen mit ihren Zwillingen untertauchen musste. Jetzt, hier bei ihrem Bruder in Virgin River, hofft sie, ein wenig Kraft für einen Neuanfang zu schöpfen. Dabei helfen ihr die intensiven Gespräche mit Dylan Childress, einem Sommergast, dem sie immer wieder begegnet. Obwohl sie beide nicht an einer ernsten Beziehung interessiert sind, scheinen sie gegen die magische Anziehungskraft machtlos zu sein. Doch der Tag des Abschieds rückt immer näher …
Hat Katie den Mut, auf die Stimme ihres Herzens zu hören?

„Mit dieser Serie trifft Robyn Carr die Leser mitten ins Herz."

Library Journal

„Der Humor, die Herzlichkeit und die großartigen Helden machen dieses Buch zur Pflichtlektüre."

Romantic Times Book Reviews

Band-Nr. 25823
9,99 € (D)
ISBN: 978-3-95649-163-4
368 Seiten

Susan Mallery
Küsse haben keine Kalorien

Pralinen, Trüffel und feinste Schokoladen: Cafébesitzerin Allison Thomas ist Meisterin der süßen Verführung – allerdings nur, was die Herstellung zartschmelzender Köstlichkeiten angeht. Bei Männern hat sie leider kein so glückliches Händchen und lässt zur Sicherheit lieber die Finger vom starken Geschlecht. Bis Matt Baker in ihr Leben tritt. Der attraktive Handwerker renoviert nicht nur ihren Lagerraum, er ist auch die sinnlichste Versuchung, seit es Männer gibt. Doch obwohl Ali in seinen Armen dahinschmilzt, merkt sie, dass es in Matts Vergangenheit Dinge gibt, an denen er noch zu knabbern hat …

„‚Küsse haben keine Kalorien' ist herzerwärmend und urkomisch."

The Romance Reader